물
의
말

제6회 한겨레문학상 수상작

박정애 장편소설

물
의
말

한겨레출판

차례

1부

제 몸속에 가장 충만한 공간을 가지고 있었던 어느 결핍에게

나를 기억할는지. 8월의 치악산, 태풍 소식이 들려오던 그 싸늘한 산장에서 치열한 토론의 막간에 신입 후배들을 위하여 B. 브레히트의 〈서정시를 쓰기 힘든 시대〉를 낭송하던 늙다리를 혹여 기억할는지.

(기억이라니? 몸을 벗어나는 순간 기억에서도 벗어났을 텐데. 우리의 기억이란 결국 우리 몸에 저장되어 있는 무엇, 피와 살의 잉여 같은 무엇인걸.) 나는 학교에 나오지도 후배 지도를 맡고 있지도 않아서 처음 보는 얼굴들이 꽤 많았었지. 내가 너를 기억하는 건 너의 이름 때문일 거야.

"필남이라니, 복순이라는 이름만큼이나 촌스럽군"이라고 말했던가 아니면 생각만 하고 말은 하지 않았던가. 이름밖에는 눈여겨볼 무엇도 가지지 않은 너는 그렇게 평범한 후배였지. 그러나 너의 이름은 너의 모든 것을 말해주었어. 너는 무엇인가가 필(必)요한 사

람이었고, 무엇인가가 결핍된 인간이었지. 그리고 그 무엇의 기표는 남(男)자였어. 남자이며 꿈이며 자유이며 죽음이었겠지. 남자와 꿈과 자유보다 강력하고 영원한 것은 죽음이니까 죽음으로써 너의 결핍은 해소되었겠지.

필남아. 상준이한테 들었어. 그를 사랑했다면서? 그 사랑이 얼마나 아픈 것이었을지 나는 알지. 상준인 '연애하기 힘든 시대'를 사는, 연애하기 힘든 남자였으니까. 그의 결핍, 혁명의 결핍, 자유의 결핍이 너에게 죽음의 결핍으로 나타났던 거였니? 이제는 초월했겠지. 가장 충만한 공간을 네 몸속에 가지고 있었으면서도 오직 결핍으로써만 생을 썼던 필남아.

너와 영원히 이별하기 위해 우리 법대 문학회 문우들 몇몇이 네 어머니와 함께 배를 탔단다. 눈물도 말라버린 모습이었지만, 나는 네 어머니의 온몸이 물이라는 것을 알았어. 내가 가진 언어로 네 어머니의 슬픔을 어떻게 표현할 수 있겠니? 우리가 쓰는 이 네모반듯한 고체의 언어는 다만 그 슬픔으로 하여 윤습할 수 있을 뿐 그 슬픔을 재현할 수는 없는걸.

(그건 불가능해.)

놀랍게도 나는 네 어머니를 그전부터 알고 있었단다. 너도 맘산을 알 테지? 네가 도시로 가기 전에 살았던 곳이 맘산 아래 읍내의 약방 집이었다니까 맘산을 모를 수는 없을 테고, 혹 맘산 너머의 골짜기에 대해서도 들어본 적 있니? 마을 셋을 품고 있었던 그 골에 대해서 말이야. 나는 가운데 있는 다릿말에 살았고, 네 어머니는 골의 시원과 가장 가까운 달밭골에 살았었지. 우리 집은 달밭골에도 복숭 과수원을 가지고 있었는데, 한창 바쁠 때는 네 어머니도 곧잘 우리 집에 품 일을 오곤 했었어. 나는 심하게 낯을 가리는 아이였지만 유독 네 어머니를 좋아해서 네 어머니에게서만은 떨어지지 않으려 했다고 해. 너의 뼛가루를 뿌리던, 너의 어머니일 뿐만 아니라 내 유년의 님이 이모는, 마치도 물비늘 속의 환영만 같이, 끝없이 흔들리고 있어서, 님이 이모, 오 내 어린 날의 님이 이모, 라고 내 입속에 가득한 그리운 호명을 꺼내기만 하면 금방이라도 한 방울의 물, 한 겹의 윤슬, 한 찰나의 그림자가 되어 강물 속으로 사라져버릴 것 같았단다. 그래서 나는 종내 아무 말도 하지 못했지.

　　(그 슬픔에 접신할 수 있는 물의 말을 나는 가지고 있지 않으니까…….)

　　달밭골에 복숭밭, 다릿말에 능금밭, 필남이 네가 살던 읍 근교에도 복숭밭이 있었던 우리 집은 부자 소리도 들었다고 하는데, 술병 든 아버지와 의부증이 있던 어머니가 제대로 관리하지 못하는 바람에 가세가 형편없이 기울고 말았지. 그래서 내가 초등학교에 입학할 나이에 외딸인 나의 교육을 핑계 삼아 가산을 정리하여 상경했던 거야. 사랑이 어떤 식으로 변질될 수 있는지, 사랑이 사람을 어떤 식으로 변질시킬 수 있는지 보여준 나의 어머니와 아버지는, 정작 그들 사랑의 결과인 나에게는 관심이 없었어. 나는 늘 다릿말 조금 외진 도린곁의 능금 과수원을 잊지 못했단다.

　　나는 열다섯 살 때 1년 동안 가출을 한 적이 있어. 아버지와 어머니가 만신창이가 되도록 물고 뜯으며 싸우는 꼴을 더는 보기 싫다고 생각했었지. 끈끈하고 지저분하고 뜨겁고 역한 사람살이의 현장들에서 벗어나고 싶었어. 달콤하고 맑고 투명하고 차가운 곳을 향해 나는 다릿말 능금밭으로 갔던 거야. 재래종 능금이 거지반 사라진 시절이었지. 우리 아버지는 경영에 무능한 사람이라 그냥 두었던 것이고, 아버지에게 과수원을 넘겨받은 사람 역시 돈에 관심이 없던 사람이라 내가 그리워하던 하얀 꽃의 고향은 거기 그대로 있었어.

그 능금밭 후미진 곳에는 작은 집이 있었단다. 그곳에서 혼자 살던 남자가 나를 맞아주었지. 그는 노인은 아니었지만 죽을 날이 멀지 않은 사람이었어. 죽기 전의 몇 년을 보낼 곳으로 그 호젓한 과수원을 택했던 거지. 나와 만났을 때 그는 이미 의사가 예고한 시한을 넘긴 상태였어.

(내가 그를 사랑했을까. 다만 그를 사랑한다고 믿었던 것일까. 그러나 나의 결론은, 사랑은 사랑한다는 믿음일 뿐이라는 것. 그 믿음이 회의로 바뀌는 순간 사랑도 퇴색하기 시작한다는 것.)

죽음을 앞두고야 무슨 짓을 못 할까. 하기는 죽음을 앞두지 않은 사람이 어디 있겠는가마는 늘 죽음을 의식하고 사는 사람은 드물잖아? 내 첫사랑이었던, 내가 나의 첫사랑임을 믿어 의심치 않았던 그이는 어느 날 갑자기 나타난 나를 위해 모든 것을 다해주었어. 내가 그를 잊더라도 내 몸은 그를 잊지 못할 거야. 그의 냄새와 그의 혀와 그의 귓불과 그의 손가락과…….

(아냐. 아니야. 도대체 내가 내 몸과 분리될 수 있을까? 어느 날, 내 심

14

장이 숨쉬기를 그만두고 내 몸이 썩어 흙의 일부가 되면 내 몸에 각인되었던 기억들도 마침내 흙의 일부가 될 수 있겠지.)

하얀 능금꽃들이 다 질 때쯤 나는 생리를 하지 않았어. 그해 여름과 가을, 내가 먹은 능금은 도대체 몇 개나 되었을까. 그 겨울에 나는 아이를 낳았어. 조산이었고 사산이었지. 나는 그와 함께 능금밭의 눈 위를 뒹굴며 울었어. 그다음 날 밤인가 그이도 죽었지. 필남아, 내 말을 잘 들어. 나는 그 극도의 고통 속에서도 죽고 싶지가 않았어. 내가 살아 있다는 사실이 그때만큼 또렷이 느껴진 때는 다시 없었어. 내가 움켜쥔 차가운 눈덩이와 내가 흘리는 뜨거운 눈물을 구별할 수 있는 감각을 여전히 지니고 있다는 것, 사랑하는 이의 상실에 애통해하는 육체를 지니고 있다는 것이 얼마나 감격스러웠던지.

상준이하고 결혼하고 나서야 내 몸이 더 이상 새 생명을 잉태할 수 없다는 걸 알았어. 그래서 나는 이제 이야기를 잉태하려고 해. 언어는 나의 재료이자 연장이지만 나의 주인이기도 하더구나. 나는 언어를 내 손바닥 안에 잡아두려 하지만 내가 길을 잃고 헤매는 곳은 언제나 언어의 손바닥 안이지. 언어의 손바닥 안에서 머리 풀고 헤매다 보면, 나는 내 어린 날 술꾼 아버지가 보았다던 구슬못 물귀신에게 사로잡힌 것 같은 느낌을 가져. 사로잡혀 있으면서도 나는 아직 물귀신의 얼굴을 보지는 못했어. 나는 물귀신의 얼굴을 보고 싶고 물의 말을 하고 싶어. 필남아, 너는 보았니? 가장 충만한 공간을 네 몸속에 가지고 있었으면서도 오직 결핍으로써만 생을 썼던 필남아.

너의 흔적을 물 위에 띄운 날에,
복순으로부터

여신의 알몸

상혁은 학위논문 심사가 끝나고 민 선생을 찾아갔다. 연구실에는 선풍기 한 대가 맹렬히 돌아가고 있었지만 바람이 잘 통하지 않고 오후의 햇볕이 정통으로 내리쬐는 서향이라 그런지 몹시 더웠다. 늦더위의 기세가 좀체 꺾이지 않는다. 민 선생의 이마와 콧등에도 땀이 송골송골 맺혀 있었다. 상혁은 뒷머리를 긁적거리며 허리를 반으로 꺾었다. 상혁은 민 선생이 유학을 떠나기 전 윤아에게 청혼을 했었다는 사실을 알고 있었고, 민 선생은 윤아가 상혁과 여러 번 관계를 가졌었다는 사실을 알고 있었다. 그 문제로 껄끄러울 만도 했지만, 민 선생은 거의 사진결혼 수준으로 모친이 동네에서 골라준 처녀와 짝을 맞추어 미국으로 떠났고 그가 미국에 있는 동안에 상혁은 윤아와 헤어졌기 때문에 지금은 서로가 그 일에 대해서는 모르는 척하고 있었다.

"어서 오게. 여기 앉지."

"예."

엉거주춤 소파에 앉은 상혁에게 민 선생이 몸소 소형 냉장고에서 자양강장 음료 한 병을 꺼내주었다.

"고맙습니다."

"요즘 힘들지?"

"벗어나고 있는 중입니다."

상혁은 일부러 좀 괴로운 표정을 지어 보였다.

"자네도 이젠 세상과 타협하는 법을 좀 배우게."

상혁은 민 선생이 엉뚱하게 그런 말을 하는 것이 우스워 입속으로 키득거렸다. 세상과 타협하지 못하는 기질이라면 단연 민 선생 자신이 금메달 감이 아닌가 말이다.

하긴 민 선생이 그런 말을 하는 것이 상혁의 논문과 아주 관계가 없는 것은 아니다. 언론 권력에 대한 비판으로 요약되는 상혁의 논문은 수치적 근거가 미약하고 통계가 뒤를 받쳐주지 않는다는 이유로 퇴짜를 맞았다. 상혁은 사회과학에서의 수치와 통계를 불신하는 쪽이다. 그러나 현실적으로 논문의 과학성을 입증하는 방법으로 가장 널리 쓰이는 것이 수치와 통계다. 상혁은 그것에 반발했다가 결국 미역국을 먹은 것이다. 그런 맥락에서 보면 민 선생의 말은 정곡을 찌른 것일 테다.

"선생님, 책은 출판됐습니까?"

"응. 허허."

민 선생의 웃음소리가 공허하다. 지난겨울부터 단행본 출판을

18

준비한 민 선생이 그 책에 기울인 공력은 실로 눈물겨웠다. 상혁처럼 무슨 일에건 냉소적인 늙숙한 학생까지도 감동시킬 정도였다. 막판에는 7월의 살인적인 폭염과 맞서 팬티 바람으로 연구실에서 며칠 밤을 새웠다고 했다.

"인세는 많이 받으셨구요?"

"허허."

똑같이 공허한 웃음이다. 민 선생의 노력을 돈으로 계산하는 건 불가능한 일이겠지만 상혁이 출판사 사장이라면, 민 선생의 책이 반자본주의적이고 지나치게 학술적인 데다 권력화된 언론에 너무 비판적이어서 별 재미를 못 볼 걸 예상하더라도, 적어도, 아무리 적어도 1000만 원 이상은 줄 것이다.

"100만 원 받았다. 출판계가 워낙 불황이라 출판해주는 것만도 고맙게 여겨야 할 형편이란다."

고작 100만 원이, 민 선생의 저작이 가진 교환가치였다. 모든 것이 돈으로 환산되는 자본주의사회에서 민 선생의 수고는, 딱 100만 원만큼의 가치를 지닌 상품일 뿐이었다. 그 책을 내기 위해 참고한 책값이니 자료비 등등 옴니암니를 대충 주먹구구로 따져도 기백만 원은 쉽게 넘어갈 텐데, 이문은커녕 밑천에도 한참 모자라는 장사를 한 셈이니, 민 선생이 흥분하면 잘 쓰는 말 그대로 헛지랄을 떤 셈이었다.

일주일에 두 번, 두 시간씩 고등학생에게 영어를 가르쳐주고 받는 상혁의 월급이 120만 원이다. 물론 상혁이 받는 과외비는 보통 수준을 훨씬 상회하는 것이다. 재작년에 꽤 유명한 부잣집의, 머리가 나쁜 데다 성질까지 더러운 외아들 놈을 맡아서 어거지로 서울 소재 중위권 대학에 합격시킨 후 상혁의 몸은 금값이 됐다. 그 아이 어머니의 계 모임에서 시작된 입소문으로 상혁은 몰려오는 초빙 제의를 거절하느라 즐거운 비명을 질렀다. 작년에도 그룹으로 맡은 세 아이 중 두 아이가 원하는 대학에 합격함으로써 명강사로서의 체면을 유지할 수 있었다. 논문 심사에 미끄러졌어도 상혁이 별로 당황하지 않은 건 돈줄이 든든하기 때문일 테다. 어쩌면 상혁이 대학원에 기어코 한 발을 걸치고 있는 것도, 대학원생이라는 그의 아이덴티티가 학부모들로 하여금 조금이라도 덜 아까워하며 고액의 과외비를 내놓을 수 있도록 만들어주는 하나의 심적 장치가 되어주고 있기 때문이 아닐까. 아니다. 그것만은 아니다. 상혁 스스로도 대학원 학생증을 지갑 한쪽에 박아두었다는 그 사실에서, 자신이 머리통에 수능 대비용 지식 쪼가리들이나 잔뜩 집어넣고 다니는 과외꾼이 아니라, 비록 이 신자유주의 시대에 천대는 받을지언정 어디까지나 사람살이의 근본을 탐구하는 인문 사회학에 투신하는 젊은 학자라는 정체성을 불러들일 수 있기 때문이리라.

　　그는 최근 어느 부잣집에서 지금은 고등학교 2학년생이지만 곧 고3이 될 수험생의 스케줄을 관리해주고 아이의 공부를 도와주며 과외 선생들을 맡아 감독하는 자리를 제안받았다. 독방을 내어주고 월급으로 300만 원을 주겠다고 했다. 그리고 아이가 서울 소재의 대학에 들어가기만 하면 1년 치 월급만큼의 보너스를 주겠다고도 했다. 그는 어제 그 집을 찾아가 아이를 인터뷰했다. 성적은 끝에서 세어 열 손가락을 넘기지 않는 아이였다. 그러나 의지가 워낙 약해서 그렇지 기본이 돼먹지 않았거나 지진아는 아니었다. 해볼 만했다. 유흥업과 부동산으로 떼돈을 벌었다는 집이었다. 집 안에 실내 헬스장이 있고 정원에 테니스 코트와 농구 골대가 있었다. 고급 호텔처럼 거실 모서리마다 안으로 틈을 내어 작은 그림 액자나 조각 같은 것들을 전시해놓았는데 소형 알전구가 아늑한 느낌의 노란빛으로 그 미술 소품들을 감싸고 있었다. 그 집의 실내 온도는 섭씨 18도였고, 2층으로 올라가는 복도에조차 에어컨이 설치되어 있었다.

"공부하다 힘들면 선생님이랑 테니스도 치고 농구도 하자. 무슨 운동을 제일 좋아하니?"

"골프요."

"그래? 잘하냐?"

"잘은 못 해요. 골프라도 특출나게 잘하면 체육특기 가지 뭐 하러 공부해요?"

"좋아한다면서?"

"그냥 놀면서 하는 건 몰라도 이걸로 대학 가야 된다 생각하면 당장 필드에 나가기 싫어지는걸요."

"그래. 하긴, 세상에 쉬운 게 어딨냐?"

꼴찌에서 몇 등 하는 주제에도 세상에서 제일 만만한 건 공부라는 거지. 좆도 모르는 놈.

그는 그 집에 들어가기로 거의 마음을 정한 상태였다.

그 집에서 살면 일단 기본 생활비가 굳는다. 밖에서 과외 하나쯤 하는 것으로 용돈을 쓰고 그 집에서 받는 월급을 그대로 저축하면 이자까지 쳐서 대충 4천만 원, 운 좋으면 4천만 원 더 보너스로 받아 8천만. 그렇게만 되면 학원 하나를 인수할 수 있다. 고액 소그룹으로 나갈 거니까 대형은 필요 없다. 강남의 목 좋은 곳이라도 1억만 쥐고 있으면 땡이다. 고시 패스한 동창 놈들에게 연줄을 대 중소기업 지원 자금 같은 것 끌어다 쓰면 금융비용으로 나가는 돈이 없기 때문에 승산은 충분하다.

셈속이 빨랐다. 그러고 보면 상혁은 참 간악한 놈이다. 논문의 주제는 그런 식으로 정해 한때 학생운동에 몸담았던 그 자신의 양식과 지성을 교묘히 위무하고, 옛 동지들의 애정을 잃지 않으면서 진보적인 교수들의 연민까지 사고, 그러면서도 뒷손으론 졸부들의 돈다발을 넙죽넙죽 받아먹는다. 그들의 자손들이 대대손손 잘 먹고 잘 살 수 있도록 세상의 시험을 무사히 통과시켜주는 길라잡이 역할을, 상혁은 오락기 앞에 앉아 정신없이 손가락을 놀릴 때처럼 기꺼이, 흔쾌하게, 낄낄거리며 수행하고 있는 것이다.

한동안 침묵이 흘렀다. 민 선생은 100만 원 받았다고 고백한 것이 쑥스러운 모양으로 괜스레 책장을 뒤적거렸다. 상혁의 눈과 마주치지 않으려고 파란색 하드커버의 원서를 대각선으로 방황하는 선생의 눈길에 그늘이 따라붙는다. 넉살이라고는 약에 쓰려도 없고 불혹을 훌쩍 넘긴 여태까지 소년스러운 잔부끄럼을 간직하고 있는 양반이다.

"선생님, 제가 술 한잔 사드릴까요?"

"좋지."

민 선생은 탁, 소리나게 책을 덮으며 상혁의 제의를 수락했다. 단박에 그늘을 걷어버린 맑은 눈동자가 상혁의 시선과 부딪쳤다.

민 선생의 술친구라야 서너 명이 될까 말까 한데 그중에는 상혁도 포함된다. 민 선생이 상혁과 술 마시는 걸 좋아하는 이유는 상혁이 추측하건대 카페 '바위섬' 때문이다. 술 생각 날 때 혼자서 한잔하는 것 말고 여럿이 어울려 2차, 3차 기분 내려면 20만, 30만 원 깨지는 건 보통인 게 요즘 술값이다. 민 선생이 동료 교수들의 술자리 같은 곳에 일부러 가지 않는 것도 알고 보면 주머니 사정 때문인지도 모른다. 국립대학의 교수가 술자리에서 기십만 원을 겁내지 않는다면, 돈 되는 프로젝트를 따내는 수완이 좋다든지, 방송 일이든 저술이든 수입 좋은 부업을 한다든지, 사모님이 돈 굴리는 재주가 있다든지, 원래 물려받은 재산이 풍족하다든지 기타 등등, 그중 무엇이든지 간에 비빌 언덕이 있다는 이야기다. 그도 저도 아닌 민 선생 같은 사람은 돈에 쪼들릴 수밖에 없는 처지다.

바위섬은 예나 지금이나 안주가 깔끔하면서도 값이 싸다. 물론 상혁이 유달리 이 카페에 애착을 느끼는 것에는 다른 이유가 있다. 윤아 때문이다. 이 카페 앞에 서면 상혁은 한순간 온몸의 세포가 긴장하는 것을 어찌할 수 없다. 혹시 윤아가 어느 구석진 자리에 앉아 생맥주를 홀짝거리다가 자신을 발견하고 손을 흔들지나 않을까 하는 전혀 불가능한 기대.

바위섬의 유리문을 밀고 들어갈 때마다 상혁은 기를 쓰고 호흡을 조절한다. 윤아야 윤아야, 라는 외침이 목구멍을 뚫고 터져 나와버릴 것만 같아서다. 그러나 통나무로 된 여남은 개의 탁자 어디에도, 유리컵들이 진열된 주방, 언제나 닫혀 있는 창문, 파란 신사와 빨간 숙녀가 그려진 화장실 입구, 아무 데에도 윤아는 없다. 아니 윤아가 있을 리 없다는 걸 상혁은 알고 있다. 윤아는 얼마 전 다니던 치과를 때려치우고 프랑스로 날아가버렸다. 병원에서도 성실하기 그지없었고 치과 관련 학회라면 모조리 쫓아다니던, 직업의식이라면 그 이상을 생각할 수 없게 하던 윤아가 그렇게 쉽사리 직장을 그만둘 줄이야.

　　"여기…… 파리야."

　　"파리? 무슨 파리?"

　　"무슨 파리는. 파리가 빠리지."

　　"야, 윤아 너 너무하다. 국제 학회 간 거니? 간다면 간다고 말을 하지."

　　"학회도 뭐도 아냐. 사표 내고 온 거야."

　　"뭐야? 그럼 뭐 하러 거긴 갔어?"

　　"그림 보구 영화도 보려구. 깐느 시즌이잖아."

　　"너, 불어 아니?"

　　"몰라."

　　"좋아. 깐느가 칸인가 그거 언제 끝나지?"

　　"그거 끝난다고 돌아가지 않아. 돈 떨어질 때 갈 거야. 생각해

보니까 너한테 좀 미안하더라. 그래서 걸었어."

"이런 경우가 어딨냐? 언제 올 건지 약속해. 아니면 쫓아갈 거야."

"약속? 그러니까 나랑 넌 안 맞는 거야. 미안하다. 여러 가지로. 안녕. 이건 그냥 안녕이 아냐. 너하고 보낸 시간들한테 바이바이 하는 거야. 그럼 정말로 안녕."

딸칵, 소리가 난 뒤에도 한참 동안 상혁은 수화기를 내려놓지 못했었다. 상혁이 윤아를 일방적으로 좋아하는 관계이기는 했지만 꺾어진 10년의 사귐을 윤아가 그렇게 일방적으로 끝낼 수 있다는 사실이 믿어지지 않아서였다.

윤아는 바위섬을 좋아했다. 바위섬의 주인 부부하고도 친했고, 방학 때면 바위섬에서 서빙을 하기도 했다. 상혁도 윤아의 공식적인 남자친구로서 한창때는 출퇴근하다시피 바위섬에 들락거렸다. 윤아가 가버린 지금도 바위섬에 오는 걸 즐기는 까닭은 바위섬이 되살려주는 윤아와의 아릿한 추억들 때문일 것이다. 사랑이란, 그녀와 함께 탔던 버스까지도 의미 있는 것으로 만드는 힘을 지닌 것이다. 하물며 그녀가 입술을 대고 만지고 씻었던 컵으로 술을 마실 수 있는 곳을 무심히 지나칠 수는 없다.

민 선생도 바위섬을 마음에 들어 했다. 어떨 때는 지나가다 바위섬에 들렀는데 민 선생 혼자서 술추렴을 하고 있은 적도 있었다. 술친구가 되는 데는 좋아하는 술집이 같은 것도 한몫을 단단히 하는 것 같다. 민 선생과는 우연히든 약속을 했든 거의 한 달에 한 번꼴은 바위섬에서 술을 마시게 되니 말이다.

보통은 민 선생 차를 얻어 타는데 오늘은 기름이 떨어져 차를 못 끌고 나왔다고 해서 택시를 탔다. 민 선생이 술친구인 상혁에게만 털어놓은 이야기지만 교수 체면을 유지하고 세 아이를 키우며 사는데 드는 비용이 월급보다 많기 때문에 이렇게 기름이 떨어져 차를 쓰지 못하는 날은 예사로 있다는 것이었다. 하긴 겨우 대학원생에 지나지 않는 상혁이 하숙비 내고 품위를 유지하고 책을 사 보는 데 드는 한 달 생활비가 늘 100만 원을 초과하는 걸 보면 민 선생 댁의 사정을 짐작할 만도 하다.

아직 초저녁이라 카페는 한산했다. 종업원을 불러 맥주와 마른 안주를 시켰다. 상혁과 민 선생을 잘 아는 주인이 안주를 보통보다 두 배는 더 되게 담아 주었다. 특히나 상혁이 좋아하는 노가리는 듬뿍 얹혀 있었다.

갈증 나는 목구멍에는 역시 맥주가 최고다. 두 사람은 맥주 한 잔씩을 금세 비워내고 잔을 또 채웠다. 상혁이 앉은 쪽 소파 위에 조간신문이 펼쳐져 있었다. 상혁은 신문을 반 접어 테이블 위에 올려놓고 건성으로 훑으면서 민 선생에게 의례적인 사교용 질문을 던졌다.

"날마다 학교에 나오시는 모양입니다?"

"응. 애들이 방학이라 집 안이 소란스러워. 도무지 뭘 할 수가 있어야지."

"피서는 갔다 오시구요?"

"자네도 피서 얘긴가? 피서, 피서 하는데 그거 문제야. 너도나도 해외로 빠져나가 과소비들을 해대니 사회문제지. 온 국토의 계곡이니 바다니 휘저어놓고 오니 환경문제지. 남들 피서 가는데 우리만 안 간다고 처자식이 한꺼번에 앙알앙알거리니 가정 문제지.”

“가까운 데 어디 등산이라도 갔다 오시지 그러세요?”

“요즘처럼 푹푹 찌는데 뒷산 오르다 쓰러질 일 있냐고 하더라. 아파트의 누구네는 푸켓으로 4박 5일을 간다고 난리고, 동창 누구네는 또 제주도에 콘도가 있다더라. 제일 못한 축도 해수욕장은 가는데 남우세스러워 뒷산은 못 간다. 참, 옛날 우리 선조들은 찬물에 발 담그고 독서삼매경에 빠지는 걸 최고의 피서로 쳤는데 말이지. 아니, 그때는 피서(避暑)가 아니라 척서(滌署)였어. 더위를 피해 도망치는 것이 아니라 더위와 싸워 이긴 거야. 중심이 견고하게 서 있었다고. 언제부터 우리가 그렇게 피서를 다녔나? 남이 한다고 우르르, 그 천박한 자기과시욕, 현시욕.”

상혁은 웃을 수밖에 없었다. 에어컨 틀어놓고 비디오 보기라면 몰라도 찬물에 발 담그고 독서삼매경이 요즘 사람들에게 먹혀들 리가 있는가 말이다. 그리고 보니 민 선생은 파리하지만 단단한 기상이 있는 낯빛이며 눈정기가 뚜렷한 것이 생김새부터가 저 조선시대의 고고한 선비 풍모다. 〈딸깍발이〉라는 수필에서 묘사되었던 남산골 선비가 환생한 것 같기도 하다. 저런 선비의 아내가 학문하는 지아비를 하늘처럼 떠받들면서 삯바느질로 가난한 살림을 일구고 자식들을 알뜰히 훈육하는 현모양처였으면 얼마나 좋으련만, 상혁이 직접 뵙기도 한 사모님은 오늘이라도 슈퍼에 나가면 언제나 만날 수 있는 이 시대의 평범한 아주머니였다. 상혁의 팔꿈치 밑, 찬 유리컵의 물기에 젖은 신문에서는 '대낮 주부 윤락, 덜미'라는 선정적 기사가 옷을 끌어 올려 얼굴을 가린 주부들이 웅크리고 있는 사진과 함께 들어 있었다. 살림에 보태려고, 용돈을 벌려고, 자녀 교육비를 마련하기 위해서, 혹은 심심해서 남편과 아이들이 없는 시간에 몸을 팔러 나가는 주부들. 이런 시대인 것이다. 민 선생은 대단한 시대착오를 하고 계신 것이다.

"어쨌든 선생님께서 미안하다고 빌고 들어가셔야겠는데요. 남들 다 하는 걸 못 하면 상대적 박탈감을 느낄 수밖에 없는 게 인간이니까요."

"하나를 들어주면 열을 들어줘야 돼. 도무지 철이 없어. 말이 안 통해. 아예 입을 다물고 사는 게 편하지."

민 선생은 벌써 여러 번 사모님과의 의사소통 불능에 대해 토로한 적이 있었다.

"힘든 시절을 함께한 조강지처는 버리지 않는다는 옛말도 있잖습니까. 선생님 미국에서 그렇게 어려울 때 옆에서 묵묵히 견뎌준 고마움도 잊으시면 안 되는 것 아닙니까?"

"그렇지. 하지만 말이다. 그때도 그랬어. 난 날밤을 자주 새웠거든. 한 달이면 3분지 1은 새웠지. 물론 3분지 2도 자정 전에 침대에 누운 적이 없었고. 그런데 말이다. 책을 읽다가 문득 처자식이 자고 있는 모습을 보게 될 때가 있어. 어린 딸아이 둘이 쌔근거리는 걸 보고 있으면 가슴이 뭉클하고 희망이 생기지. 하지만 애들 엄마가

코 고는 소리를 듣고 있으면, 입가에 침 자국을 허옇게 묻힌 채 자고 있는 모습을 보면 절망스러웠어. 건널 수 없는 강이 애들 엄마하고 나 사이에 흐르는 것 같아서 내가 무슨 말을 해도 애들 엄마한테는 들릴 것 같지 않더구먼."

"커뮤니케이션을 전공하시는 분이 정작 가장 가까운 사람과 소통을 못 하시는군요. 이발사가 자기 머리를 못 깎는 격인가요?"

"글쎄. 학문이란 건 이발 기술하곤 좀 다르니까. 재주 좋은 이발사는 아무리 자기 머리지만 거울 보면서 대충 자를 수도 있을 거야. 그건 손재주니까. 학문은 다르지. 학자라고 무어 별게 더 있다는 얘기는 아니다. 그보다 못할 수도 있지."

"명예 그리고 자긍심, 그런 것이야 아무래도……?"

"명예? 무슨 지랄 같은 명예냔 말이다. 자긍심, 그래 남이사 뭐라고 하든 나 혼자 잘났다는 자긍심 그거 하나 가지고 살기는 한다."

'지랄 같은'이 나오자마자 상혁은 민 선생의 잔을 살폈다. 아니나 다를까 가득 찼던 맥주 한 컵이 또 말끔히 비워져 있었다. 민 선생은 술을 좋아하지만 맥주 한 병이 정량인 사람이다. 술이 조금만 들어가도 민 선생은 대번 표를 냈다.

"집사람은 이발을 해서 벌어 오건 학문을 해서 벌어 오건 월급 봉투로 남잘 판단하는데 말이지. 유학 때는 그래도 나만 믿고 타국 생활을 견디는 그 사람이 고마웠어. 처음 대학에 자리를 얻었을 때까지도 날 존경하고 따르는 게 눈에 보였구. 그런데 몇 년 겪어보니까 이거 별거 아니다 싶었겠지. 애들도 전부 제 엄마 편이고, 나만 보면 슬슬 피해. 갈수록 제 엄마를 닮아서 책을 싫어하고 텔레비만 좋아하구 말이야. 아주 소름이 돋아. 제 엄마하고 애들 셋이 나란히 입을 헤벌리고 연속극을 보고 있는 걸 보면."

"선생님이 좀 이해를 하셔야 할 부분도 있는 것 같습니다. 인쇄물보다는 영상의 시대 아닙니까? 사모님만 그런 것도 아니고 대한민국 국민이, 아니 인류가 다 그쪽으로 가고 있는데 너무 비판적인 시각으로만 볼 수도 없잖습니까? 솔직히 인기 드라마의 시청률이 50프로를 넘는 게 현실인데 그 50프로에 낀다고 매도하시면 당하는 사모님도 기분 나쁘죠."

"허허. 난 내 스스로가 진보적이라고 생각하는데 집사람이나 자네 말을 들으면 퇴물도 구제 불능 퇴물이구먼. 난 내가 학자라고 생각하는데…… 이 시대에 순수한 의미에서의 학자가 과연 살아남을 수 있는 건지."

상혁은 대꾸 없이 술잔을 들었다. 상혁 역시 인생의 길로서 고려하고 있는 학자, 하지만 자본주의사회에서, 이른바 자본주의사회에서의 학자라는 미래상은 갈수록 매력을 잃어간다. 특히 민 선생과 상혁의 전공인 비판 커뮤니케이션 쪽은 근본적으로 반자본주의적 성향을 띤 것이어서 자본가들의 프로젝트에 참여해 떡고물이나마 핥아 먹을 건수를 기대할 수도 없다. 상혁은 자신의 학문이 세계를 변혁할 수 있다고는 조금도 믿지 않는다. 자연과학이나 공학이라면 또 모르겠다. 아무도 몰랐던 자연계의 비밀을 캐낸다거나 새로운 기술을 발명한다는 것은 순수한 기쁨을 얻을 수 있는 일이면서 그 자체로 세계의 변혁에 기여할 수 있으리라. 그러나 인문학, 사회과학 쪽은 실재계와 거리를 둔 자신만의 회로를 가지고 있다는 생각을 가끔 한다. 인문학이라면 또 모르겠다. 인간의 본질을 탐구한다는 것은 인간이라는 존재 자체가 원래 불확실하고 복잡한 것이므로 사회과학도와 같은 자의식을 갖지는 않아도 되리라. 사회과학은 과학이면서 과학이 아니다. 흔히들 쉽게 사회과학적 상상력 어쩌고 하지만 도대체 그게 무엇이란 말인가. 상혁은 사회과학을 과학으로 알고 시작했다. 하지만 그가 택한 학문의 길에는 그를 절망케 하는 복병이 곳곳에 숨어 있었다. 국제적인 석학이나 될 수 있다면 또 다른 문제이리라. 위르겐 하버마스 같은. 피에르 부르디외 같은. 마셜 매클루언 같은. 하지만 상혁은 그런 그릇이 아니다. 상혁은 그 자신을 잘 알고 있다. 이 나라 최고의 명문 대학에 입학하여 제 밥벌이라도 하면서 이만큼이나 살고 있는 것도 하늘이 돕고 조상이 도와주신 덕택이다. 그러니 범사에 감사할 수밖에. 범사에 감사하고 범사에 만족하고 살 수밖에. 지금이라도 공부에만 전념하려면 아내의 지원과 뒷바라지가 필수적일 테니 교사나 약사 같은 안정된 직업을 가진 여자를 만날 수 있도록 하느님, 부처님, 칠성님, 조상님들이여, 도와주소서! 공부를 중도에 작파하지만 않는다면 시간강사 자리는 얻어걸리겠지. 기나긴 그 시절을 견디어내고 어떻게 겨우 지방의 신생 대학에라도 자리를 얻으면 아이 교육 문제도 있고 하니 주말부부 생활을 하면서 오래 기다리고 참고 노력해서 마침내 딴따라라 따라라 딴따라라 서울로 입성하리라.

미친놈. 너는 짱돌이 너무 앞서 굴러가는 게 탈이야 인마. 당장 석사논문도 미끄러져놓고는 무슨 개수작이냐.

상혁은 다시 태어나면 계산통계학을 전공하고 싶다. 확실한 것, 똑떨어지는 것을 하고 싶다. 사회과학도의 자의식 같은 것은 개나 주어버릴 테다. 어머니가 잘 부르는 가스펠 송의 노랫말대로 '불평불만과 환멸 가득 찬 이 세상에 너는 무엇 위해 사는가'. 소시민적 행복, 나는 그것을 위해 살리라. 비록 그것이 유리의 성처럼 부서지기 쉬운 것일지라도.

하지만 맥주잔을 드는 상혁의 마음속에는 불안의 싹이 또 새 움을 트고 있었다. 두둑한 주머니가 받쳐주는 자신감이 콘크리트처럼 마음의 황량한 벌판을 덮고, 덮고, 또 덮어도 그 귀퉁배기를 뚫고 시나브로 움트는 불안. 그가 믿었던, 아니 믿었다고 생각하는 ― 아무리 열심히 다녀도 그는 어머니 같은 신앙을 가질 수가 없었다 ― 하느님조차도 어찌하지 못하는 이 불안은 그가 쓸데없이 학문의 길에 들어서서 무슨 일에건 회의하는 버릇을 들였기 때문이리라. 지금 스무 살이라면 그는 9급 공무원 시험을 쳐서 오전 9시부터 오후 5시까지 하루 종일 주민등록등본이나 떼어 주며 사는 길을 택할 것이다. 6시에는 칼퇴근을 하여 어느 사무실에서 경리 일 하는 애인을 만나서는 분식집에서 쫄면이나 비빔밥 같은 걸 먹고 공원에서 물오리에게 튀밥이라도 던지며 놀고.

미친놈. 너는 프로그래밍이 그렇게 되어먹지 않은 놈이네. 주제 파악을 해라 짜샤. 오죽하면 네 별명이 잔대가리겠냐 이 씹세이야.

상혁은 쭉 들이켜고 비운 잔을 민 선생에게 돌렸다. 술기가 돌면 윤아가 더 보고 싶어진다. 사랑은 가슴이 허전하다는 것을 물리적으로 느끼게 해준다. 누가 상혁의 가슴에서 핏물과 뼛골을, 한 움큼 덜어낸 것도 아닌데 말이다. 그녀를 껴안아야만 치료될 수 있는, 무서운 허손증(虛損症). 언제나 머리가 복잡한 상혁이지만, 윤아 앞에서만은 단순해진다. 존재의 단순함을, 그 단순함의 법열(法悅)을 느끼게 해주는 여자이기에 상혁은 윤아에 대해서만은 잔대가리를 굴리지 못한다.

민 선생은 상혁이 돌린 잔으로 입술을 조금 축이고는 고개를 떨구었다. 귓불 주위가 불콰했다.

"자네 동기들은 다들 연락되나?"

민 선생이 말하는 동기들이란 야학 교사 동기들이다. 민 선생과 상혁은 야학 교사로서도 선후배이고 고등학교 선후배이자, 대학교에서도 선후배이자 사제지간이지만 그들이 보다 소속감을 느끼는 쪽은 지금은 없어진 야학이다.

"그렇죠, 뭐. 어디 취직했나 정도는 소문으로라도 알고 있으니까 연락할 일 있으면 직장으로 하는 편이죠."

"경수는 지금 어디 있지?"

"총무처에 있습니다. 군대 갔다 온 다음에 행시 패스를 했잖습니까. 매너리즘에 빠졌는지 사는 게 지루하다고 죽는소리를 하던데요."

"진희는?"

"걔는 〈고려일보〉에 다니죠. 경찰서 돈답니다. 언론사야 워낙에 힘들죠. 게다가 여자니. 진희가 강단이 세긴 하지만, 우리나라에서 여자가 일간지 기자를 한다는 게 보통 일이 아니지 않습니까?"

"진희 말고 여학생이 또 한 사람 있잖나, 왜, 그……."

"윤아 말씀입니까?"

"응, 윤아. 요즘은 어디 병원에 있나?"

"윤아는 프랑스로 유학을 갔다고 들었습니다."

민 선생은 술잔에 꽂혀 있던 눈길을 별안간 들어 상혁을 뚫어져라 바라보았다. 그 눈동자가 수상했다. 그것은, 후배가 갑작스레 인생의 행로를 바꾼 것에 대해 관심을 보이는 그런 정도의 느낌을 담고 있지 않았다. 민 선생의 눈동자는 물과 불이 만난 것처럼 흰자위와 검은자위 사이에서 격렬한 공격성을 보이다가 곧 술잔으로 떨어졌다.

꽤 오랫동안 그들 사이에는 침묵이 흘렀다.

윤아가 유학을 갔다는, 실은 유학을 간 건지 국제결혼을 하러 간 건지 쇼핑을 하러 갔는지 전혀 내막을 모르면서 추측으로 한 그 말을 듣고 나서부터 민 선생은 말을 잃고 있었다. 상혁을 물끄러미 쳐다보기만 하는 그 눈에는 상혁에게 익숙한, 윤아의 공식적인 남자친구인 상혁의 눈에 담기는 게 훨씬 자연스러운, 지독한 그리움과 함께하지 못하는 안타까움과 알리지도 않고 사라져버린 것에 대한 원망의 감정들이 얽히고설켜 있었다. 저이가 아직도 윤아를? 아니다. 저이는 생리적으로 바람 같은 걸 피울 수 없는 사람이다. 딸린 아이가 셋이다. 아니다. 인간은 본래가 그 깊이를 알 수 없는 존재이다. 아니다. 민 선생은 윤아가 좋아하는 스타일이 아니다. 윤아는 〈가위 손〉의 조니 뎁 같은 스타일을 좋아하는데 민 선생은 꼬장꼬장한 남산골 선비 아닌가. 아니다. 다시 보니 민 선생에게는 조니 뎁과 닮은 구석이 있다.

"여신의 알몸을 본 죄로 사슴이 되어 자기가 부리던 사냥개들에게 사냥당한 사냥꾼 이야기, 혹시 아십니까?"

"그게 아마 디아나와 악타이온 스토리지. 디아나가 그리스 쪽에서는 아르테미슨가? 아니 로마 쪽에서 그런가? 그런 건 항상 헷갈린단 말이야. 어쨌든 남자가 아무리 잘나도 여자를 지배하는 건 불가능해, 허허. 그런데 그 얘기를 갑자기 왜 하는 건가?"

"일제 때 누구는 백화점 꼭대기에서 겨드랑이에 날개 돋는 느낌을 받았다던데, 저는 존경하는 선생님과 좋은 술 마시면서 머리꼭지에 뿔이 돋는 것 같으니 이게 무슨 영문인지 저도 모르겠습니다."

"사슴뿔은 비싸기라도 하니 다행이군. 왜, 여신의 알몸이라도 보았나?"

상혁은 여신의 알몸을 보았다. 보기만 한 것이 아니라 만지기도 하고 사랑하기도 했다.

"보았지요. 여신이 떠나면서 저에게 옷 보퉁이를 맡겼을 때는 매일 밤 그 옷 보퉁이를 껴안고 잠들었지요."

"옷?"

"기숙사에 있을 때 이야깁니다. 저는 방학 때도 기숙사에서 살았지만 윤아는 아니었잖아요? 개학할 때까지 세탁소에 맡겨달라는 부탁을 받은 거였죠. 저는 그걸 윤아가 돌아오기 사흘 전에야 세탁소에 주었습니다."

"……."

"사슴이 된다는 건 단순한 존재가 된다는 의미일까요? 여신의 장단에 놀아나는……."

"……."

"선생님, 이 신문을 좀 보십시오."

"재미있지 않습니까? 애들 교육비를 위해서 혹은, 무료하고 심심해서, 타당한 이유 아닙니까? 누가 이 아줌마들에게 돌을 던지겠습니까? 호호호."

민 선생은 말없이 술만 들이켰다. 이 아니 한여름 밤의 코미디란 말인가. 없는 여자를 그리는 사제(師弟)라니. 상혁은 몹시 우스워져서 자꾸만 호호호, 호호호를 쏟아냈다. 윤아야, 윤아야. 미스 윤? 유리컵에 윤아의 얼굴이 어렸다. 전체적으로 여윈 것치고는 유방이 크고 허벅지에 살이 풍성한 편이었던 윤아의 알몸이 그 위에 오버랩되었다. 아주 오랫동안 입속에서만 굴러다니던 말이 입 밖으로 굴러떨어졌다.

"선생님, 저 전공 바꾸겠습니다. 선생님 때야 혁명의 종주국이 건재하고 눈앞에 적이 또렷이 보일 때였죠. 요즘엔 이런 거 해가지고 자리 못 구합니다. 21세기는 커뮤니케이션학에도 완전히 새로운 패러다임을 요구하고 있습니다."

눈싸움이라도 하고 싶은데 민 선생은 상혁의 눈을 바라보지 않았다.

"자네를 처음 만난 게 언제였더라? 신입생이 가당찮게 의식화돼 있었지. 그때는 자본주의에 대한 증오가 지대하더니, 왜 그때의 천박한 자본주의사회가 나도 모르는 새 바뀌었나 보지?"

"천박하다니요? 선생님과 저의 시각이 거기서부터 다릅니다. 자본주의가 천박하다면 인간이 천박한 존재인 탓이죠. 저는 선생님처럼 그렇게 고결하지 못합니다. 저는 제 자신이 천박한 인간인 걸 알고 있고 제 인생이 결국 통속으로 끝날 것을 알고 있습니다."

상혁은 점점 수위를 높여 민 선생을 공격할 생각이었다. 어차피 이 전공으로는 전망이 없을 바에야 지도교수한테 찍힐 것을 겁낼 필요는 없었다. 수틀리면 때려치우리라. 아까울 것도 없다. 상혁에게는 의식주를 제공하고 월급 300만 원을 준다는 부잣집이 있었다.

씨펄. 글로벌 시대에 민족은 무엇이고 민중은 무엇이냐.

두 손으로 술잔을 모아 쥐고 있는 민 선생은 상혁보다도 어리고 약해 보였다.

사랑하기 때문에 헤어진다

필남이 죽었을 때, 윤아는 티베트에 있었다.

그녀는 수도의 국립대학 치대를 우등으로 졸업했지만, 대학원 진학을 포기하고 페이 닥터라는 일종의 노동 유목민을 선택했다. 스물여섯에 첫 직장을 잡은 그녀는 그로부터 2년을 열심히 일하고는 사표를 내고 1년 동안을 프랑스에서 살았다. 그리고 돌아와 1년 반을 일한 다음 7개월째 중앙아시아에 체류 중이었다.

그녀가 평일에는 오후 7시 반, 토요일에는 오후 4시까지 일하고 치과에서 받는 월급은 250만 원 선이거나 거기에서 1~20만 원쯤 더 받거나 했다. 치과에 나갈 때의 그녀는 매우 성실한 의사여서 때로는 거의 일중독자로 보일 정도였다. 그녀는 간호사보다 일찍 출근해 병원을 청소하고 차트를 정리했으며, 점심을 배달 음식으로 간단히 때우고는 학회지에 실린 최신 논문들을 읽었고, 오후 진료가 끝나면 보육원이나 장애인 시설을 찾아 치아를 검진해주는 자원봉사를 했다. 토요일 치과 진료가 끝나는 4시 이후에는 자원봉사 때 만났던 아이들 중 급히 치료가 필요한 아이들을 불러 무료로 치료해주었다. 병원 시설은 원장의 묵인 하에 대부분 공짜로 썼지만, 재료비는 전적으로 윤아가 부담했다.

그럼 일요일에는 무엇을 했는가. 민 선생을 만날 때도 있었지만, 그 횟수는 손가락을 꼽을 정도였다. 상혁에게는 서울발 파리행 비행기에서 내리자마자 결별을 선언했었다. 대개의 일요일에는 미아와 오빠들을 찾기 위해 여러 가지 경로로 발품을 팔았다. 그녀는 종종 길을 잃었고, 다리가 퉁퉁 붓도록 보람 없이 헤매었다.

그녀는 잠을 잘 자지 못했고, 어렵게 잠이 들어도 꿈을 꾸느라 깊은 잠을 자지 못했다. 길을 잃는 꿈은 너무나 자주 꾸어, 꿈속에서 식은땀을 흘리며 헤매는 중에도 한편에서는 '또 이 꿈이야, 지겹다 정말' 하고 중얼거리게 되었다. 그즈음 새롭게 꾸기 시작한 꿈은, 배가 아파 화장실을 찾으러 다니는 꿈이었다. 화장실은 보이지 않았고, 정말 힘들게 찾은 화장실은 문 앞에 엑스 자로 각목을 박아놓았거나 오물이 넘쳐흘러 도저히 팬티를 내리고 앉을 수가 없는 곳이었다. 그 꿈은 기어코 사람을 깨워 화장실로 가게 만들었다. 오줌은 많이 나오지도 않았고, 많이 나오지도 않는 그 오줌 때문에 그녀는 밤새 두세 번을 깨야 했다. 그렇다고 그녀가 임신성이나 세균성 빈뇨 증세가 있었던 것도 아니었다. 낮에 병원에서 일할 때는 일에 정신이 팔려 하루 온종일 소변을 두 번도 보지 않을 때가 많았다.

민 선생과 윤아는 오래전 윤아가 스무 살 새내기일 때 야학에

서 만났다. 민 선생은, 그때는 가난한 대학원생의 신분이었지만 야
학의 초창기 멤버로서 그 동네에서만큼은 대단한 카리스마를 가지
고 있었다.

그는 청교도적인 이상주의자로서 방법론의 측면에서 당대의
운동권에 반대했고, 소위 개발독재의 시대에 저항하는 그 나름의 방
법으로 야학에의 헌신을 택했다. 그는 기독교사회주의의 입장에서
프롤레타리아혁명은 수긍하지 않았다. 자기 자신의 공부도 게을리
하지 않았던 그는 학비 면제를 받았고 몇 푼의 학업 장려금으로 검
박한 생활을 꾸렸다. 그는 야학 교사를 자원한 윤아를 면담하면서
윤아야말로 자신의 반려자가 될 사람이라고 생각했다. 머리가 좋으
면서도 가난하고 심지가 굳은 여자를 찾느라 스물아홉이 되도록 연
애 한번 해보지 못한 그에게 입지전적(立志傳的)이라 해도 좋을 이
력의 윤아가 나타난 것이었다. 그는 자기가 가진 것을 갖지 못한 자
들에게는 언제나 미안한 마음과 무언가를 빚졌다는 의식을 느꼈는
데 야학의 학생들에게는 자신의 배움이, 보육원 출신의 윤아에게는
자신의 부모가 그러한 미안함과 부채 의식의 원인이 되었다. 그는
윤아도 자신을 사랑하고 존경할 것이라 믿어 의심치 않았다. 사실
지금껏 그가 마음을 열지 않았달 뿐 그를 좋아하는 여자들은 꽤 있
었다. 그는 키가 크고 지성적인 눈매에 콧날도 오똑하여 외모에서도
빠질 것이 없는 사람이었다. 그는 윤아에게 자신이 얼마나 강고한
신념의 사나이인가 보여주려고 애썼다. 그는 윤아의 삶을 이끄는 좋
은 리더가 되고 싶었다.

그러나 윤아는 강고한 신념과 충실한 리더십에 좀 질려 있었다. 사명감 넘치던 보육원 원장에게 실망감을 안겨주지 않기 위해 윤아는 유년기도 소년기도 포기했었다. 유소년기의 특징이란 앞뒤 가리지 않고 일을 저지르는 무책임성, 무제한적으로 요구하고 의지하기, 대가를 주어야 한다는 강박 없이 사랑받기 따위가 아니던가. 그녀는 단 한 번도 그렇게 해보지 못하고 언제나 계획적으로 또 모범적으로 행동하며 살아왔다. 그녀는 어느 사이에 외부로부터 강제당하는 것이 아니라 내부에서 검열을 받고 있었다. 보육원을 떠난 뒤에도 그녀의 안에는 보육원 원장이 살고 있었다. 한없이 고마우면서도 한없이 부담스러운 사람. 희생이란, 보이지 않는 족쇄를 그 희생의 수혜자에게 채우는 것이다. 그 희생이 고귀한 것이었기에 그 족쇄는 천국의 빛으로 반짝인다. 그러나 족쇄는 어쨌거나 족쇄인 것이다. 보육원 원장의 희생은 오늘의 윤아를 만들었지만 윤아의 다른 삶의 가능성을 제거해버렸다. 족쇄를 한 윤아는 삶을 선택할 수 없었다. 의학을 공부하여 먼 야만의 땅에서 선교사가 되라고, 원장은 윤아의 머리를 쓰다듬으며 간절하게 말했었다.

　　님이 이모와 살면서도 윤아는 보육원 원장의 시야에서 벗어나지 못했다. 그래서 그 도시를 떠난다는 것은 윤아에게는 커다란 상징적인 의미를 가지고 있었다. 윤아는 장학금을 받고 그 도시를 떠나는 대가로 의대를 포기하고 치대를 택했다. 윤아가 학력고사 때 너무 긴장을 하여 실력을 다 발휘하지 못했기 때문에 의대 장학생이 되기에는 성적이 좀 위험했기 때문이다. 그 도시에 남았다면 의대에도 충분히 장학생으로 들어갈 수 있었지만 윤아는 서울 유학을 가겠다고 구태여 고집을 세웠었다.

　스무 살의 사랑이란 신념보다는 의식이 따라잡지 못하는 저 깊은 곳의 욕망의 발로일 때가 많다. 반하는 것, 그냥 끌리는 것이 필요하다. 이전에는 없던 사랑의 호르몬이 핏줄을 타고 흘러야 하며, 온몸의 세포가 상대를 향해 긴장해야 한다. 그런 식으로 민 선생에게 반하는 여자들도 꽤 있었지만, 정작 윤아는 민 선생을 사랑할 수 없었다. 그러나 윤아의 안에 여전히 살아 있는 보육원 원장이 윤아로 하여금 그를 거부하지 못하게 했다. 윤아는 미적거리며 그에게 끌려갔다. 커뮤니케이션학 박사과정을 수료한 그가 결혼하여 함께 미국으로 가자고 했을 때, 그녀는 저도 모르게 눈을 감고 미간을 찌푸렸다.

　"저는 이제 겨우 예과 2학년이에요. 학업은 마쳐야죠."

　"가서도 할 수 있어. 미국 대학은 기혼자들에게 많은 혜택을 주지. 장학금은 물론이고 생활비도 보조해준다더라. 선교사가 꿈이랬잖아? 미국에선 여기서보다 훨씬 더 훌륭한 선교사로 단련될 수 있어. 내가 도와줄게. 겁먹을 일은 하나도 없어."

　할 수 없었다. 유치하고 비열한 방법이라도 동원해야 했다.

　"저, 사실은 처녀가 아니에요."

　"……무슨 말을 하고 있는 거니?"

　"남자랑 잤어요. 한 번도 아니구요. 여러 번."

　"거짓말 마."

"거짓말 아니에요."

"그 남자가 누군데?"

"상혁이요."

"……."

그는 그 상황을 수습하지 못하고 주먹만 부르르 떨다가 일어나 버렸다. 나중에 더 나이가 들어서는, 그런 것은 아무 문제가 되지 않는다고 하지 않은 자신에게 더러 화를 내기도 했으나, 그때만큼은 그는 아무 생각도 할 수 없었다. 그녀는 순결한 처녀지여야 했다. 똑같이 순결한 그 자신만이 탐험할 수 있는.

그는 지금 모교의 교수가 되어 있다. 대단히 운 좋은 경우에 속한다. 파리에서 돌아온 윤아가 강북의 한 치과에 자리를 얻어 일하고 있을 때 민 선생이 미국 가기 전 그렇게도 어색하게 헤어진 뒤로는 처음으로 그녀의 치과를 찾아왔다.

그의 몸은 양쪽 끝을 잡고 슬며시 힘을 가한 철사처럼 전체적으로 구부정해졌고 눈은 더욱 우묵해졌으나 손만은 예전처럼 희고도 가늘었다.

"손 한번 잡아볼까요? 아직도 전기가 통하나."

그 말을 하며 민 선생이 예의 그 아름다운 손을 내밀었다. 그의 손에 비해 윤아의 손은 마디가 굵은 데다 누르퉁퉁한, 아무리 잘 봐주어도 못생겼다고 할 수밖에 없는 것이었다. 그가 전기를 느꼈는지 못 느꼈는지는 알 수 없는 일이로되 윤아는 그 손을 잡은 자신의 손에서 돌연 전기를 느꼈다. 상혁에게서는 느끼지 못하던 떨림이었다.

윤아는 그 떨림에 감동했다. 윤아는 생각했다. 낭만주의 시대 독일 물리학자 요한 빌헬름 리터의 견해처럼 육체와 정신 사이에 일어나는 모든 에너지의 교환에는 전기가 작용하는 것이라고. 상혁과의 접촉에서도 그러한 전기적 진동이 없지는 않았겠지만 자신의 뇌가 감지할 수 있을 정도의 강도를 가지지 못했을 것이라고. 마치 땅덩어리가 흔들렸다는 사실 자체는 동일하지만 진도 3 미만의 미진(微震)이나 경진(輕震)을 인간이 감지하기 힘든 것처럼.

한국 사회에서 미혼녀가 유부남을 만난다는 것은 삶의 지평에 균열을 일으키는 강진(強震)일 수밖에 없다. 윤아와 만나는 순간 민 선생의 존재론적 기호는 교수도 아니고 이상주의자도 아니고 그냥 유부남이었다. 그들의 만남은 의도했건 의도하지 않았건 밀회가 되었고, 꼬리가 길면 밟힌다고 횟수를 거듭할수록 위험스러워졌다. 그들은 극장의 어두운 통로나 교외의 한적한 식당에서 윤아의 고객이나 민 선생의 제자 같은, 전혀 예상치 못했던 지인(知人)과 부딪치곤 했다.

그들은 새로 만난 지 세 번 만에 여관으로 갔다. 유부남과 미혼녀의 만남이 찻집이나 공원에서 예쁘장한 말들을 주고받고 손목이나 잡는 것으로 끝나기란, 처녀 총각이 그렇게 하는 것보다 백배는 더 힘든 법이다. 민 선생의 손을 잡은 윤아가, 잠깐 쉬어 가는 요금으로 여관비를 선불로 냈다. 윤아는 침대에 걸터앉은 민 선생을 두고 먼저 씻었다. 민 선생이 목욕탕을 등지고 앉은 채 일어날 생각을 하지 않았기 때문에 윤아는 뒤에서 그의 목을 끌어안았다. 그는 윤아의 젖은 손등에 키스하고는 천천히 옷을 벗었다. 그러나 그들의 육체적 사랑은 실패로 끝났다. 민 선생은 아내 이외의 여자와 잔 것이 처음이라며 괴로워했다. 괴로움 때문에 그의 성기는 힘을 쓰지 못했다. 그의 고통을 지켜보는 윤아의 마음 또한 편안할 리 없었다. 사랑하는 그들이 처음으로 나눈 육체적 사랑의 시도는 그렇게 너무나 씁쓸한 뒷맛만을 남겼다.

윤아가 견딜 수 없었던 것은 그녀 자신의 가책이 아니라 민 선생이 정도 이상으로 괴로워한다는 사실이었다. 사랑하기 때문에 헤어진다. 이 모순적인 명제는 그녀와 민 선생의 경우에도 해당되었다. 그녀는 민 선생이 유부남이었기 때문에 사랑할 수 있었지만, 바로 그렇기 때문에 견딜 수 없었다. 민 선생 역시 결혼을 하고 나서야 처녀가 아니라는 그녀의 고백이 준 충격에서 벗어날 수 있었다. 그러나 그가 결혼한 상태라는 바로 그 사실 때문에 그녀와의 만남은 지속될 수 없었다. 이중생활은 죄였다. 진정한 사랑은 결혼으로 귀결되어야 했다. 그는 윤아를 진정으로 사랑한다고 생각했기 때문에 이중생활의 죄책감에서 벗어나려면 아내와 이혼해야 했다. 그러나 그것은 불가능했다. 우선 윤아부터가 그의 이혼에 절대 반대였다.

그들은 사랑하기 때문에 헤어져야만 했다.

윤아는 한 달 생활비로 50만 원 이상을 쓰지 않았기 때문에 자원봉사에 소요되는 비용을 제하고도 상당히 많은 돈을 저축할 수 있었고, 그 돈은 긴 여행을 떠날 밑천이 되었다. 그녀는 비행기 트랩을 오르면서부터 참을 수 없는 졸음을 느꼈다. 좌석에 엉덩이가 닿고 뒤통수가 등받이에 닿는 순간부터 그녀는 잠에 빠졌다.

그 비행기는 바다로 추락할지도 몰랐다. 추락하지 않는다면 그녀는 몇 시간 후 예전에 한 번도 가보지 않았던 낯선 장소에 떨어질 것이다. 그곳에서 낯선 음식을 먹고 낯선 거리를 걸을 것이다. 아무 계획 없이 그 거리를 어슬렁거리다가 할 일 없는 낯선 남자를 만나 이해하지 못하는 대화를 나눌지도 모른다. 그리고 마음이 맞으면 그와 잠을 잘지도 모른다. 몽마르트르 언덕에서 해 지는 풍경을 바라보다 만난 어떤 파리지앵은 하룻밤을 같이 보낸 윤아에게 윤아가 먹어본 음식 중 가장 맛있는 수프를 끓여주었었다. 서로에 대한 호감과 배려가 수프의 김처럼 따스하게 그들을 감쌌던, 그날 아침의 식탁은 '행복'이라는 말을 접할 때마다 윤아가 떠올리는 추억이다. 그러므로 윤아가 사랑한 것은 남자가 아니라 딱 그만큼의 '거리'였다. 영원한 거리만이 영원한 추억을 가능하게 하는 것. '거리의 소멸'에 대한 두려움이 포화 상태에 이르면 그녀는 사랑하는 남자에게서, 또 살던 땅에서 떠날 수밖에 없었다.

그렇게 만난 남자와 마음이 통하지 않더라도 혹은 남자를 만나지 못하더라도 윤아로서는 애달아할 일이 아니다. 어느 경우든 그녀는 깊은 잠을 잘 수 있으니까. 아침 햇귀가 눈두덩 위에서 〈호두까기 인형〉을 연기하는 발레리나의 발가락 끝처럼 가볍게 그녀를 깨울 때, 숙면을 취한 자의 행복감에 흠뻑 젖어 기지개를 켤 수 있을 테니까.

그녀는 낯선 운명 속에 자신을 방기하고 싶다. 그것이 운명에의 공포에서 벗어나는 윤아의 전략이었다.

운명에의 공포에서 벗어나는 길은 두 가지. 하나는 보육원 원장처럼 신의 섭리를 믿는 것이다. 신은 당신의 쓰임새에 따라 인간을 창조했다. 윤아도 신의 쓰임새에 따라 창조된 인간이다. 윤아의 앞날은 신의 계획에 따라 예정되어 있다. 신의 충실한 종인 윤아는 신의 뜻을 추종하기만 하면 된다. 어떤 시련도 신의 계획에 합치되는 시험이자 단련일 뿐이다. 그러므로 운명은 더 이상 두렵지 않다.

또 하나는 운명 앞에 자신을 방기하는 일이다. 윤아는 다섯 살 때 어린 동생을 데리고 어둠 속에서 길을 잃은 적이 있다. 윤아는 땅이 단단하지 않을지도 모르며 한 발짝만 잘못 떼면 푹 꺼져버릴 수도 있다고 생각했다. 그것은 정말로 무서운 생각이었다. 그녀는 신의 섭리에 대한 믿음으로도 그 무서움을 이겨낼 수 없었다. 그녀는 차라리 그 무서움 앞에 자신을 던져버리기로 했다. 던져버리는 순간부터 그녀는 잠을 잘 수 있었다. 그녀의 여행은 잠을 자기 위한 여행이었다.

우리 시대의 현모양처

이 소중한 아이들, 할 수 있는 것은 모두 해주고 싶지 않습니까?

아파트 입구에 서 있는 보험회사의 광고판이 그렇게 말하고 있었다. 그 문구 밑에는, 저 가족처럼 행복하게 살려면 이 보험회사의 어린이 보험에는 꼭 들어야 하겠구나, 하는 생각이 무의식중에 각인 되게끔 세상에서 가장 행복해 보이는 이 시대의 성(聖) 가족 한 쌍 이 연출되어 있었다.

진초록 침엽수 숲을 병풍 삼은 유럽풍의 전원주택이 있었고, 밝은 연둣빛의 잔디밭 위에는 새하얀 야외 식탁이 있었다. 하늘의 코발트빛과 어울려 그 색채들은 더할 나위 없이 산뜻했다. 산뜻함 의 고갱이가 있다면 그런 풍경이리라. 그 하얀 식탁에 그들은 둘러 앉아 있었다. 칼라와 앞섶에 꽃무늬가 수놓인 데님 원피스에 편안하 게 휘감긴 몸매하며 오목조목 예쁜 이목구비는 물론이고 은근슬쩍 입가에 물린 미소까지 헤프지 않고 깔끔한 젊은 엄마는 행복감에 겨운 표정으로 딸아이의 머리띠를 바로잡아주고 있었고, 그림책의 백설공주처럼 꾸민 딸아이는 파르페의 빨간 체리를 통통한 손가락으로 집으려 하고 있었으며, 씻어놓은 흰죽 사발처럼 희번지르르하게 잘생긴 아빠는 아들아이를 목말 태우고 있었다. 다저스 로고가 박힌 캡을 거꾸로 쓴 소년은 잠시도 가만있지 못하는 미운 일곱 살 개구쟁이 티를 한껏 내고 있었다. 두 다리로 아빠의 목을 죄고도 모자라 두 팔을 번쩍 들고 무어라고 외치는 통에, 아빠는 아이의 허리가 뒤로 꺾이지 않도록 안간힘을 쓰고 있었다. 눈썹과 이마를 찡그리면서도 입에서는 웃음이 비어져 나오는 아빠의 표정은 보는 사람들마저 자기도 모르는 사이에 미소를 머금게 할 만큼 익살맞았다.

잘나가는 신(新)현모양처 예지는 먼 산을 보는 척 그 포스터를 슬쩍 보며 턱을 좀 더 치켜들었다. 고만고만한 월급쟁이들이 살 만한 아파트나 연립주택 입구에는 예외 없이 이 포스터가 붙어 있었다. 예지가 가장 경멸하는 유형의 서른 남짓된 여자가, 시리얼 상자가 모서리를 비죽이 내민 검정 나일론 장바구니를 흔들며 아파트 상가 출입구에서 나오다 방금 〈행복이 넘치는 가족〉의 표지에서 빠져나온 듯한 예지와 아이들을 보더니 흠칫하며 광고판을 돌아보았다.

남편의 낡은 운동복을 걸쳐 입은 모양 허술한 차림새, 간밤 왕성하게 분비된 피지를 여태 씻어내지 않았는지 프라이팬처럼 번들거리는 얼굴에 눈구석에는 누런 눈곱조차 낀, 베개에 눌린 자리가 확연한 까치 머리를 묶지도 않은 그 여자는, 아아, 하고 촌스럽게 탄성까지 발하며 놀란 암탉 같은 표정을 수습하지 못하고 있었다. 예지는 짐짓 무심한 척 갈 길을 재촉했지만, 여자의 시선이 부러움과 감탄으로 떨리고 있다는 걸 잘 알고 있었다.

물론 예지의 그런 단정은 자만심에 기인한 순전한 착각이었다. 여자의 시선이 예지에게 한참이나 멈추어져 있었던 건 사실이지만, 그것은 여자가 시방 쓰고 있는 소설 속의 한 등장인물과 너무나 똑같은 이미지의 실제 인간을 발견하여 여자가 몹시 흥분된 까닭에 발생한 일이었다. 여자는 요즘, 요리책을 내거나 수필집을 내어 내가 이렇게 원더우먼 노릇을 잘하노라 광고하는 여자들과 비교당하느라, 혹은 자기도 모르는 사이에 스스로 그들과 자기를 비교하느라 짜증이 왕창 난 상태였다. 소설을 쓰는 그 여자가 생각하기에 그런 원더우먼들은 자기와 같은 보통의 인간 여자들에게 보통 억압적인 이데올로기로 작용하는 게 아니었다. 게다가 근래 시청률에서 타의 추종을 불허하는 일일연속극 〈보자 또 보자〉의 여자 주인공은 예쁘고 싹싹하고 돈 잘 벌고 살림 잘하는 것은 기본에 웬 개성 음식까지 기막히게 잘하는 캐릭터여서 여자의 화통을 터뜨리고 있었다. 여자는 침을 튀기며 세상에 그런 여자는 없다고 강변하다 못해 그런 여자의 이면을 파헤치는 소설을 쓰고자 마음먹었는데, 이런! 그런 여자가 눈앞에 있었던 것이다. 여자는 탄성만 지르고 있을 수가 없었다.

"저, 여보세요."

"예?"

예지가 생긋 웃으며 돌아보았다.

"저기 광고에 나오시는 분 맞죠?"

"예."

"이 아파트에 이사 오세요?"

"예. 사실은……."

"몇 동 몇 호에 사세요?"

"3동 302호요."

"어머, 저도 3동 살아요. 101호예요. 김복순이라고 합니다. 반가워요. 놀러 갈게요. 언제가 편하세요?"

"오늘 오후면, 괜찮아요. 약국은 내일부터 여니까요."

"오늘 오후, 예. 그럼 그때 봐요. 커피 한잔 주세요?"

"예."

그 여자 넉살도 좋다고, 예지는 속으로 코웃음을 쳤다. 이러니 사람은 참 제각각인 것이다. 어떻게 저런 꼴로 남에게 아는 체를 할 수 있으며 더구나 처음 본 사람에게 놀러 가겠다는 둥의 말을 꺼낼 수가 있단 말인가. 예지로서는 상상도 못 할 일이었다.

아이들을 위한 보장성보험 광고를 찍은 것은 넉 달 전쯤의 일이었다. 국내 유수의 광고 회사에 다니는 남편의 친구가, 그 보장성보험 광고의 콘셉트에 가장 어울리는 가족상으로 예지의 가족을 추천함으로써 이루어진 일이었다. 어느 모로 보나 야물딱진, 소위 미시 주부의 이미지에 예지는 적격이었다. 요즘 주부들에게 어필할 수 있는 미시로는 너무 야하게 예쁜 얼굴도 실격이었지만 수수하고 무던한 조강지처 상호(相好)도 실격이었다. 예지처럼 전체적인 윤곽이 귀염상이어서 여염집 큰애기 같으면서도 섹시한 매력이 살짝살짝 배어 나와야 했다. 넘치지도 모자라지도 않는 미모에 군살 없는 몸매, 약사라는 안정된 직업은 또래의 주부들에게 선망의 대상이 될 만했다. 게다가 사람 좋고 가정적일 것 같은 남편에 깨물어주고 싶도록 앙증맞게 예쁜 남매를 가지고 있으니, 가히 이 시대의 30대 여자로서 갖출 것은 모조리 갖춘 모양새였다. 결정적으로 광고주의 마음을 움직인 것은 예지가 그즈음에 출판하여 제법 인구에 회자된 책이었다.

《완전한 여성》.

그것은 물론 책의 제목이자, 작자인 예지를 일컫는 용어였다. 살림을 반질반질 윤기 나게 하면서 돈까지 잘 버는, 거기다 아들 하나 딸 하나 홈런까지 친 이 시대의 신사임당을 가리키는 말이었다.

졸지에 이 시대 여성의 사표가 된 예지는 책 덕분에 방송도 여러 번 타게 됐다. 방송에서 연예인 못잖은 패션 감각과 교양 있는 말솜씨를 뽐내게 되니 덩달아 책도 더 잘 팔려 예지의 주가는 바야흐로 상종가를 치달았다. 월간 여성잡지들은 너도나도 '완전한 여성 권예지식 살림법', '약사 권예지의 《가정의 행복은 주부의 손끝에서》', '남편을 사로잡는 법, 신세대 주부 권예지의 여우 전략', '권예지식 인테리어로 새봄맞이' 등의 기사를 실었다. 예지는 《완전한 여성》에서 주장하는 '완전한 여성 5계명'을 신문 잡지의 이 기사, 저 기사, 방송국의 이 프로, 저 프로에서 줄줄 외고 다녔다.

"시(時)테크 개념으로 가사를 해치워요. 즉 철저한 계획표와 과학적인 관리로 최소한의 시간에 최대한의 가사를 돌본다는 거죠. 예를 들면 미리 짠 한 주일의 식단에 맞추어 한꺼번에 장을 보아 한꺼번에 손질하여, 이건 야채, 이건 생선, 이건 소스, 이건 육수식으로 그 릇그릇 담아 랩을 씌워 냉장고에 정리해두면 식사 준비 시간이 평소의 3분지 1도 채 걸리지 않거든요. 만약 생선찌개가 그날의 메뉴라면 냉장고의 육수 그릇에서 육수를 덜어 물과 섞은 다음 야채 그릇에서 무와 파를 한 움큼씩 덜어 넣고 생선 그릇에서 맞춤한 생선을 꺼내 넣고 또 고추장, 고춧가루, 간장, 마늘 등으로 미리 만들어놓은 찌개용 소스를 끼얹어서 끓이기만 하면 되니까요. 찌개가 끓는 동안에도 멍청하게 서 있지 마세요. 그런 시간을 잘 써야 완전한 여성이 될수 있는 거예요. 나물 한 가지를 더 무치거나 세탁기를 돌리지 않는다면 그 시간에는 식탁에 미리 비치해놓은 책을 읽으세요. 저는 그렇게 자투리 시간에 읽을 책을 식탁 귀퉁이에 항상 놓아둔답니다. 이번주에 읽고 있는 책은, 법정 스님의 《무소유》예요. 시간 날 때 무엇을 하겠다는 생각은 하지 마세요. 그런 생각을 하는 주부에게 남는 시간은 없답니다. 완전한 여성은 시간을 만들어내는 법이지요."

"남편과 아이들에게 정돈되지 않은 아내와 엄마의 모습을 보이지 않아요. 집에서 입는 옷이라고 아무거나 걸쳐서는 안 돼요. 몸에 맞고 어울리는 홈 원피스를 몇 벌 장만하세요. 저처럼 양재를 배워 손수 만들어 입으면 더 좋고요. 그리고 남편이 일어나기 전에 화장을 하고 남편이 잠든 후에 화장을 지우는 원칙을 꼭 지키세요. 피부에 트러블이 있을 때는 립스틱이라도 꼭 바르고요."

"자기 관리를 절대 게을리하지 마세요. 정기적으로 음악회에 가고 연극 관람을 하구요. 물론 그 정기적 일정표에는 피부 관리실과 헬스클럽도 포함되는 거예요. 완전한 여성이라면 지성만큼이나 미모도 중요하니까요. 그런 것이 경제적으로 힘들다면 아이들과 함께 서점에라도 가세요. 그리고 오이라도 썰어서 붙이고요."

"변화와 안정이 공존하는 스위트 홈을 꾸미세요. 계절마다 커튼이나 쿠션 커버, 꽃병 등을 바꾸는 것으로 집 안 분위기를 일신하는 건 기본이고요. 하지만, 사랑과 추억이 담긴 가족의 기념품이나 사진 등은 언제나 그 자리에 두세요. 새것에 민감하면서도 옛것에 집착하는 것이 남자와 아이들의 심리니까요."

"식생활은 가정생활의 근본이지요. 세상이 바뀌고는 있지만 아직도 여자의 고유 영역이라고 할 수 있는 것은 아이를 낳고 요리를 하는 것입니다. 맛있는 요리를 가운데 놓고 온 가족이 식사를 할 때의 즐거움은 주부라면 놓칠 수 없는 것이지요. 하지만 매일매일 하는 것이 요리다 보니 하기 싫을 때도 있고 잘되지 않을 때도 있죠. 요리를 쉽고 맛있게 하는 방법 한 가지를 가르쳐드릴게요. 만능 양념을 만들어놓고 쓰세요. 마늘, 표고버섯, 술, 레몬즙, 육수를 섞어 만능 양념을 만들어놓고 쓰면 참 편리해요. 자세한 조리법과 다양한 응용법은 제 책의 별책 부록을 참고하세요."

"부업으로 남편의 짐을 덜어드리세요. 돈 문제만큼 치사하면서도 중요한 것은 없어요. 돈이 부족하면 남편에게 바가지를 긁지 않을 수 없고, 아이들에게 짜증을 내지 않을 수 없잖아요? 영문과 출신이면 중고생 과외라도 하고 사회체육학과 출신이면 에어로빅 강사, 이도 저도 아니면 슈퍼마켓 점원이나 파출부라도 합시다."

"주부는 가정이라는 사회집단의 관리소장이에요. 남편과 아이들의 건강, 위생 상태, 직장과 학교에서의 성취도를 주기적으로 점검하고 과학적으로 관리해야 할 책임이 있답니다. 여성의 인생은 여성 자신과 남편, 아이들이라는 3대 요소로 구성되어 있으니까요. 남자와 아이들이란 고양이와 같아서 등골을 따라 살포시 쓰다듬어주며 달래면 말을 듣게 되어 있어요. 자세한 노하우는 제 책을 참고하세요. 어쨌거나 남편과 아이들의 성적은 곧 주부의 성적, 프로 주부와 아마 주부는 이런 데서 차이가 나죠."

뒷머리에 베개 자국을 달고 다니는 저 여자도 내 강의를 들었을까. 듣고도 저 모양이라면 소박감이고, 못 들어서 저 모양이라면 언제 내 책이라도 한 권 선물할까 보다. 여자가 저 꼴이니 저 여자 남편이나 애들도 불쌍하군, 불쌍해. 예지는 커피색 고탄력 스타킹이 은근히 반짝거리는 갤쏨한 다리를 살짝 구부리고 아이들의 등을 서너 번 두드렸다.

"얘들아, 어서. 엄마는 할 일이 너무 많아요."

아들아이가 영어학원 로고가 찍힌 가방을 마구 딸막거리며 아파트의 정원을 향해 달려 나갔다.

"엄마, 우리 옛날에 여기 살았지, 응?"

"옛날? 옛날이라고 했어? 찬양이는 엄마 배 속에 있을 땐데 어떻게 그걸 알았지?"

"아빠가 그랬어요."

딸아이까지 제 오빠의 뒤를 따라 불안정하게 뛰어가다가 뒤돌아보며 물었다.

"엄마, 여기가 인제 우리 집이야?"

"응, 앞으로 1년간만. 1년만 있으면 훨씬 더 큰 집에 이사 간다고 했지, 엄마가?"

예지는 검은 나일론 장바구니를 든 여자가 혹시나 다르게 생각할까 봐 약간 높은 목소리로 또박또박 말했다. 거짓말이 아니었다. 사실 예지네가 신혼 때 살던 이 아파트에 다시 전세를 얻어 온 것은, 그동안 살림을 못 늘려서가 아니었다. 도약을 위해 잠시 머무는 구름판이라고나 할까. 새로 분양받은 40평짜리 새 아파트의 중도금을 치르느라 그저께까지 살던 아파트를 팔았으므로 1년만 이렇게 전세를 들어 있다가 잔금을 치르고 당당히 새 아파트에 입주하면 그만이었다. 굳이 신혼 시절에 살았던 이 동네로 온 까닭은, 공기가 좋은 변두리이면서도 상대적으로 교통이 편리해 남편이나 예지 둘 다 '살기 좋았던 곳'으로 기억하고 있었던 참에 생활 정보지에 난 전세 광고를 우연히 발견했기 때문이었다.

토요일인 어제 회사에 월차를 내고 포장 이사 업체와 함께 짐을 옮긴 남편은 지금 시집에서 단잠에 빠져 있다. 오늘 아침부터도 피곤해서 도저히 못 일어나겠다는 걸 시어머니, 시숙 눈치 때문에 억지로 깨워 오전 예배에나 겨우 동행시켰는데, 그런 사람을 다시 일으켜 세우자면 짐 정리는커녕 아파트에 도착하기도 전에 지레 힘을 다 쓰고 말 것 같아 정신없이 자는 남편의 호주머니에서 예지가 열쇠만 꺼내 챙긴 것이다.

손에 익지 않은 새 열쇠 꾸러미를 만지작거리며 구두 굽 소리도 경쾌하게 예지는 계단식 5층 아파트의 현관으로 들어섰다.

33평에 들어 있던 짐을 24평으로 옮겨놓으니 집은 20평도 안 되는 것처럼 좁아 보였다. 혹시나 했더니 역시나 남편이 다 해놓았다는 정리는 치레뿐인 정리였다. 사방팔방에 손 가고 힘들여야 할 일거리들이 쌓여 있었다.

예지는 조금 전까지의 경쾌함을 잊고 현관에서 잠시 망연자실하여 서 있었다. 저번 집에 있을 때는 몰랐는데 권 약국이 마련해준 예지의 혼수들은 세월만큼 마모된 채로 그 좁은 공간에 어디서 꾸어다 놓은 것처럼 어색하게들 틀어박혀 있었다. 일제 밥통과 텔레비전, 미제 냉장고, 독일제 세탁기. 서화(書畵)와 창(唱)을 사랑하는 한의이면서도 값진 외제를 무척 선호했던 권 약국이었다. 그는 외국영화도 좋아했는데 마카로니웨스턴류의 비장한 서부영화를 특히 좋아했다. 결혼하면 자기라는 것을 버리고 아름다운 가정을 이루라고 아비는 신신당부했었다.

아비의 말이 아니라도 예지는 집 안에서는 헌신적이었다. 집 밖에서는 깍쟁이처럼 굴었지만 집 안에서는 끝없이 자신을 희생했다. 자신의 헌신만이 아름다운 가정을 유지하는 밑바탕이 된다고 그녀 스스로 생각했던 것이다. 그녀는 오전 10시부터 오후 9시까지 다리가 퉁퉁 붓도록 선 채로 돈을 벌었고, 그 돈을 남편과 자식에게 썼으며, 가사의 거의 전부를 도맡아 했다. 그러면서도 그리스도가 교회의 머리이듯이 남편이 가정의 머리라고 생각했기 때문에 중요한 의사결정은 그에게로 돌리고 그의 결정에 순종했다. 그 모든 헌신의 보상은, 예지가 설거지를 할 때 가끔 뒤에서 예지의 허리를 껴안으며 남편이 말하는, 사랑해, 였다.

그러나 일방적인 헌신은 남녀 관계에서는 종종 배신으로 귀결된다. 오래된 일방적 헌신은 더 이상 고맙지도 아름답지도 않은, 하찮은 습관이다. 습관에는 긴장이 없다. 예지의 남편은 예지의 아버지와는 다른 종류의 남자였다. 그는 긴장 없는 관계에 충실해야 할 이유를 알지 못했다. 헌신이 끝까지 아름다울 수 있다면 그것은 이미 종교적인 관계일 것이다.

명징한 정체성

초인종을 누르는 예지의 손가락이 떨린다.

즐거어운 곳에서어는 날 오오라 하여도 내 쉬일 곳은 자악은 집 내 지입뿐이네.

귀에 익은 멜로디가 울려 퍼지는 동안 예지는 차마 콘크리트 층계참에 무릎을 꿇고 앉지는 못하지만, 눈을 감고 두 손을 모아 쥐고 마른 입술을 달싹이며 간절하게 기도한다.

하나님 아버지, 제발 오늘은 그이가 돌아와 있게 하옵소서.

그저께 없었고 그끄저께도 없었던 남편이지만 어제 하루 집을 비웠으니 혹 그사이 들어와 있을지도 모른다는 기대감이 예지의 신경을 온통 두 귀에 집중시킨다. 정이 좋았을 때는 지친 아내를 위해 죽염을 푼 목욕물을 받아두거나 침대에 눕혀놓고 종아리근육을 풀어주기도 했던 남편이다.

남편은 지금 어디에 있을까. 이렇게 온몸이 짠지같이 피곤한

데, 남편은 오늘도 돌아오지 않았다. 절망적인 그리움은 이제 절망 그 자체로 바뀐다.

예지는 결국 손가방에서 열쇠를 찾아 손수 문을 따고 들어간다. 그렇게 될 줄 몰랐던 바 아니건만 눈물 한 줄기가 볼을 타고 내려와 손등에 툭, 떨어진다.

일주일째 창문 한 번 열지 않은 뒤끝이라 집 안의 공기는 착 가라앉아서 먼지 냄새, 녹 냄새를 눅진하게 풍긴다. 그러나 예지는 손끝도 까딱하기 싫다. 그녀는 식탁 위에 가방을 놓고, 가방을 덮어씌우듯이 트렌치코트를 벗어 던지고는 바로 소파에 웅크리고 눕는다.

이대로 자자. 푹 자고 일어나서 즐겁게 출근하고, 그리고 잊자…… 잊어버리자.

새는 새는 남게 자고
쥐는 쥐는 궁게 자고
미끌미끌 미꼬라지
풀숲에서 잠을 자고
넙적넙적 숭어 새끼
바위틈에 잠을 자고
망구망구 할망구는
영감 품에 잠을 자고
각시각시 새각시는
신랑 품에 잠을 자고

우리 겉은 애기씨는
엄마 품에 잠을 잔다

예지는 두 팔로 무릎을 싸안는다. 춥다. 온몸이 다 남의 살같이 차갑다. 남자의 뜨거운 팔이 차가운 어깨를 끌어안는 상상을 한다. 남자의 뜨거운 손이 차가운 젖가슴을 만지는 상상을 한다. 남자의 뜨거운 다리가 차가운 허벅지를 옥죄는 상상을 한다.

낮은 밤을 위해 있는 것, 지상의 삶은 천국을 위해 있는 것. 고달픈 노동의 낮은, 새각시가 신랑 품에서 잠들고 아이들이 엄마 품에서 잠드는 밤을 위해 있고, 지상적 삶을 인고하는 까닭은 영원한 휴식 같은 천국을 얻기 위한 것. 그러나 예지는 지금 춥다. 지금 팔뚝에 돋는 소름, 지금 시린 등골, 지금 쪼개질 듯 아픈 두개골, 지금 딱딱 부딪치는 아래윗니 때문에 예지는 지금 삐죽삐죽 운다.

따스한 눈물이 신경을 달래주었는지 그녀는 언뜻 얕은 잠에 빠져 든다.

비몽사몽간에 감나무 꼭대기 위에서 자신을 향해 방금이라도 돌진할 듯 달리기 선수 모양으로 웅크린 채 쏘아보는, 왠지 낯익은 얼굴의 검정 두루마기를 예지는 발견한다. 검정 두루마기와 눈이 마주치면 그 자리에서 꼼짝달싹 못 하게 된다고, 그것이 가위라고 예지는 님이에게선가 다른 누구에게선가 들은 것 같다. 그래서 기를 쓰고 눈길을 돌리려 하는데 검정 두루마기가 도사리고 있는 곳의 세상이 맑고 투명하게 부서져 내린다. 감나무 꼭대기, 그 푸른 잎사귀들 사이에서 다이아몬드가 부서지듯 눈부시게 부서지는 저것은 무엇일까. 저것은 왜 부서지는 걸까. 부서지지 않고 빛나는 것은 왜 없는 것일까. 예지는 꿈속에서도 슬프다. 또 눈물이 난다.

아까는 잠을 재워주었던 눈물이 이번에는 잠을 깨운다. 예지는 축축한 눈꺼풀을 떨면서 눈을 뜬다. 시계를 보니 잠든 지 30분도 채 지나지 않았다. 그녀는 발작적으로 손을 뻗어 소파 앞 테이블 위의 수화기를 찾아서는 남편의 호출기 번호를 누른다.

이용해주셔서 감사합니다. 호출은 1번, 녹음은 2번, 동아리 서비스는 4번을 눌러주십시오.

여자의 안내가 끝나기 전에 예지는 4번을 누르고 남편의 시골집 전화번호 끝번 네 자리에 해당하는 비밀번호를 누른다.

당신? 가을은 가을이다. 아침에 일어나기가 싫어지는 거 있지? 이불 속이 그렇게 포근할 수가 없고. 가을엔 먹고 싶은 게 많아져. 천지에 죽어가는 것들만 보이니까 더 살고 싶어지는 건지. 맛있는 거 좀 사주라. 나 지금 사무실이야.

몸은 깡말랐는데 머리숱은 우기의 활엽수 숲처럼 풍성하던 그 여자의 윤기 자르르한 목소리가 수화기 속에서 흘러나온다. 그 여자의 메시지는 언제나 이런 식이다. 사랑한다, 보고 싶다는 말을 직접 하는 적이 없다. 너무나 일상적인 깡마른 여자의 메시지가 그러나, 예지를 더 아프게 한다. 남편과의 사이에 일상적 대화의 즐거움이 사라진 게 언제부터였는지 예지는 기억할 수 없다. 기억나는 건, 두 사람이 합법적 부부임을 확인하는 형식이었던 주 2회, 정기적 섹스 뒤의 참을 수 없던 침묵, 시트에 밴 땀과 체액의 냄새뿐.

새벽까지 날밤을 꼬박 새워 '한약은 한의사가, 양약은 약사가' 라는, 한의들의 논리에 대항하는 약사들의 논리를 점검하고 신문사에 보낼 소견 광고 문안을 만들었던지라 어디라도 누우면 잠들 것 같던 몸뚱어리가 겨우 반 시간 만에 끙끙거리며 점점 더 날카로워지는 신경과의 사투에서 지고 만다. 날 선 신경은 몸뚱어리를 일으켜 세우고야 만다. 이제는 정해진 루트대로 할 수밖에 없다.

남편의 방.

어디부터 뒤질까.

언제부턴가, 아니 정확하게 남편에게 여자가 생긴 것을 알아챘을 때부터 예지는 남편의 소지품을 뒤지는 버릇이 생겼다. 성질이 꼼꼼하지 못한 남편은 외도의 증거물을 여기저기 흘리고 다녔다. 예지가 뒤지면 뒤지는 대로 무엇이든 나왔다. 양복 주머니든, 잡지 사이사이든, 컴퓨터의 파일이든, 전자우편함이든 깡마른 여자의 흔적은 네버엔딩스토리처럼 줄줄이 발견되었다.

지난해 1년간 살았던 아파트 단지에서는 남편이 501호 교수 마누라와 배가 맞았다는 소문을 들었었다. 소문을 전해준 이는 101호에 살던, 언제나 추레한 꼬락서니로 여기저기를 잘도 돌아다니던 소설가 여자였다. 아파트 여자들의 입방아는 물론이고, 자기 눈으로도 물이 뚝뚝 떨어지는 머리를 하고 5층에서 내려오는 찬미 아빠를 몇 번이나 목도했다는 말까지 덧붙였다. 예지는 믿지 않았다. 그리고 기분이 몹시 상했다. 저 여자는 해가지고 다니는 꼴만큼이나 생각하는 것도 추잡스럽다고 치부하고 말았다. 5층에는 찬양이와 찬미의 놀이 친구가 셋이나 있으니까 아이들을 예뻐하기로는 세상에서 둘째가라면 서러운 남편이 뻔질나게 들락거릴 만도 했을 거라고 남편을 변명했다.

그러나 사실은 예지 역시도 감 잡히는 바가 없지는 않았다. 다만 완전한 여성이 만든 완전한 가정의 환상을 스스로 깨뜨릴 용기가 없었다. 그럴 때 가장 쉬운 방법은 현실을 인정하지 않고 소문을 믿지 않고 그러한 소문과 현실의 진앙지를 떠나는 것이다. 예지는 그렇게 했다.

분양받은 40평 아파트로 이사 오고 집 가까운 곳에 약국을 넓혀 개업하면서는 지난 1년 사이의 나쁜 기억은 다 잊어버리고 삶의 새로운 도약기를 맞을 참이었다. 그런데 남편이 옛 사무실의 여직원과 더욱 치명적인 연애에 빠져버린 것이었다. 예지가 사태를 인정하지 않을 수 없게끔 남편은 잦은 외박과 가출로 예지의 시야를 아예 벗어나버리곤 했다.

오늘 밤의 수확물은 남편의 컴퓨터 책상 밑 이면지들이 수북이 쌓인 틈새에 끼어 있던 레코드판이다. 분홍색 메모지에 적힌 깡마른 여자의 필체가 예지의 검은 눈동자와 흰자위를, 달걀 섞는 거품기처럼 휘휘 저어놓는다.

나의 당신에게.

이 시디 들어봤니? 눈먼 미남자의 목소리가 보통 듣기 좋은 게 아냐. 언제 내 둥지에 오면 내가 내 바이올린으로 여기 있는 노래들 연주해줄게.

오직 당신을 위해서.

예지는 시디의 플라스틱 껍데기를 벗겨내고 거실 오디오의 시디플레이어에 얹은 다음 플레이 버튼을 누른다. 오디오 앞에 앉아 두 팔로 무릎을 그러쥐고 얼굴을 그 속에 묻고 있으니 그제야 잠이 쏟아진다. 눈먼 미남자의 목소리가, 잔잔하게 출렁이는 예지의 몸맨두리를 따스한 눈물처럼 적신다.

옹송그린 몸뚱어리가 거실 맨바닥에, 가위로 무심히 끈을 자른 소포처럼 퉁, 부려지는 순간이면 꿀 같던 잠은 저만치 달아나버린다.

예지는 소리 없이 거울 앞에 서서 핏발 선 눈에 안약 한 방울씩을 뿌리고 두통이 악화되지 않도록 극도로 조심하며 머리를 빗어 넘긴 다음, 식탁 위에 늘어져 있는 트렌치코트를 아무렇게나 걸쳐 입는다. 두통약 한 개쯤 먹을 수도 있으련만 예지는 뿌리고 바르는 약만 썼지 웬만해서는 먹는 약을 쓰지 않는 걸 원칙으로 하고 있다. 그녀는 잘나가는 약사지만 약을 좋아한 적이 없다.

새벽의 적막은 더 참기 힘든 것이다. 어렴풋한 의식 속에서 남편의 다리 사이에 자신의 다리를 얽히고 그의 팔뚝에 뒤통수를 단단히 대고 맞이하던 새벽잠은 캐러멜처럼 끈덕지고 달착지근한 것이었다. 그러나 지금 그는 없다.

도대체 무엇이 잘못된 것일까.

잘생기고 다정다감하고 가정적인 남자와 예쁘고 야무지고 능력 있는 여자가 결합하여 아들 하나, 딸 하나를 낳아 기르면서 신을 믿고 신의 은혜에 감사하는 가정. 도대체 이 가정의 어디에 언제부터 구멍이 나 있었던 것일까.

예지는 아주 어렸을 때부터 아름다운 가정을 꾸려 그 가정의 주부가 되기를 소원했었다. 사람 꼴을 갖추고 산다는 것에 대한 예지의 강렬한 지향은 집착에 가까웠다. 성숙한 여자가 사람 꼴을 갖추고 산다는 것은, 아름다운 가정의 주부, 성실한 남편의 아내, 귀여운 아이들의 어머니로 사는 것이었다. 여자에게 업(業)은 부차적인 것이었다.

꼴이란 정체성이다. 사람 꼴을 갖추고 산다는 것은, 명징한 정체성을 확보하고 산다는 것에 다름 아니다. 사생아는 아니었지만, 호적에서 지워진 어머니 때문에 아버지의 딸로서의 정체성이 언제나 불안했던 예지였다. 예쁘고 똑똑했던 그녀의 유일한 콤플렉스가 그것이었다. 그런 그녀에게 주부와 아내와 어머니만큼 한 여자가 정당하고도 명징한 정체성을 보장받을 수 있는 것은 없어 보였다. 결혼식 날 면사포 속에서 조신한 숙녀답게 눈을 내리깔고 있던 그녀는, 남편의 손이 그 베일을 걷어 올리는 순간 명징해진 시계(視界)에 얼마나 행복해했던가.

이혼당했으면서도 아버지의 집에 붙어살았던 생모 유 씨같이 사람으로 태어나 사람스레 살지 못할 바에야 혀 깨물고 죽는 편이 낫다는 생각도 여러 번 했던 그녀다. 지금 그녀가 돌이켜 생각해보면 그맘때의 그런 생각은 아무리 철없을 적 옥생각으로 접어두려 해도 그 어미에게서 태를 얻은 딸로서도 불효막심한 것일 뿐더러 한 인간으로서도 교만하기 짝이 없는 것이다. 그때의 신념대로라면 자기는 지금 목숨을 끊어야 하는 것이다. 사람 꼴이 허물어진 이 순간의 치욕을 견디다니 될 말인가.

그러나 목숨을 끊는 것은 간단한 일이 아니다. 당장 찬양이, 찬미의 얼굴부터 눈물 속에 떠오른다. 그리고 모든 목숨 가진 것들이 가질 수밖에 없는 제 목숨에 대한 애착이 물안개처럼 피어오른다. 저 눈물 뒤의, 저 물안개 뒤의, 보이지 않고 멀리 있는 세계. 결혼식 날의 잊지 못할 그 면사포 같기도 한 은빛 베일 뒤에 가려져 있는 저 세계. 그곳은 결코 명징하지는 않지만 그렇다고 원래부터 없었던 세계는 아니지 않은가.

예지는 시방 두 세계의 경계 위에 서 있다. 명징한 세계와 명징하지 않은 세계 사이의, 눈물 같고 물안개 같은 경계 위에.

남편이 없는 새벽은 여전히 춥지만, 스스로 문을 따고 들어와 다시 문을 잠그고 나갈 때까지의 모든 행로에 그녀는 서서히 익숙해지고 있다. 그녀는 코트의 깃을 세우고 가방끈을 다잡으며 일찌감치 집을 나선다. 안약 넣은 각막에 부딪치는 새벽바람의 감촉과 유난히 크게 들리는 자신의 구두 굽 소리에도 그녀는 맨 처음처럼 소름을 돋우지는 않는다.

혼몽(昏懞)

회의실은 너구리 굴 속 같다. 좁은 창 앞에는 조금 먼저 도착하거나 나중에 도착한 담배 연기들이 다투어 빠져나가려고 아우성이다.

예지는 그즈음 늘 그랬던 것처럼 눈물과 현기증을 참기 위해 이를 악문다. 회의는 예정 시간을 일찌감치 넘긴 채 기약 없이 늘어지고 있고, 두어 명의 여자들을 제외한 대부분의 남자들은 회장에게로 향하는 적대감을 죄 없는 담배에다 풀고 있다. 회장은 벌써 30여 분째 혼자서 알맹이 없는 발언을 계속하고 있다.

예지는 기왕에 맡은 선전 작업을 계속한다는 언질을 회장에게서 받아놓은 상황이라 이 대책 회의에 적극 동참해야 할 의무는 없다. 그녀는 왼손으로 턱을 괸 채 오른손으로는 낙서에 열중해 있다. 어깨를 덮는 보드라운 생머리에 콧방울이 단정한 여자가, 예지가 무심히 놀리는 손끝에서 창조되고 있다. 서화에 취미 이상의 재주를 가지고 있던 아비의 유전자를 이어받은 덕분인지 예지가 슬쩍슬쩍

디테일을 가하자 하얀 노트 속의 여자는 자화상으로 살아난다. 모나리자의 미소를 문 입매. 그 입매는 세상에서 가장 행복한, 완전한 여성의 표정을 완성시켜주는 마침표. 수없이 이를 악물며, 예지는 꼬리를 내리려는 입매를 기어이 치켜올린다.

책상 건너편의 동료 얼굴이 보이지 않을 정도로 뿌연 담배 연기에 예지의 각막은 몹시 따갑다. 예지는 필통에서 조금 심이 굵은 펜을 찾아 들고 그림 속의 여자 머리에 부채춤처럼 화사한 웨이브를 넣는다. 그리고 눈 밑에 컴컴한 기미와, 콧방울에서 시작하여 입 귀를 지나 턱선에 닿을락 말락 하는 깊은 주름을 그려 넣는다. 마술처럼, 남편의 깡마른 여자가 그림 속에서 웃고 있다. 더 이상은 참기 어려워진 각막이 그렁그렁 눈물방울을 만들어낸다.

울어? 왜?

옆에 앉은 김 약사가 예지의 펜을 빼앗아 그렇게 쓴다.

No. 담배 연기.

예지가 휴지로 눈물을 닦으며 역시 펜으로 쓴다.

힘들지?

응.

나도 죽겠다.

삼대 의원 집 딸 권예지가 이러고 있으니. 우습다.

김 약사는 더 이상 펜으로 쓰려고 하지 않고 손을 들어 입을 가리고는 나직이 속삭인다.

"좁은 땅덩어리에서 한 다리, 두 다리 건너 그렇게 안 걸리는 사람 있냐? 저기 저 총무 아저씨, 자기 아들 한의대 보내려고 삼수 시킨대. 그것도 문과 하던 놈을 이과로 바꿔가지구. 그러게 자기는 삼대 의원 집 딸이 뭐 하러 약대를 갔냐? 한의대 가서 아버지 의원 물려받았음 훨 낫지.”

“약재 사들이고 병자들 맥 짚고 침놓고 하는 거 연약한 여자가 어떻게 하느냐고. 아버지 생각으로는 유리문 안에서 알약이나 파는 게 편하고 깨끗해 보였던 거지.”

“참 편하고 참 깨끗하기도 하다. 하긴 여기서 이럭하고 앉아 저 지겨운 중언부언 듣고 있는 것보다야 낫지마는.”

김 약사가 자조적인 미소를 흘리고는 얼굴을 돌린다.

말기 암의 극심한 고통 속에서 죽을 날만 기다리고 있는 부친. 본인이 극구 문병을 사양하기도 하지만 예지 역시 부친의 죽어가는 모양을 바라볼 엄두를 내지 못하고 있다. 엎친 데 덮친 격이다. 힘든 일은 몰아친다더니. 예지는 이를 악문다.

예지는 방금 그린 그림 속의 여자와 눈을 맞추고는 충동적으로 머리모양을 바꾸기로 결심한다.

회의가 끝난 후 예지는 맥주 한잔하자는 김 약사의 제의를 거절하고 빌딩 지하의 미용실에 들른다. 미용실 옆 자그마한 약국의 셔터가 굳게 내려져 있다. 예지의 약국도 이틀째 파업 중이다.

두피가 약하고 파마 약 냄새에 과민 반응이 있는 예지는, 초등학생 아이가 둘이나 되는 지금까지도 생머리만을 고집했었다. 가뜩이나 요즘은 만성적인 두통으로 머리통을 어디 고적한 옹달샘 같은 데에 휴양시키고 자기는 목 없이 다녔으면 싶은 예지다. 그런 예지에게 미용실에서의 세 시간은 고문일 수밖에 없다. 지독한 고문.

조금만 세게 빗어도 통증이 벼락처럼 두개골을 찍어 갈라놓는 예지의 머리를 미용사들은 국수가락 늘이듯 쉽사리 잡아당겨 약을 칠하고 말아 올린다. 절정의 부채춤처럼 화사한 웨이브를 위하여, 예지는 이를 악문다.

오직 당신을 위해서. 오직 당신을 위해서.

미용사들은 예지의 머리에 캡을 씌운 다음 둥그런 전기기구 밑으로 밀어 넣는다. 전기기구에서 나오는 열로 예지의 머리통이 뜨끈뜨끈하게 달구어진다. 머리에서 열이 나니 사지에서 열이 뻗친다. 너무나 피곤하고 고통스러웠던 이즈음의 나날들이 한꺼번에 예지에게 달려들어 머리끄덩이를 잡아 흔드는 것 같다. 예지는 잠시 잠깐씩 아뜩한 혼몽 속으로 빠져들었다 깨어난다.

기억을 몽땅 바꾸어주는 기계가 나오던 공상과학영화가 언뜻 떠오른다. 머릿속에서 요즈막의 기억들만 들어내고 싶다. 다시 혼몽이다. 예지는 영화 속의 그 기계에 들어가 있다.

뇌의 일부가 막 바꾸어지려는 찰나, 미용사들이 예지를 기계 속에서 빼낸다. 이제 예지에게는 두툼한 여성 잡지 한 권이 배당된다. 예지는 의무처럼 여성지의 페이지들을 넘긴다. 목이 마르고 눈앞이 또다시 가물거린다. 예지는 시방 죄수 번호 66번을 달고 있다. 묵시록의 666에서 6 하나가 모자라는.

예지는 두렵다. 내가 무슨 죄를 지었지?

너의 죄를 모르는 것이 너의 죄이니라.

무서운 목소리가 그렇게 말한다.

아래위를 온통 검은 옷으로 휘감은 노랑머리가 예지를 깨운다. 하얀 액체가 든 플라스틱 병을 든, 역시 검은 옷으로 휘감은 빨강머리가 예지에게 윙크한다.

"많이 피곤하신가 봐요?"

"……."

예지는 빨강머리 앞의 형틀에 앉혀진다. 노랑머리가 예지의 목둘레에 분홍색 칼을 씌운다. 캡이 벗겨지고 빨강머리가 플라스틱 병의 하얀 액체를 예지의 머리에 쏟는다.

노랑머리와 빨강머리가 함께 달라붙어 예지의 머리를 잡아 뜯기 시작한다. 예지는 눈을 감아버린다.

노랑머리는 예지의 파마머리를 지나치게 뜨거운 물로 감긴 다음 더 뜨거운 바람으로 말린다. 노랑머리의 오른손에 들린 빗이 예지의 머리 뭉치를 잡아당기면, 그녀의 왼손에 들린 드라이어가 그 머리 뭉치에 열풍을 쐬어댄다. 그녀의 손놀림은 가차 없다. 자비심은 어디에서도 찾아볼 수 없다. 머리 타는 노린내가 예지의 코를 찌른다. 예지는 시방 철길에 서 있다. 저만치에서 기차가 달려오고 있다. 기차는 열풍을 몰고 온다. 피해야 하는데. 저 열풍 속으로, 저 열풍 속으로 빨려들고 말 텐데. 오…….

노랑머리는 예지의 목을 꺾더니 서랍에서 면도칼을 꺼낸다. 그녀는 눈을 가늘게 뜨고 면도칼로 예지의 목덜미를 쓸어내린다.

"수고하셨어요."

손바닥에 하얀 거품 한 무더기를 얹은 빨강머리가 예지에게로 성큼성큼 다가온다. 득의에 찬 얼굴이다. 빨강머리는 예지의 웨이브에 그 거품을 칠한다.

노랑머리가 예지에게 트렌치코트를 가져다준다.

"5만 원입니다."

노각

　사위가 컴컴했다. 해 짧아지는 것이 실감나는 계절이다. 예지는 망설임 없이 호주머니의 열쇠를 꺼내 문을 땄다.

　현관에 들어서는데 코와 살갗이 기억하는 그 눅눅한 공기가 아닌 선뜻한 것이 훅 끼쳐서 예지는 반듯한 이마에 소로를 틔웠다. 그녀는 제물에 두 팔을 오므리면서 집 안을 휘이 둘러보았다. 베란다의 전면 유리창이 활짝 열려 있었다.

　"엄마아."

　찬양과 찬미가 달려와 예지의 바짓가랑이를 잡고 매달렸다.

　아이들 자라는 것은 무섭다. 그사이 머리통이 굵어지고 어깨가 벌어진 아이들. 예지는 아이들의 어깨를 안아주었다. 아이들은 또 얼른 자기들이 좋아하는 시트콤을 보러 텔레비전 앞으로 달려갔다.

　"왔나? 벨을 누리지러. 아이고, 인제사 닫아도 될따. 문덜을 얼마나 꽁꽁 처닫아놨는지 야야, 바퀴벌레, 개미 한 마리도 이사를 몬 가겠더라. 온 집 안이 먼지에다 냉장고에는 곰팽이 핀 거 천지에다, 아이고 무시래이. 오늘이……."

유리창을 닫으며 예지를 책망하던 님이가 갑자기 말허리를 뚝 자르고는, 멍하니 문간에 서 있는 그녀를 향해 다가왔다. 애 낳은 여자 같지 않게 날씬한, 예지의 허리를 끌어안으며 님이가 말했다.

"무신 날인지도 잊아묵고 있었제? 니 생일이다, 이쁘고 이쁜 요내 딸아."

예지는 사실 오늘이 자기 생일이라는 것을 잊고 있었다. 자신도 모르는 생일을 집 나간 남편이 알아줄 리 없다. 다른 건 몰라도 아내의 생일이나 결혼기념일 같은 것은 잘 챙기던 남편이었다.

생일 따위, 아무것도 아냐.

못 따 먹는 포도는 다 시지. 바보.

예지는 스스로를 비웃으며, 자기보다 한 뼘은 족히 더 큰 의붓어미를 가만히 올려다보았다. 현관의 센서 등에 비친 의붓어미의 얼굴에는 잔주름이 미생물들의 군집처럼 자글자글했다.

나도 여남은 살 더 먹으면 저렇게 될까.

예지는 새삼 시간의 존재를 느낀다. 노인을 늙히고 아이들을 키우는 시간의 존재를. 그렇다면 노인과 아이의 사이에 있는 예지 자신은? 생머리를 늘어뜨리고 청바지에 후드티 차림으로 나가면 아직도 아가씨라고 부르는 사람이 아줌마라고 부르는 사람보다 많은 예지다. 그러나 활짝 핀 장미를 시들게 하는 것은 하룻밤의 서리인 것이다. 예지와 님이 사이에는 다만 여남은 해가 있을 뿐이다. 예지가 그 여남은 해의 파괴력을 비껴갈 가능성은 없다.

오래전부터 무용지물이었던 식탁 귀퉁이에서 장미꽃 다발이 물비린내 섞인 짙은 향기를 사방으로 내뿜고 있었다. 식탁의 한가운데에는 데커레이션이 화려한 케이크와 색색의 양초를 담은 비닐봉지도 얌전히 놓여 있었다. 가스레인지 위에는 밑이 넓은 팬이 뚜껑이 덮인 채 올려져 있었다. 뚜껑에 물방울이 송골송골 맺혀 있는 모양이, 님이가 요리를 미리 해두고 주인공이 오면 데울 작정으로 얹어둔 것 같았다. 예지는 뚜껑을 열어보지 않아도 냄새로 팬의 내용물을 충분히 알아맞힐 수 있었다. 님이가 잘하는 요리라고 해봐야 다양한 재료를 섞어서 날것으로 먹거나 삶거나 굽거나 볶는 것밖에 없으니까. 비빔밥, 볶음밥, 야채 불고기 같은 것.

님이는 가스레인지의 불을 켜면서 예지에게 어서 식탁에 앉으라는 손짓을 했다.

"혼자 살마 머니 머니 캐쌓아도 묵는 거로 젤 잘 챙기야 된다. 반찬 여러 가지 할라 카마 귀찮으이 기양 한데 몰아여가 한 그륵으로 딱 묵고 치우도록 맨들어야제."

혼자 사는 여자가 끼니를 때우는 꼴이란 게 대개는 밥을 끓여 먹거나 김치 한 가지를 찬밥에 얹어 먹는 것이고 그것도 귀찮으면 거르기 일쑤여서 자연 야채와 과일, 해물과 고기를 필요한 만큼 섭취하지 못하게 된다. 그래서 홀어미들에게 제일 흔한 병이 원기 부족 아니면 위병이다. 그 얘기에 뒤이어, 자신은 주변에서 그런 꼴을 숱하게 본 끝에 한 그릇으로 야채며 고기를 해결할 수 있는 야채 불고기를 자주 해 먹게 되었다는 님이의 설명이 뒤따랐다. 열댓 번은 들은 이야기였다.

늙는다는 건, 시골집 변소 바닥에 와글거리던 구더기 떼만큼이나 희부옇고 징그럽게 자글자글 끓는 주름살 말고도, 했던 말을 몇 번이고 다시 하는 버릇으로 증명되는 게 아닐까.

예지는 죽은 유 씨를 닮아 막 핀 모란꽃잎처럼 예쁜 입술을 살짝 깨물며 생각했다.

"이래 맨들어놓으마 찬양이, 찬미 쟈들은 고기마 지묵고 나는 나물마 지묵고 그칸다. 나기로 조선 여자라 놓으이, 우예 맨날 무도 나물이 젤 맛있다 아이가. 그래 무도 고기에는 나물 물이 묻고 나물에는 고기 물이 묻으이 패안치 머. 국물에 밥을 비비 무도 패안코. 1분마 디우마 된다. 그동안에 저 케이크 불이나 함 꺼보자. 야들아, 엄마 케이크 불 끈다."

님이가 케이크 위에 초를 꽂고 성냥을 그어 불을 댕겼다. 아이들이 달려와 식탁에 앉았다. 찬미가 스위치를 눌러 형광등 불을 껐다. 촛불이 하나씩 켜지는 것을 바라보며 서른아홉, 이라고 예지는 입속말을 했다. 굵은 양초 세 개와 가는 양초 아홉 개에 위태롭게 매달린 불빛. 예지는 눈이 시려 눈꺼풀을 거푸 깜작거렸다.

아이들이 손뼉을 치며 생일 축하 노래를 불렀다. 후욱, 예지의 입술이 오므라들며 바람을 뿜어냈다. 촛불이 1초 정도 가느다랗게 생명을 유지하다가 사위었다. 찬양과 찬미가 식탁을 손바닥으로 두드리며 휘파람을 불었다. 남편이 사라진 다음 날부터 아이들은 님이에게 가 있다. 아이들은 제 부모가 어떤 상황에 처해 있는지 아직 모른다.

님이는 식탁 냄비 받침 위에다 뜨거운 팬을 내려놓고 노가나물 접시와 동치미 보시기를 곁들였다.

"그아는 안죽꺼정 어데 있는 중도 모리나?"

님이에게는 자기보다 젊은 사람은 '그아'로, 자기보다 늙은 사람은 '그이'로 통일해서 부르는 말버릇이 있다. 이름이며 호칭이 금방 떠오르지 않아 생긴 버릇이다. 듣는 사람은 상황에 따라 님이가 지칭하는 대상을 추리해서 응대해야 한다.

"차라리 그아한테 한분 가보지 와? 자존심이 다 무신 소용이고?"

남편의 행방을 알아보러 여자의 원룸에 가보지 않은 건 아니었다. 가도 몇 번을 갔다. 혹 남편이 드나드는 현장을 잡을까 원룸 건너편 커피숍에서 죽치고 앉아 있기도 했고, 여자를 불러내어 같이 커피를 마시기도 했다. 여자의 담배와 커피 취향까지도 예지는 꿰고 있었다. 남자의 행선지는 그의 자유일 뿐, 떠나는 남자에게 가는 곳 따위는 묻지 않는다는 여자를 따라 여자의 원룸으로 들어가보기까지 했다. 남편이 숨어 있지나 않을까 하는 바보 같은 의심을 하며 장롱 안쪽이나 침대 밑까지 살폈었다. 남편을 찾아내기만 하면 죽어버리겠다고 협박하여 끌고 갈 작정이었다. 여자의 손을 붙들고 눈물을 흘리며 남편을 돌려달라고 간청하는, 참으로 신파극의 한 장면 같은 어처구니없는 짓도 했다. 자신이 하는 모든 행동이 자신의 것 같지 않고 신파극 변사의 조종을 받는 듯한 느낌까지 들었지만, 신파극의 본부인처럼 첩년의 머리채를 쥐어뜯지는 못했다. 여자의 머리는 쥐어뜯기 좋은, 절정의 부채춤처럼 화사한 웨이브를 가지고 있었다.

미역국 사발과 찰밥을 예지 앞에 놓아주고 님이는 자리에 앉았다.

"참, 그이는 어떻노? 재수술할라 카더나?"

"싫으신가 봐요."

"하기사……. 자, 들거라. 생일이라꼬 채린 것도 없니라. 내 솜씨가 이가지다."

님이가 예지의 가늘고 긴 손가락에 젓가락을 들려주었다.

도무지 입맛이 없었지만, 의붓어미의 시선이 안쓰러워 예지는 젓가락을 놓지 못했다. 입매라도 하는 척해야 그 안타까운 시선을 물리칠 엄두를 낼 것 같았다. 예지는 간소한 생일상을 둘러보았다. 그나마 고기 냄새 나는 미역국과 불고기보다는 노각나물의 노르스레 말간 속살에서 풍기는 초 냄새가 싱그러웠다. 예지는 노각나물을 한 젓가락 집었다.

맘산 밑 약방 집에서 살 때나 먹었지 예지 스스로는 한 번도 해 먹지 않은 찬이다. 늙은 오이의 속살 채친 것을 볶아 갖은 양념을 한 노각나물은 손품이 드는 데 비해 볼품이 없다. 맛이란 거기서 거기일 뿐이므로 볼품이 그 음식의 수준을 결정한다는 것이 예지의 요리 철학이다. 어린 오이를 쓰면 그 파르스름한 빛깔이 미각을 얼마나 돋우어주는데 구태여 늙은 걸 쓸 까닭이 무엇이냐. 그런데 볼품없는 그 노각나물이 의외로 새콤하면서 시원하게 예지의 구미를 당겼다.

의붓어미가 해주는 음식은 언제나 그랬다. 그래서 입맛만큼 보수적인 게 없다고 하나 보다. 눈은 거짓말을 해도 입은 거짓말을 못한다고 하더니. 성장기의 근 10년을 먹고 자란 음식, 한창 자랄 때의 뼈와 살과 피를 만들어준 음식을, 입은 잊지 못하는 것이다. 배가 고프다는 느낌이 와락 들었다. 며칠째 제대로 무얼 섭취한 기억이 아득한 위장이 놀랍고 기쁘다는 듯 예지의 수저질을 채근했다. 의붓어미의 취향에 맞추어 물큰하게 삶아진 고기와 야채, 당면도 예지의 식도를 술술 넘어갔다.

"느거덜도 어여 무라. 자 이 케이크도 한 쪽썩 묵고."

님이가 케이크 상자 속에 있던 플라스틱 칼로 케이크를 8등분했다.

"할머니. 나 텔레비전 보면서 먹어도 돼요?"

아이들이 제 몫의 접시를 들고는 꽁무니를 사렸다.

"정신 시끄럽다마는 그기 머 그래 재밌노. 그래라 그라마. 다묵고 와가 주스도 한 컵썩 마시그래이."

님이의 말이 끝나기도 전에 아이들은 거실 소파 쪽으로 내빼버렸다. 님이는 팬 속에서 푹 삶아진 배추와 양파, 표고버섯을 골라 천천히 씹으며 예지에게 맞추어진 시선을 거둬들이지 않았다.

딸아, 내 딸아.

죽은 딸이 님이에게 남긴 물건은 검은 비닐 뚜껑의 다이어리 한 권과 복부에 머리통 모양의 구덩이가 팬, 낡아빠진 고릴라 인형

한 개뿐이었다. 님이는 고릴라 인형을 안고 또 안았으며, 다이어리를 읽고 또 읽었다. 그러나 딸의 세계는 한 번도 님이에게 그 모습을 드러내지 않았다. 인형과 다이어리 말고 딸이 남긴 것은 취사도구 몇 개, 접이 탁자 하나와 비닐 옷장 하나, 책이 빽빽한 책장 둘이었다. 옷장의 지퍼를 열어보니, 비닐 파카 한 벌, 청바지 두 벌, 코르덴 바지와 면바지 각각 한 벌, 티셔츠 긴 것, 짧은 것 각각 세 벌, 낡아서 너덜너덜한 내의 두 벌, 똑같은 디자인의 검은색 양말 일곱 켤레가 있었다. 취사도구와 비닐 옷장, 책은 딸의 선배와 후배들이 딸을 잊지 않기 위해 나누어 가지겠다면서 짊어지고 내갔다. 그들은 딸이 떨어진 자리의 흙도 소주에 타서 나누어 마셨다고 했다.

님이는 검은 비닐 뚜껑의 다이어리와 낡은 고릴라 인형만을 가졌다. 이승에서 그토록 멀었던 딸이 저승에서는 조금이라도 가까이 다가올까 싶어 님이는 딸이 생각날 때마다 인형을 쓰다듬고 다이어리를 읽었다. 님이는 딸이 다니던 대학 옆으로 이사까지 했다. 그러는 동안에, 보름달처럼 둥글둥글하던 님이의 얼굴은 살이 완전히 내리면서 기름하니 길어지고 지방층이 없어진 살갗은 쪼글쪼글하게 움츠러들었다.

의붓어미의 시선이 떨리면서 시나브로 축축해지면 그것은 의붓어미가 이승에 존재하지 않는 사람을 보고 있다는 신호임을, 예지는 알고 있었다. 의붓어미의 죽은 딸이 지금 그녀의 눈앞에서 허겁지겁 수저질을 하고 있는 것이다. 의붓어미는 가끔씩 그렇게 다른 차원에서 사는 사람처럼 낯설고도 적막한 표정으로 예지를 바라보곤 했다. 예지는 그 시선을 묵인했다. 그럴 수만 있다면 예지 또한 의붓어미에게서 죽은 생모를 보고 싶었다. 그러나 예지에게는 그런 일이 일어나지 않았다.

아무래도 치과를 가야 되겠어.

수저를 놓으며 예지는 또 입속말을 했다. 무른 음식을 기분 좋게 씹어 넘기는 중에 어쩌다 고기의 물렁뼈에 아래윗니가 딱, 부딪치면서 잇몸에서 나온 비릿한 핏물이 침과 함께 입속 가득 괴었다. 두통처럼 맵게 내리찍지도 않고 흉통처럼 숨 막히게 짓누르지도 않는 은근한 고통이 다시금 입안에서 파문을 그리기 시작했다. 예지의 이는 여전히 치열이 곱고 희었지만, 눈물과 비명을 참느라고 이를 악물기 시작한 게 습관이 되어버려 이즈막에는 많이 약해져 있었다. 예지가 음식을 피한 것은 식욕이 없는 탓도 있었지만 은근히 지속된 치통 탓도 컸다.

"다 뭇나?"

"……."

"그아는 지 혼차 잘 묵고 잘 살으라 캐라. 기왕지사 나간 넘은 나간 넘이고, 니가 볼 때마둥 더 시들시들 시들어지는 기 나는 안씨러버 똑 죽겠다."

"……."

"니는 니가 얼매나 이뿌고 참한동 모리제?"

"……."

"젊은 것도 한때뿐이고 이쁜 것도 한때뿐이다. 쪼매마 더 있이마 암만 붙들어도 내빼뿌는 기 젊음이다. 나도 젊을 때는 산 넘는 기 무서벘나 물 건네는 기 무서벘나. 무서번 기 없었다. 그랬던 기 50 넘으이 마 달러지데."

예지는 핏물 섞인 침을 꿀꺽 삼켰다.

내일은 치괄 꼭 가자.

예지는 실행 가능성이 거의 없는 약속을 자신에게 하면서 '꼭' 이라고 다짐했다. 돈이 없거나 시간이 없어서가 아니었다. 남편의 구두를 얼굴이 비치도록 말갛게 닦아주고 내의를 새하얗게 삶아 다려주고 그의 칫솔에 치약을 짜주고 그의 스케줄을 점검해주는 등의 일을 하다 보면 하룻저녁이 짧기만 했는데, 요사이는 약국 문을 닫기만 하면 주체할 수 없는 것이 시간이었다. 일하지도 못하고 쉬지도 못하는 시간은 그녀에겐 순전한 공포일 따름이었다. 그래서 약사 협회에서 폐업 결의를 하자 일부러 협회 일이라도 열심히 하려고 나선 그녀였다. 그를 위해 돈을 벌고, 스위트 홈을 꾸미고, 그에게 예뻐 보이기 위해 화장을 하고, 그의 식사를 마련하는 것이 그녀의 생활 전부였기 때문에, 예지는 남편 없는 자신을 위해 무얼 한다는 것이 도무지 어색하고 힘들었다. 남편이 사라진 다음에도, 집과 약국이라는 궤도 밖에서 예지가 남편과 관계없는 자신만의 일을 한 적은 거의 없었다. 날이 추워지니까 폭신폭신한 니트 카디건을 하나 사야지, 마음먹고 약국 옆의 쇼핑몰을 돌다가도 남편의 취향에 맞을 법한 넥타이 하나를 발견하고는 그만 자신의 용무는 잊어버리는 그녀였다. 남편은 넥타이 욕심이 많았다. 남편이 없는 집 안의 옷걸이에는 그렇게 색상이 곱거나 디자인이 독특한 고급 넥타이들이 몇 개인지도 알 수 없게 걸려 있었다. 신혼여행 때 가이드가 안내하는 대로 남자들의 정력을 돋운다는 뱀탕집에 들어갔다가 예지가 입을 헤벌리고 올려다보았던, 대나무 장대에 척척 걸려 있던 태국인 땅꾼의 전리품들처럼, 넥타이들은 예지의 꿈속에서 이따금 꿈틀거리기도 하고 검붉은 혀를 날름거리기도 했다.

두 여자 사이의 식탁에는 침묵이 입속의 침처럼 비릿하게 고여 있었다.

예지는 혓바닥으로 피가 새는 잇몸을 오랫동안 핥았다.

님이가 가을 강처럼 쓸쓸하고도 고요한 음성으로 노래하듯 가락을 붙여, 침묵의 둑을 텄다.

"시간은 흐르는 기다. 내가 붙잡고 접다고 붙잡어지나 보내뿌고 접다고 보내지나. 기양 오는 시간 맞어주고 가는 시간 보내주자. 니는 그아가 갔는 여름을 붙들고 있으이 우야노. 고인 웅덩이걸이 속에부터 썩어 들어가지러."

님이의 말은 누굿한 혀처럼 예지의 아픔을 핥아주었다.

10월의 마지막 밤이었다.

예지는 졸렸다. 케이크보다 달콤한 졸음이었다.

장미꽃 향기와 케이크, 불 꺼진 양초와 정다운 의붓어미가 함께, 가물가물 노래의 강 건너편 방둑을 향해 떠내려갔다. 과히 아프지 않은 치통, 흩날리는 머리칼에서 풍기는 향긋하기도 하고 역겹기도 한 파마 약 냄새, 참으로 오랜만에 그득해진 위장이 모두 어서 잠들라고, 어서어서 잠들라고 예지의 눈꺼풀 위에서 종알거렸다. 예지는 살포시 눈을 감았다. 노란 외꽃 같은 잠이 그녀의 눈꺼풀을 덮었다.

사금파리

미국 있는 수양딸이 지난해 상주댁의 생일날 항공편으로 부쳐 준 금장 찻잔이 부엌 바닥에서 산산조각 난다.

으윽.

상주댁은 아랫입술을 깨물며 신음 소리를 뱉는다. 휘청거리며 물러서는 발꿈치에 사금파리가 박힌 모양이다.

쯧, 늙으마 죽어야지. 무단시리 그거로 우예 널쭈노.

발꿈치가 아프기도 하지만 찻잔이 아까워서도 미간이 절로 찌푸려진다. 절룩거리며 멀찌감치 떨어져 앉은 상주댁은 발꿈치의 사금파리부터 뽑아낸다. 휴지로 피를 닦고 앉은걸음으로 현관 옆, 난(蘭) 화분들을 올려놓은 서랍장 앞까지 가서 밴드 한 장을 꺼내 상처에 붙이고는 일어선다. 그러고는 식탁 위의 안경집에서 안경을 꺼내 쓴다. 신문 볼 때를 빼고는 귀찮아 쓰지 않는 안경이지만 또 피를 보지 않으려면 어쩔 수 없다.

저물녘의 옅은 빛발을 되쏘는 사금파리들은 반짝거리는 품이 보석 못지않다.

금가리로 칠갑을 하마 머 하노. 깨지고 보마 사기 쪼가리인 거로. 돈 암만 있이마 머 하노. 죽어지마 썩어질 몸띠이뿐인 거로.

상주댁은 요즘 노상 하는 버릇대로 사람살이의 허무감에 잠시 사로잡힌다. 그러면서도 손으로는 휴지를 서너 장 겹쳐 접어 큰 조각 몇 개를 쓰레기봉투에 주워 담고 한 달이면 한 번 쓸 둥 말 둥인 진공청소기를 꺼내 온다. 머리와 손이 따로 노는 것이 상주댁에게는 조금도 부자연스러운 일이 아니다.

드르르르륵.

괴물 같은 울음을 울며 청소기가 금빛 사금파리들을 탐욕스레 집어삼킨다. 원통형의 이 외제 청소기는 흡입력이 굉장한 대신 소음도 크다.

"아이고, 무시래이. 이런 기 머 좋다고 빗자리 내삐리고 니도 내도 청소기 씬다고 지랄들이까."

상주댁은 청소기를 싫어한다. 그냥 끔찍하다. 어쩌면 혼자 사는 노인네인 자신마저 빨아들이고 말 것 같은 이 괴물의 무서운 식욕이 밉살스럽다. 어쩌다 사기그릇 깨먹었을 때에나 꺼내 쓸까, 아침저녁으로 집 안을 쓸고 닦을 때는 걸레와 빗자루를 쓰는 게 가볍고 조용하여 좋기만 하다. 곁에 두고 쓰다 보면 걸레, 빗자루에도 정이 가는 것이 사람의 심사련만, 주러 와도 미운 놈 있고 받으러 와도 고운 사람 있다고 300만 원이 넘는다는 이 비싼 물건이 그냥 싫은 상주댁이다.

　전자레인지, 에어컨, 식기세척기까지 없는 것 없이 갖추어놓고 살지만 상주댁이 사용하는 것은 냉장고와 가스레인지, 세탁기 정도다. 세탁기도 인조 이불이나 빨면 돌릴까 웬만한 빨래는 손으로 하고 만다.

　늙은이 혼자 살기에는 너무 넓은 33평짜리 아파트와 필요도 없는 이 가전제품들을 최고급품으로 장만해 들여준 것은 둘째 아들이다. 눈먼 자식이 효자질 한다는 옛말이 맞는 겐지 어떤 조홧속인지 상주댁은 알지 못하지만, 대학도 못 가고 일찌감치 장삿길로 나서는 바람에 어미 속을 무던히도 썩이던 둘째가 지금은 세 아들 중 돈이 제일 많아 홀로 된 어미를 물질적으로는 가장 극진히 봉양한다. 주위 사람들이 상주댁더러 늦복이 터진 노인네라고들 하면 상주댁은 그저 웃으며 고개를 주억거리고 말지마는, 쓰지도 않는 외제 식기세척기며 청소기가 그네들이 말하는 늦복의 척도라는 것은 알고 있다. 둘째는 파출부를 두라고 신신당부하며 생활비도 어지간한 월급쟁이 저리 가랄 정도로 풍족하게 준다. 하지만 상주댁은 원래가 자기 집 일을 남에게 시키도록 생겨먹지 않은 사람이다. 남의 손이 한 일은 좀체 미덥지가 않다. 금방 닦았다는 방바닥에도 먼지가 묻어나고 금방 설거지한 그릇도 미끈미끈한 게 세제가 덜 씻긴 것 같다. 사대육신 멀쩡한 여자가 남 부리는 꼴을 고까워하며 살던 때가 언제 적 일인데 이제 돈 좀 있다고 나 먼저 얼씨구나 그런 꼴을 보이고 싶지도 않다.

남은 설거짓거리들을 아까보다 한결 조심스레 헹구어 건조대에 올린다. 손목에 매가리가 하나도 없는 것이 오늘 하루는 조심, 또 조심해서 살아야 할 모양이다. 행주를 짜서 얹어놓고는 싱크대에서 돌아선다.

돌아서는 눈 속으로 주방 달력에 쳐놓은 빨간 동그라미가 동글동글 크고 작은 원을 그리며 밀려온다. 음력 10월 초이렛날. 상주댁이 이날을 잊을 리 없다. 상주댁은 본시 무얼 잘 잊어버리는 성질이 아니다. 그러면서도 대여섯 번 쳐놓은 빨간 동그라미는 만에 하나라도 잊을까 봐 걱정을 해서가 아니라 그날이 상주댁한테는 너무나 사무치는 날이므로 신년 달력을 받으면 10월 초이레가 양력으로 며칠인지부터 찾아서 동그라미를 치는 것이 수년래 지녀온 상주댁의 버릇이기 때문이다.

영감이 죽은 날. 그 기막힌 날을 상주댁은 잊을 수 없다. 아들네들도 다 잘되고 영감도 정년 퇴임을 해서 이제는 마음 편하고 몸 편하게 한번 살아볼 줄 알았는데 영감은 그만 가버렸다. 그것도 몇 년 앓아 누워 곁에 있는 사람들 고생이라도 시켰으면 덜 기막힐 텐데, 어느 날 아침밥 잘 자시고는 잠깐 오수(午睡)에 빠진다는 것이 그 길로 떠나버린 것이다. 의사는 심근경색이라고 했다.

어떤 여자들은 그것도 복이라고 입방정을 떨어댔다. 영감으로선 고통 없이 죽었으니 복이요, 상주댁한테는 다 늙어 영감시집 살 일 없이 저 하고 싶은 대로 하고 살면 되니 복이라는 것이었다. 안 그래도 이웃 일본에선 정년 이혼이라고, 꾹 참고 신랑 정년퇴직 때까지 기다렸다가 퇴직금을 위자료로 싹 말아먹고 이혼해버리는 풍조가 있다더라는 말도 했다. 삼시 세 끼 밥해대고 시중들고 잔소리까지 얻어 들어야 하니, 다 늙어 사는 영감시집이 젊어 사는 시어머니시집보다 더 고약하다는 말도 했다.

하지만 다 속 모르는 소리였다. 영감과 상주댁이 세 아들과 수양딸 하나를 어떻게 키우고 살았고, 그 과정에서 그들이 어떻게 더 결속되고 더 아끼며 살았는지를 모르고 하는 소리들인 것이다.

영감은 고아로 자라 오로지 자신의 의지 하나로 야간 상업고등학교를 나와 중학교 서무실에서 주판알을 굴리게 된 사람이었다. 상주댁은 여덟 살에 맞벌이하는 선생댁네 애보개로 들어가 그 집에서 자란 처지였다. 그 중학교에서 교장 노릇을 하는 수양아버지에게 점심 때마다 더운 도시락을 가져다주는 일을 하다 그때는 새파란 청년이었던 영감과 눈이 맞았다. 당시로서는 드물게 연애결혼을 한 셈이었다.

시집이란 게 아예 없었으니 상주댁은 젊어 사는 시어머니시집이 어떤 것인지도 모른다. 맨주먹으로 시작한 결혼 생활이었으나 내 손으로 내 살림을 한다는 사실이 좋아 남의 집 식모 겸 수양딸 노릇보다 몇 백 배는 행복해하며 살았다. 늦게라도 국민학교는 마쳐주었으니 남의집살이치고는 썩 괜찮은 편에 속했지만 그래도 남의집살이는 남의집살이였다. 자기 식구들끼리 모여 과일을 먹고 우스갯소리를 하고 놀 때 상주댁은 부엌에서 사과 껍질을 씹으며 설거지를 했었다. 꼭꼭 씹어 넘기긴 했지만 그 사과 껍질에서는 눈물 맛이 났다.

그런저런 설움을 아는 상주댁은 나중에 영감이 데리고 온 고아 제자를 수양딸로 기르면서 다른 것은 몰라도 절대 음식 충하는 두지 않았고, 부엌일도 상주댁이 같이했으면 했지 혼자 시키지는 않았다.

서무실 경리 월급으로 아들 셋과 수양딸 하나를 공부시키는 일은 쉽지 않았다. 월급은 나오는 즉시 아이들 교육비로 새어나가버려, 먹고 입는 것은 상주댁이 알아서 마련해야 했다. 상주댁은 비누 조각 하나라도 내다 버리지 않고 따로 모았다가 뭉쳐 요긴하게 썼고, 손바닥만 한 텃밭을 자식 키우듯 가꾸어 푸성귀를 조달했다. 약방 집에는 근 10년 드난을 살러 다녔다. 영업집 드난이 팍팍하다지만 약방 집은 안주인인 필남 어머니 인심이 후해 헐렁하게 산 축이었다. 약재 썰고 달이는 일을 기계가 대체하면서 약방 집 일꾼들이 고향으로 돌아가거나 도시로 살길을 찾아나가게 되니, 그 일꾼들 수발하던 드난꾼 아낙들도 더 이상 그 집 부엌을 나들 명목이 없어졌었다.

돈의 용처(用處) 중 최우선 순위에 놓은 게 아이들 교육비였다. 고춧가루 사는 날 참기름 떨어지고 참기름 사는 날 설탕 떨어지는 살림살이였지만 책만은 흔했다. 딴 공과금을 못 내는 일은 있어도 아이들 공납금은 제때 주지 않은 적이 없었다. 그러다 보니 1년이면 360일, 영감은 매일 아침 도시락과 담배 한 갑 살 돈만을 달랑 들고 나갔고, 아이들은 용돈이란 것을 몰랐다. 상주댁이나 영감이나 인내성 있는 사람들이라 허구한 날 푸성귀 나부랭이만 먹어대 소증이 날 지경이라도 겉으로 내색하는 법이 없었지만 한창 크는 아이들은 그렇지가 않았다. 영감 월급날 자반고등어가 상에 오르는 날이면 아이들은 환장을 하여 덤벼들었고 숟가락을 놓은 뒤에도 한참 동안 제열 손가락들을 빨아먹곤 했다.

상주댁은 지금도 그 사건을 떠올리면 눈시울이 뜨거워진다. 상주 댁의 귀염둥이 막내가 엄마 찾아 약방 집에 왔다가 그 집 구정물통에 버려진 고등어 대가리에서 눈알을 빼 먹은 사건이다. 약방 총각 아이 하나가 그 광경을 보고 동네방네 떠들고 다닌 탓에 막둥이는 두고두고 고등어 눈깔이라는 별명으로 놀림을 당했다.

그때는 집집마다 부엌 앞에 구정물 통을 두고 요즘으로 치면 음식물 쓰레기를 거기다 쏟아부었다. 그러면 정해진 시각에 짐승 치는 집에서 사람이 와 구정물을 져 날라 갔다. 구정물 통을 보면 그 집의 식단을 대충 짐작할 수 있었는데, 상주댁네 구정물 통에선 콩나물 발이나 남새 줄거리밖에 나오지 않았다. 그에 비해 약방 집 통에서는 나날이 생선 대가리에 고아먹을 만큼 고아먹어 구멍이 숭숭 뚫린 쇠뼈다귀에 재탕 삼탕 달여내고 버리는 인삼 뿌리까지 구정물 통도 고급 일색이었다. 그런데 비린 것을 유달리 밝히던 상주댁네 막둥이가 그만 구정물 통 속의 고등어 대가리에 손을 댄 것이다. 어두일미(魚頭 一味)라는 말이 있지만 그것도 대가리 쪽에 붙은 살점을 얘기하는 것이지 사실 바싹 올려붙여 동강 낸 고등어 대가리에 무어 먹을 게 있는가 말이다. 막둥이는 코 속을 들쑤시는 비린내와 짭짤한 자반 맛의 기억으로 입안 가득 괸 침을 삼키다 못해 그만 고등어 눈알을 빼 먹은 모양인데, 상주댁은 그 장면을 직접 보지도 못했고 약방 집 수다쟁이들도 상주댁이 세 아들에 대하여 얼마큼 자부

심을 가지고 있는지 잘 아는지라 상주댁 앞에서만은 입단속을 하여 생판 모르다가 뒤늦게 동네 꼬마 아이들이 막둥이 꽁무니를 따라다니며 놀리는 것을 보고 막둥이를 다그친 다음에야 전후 사정을 알게 되었었다.

그때 부끄럽고 서럽던 생각이야 강산이 세 번 바뀌고 난 지금도 생생하다. 읍내 중학교 뒷집 셋방에서 살던 세월 내내 친구들한테서나 동네 사람들한테서 악의가 있든 없든 걸핏하면 고등어 눈깔이라고 놀림을 받았던 막둥이는 지금은 생선을 아예 입에 대지도 않는다.

그렇게 빠듯한 살림에 아이들은 상주댁 내외의 희망이었고, 인생 그 자체였다. 둘 다 부모 사랑이 그립던 처지라 자기들의 피와 살을 물려받은 자기들의 아이를 갖고 보니 그렇게 좋을 수가 없었다. 영감은 원래 표현에 서툰 사람이었지마는 제 핏줄을 귀애하는 사정은 상주댁과 조금도 다르지 않았다. 상주댁이 새벽밥하러 일어나다 보면 희붐한 여명 속에서 잠든 아이들의 얼굴을 한없이 바라보고 있는 영감의 모습을 발견할 때가 있었다. 얼추 조반 준비가 되어 아이들을 깨우러 들어가보면 그때까지도 영감은 아이들의 숨소리에 귀기울이면서 아이들의 손발을 어루만지고 있었다. 하루 종일 그러고 앉아 있으라고 해도 군말 없이 그럴 양반이었다.

얼매나 이뿌고 귀하마 저라꼬.

상주댁은 그 정경을 볼 때마다 목이 메면서 눈물이 핑 돌았었다.

큰아들이 대학 공부를 하러 서울로 떠난 지 1년 뒤, 영감이 불쌍하다고 데려왔던 딸아이가 마침 서울 있는 여자대학에 붙기도 했고 큰아들과 같이 있으면서 밥도 해주면 좋을 것 같아 경제 사정은 생각 않고 딸아이마저 서울 유학을 보내고 난 다음, 상주댁 내외는 필설로 다할 수 없는 고생을 했다. 그저 허리띠를 졸라매는 정도의 고생이 아니었다.

그 고생담은 자식들도 모르는 내외만의 비밀이다. 그들 내외는 영감 학교가 방학을 맞아 단축근무를 할 때면 버스로 30분 걸리는 도시로 나가서 영감의 어릴 적 친구라는 보일러공을 따라다니며 '디모도'를 했다. 웬만큼 산다는 집들은 죄다 오밤중에 연탄 가는 노역 안 해도 되는 기름보일러로 바꾸어 시공하던 시절이라 보일러공은 철 만난 메뚜기처럼 사방으로 불려 다니고 있었다. 내외는 일하러 나갈 때나 일을 끝내고 올 때는 말끔히 씻은 얼굴에 외출복을 단정히 입었다. 둘째 아들과 막둥이, 이웃들한테는 도시에 있는 아빠 친구의 회사 일을 도와주러 간다고 얼버무렸다. 아는 사람을 만날까 봐 내외는 수건 둘러친 모자를 깊숙이 눌러쓰곤 했다. 영감의 출장 가방 속에는 땀과 먼지 범벅이 된 그들 내외의 작업복과 목면 장갑, 수건이 있었다. 그렇게 번, 땀내 나는 돈으로 내외는 자식 뒷바라지를 했다. 다행히 둘째를 빼고는 공부를 잘해주어 고생한 보람이 있었다.

상주댁네 자식 자랑을 다 듣자면 끝이 없다. 그 소읍에서 자기 내외만큼 자식 농사를 잘 지은 집은 전에도 없었지만 나중에도 드물 거라고 상주댁은 자부한다. 자식 자랑을 할 때는 대통령이 부럽지 않은 상주댁이다. 큰아들은 공짜로 미국 유학을 다녀와 대학교수를 하고 있고, 작은아들은 소싯적에 공부를 안 하고 주먹질만 일삼아 애를 먹이더니만 지금은 탄탄한 무역회사의 사장에다 모텔 세 채와 나이트클럽 두 곳을 소유한 부자다. 그리고 얌전한 막둥이는 일류대는 아니라고 해도 서울 있는 대학에 척 붙어서 장학금 한 번 안 놓치고 착실하게 공부를 하더니 공인회계사 자격증을 따 저희 작은형 회사에서 재무 담당을 하고 있다. 딸아이도 인물이 좋아 열쇠 세 개 장만하지 않고도 의사 신랑을 턱 붙잡더니 지금은 미국에서 아들딸 하나씩 참하게 낳아 잘 살고 있다. 아들만 있어 모자라는 부분을 그 딸아이가 고스란히 채워주었다. 그래 봤자 양딸이고 또 한 나라에 없고 저 바다 건너 남의 나라에 있는 딸을, 상주댁은 몸 아프고 외로울 때면 제일로 보고 싶어 했다. 걸음마 할 때까지 잠투세가 유난스러웠던 막둥이를, 양어머니 잠 못 자고 힘들다고 제가 대신 업고서는 업은 채로 웅크려 자던, 마음 씀씀이며 기질이 그렇게 고울 수가 없던 딸이었다. 물론 상주댁에게 어디까지나 아들들이 우선순위인 것은 구구이 말할 필요도 없지만.

그 천금같은 자식들이 다 잘되어 이제는 효도받을 일만 남아 있는데, 아무런 예고도 하지 않고 덜컥 떠나버린 영감. 그 영감의 제삿날을 상주댁이 어찌 만에 하나라도 잊을 수 있겠는가.

상주댁은 경대 앞에 앉아 화장품 단지를 연다. 고생한 사람은 어디에 표가 나도 난다고 상주댁의 얼굴에 자리 잡은 빽빽한 주름과 아무리 마사지를 해도 희어지지 않는 거무튀튀한 살갗이 꼭 그렇다. 그 뜨거웠던 여름날의 징글징글하던 노동의 흔적들이다. 사업상 해외여행이 잦은 둘째가 이름난 외제 화장품들을 넘쳐나게 사다 주지만, 상주댁의 피부에는 소용이 없다.

지금도 마음으론 찍어 바를 생각이 손톱만큼도 없지만 아들들 체면을 생각하면 너무 촌 노인네처럼 허술해도 안 될 것 같아서 이렇게 공을 들이는 것이다. 없는 솜씨에 기초공사부터 색조 화장까지 꼼꼼하게 마무리하려면 30분은 잡아먹힌다. 그나마 제 얼굴에 제가 반해 하염없이 거울 속을 들여다보는 시간이 없으니 30분인 것이다.

화장을 하고 옷을 갈아입자 휴대전화의 벨이 울린다. 둘째네의 운전사다. 차를 가지고 집 앞에 와 있으니 준비됐으면 내려오란다.

"꼴값은. 누가 오라 캤나."

상주댁은 이 운전사 녀석이 싫다. 둘째 앞에선 호랑이 앞의 토끼처럼 반은 죽어 흐물흐물 복종하면서 나이로 치면 제 부모뻘인 그집 주방 아줌마나 정원사 아저씨한테는 모가지를 떡 세우고 이래라저래라 시켜대는 꼴이 딱 보기 싫다. 둘째는 왜 저런 녀석을 신임하여 그 큰 집안의 집사 노릇을 시키는 것인지 상주댁은 이해할 수가 없다. 저런 깡패 녀석을 끼고 도는 걸 보면 둘째가 아직도 그 옛날의 주먹패 버릇을 버리지 못하고 있는 게 아닌가, 의구심이 와락 일어난다. 상주댁의 심장이 불안정하게 두근거리기 시작한다.

"근심 복도 많네, 이 사람아. 그아가 안죽 깡패면 우예 저래 잘사노. 경찰은 어데 바보 천치라? 검사는 뭐 하고 장관은 뭐 하고 대통령은 다 뭐 하는데 깡패가 저래 잘살구로 놔두겠노. 마 치우거래이 이 할마시야. 씰데없는 걱정일랑 고마하거래이."

상주댁은 혼잣말을 중얼거리며 스스로를 진정시킨다.

지난달에는 둘째네 집 근처에 볼일이 있어 나갔다가 저 운전사 녀석이 둘째의 캐딜락인가 하는 커다란 외제 승용차에 꼭 탤런트같이 예쁘게 생긴 여자를 태우고 가는 것을 보았다. 여자와 찧고 까부는 짓을 보아 하니 둘의 관계가 뻔할 뻔 자인데 녀석은 분명 둘째 차를 제 차인 양 으스대는 꼬락서니였다. 젊은 사내놈이 그럴 수도 있겠거니 좋이 봐줄 수도 있는 일이지만 워낙에 미운털 박혀 있던 놈의 짓이라 상주댁은 가슴패기에 불꽃이 화닥닥 이는 듯이나 놈이 미웠다. 그래도 둘째한테 이르는 짓은 하지 않았다. 노인대학 할망구들한테서 요새 계집애들은 차 없는 사내놈하고는 데이트할 생각을 않는다는 말을 들었기 때문에 아들 가진 어미들 심정을 생각하여 참은 것이다.

둘째네에 들어서니 벌써 세 아들이 거느린 두셋씩의 손주들이 이 방 저 방을 뛰어다니며 시끌벅적한 놀이판을 벌이고 있다. 며느리들은 일하는 사람 둘을 데리고 제수 장만에 여념이 없고, 아들네들은 집주인인 둘째를 빼놓고는 전부 직장에 매인 몸이라 아직 뵈지 않는다. 노인대학 할망구들은 하기 좋은 말로 그렇게 애틋한 영감 제사면 상주댁이 하루 전에 와서 장보기며 제수 장만을 감독하지 왜 며느리들 손에다만 맡기느냐 묻는다. 그러면 상주댁은, 보고 배운 게 없어 감독할 능력도 없다고 딱 잘라 대답한다. 요새 젊은것들한테는 늙은이가 가르쳐준다고 한마디 하는 것이 다 잔소리라는 것을 상주댁은 잘 알고 있다. 그래서 당일 저녁에나 나서지 절대로 일찍 나서서 꿔다 놓은 보릿자루처럼 아들네 집 안방 차지를 하고 있지 않는다.

"엄마, 오능교?"

상주댁을 맞아들인 둘째는 응접실 소파에 눕듯이 앉아 부산스레 움직이는 식구들을 흐뭇한 눈빛으로 바라본다. 잠시를 서 있지 않고 소파에 파묻혀버리는, 지난번에 보았을 때보다 몸피가 더 불어난 듯한 둘째를 상주댁은 못마땅한 눈빛으로 바라본다. 큰아들과 막둥이는 서울 물을 먹으면서 최고학부를 나왔다고 그러는지 어머니, 어머니에 사투리도 억양만 좀 살아 있달 뿐 거의 쓰지 않는데, 둘째는 형제 중 제일 먼저 결혼해 저보다도 키가 큰 고등학생 아들을 둔 놈이 아직도 엄마, 엄마에 사투리도 상주댁만큼 억세게 버리지 못하고 있다.

둘째의 우렁우렁한 목소리에 며느리들이 총총히 부엌에서 나와 두 손을 모아 잡고 선다. 상주댁이 안방 보료에 자리를 잡고 앉자 며느리들이 큰절을 하고 물러가고, 제 어미의 채근을 받은 손주들이 잇달아 우르르 들어와 절이랍시고 이마를 방바닥에 찧었다.

"형연이는 인자 고3이제? 열심히 하거라."

형연이는 전과목 과외 선생에다 그 과외 선생들을 관리하는 총감독까지 두고 있어 제 밑으로만 한 달에 1000만 원이 넘는 돈이 사라진다는 둘째네의 장남이다. 얼굴은 앳된데 키는 멀대 같은 아이는 할머니의 말에 이렇다 저렇다 대꾸 없이 뒤통수만 두어 번 긁적거리다 일어서버린다.

다들 뭐라고 한마디씩 해주고 머리통이라도 쓸어주고 싶지만 아이들은 저희들끼리 노는 게 제일 재미있는 눈치다. 옛날 아이들은 할미 입속에서 거지반 씹힌 밥을 받아먹고 커 그런지는 몰라도 제 할미라면 어미보다 더 무람없는 존재로 알고 좋아들 하며 어리광도 피우고 했는데, 요즘 아이들은 할미에게 무슨 냄새라도 나는 것처럼 도무지 가까이 오려 하지를 않는다.

상주댁은 열린 문을 통해 큰아들네 막내 주연이가 잘 노는지 살핀다. 아직 걸음마가 완전하지 못해 뒤뚱거리며 형, 누나들을 쫓아다니는 막둥이네 아이들도 있건만 상주댁의 눈에 가장 안쓰럽게 비치는 것은 주연이다. 녀석은 어린 게 내성적이고 속이 깊어 꼭 어릴 때의 제 아비를 연상시킨다. 주연이가 둘째네 아이들의 기세에 눌려 풀 죽은 모습을 보이면 상주댁은 괜스레 짠해진다. 가뜩이나 기질 곱고 숫기 없는 아이가 제 집도 아닌 남의 집에 왔으니 다른 애들처럼 활개를 펼 수가 없을 거라는 걸 알면서도 그렇다. 저것이 커서, 제사는 원칙으로 큰집에서 지낸다는 걸 알고 제 아비한테 왜 우리 집은 작은집에 제사를 돌렸느냐고 물어보면 큰아들은 무슨 대답을 할까.

문제는 돈이다. 제사라곤 탈탈 털어 하나뿐인 아버지 제사, 차릴 것 다 차려 온 가족이 모셔야 한다는 둘째의 주장은 듣기에 그럴듯했다. 거기다 둘째는 아버지 살아생전 제일 많이 불효를 했으니 제사만은 꼭 자기가 힘닿는 대로 성대하게 모시고 싶다고 개인적인 이유를 댔다.

둘째의 말에는 다른 형제들이 거부할 수 없는 힘이 있었다. 상주댁은 그때 큰아들의 눈치부터 살폈다. 큰아들은 도통 말이 없었다. 비용은 둘째치고라도 도합 열네 명, 미국 있는 딸네까지 합치면 열여덟에 이르는 집안 식구를 한꺼번에 재우고 먹일 공간을 가지지 못했다는 생각에 큰아들은 입을 다물었을 것이다. 삼형제를 건넌방 한 칸에 다 몰아넣고 내외와 수양딸이 안방 한 칸에서 윗목, 아랫목 나뉘어 자던 시절에도 방 좁다는 생각은 그리 안 하고 살았건만, 그런 시절을 겪은 어른들은 그렇다 치고 요즘 애들은 한 방 차지하고 제 마음대로 뒹굴며 자던 버릇이 되어놔서 스물네 평 아파트, 그것도 책 때문에 한 방은 발 디딜 데도 없는 큰아들네에 가래떡 쟁여놓듯 쟁여놓고 칼잠 자라고 하면 기함을 하고 도망갈 것이다. 영감 살아생전에 내외의 서른세 평 아파트에서 명절을 쇨 적에도 아이들은 낮에만 북적거리다 잠은 제 집으로 자러들 가지 않았던가. 그리고 막둥이를 성혼시킨 후에는 넓고 편하다는 이유로 설, 추석을 둘째네에서 쇤 지가 몇 번인데 새삼스레 제사는 큰아들네에서 지내야 한다고 주장하는 것도 우스웠다.

사정이 이렇다 보니 며느리들의 위계질서도 엉망이다. 지금도 상주댁이 부엌 동정을 슬몃슬몃 보아 하니 둘째가 무어라도 시키는 쪽에 서 있는 것은 물론, 맏이와 막내는 군말 없이 둘째의 말을 따른다.

"막내이 저기야 본시 똑 매끄래미맨치로 여게나 저게나 붙어서 잘 알랑거리니 그렇다 치고 맏이 저거는 새암도 있고 지 고집도 있는 안데 우예 즈그 아랫동세 말을 저래 잘 들으까."

상주댁 같은 옛날 사람 눈에는 그 정경이 참으로 신기하다. 속내야 어떤지 몰라도 맏이는 지금껏 한 번도 겉으로는 둘째에게 용심을 부리는 법이 없다. 옛날부터 맏이는 부모 한 가지라고 했다. 시어미 용심은 천장에서 내려오고 동서 용심은 하늘에서 내려온다고도 했다. 시어머니보다 무서운 게 손위 동서인 것이다. 그럼에도 어떻게 된 게 명색 맏잡이가 금력 있는 손아래에게 고개를 숙이는 게 별로 자존심 상하는 일도 아닌 모양이니 세월도 참말 희한한 세월이라고, 상주댁은 생각한다.

배고프다는 둘째의 한마디가 떨어지자 얼마 안 있어 안방으로 저녁상이 들어온다. 상주댁과 둘째가 겸상으로 먹게끔 되어 있다. 손주들 상은 거실에 뷔페식으로 차려진다. 튀긴 닭다리 소쿠리, 과일 샐러드 볼, 샌드위치 채반, 김밥을 피라미드처럼 고인 접시 따위가 놓인 상에서 큰 것들은 저희들이 먹고 싶은 것을 제 접시에다 덜어서 먹고, 작은 것들은 막내며느리의 시중을 받아가며 먹는다. 작은 것들이라고 해보았자 막내며느리의 두 아이들과 주연이 정도인데, 주연이는 접시에 담아만 주면 제 손으로 먹을 만큼은 컸다. 막내며느리는 양 무릎에 아이 하나씩을 끼고 조금이라도 더 챙겨 먹이려고 기를 쓴다. 며느리들은 맨 나중에 일 도와주러 온 사람들과 함께 주방 식탁에서 먹는다.

사람이 많으면 끼니 챙기는 게 제일 대사(大事)다. 더군다나 아이들이란 제자리에서 얌전히 먹는 법이 없으니 거실은 한바탕 난리굿을 치른 것 같을 밖에. 세월이 다르면 아이들도 다른 것인지 상주댁이 자식 키울 때는 저렇게까지 극성스럽지는 않았다.

주방 아줌마가 거실 바닥의 음식물을 거의 닦아낼 무렵 초인종이 울리고 비디오 폰에 큰아들의 얼굴이 비친다. 상주댁은 얼른 대문 열리는 단추를 누르고 현관으로 나간다.

"우리 민 교수님 오신다."

큰아들이 정원의 계단을 다 올라오기를 기다리며 상주댁은 갑자기 환해진 얼굴로 주방 아줌마와 둘째를 돌아보며 말한다.

큰아들만 보면 사지에 없던 힘이 솟아오르고 안면에 웃음꽃이 피는 것은 아주 오래전부터의 버릇이다. 영감과 상주댁은 서로에게 정이 깊었지만 둘만으로는 외로웠고, 그만큼 그들이 만든 첫애에 대해 형언할 수 없는 감동을 느꼈다. 누구에게랄 것도 없이 무한정 고마웠다. 아이만 보면 절로 웃음이 나고 가슴이 뿌듯했다. 큰아들은 인물이 반듯한 데다 착실하고 공부를 잘해 그들 내외의 자랑이 돼주었다. 큰아들을 위해 보일러공을 따라다니며 디모도를 할 때도 그들 내외는 남부끄러운 게 먼저였지 몸 힘든 줄은 몰랐었다.

지금도 상주댁은 부자인 둘째보다 대학교수인 큰아들을 자랑스러워한다. 세월이 어째 갈수록 돈이 최고인 방향으로만 줄달음을 치지만 상주댁의 가치관으로는 아무래도 학문이 윗길이다. 둘째가 돈으로 마련해준 외제 식기세척기가 무용지물인 반면에 큰아들이 남기고 간 책들은 상주댁에게 크나큰 지적 기쁨을 안겨주는 것만 보아도 그렇다. 섬겨야 할 영감이 있나, 남들처럼 나돌아 다니며 무얼 사들이는 걸 좋아하나, 할 줄 아는 잡기가 있나, 화투점도 하나 뜨지 못하는 상주댁으로서는 남는 게 시간뿐이어서 큰아들이 읽던 소설이나 수필은 말할 것도 없고 무슨 개론서 같은 것도 열심히 읽는데 그게 그렇게 재미날 수가 없다. 시집 가기 전 교장 집에 있을 적부터 책이라면 사족을 못 쓰던 상주댁이다. 새끼들 낳고 드바삐 사느라 때로는 잊어먹고 때로는 제쳐두었던, 배움을 향한 열망이 뒤늦게 펄펄 일었다. 창피하여 아들네한테도 말을 못 꺼내고 있지만 상주댁은 몰래 검정고시를 보아 중학교 졸업 학력은 벌써 인정받았고 지금은 고등학교 과정을 밟고 있는데 내친김에 대입 준비까지 해볼까 어쩔까 고민하는 중이다. 하기로 맘만 먹으면 못 할 것은 없으되 무슨 '쫑'에 그리 연연하고 싶지 않아서 미적거리고 있는 것이다. 그저 책을 읽고 모르던 것을 깨우치는 일이 즐거워서 하는 공부인데 시험이나 '쫑'을 위해 공부하다 보면 아무래도 재미가 적어질 것 같아서다. 이 수준으로 감히 학문하는 낙을 안다고 할 수는 없겠지만 상주댁은 큰아들 민 선생이 왜 책을 들고 앉으면 세상 시름이 잊혀진다고 하는지 어렴풋이는 알 수 있다. 도무지 사는 일이 너무나 허무한 것이다. 늙은이란 깨어진 사금파리인 것이다. 이제 곧, 누구도 죽기 전에는 가보지 못했기에 살아 있는 사람은 아무도 모르는 어느 심연에서 컴컴한 입아귀를 벌리고는 빨아들이고 말 사금파리.

둘째는 상주댁이 노골적으로 큰아들을 편애하는 걸, 또 노골적으로 싫어한다. 방금도 환해진 상주댁의 얼굴에 대고 한마디 이죽거리는 걸 잊지 않는다.

"하이고, 밤낮 그 잘난 민 교수님. 요새 흔해빠졌는 기 박사고

교수다. 남 듣는데 우사시럽지도 않나.”

둘째가 턱짓으로 주방 아줌마를 가리키자 상주댁도 그쪽으로 얼핏 눈길을 돌린다. 자신이 사장님의 말씀 중에 나오는 ‘남’으로서 어떤 표정을 지어야 할지 결정을 내리지 못한 모양으로 주방 아줌마는 눈을 내리깔고 손바닥으로 입 주위를 가리고는 화장실로 뒷걸음질을 쳤다. 물 내리는 소리와 걸레 치대는 소리가 모자간에 퍼지는 묘한 기류 속으로 끼어든다.

둘째에 대한 상주댁의 적의는, 그녀가 둘째라면 당장이라도 하늘 아래 둘밖에 없는 피붙이들과 재산을 삼등분하겠다는 가정에서 비롯된 것이다. 형제간에 돈자랑 할 일이 뭐 있으며 돈으로 제 피붙이를 기죽일 일이 뭐 있느냔 말이다. 제가 재운을 타고나, 하는 일마다 돈이 붙고 그 돈에 또 돈이 붙고 하면 그 운에 감사할 요량으로라도 제 피붙이만은 거두어야 하지 않을까. 상주댁은 형제자매라는 걸 가져본 적이 없으니 제 동기간에도 경쟁과 질시가 얼마든지 있을 수 있다는 사정을 잘 모른다. 스스로 부모는 되어보았지만 자기 부모와 형제를 가져본 적이 없는 상주댁은, 부모가 자식 생각하는 마음과 형제가 동기 생각하는 마음이 손바닥과 손등만큼이나 다르다는 것을 모른다. 그런데도 돈이라는 게 동기간에 문제가 되었을 때에는 남보다 훨씬 더한 상처를 주고받는 것임을 상주댁의 눈으로 목격하는 일은 자꾸만 생긴다. 사정이 이렇다 보니 오갈 데 없는 상주댁의 적의는 돈 가진 둘째에게로만 향하는 것이다.

“어머니, 뭐 하러 나와 계세요? 일 때문에 좀 늦었습니다.”

"오이야, 그래. 저녁 안 뭇제?"

"대충 먹었습니다."

"지끔 이 시간에 차 맥히고 카는데 어데서 묵노? 이리 들온너라. 야들아, 밥상 안 채리고 뭐 하노?"

상주댁은 며느리들에게 저녁상 볼 것을 지시해놓고도 마음이 놓이지 않아 직접 부엌에 들어간다. 며느리가 밥그릇, 국그릇을 놓고 찬을 놓는 사이로 상주댁은 수저를 놓고 물잔을 놓아 몸소 상을 들고 안방으로 들어간다. 늙은이가 기운도 좋다고 입을 비죽거릴 며느리들의 상이 눈앞에 떠오르지 않는 것은 아니지만, 큰아들의 서울 유학 시절, 어쩌다 집에 온 아들을 위하여 제 힘껏 맛있는 찬을 장만하여 그 상을 들고 아들이 있는 방으로 들어갈 때의 벅찬 기대와 환희를 상주댁은 잊을 수가 없는 것이다. 명란젓을 넣은 달걀찜, 고깃점을 넉넉히 넣고 마지막 끓일 때 매운 풋고추를 썰어 넣은 된장찌개, 참기름 바른 김, 감자를 갈아 넣은 부추전, 노릇노릇 구운 갈치, 알맞게 익은 물김치가 놓인 밥상이 큰아들의 힘찬 수저질이 계속되면서 조금씩 비워지다가 마침내 찌개 조금 남고 말끔해지는 모양을 바라보는, 포만한 기쁨이란. 그 기쁨이 얼마나 컸으면 상주댁은 지금도 큰아들에게 맛있는 밥상을 차려주는 꿈을 자주 꾸고 자신의 배가 그득해진 듯 포만한 기쁨에 차 깨어나곤 한다.

그 옛날보다 찬은 댓 가지나 더 많건만, 큰아들의 수저질은 힘이 없다. 비워지지 않는 밥상을 보며 상주댁의 벅찬 기대와 환희도 사그라진다.

명백한 현실도피

시침이 자정을 넘어 20도쯤 기울어질 무렵 여자들이 마지막으로 절을 함으로써 제사의 공식적인 순서는 끝난다. 전등이 다시 켜지고 아이들은 잠시 꿰매두었던 입을 왁자그르르, 한꺼번에 뜯어놓는다. 남자들은 담배를 꺼내 물거나 소파에 묻히듯 자리 차지를 하고 여자들은 뒷정리를 시작한다.

화문석을 걷으려는데 그 귀퉁이에서 큰집 막내둥이 주연이가 이마를 바닥에 대고 절을 하는 모양새로 웅크리고 있는 게 보인다. 민승호 교수가 살그머니 다가오더니 아이를 안는다. 아이는 자고 있다. 자정까지 기다려 제 조부에게 절을 한 후손 중에서는 주연이가 제일 어리다.

얼마나 잠이 쏟아졌으면 절하다가 잠을.

민승호는 아무도 못 보게 샹들리에 불빛이 미치지 않는 컴컴한 거실 구석으로 가서 주연이 볼에 입을 맞춘 다음 사이드 소파에 아이를 번다. 그러고도 한참이나 아이를 지켜보다 자기 윗도리를 벗어 덮어준다. 그런 모양을 바라보는 미현의 눈이 젖어든다.

저런 남편에게 무슨 불만이 그리 많을까.

미현은 입만 열었다 하면 남편 흉인 맏동서를 이해할 수 없다. 민승호는 미현의 남편 민승기에게 떨어지는 것이 없는 사람이다. 인물도 낫고 공부도 잘했고 마음도 어질다. 다만 하나 돈을 썩 잘 벌지는 못한다는 것이 흠이라지만, 까짓것 그렇다고 처자식 굶기는 것도 아니지 않은가 말이다. 승기가 승호만 같으면 얼마든지 존경하고 사랑하고 순종하며 살 거라고, 미현은 생각한다.

제 짝에 대한 그리움이 젊은 애들만의 전유물은 아닌 모양, 시어미 상주댁이 금방이라도 눈물이 복받칠 것 같은 안색을 하고 화장실을 찾아 들어간다. 변기 위에 걸터앉아 수건으로 얼굴을 감싸고 소리 죽여 울 테다. 승기가 죽고 나면, 아마도 미현은 시어미처럼 슬퍼할 수 없을 것이다. 그 너무나 명약관화한 예측이, 미현은 두렵고 서럽다.

"동서도 음복 한잔할래?"

술 한 잔을 단번에 털어넣으며 맏동서가 묻는다. 맏동서는 요즘 하루에 소주 한두 잔씩은 꼭 마신다고 했다.

"아뇨. 형님. 제가 술은 무슨……."

"왜, 한 잔씩 마시는 것도 괜찮은데. 동서네는 비싼 술도 많다마는 저런 거 쌓아두면 다 뭐 해? 어쩔까? 음식은 이 상에다 그냥 차리지?"

맏동서가 묻는다. 맏동서는 미현에게는 언제나 상냥하다.

"예. 그러죠. 아줌마. 여기 이 상 먼저 좀 닦으세요."

이제 제사 참례한 식구들이 나눠 먹게 음식을 다시 차려내야 한다. 동서들과 아줌마가 상 위에다 수저를 놓고 밥공기와 국그릇을 가져다 놓는다. 미현은 한쪽에 앉아 후식거리를 준비한다. 쟁반에 절편, 증편, 깨떡, 팥떡, 인절미를 종류대로 썰어 담고 사과, 배, 수박, 바나나, 포도, 감, 귤, 참외를 예쁘게 깎아 역시 종류대로 담는다. 손으로 만지기는 하면서도 한 조각이라도 입에 넣지는 않는 미현이다. 아무리 조상이라고는 하지만 귀신을 섬기는 일에 동참하는 것만도 크나큰 죄이거늘, 그 제물을 먹는다는 것은 있을 수 없는 일이다.

아이들은 형연이의 컴퓨터 방에 모여 인터넷을 하느라 정신이 없다. 아비들이 음식상을 가운데 두고 둘러앉아 근황을 주고받고, 어미들이 제 아이를 야단치며 불러대는 동안에도, 화장실에 간 상주댁은 나오지 않는다.

"엄마는 어데 가싰노?"

승기가 이리저리 눈을 굴리며 상주댁을 찾는다. 상주댁이 안방에 있다고 생각한 듯 맏동서가 일어나서 안방 문을 열어본다.

"어머님, 이리 오셔서 뭣 좀 잡수시죠."

화장실의 상주댁이 두어 번 헛기침을 한 뒤, 화장실 문을 똑똑 두드리며 퉁명스레 대꾸한다.

"나는 원래 잘 밤에는 암것도 안 묵는다."

원래 평소에 잘 울지 않는 사람이 한번 울음보가 터지면 오래

가는 법이라고, 아마도 좀 더 오래 눈물이 주는 평안과 휴식에 심신을 담근 채 앉아 있고 싶으리라고, 미현은 생각한다. 지금껏 미현에게 살아갈 힘을 준 것이 바로 그것이니까. 눈물의 기도 후에 얻는 평안과 휴식이니까.

그러나 미현이 진정으로 안타깝게도 시어미의 평안은 오래가지 못한다. 바깥에서 아들들이 목청을 높이는 통에 그쪽으로 귀를 기울이지 않을 수 없게 된 것이다.

"그라마 형님은 엄마 칠순 때 뭘 하자는 기요? 친척이 없으이 호텔서 잔체도 몬 한다, 아부지 없으이 혼자 해외여행도 몬 보내디린다, 엄마 취향이 아이꺼네 밍크코트도 몬 해디린다카마 대안이 있을 꺼 아이오. 있거덩 내놔보소. 없시마 그거는 핑계가 좋재, 엄마 칠순을 근냥 미역국 한 사바리 후루룩하고 치아뿌자 카는 얘긴데, 나는 그래는 몬 하요."

"아 다르고 어 다르다 그랬어. 우리 가족끼리 조용히 축하드리자는 얘기지 내가 언제 그랬나?"

"그 얘기가 그 얘기 아이오."

"내 참, 칠순도 생신인데 당신 기분 좋게 해드려야 할 것 아닌가. 당신 친지라곤 없는데 아들 며느리 아는 사람만 잔뜩 불러놓아 봐. 그리고……."

"자꾸 이유 달지 마소. 넘 하는 건 다 하고 싶은 기 사람 마음이요. 요새는 기본이 호텔 뷔페에 해외여행이요. 거게다 뭘 더 해디맀으면 더 해디맀지 몬 해디리지는 않을 끼까네 형님은 마 뒷짐 지고 있으소."

"그 기본은 누가 제정한 기본이냐? 다 호텔이나 여행사 상혼이 만들어낸 기본일 뿐이야. 괜히들 그러니까 결혼식도 야외 촬영 안 하고 해외여행 안 가면 기본에 뒤처지는 것 같고 심지어는 어린애 돌잔치까지……."

"고따우 10원어치도 안 되는 소리는 쫌 치우소. 내가 형님 학생도 아이고. 나는 뭐 그 대학 나온 쫄따구 안 부리는 줄 아요? 내가 와 그 쫄따구를 초장에 시껍 믹있는지 아요? 이렇고 저렇고 이유가 너무 많아서 캤소. 형님도 사설 치우고 한마디로 요약해보소. 내놀 돈이 없다는 거 아이요."

"너…… 너 이놈……."

가만있다가는 더 험한 꼴을 볼 것 같았는지 큰아들 말이 끝나기 전에 상주댁이 수건을 던지며 화장실 밖으로 나온다.

"이 자슥들아, 다 몬 치우나."

상주댁은 가슴에 손을 얹고 잠시 눈을 감았다 뜬다.

"느거 아부지 1년 만에 한 분 와있다가 느거 이래 싸우는 꼬라지 보만 가심이 아파 우야겠노. 에미 속도 모리는 것들. 다 싫다. 나는 느거 해주는 거 다 싫다. 내 생일에는 미역국 한 사바리도 끼리지 마라. 느거가 그날 다 이자묵고 근냥 1년 365일 아무 날 맨치로 조용히 지내는 기 내 소원이다. 다시는 그런 이바구 꺼내지도 말거라. 에라이, 이 천하에 불효막심한 자슥들."

상주댁은 턱을 부르르 떨며 단결에 구두를 구겨 신고 현관을 나선다. 주방 아줌마가 안방에서 핸드백을 챙겨 나와 상주댁의 손에 쥐여준다. 아줌마는 '남'이므로 이 와중에도 상처를 받지 않을 수 있는 것이다. 그러므로 뛰쳐나가는 상주댁의 두 손이 텅 비었다는 것을 지각하고 주머니가 없는 상주댁의 옷을 보니 택시 잡을 돈도 없으리라는 것을 짐작할 정도의 이성을 간직할 수 있는 것이다.

남보다 못한 피붙이라니.

참으로 남우세스러운 일이 아닌가.

미현은 뛰쳐나간 시어미가 가엾다. 시어미에게 종교가 있음을 안 순간부터 미현은 10여 년 애써온 전도를 포기했었다. 시어미의 종교는 가족이었다. 그 신앙의 교리는 사랑과 정성과 희생이었다. 그런데 시아버지가 돌아가고부터는 시어미의 신앙인 가족에 균열이 가속화되고 있다. 한평생 하느님처럼 받든 가족이란 게 모이기만 하면 저런 꼬락서니를 보인다는 현실을, 시어미는 이해할 수도 받아들일 수도 없을 테다. 시어미는 얼른 자기만의 서른세 평 아파트로 돌아가 공부 재미에 빠지고 싶을 테다. 그것은 명백한 현실도피다. 그러므로 이 상황은 다음번 가족 모임 때 그대로 반복될 것이다. 물론 그 형식에는 약간의 변형이 있겠지만.

진리가 당신을 자유케 할 텐데 그것을 모르는 아둔한 여인이여. 영원한 구원의 길이 옆에 있음에도 그 길을 외면하고 한낱 먼지 쌓인 종이 묶음 속으로 도피하는 아둔한 여인이여.

미현은 시어미가 가엾다. 아들 내외가 싸우기라도 하면 아들은 제쳐두고 언제나 며느리 편을 들어주는 시어미. 아들이 며느리의 신앙생활을 트집 잡아 생활비를 주지 않았을 때에는 몇 달이고 아들이 다시 돈주머니를 풀 때까지 당신 생활비 받은 것을 며느리에게 몽땅 주어버림으로써 시위하던 시어미. 미대 대학원 시절에 두 살 아래의 승기를 만나 형연이를 임신하는 바람에 졸업도 못 하고 결혼하여 형연이가 고3 수험생이 된 오늘에 이르기까지 미현이 붙들고 의지하고 통곡할 수 있는 벽이 되어준 것은 첫째가 신앙이요, 둘째가 시어미의 존재인 것이다.

"씨발 할마이……."

승기가 못내 분한 듯 씩씩거리기 시작한다.

"문디이 내 하나 없이마 이 집구석이 우예 될 동 알미 저캐 쌓나, 모리고 저캐 쌓나?"

민승호가 사이드 소파의 주연을 안아 올리면서 맏동서에게 눈짓을 하고, 맏동서는 은연과 보연을 추스르며 미현에게 눈인사를 한다. 미현도 소리 없이 허리만 굽힌다. 역시 아기를 안은 승진이 기저귀 가방을 멘 막내 동서와 현관에 서서 말없이 고개를 숙인다.

"이때껏 돈을 조보이 고맙다는 소리를 한분 하나, 주무이 씨익 우두바 여뿌마 고마이고."

막내 동서의 손으로 조심스레 현관문이 닫힌다.

미현은 저도 모르게 깊은 한숨을 내쉰다. 미현은 승기가 두려우면서도 혐오스럽다. 세속적인 두려움은 원래 혐오와 붙어 다니는 것이다. 신혼여행에서의 첫날밤, 승기는 유리컵 깨진 것을 씹어 미현의 얼굴에 뱉었었다. 연애할 때의 습관대로 승기에게 반말을 했다는 것이 이유였다. 미현의 몸뚱어리 전체를 휘감은 것은 두려움과 혐오감이었다. 임신 6개월의 몸뚱어리는 올올이 긴장하여 떨었고 싸늘한 울음을 울었다. 승기에 대한 세속적 두려움과 혐오를, 미현은 신에 대한 초월적 두려움과 완전한 의탁으로써 견뎠다.

아내 된 자들아, 이와 같이 자기 남편에게 순복하라. 이는 혹 도를 순종치 않는 자라도 말로 말미암지 않고 그 아내의 행위로 말미암아 구원을 얻게 하려 함이니, 너희의 두려워하며 정결한 행위를 봄이라. 그래. 온유한 심령으로 순복하다 보면 언젠가는 저 불쌍한 인간도 도의 길에 돌아오겠지. 미현은 신의 의지에 의탁한다는 명분으로 세속적 두려움과 혐오에 쉽사리 굴복해버렸다.

다 가버렸으니 이제는 미현이 감당할 차례. 승기는 이제 잠을 자지 않을 테다. 잠을 자지 않고 미현을 괴롭혀댈 테다. 미현은 선 채로 눈을 감고 기도한다. 제 행위로써 저 사람을 구원할 수 있게 도와주소서. 증오와 악한 마음으로 저 사람을 상대하게 하지 마옵시고 오직 거룩한 이야기 속의 부녀들처럼 순종으로만 저 자신을 단장하게 하여 주소서.

미현은 자신이야말로 명백한 현실도피자라고는 꿈에도 생각지 않는다. 그러므로 이 상황은 언제고 그대로 반복될 것이다. 물론 그 형식에는 약간의 변형이 있겠지만.

유대의 의미

의사는 단발머리에 맨얼굴의 젊은 여자였다. 눈두덩께가 좀 부어 있는 것이 거슬릴 뿐 가르마에서 이마, 콧방울, 인중, 턱선까지의 윤곽이 꽤 단정한 얼굴이었다.

"다 됐어요. 일어나서 양치하세요."

간호사가 실눈을 거의 감은 채 애교 섞인 목소리로 말했다.

예지는 종이컵에 담긴 물을 머금었다 몇 번 우물거린 다음 뱉어냈다. 핏물과 오물이 섞인 물이 나왔다.

"권예지 님?"

의사가 차트에 무언가를 기입하며 말했다.

"예."

"우리 치과에 처음이시죠?"

"예."

"치열이 참 고우세요."

예지는 새삼스레 자기와 한 또래로 보이는 의사의 얼굴을 올려다보았다. 의사는 예지에게 눈을 맞추고 피하지 않았다.

"하지만 젊은 분 치아 같지 않게 치근 부분이 약하네요. 적당하게 씹어주고 부드럽게 닦아주고 해야 하는데, 손님은 칫솔질만 너무 심하게 하셨거나…… 혹시 밤에 이를 심하게 간다든가, 평소에 이를 앙다무는 버릇이 있으신가요?"

"이를 갈지는 않구요……."

"그럼 앙다무는군요."

"……."

"속상한 일 있으세요?"

"……."

"구강 내에서 일어나는 가장 나쁜 두 가지 악습관이 있는데 그게 이를 가는 것하고 이를 꽉 무는 습관 두 가지입니다. 이 두 경우 치아에 좋지 않은 영향을 미치는데요. 우선 이를 많이 닳게 합니다. 그래서 서서히 치아의 길이가 짧아집니다. 둘째, 치아 주위 조직에 영향을 미쳐 이가 시린 경우가 있습니다. 셋째, 구강을 구성하고 있는 근육에 영향을 미쳐 근육의 피로나 경련을 유발할 수 있습니다. 심한 경우에는 턱관절에도 영향을 미쳐 턱관절장애를 가져오기도 합니다. 원인은 여러 가지가 있을 수 있으나 정신적인 스트레스를 가장 큰 원인으로 여기고 있습니다. 아직은 이러한 습관을 완전히 없애기 위한 방법은 없으며 증상의 완화, 치아 및 주위 조직에 미치는 악영향을 줄이기 위해 치과에서는 스플린트 치료를 권하고 있습니다만…….”

예지는 의사의 목소리가 왠지 귀에 익다고 생각했다. 골짜기에 갇힌 바람소리, 물소리 같은 울림이 그 목소리에는 있었다.

누구일까. 저런 목소리를 가진, 내가 알고 있는 사람.

예지가 끝내 떠올리지 못한 그 사람은 예지의 의붓어미인 님이였다. 의사는 물론 윤아다. 윤아는 예지가 찾아올 것을 알고 있었다. 치과에 직접 찾아와 예약을 해놓고 간 사람이 님이 이모였기 때문이다.

이레 전, 님이의 옛 남편이자 예지의 아버지인 권개동의 장례가 있었다. 살아 있는 인간에 대한 사랑이, 1퍼센트의 증(憎)도 없는, 순도 100퍼센트의 애(愛)일 수는 없으리라. 증(憎)의 비율은 달랐지만, 두 여자와 권개동의 사이에서 흐른 감정은 어쨌거나 사랑이었다. 백번이나 단련한 금결 같은 사랑보다도 더 징글징글하게 인간의 마음을 뒤흔드는 것은 애증이다. 너무나 사랑했던 아버지. 유 씨와 함께 약방 집을 나올 당시에는 증(憎)이 애(愛)를 넘어서기도 했지만 그래도 언제나 사랑했었다고 누구에게라도 당당하게 말할 수 있는 그 아버지의 죽음으로 인하여 예지는 오히려 자신의 치아를 돌볼 만한 여유, 혹은 스스로를 몇 걸음 떨어져서 바라볼 수 있는 심적 거리를 얻었다.

장례라는 번쇄(煩瑣)한 의식이 그래서 필요한 것일까. 인간의 운명적 고독과, 그 고독을 잠시나마 잊게 했던 사랑의 감정과, 그렇게 사랑했던 사람의 죽음을 통한 일시적 피안 체험. 장례 절차 속에서 심신을 혹사시키면서야 비로소 예지는 자기 삶의 관성에서 벗어나 한순간이나마 생의 한가운데 서 있는 자기를 돌아볼 수 있었다.

예지와 님이는 둘 다 그 옛집에서 환대받지 못했다. 환대받지 못하는 자의 자리에서 그들은 더욱 결속되었다. 그들이 사랑한 남자는 죽고 없었고, 그 남자의 주검 앞에서 그들은 함께 소외되었다.

님이는 예지와 윤아 둘 다 조금도 덜 소중하거나 더 소중하지 않은 딸들이라고 생각했다. 님이와 그녀의 두 딸들 사이에서 지금까지 형성되어왔고 앞으로도 형성될 유대는, 죽은 권개동과 그의 네 아들들 사이에서의 유대보다 질적으로 월등히 견고했다. 이 두 가지의 유대가 가부장제 사회의 의미 체계에서 가지는 중요성의 정도는 물론 하늘과 땅 차이다. 그러한 차이가 발생하는 이유는 후자가 대를 잇는 유대 관계인 반면 전자는 그것과는 전혀 상관이 없기 때문이다. 그렇다면 대를 잇는다는 것의 의미는, 혹은 대를 이음으로써 한 사람이 얻는 이득은 무엇일까. 자신의 윗대와 아랫대를 분명히 함으로써 너무나 짧고 허무하고 불확실한 이승의 삶 속에서 스스로의 정체성을 확고히 한다는 의미일까. 그래서 씨받이도 하고 씨내리도 하고, 뼈다귀를 따지고 관향(貫鄕)을 따지고 적서(嫡庶)를 따지는 것일까.

성결이 유약(柔弱), 섬세하고 딸에 대한 자애가 남달랐던 권개동 역시도 그러한 의미 체계에서 한 치도 벗어나지 못한 사람이었다. 유 씨와 예지를 분가시킨 것은, 때마침 예지가 대학에 들어갔기 때문에 떡 본 김에 굿한다고 핑곗거리 생긴 김에 후딱 결행해버린 일이기도 했지만 아들 낳아준 여자를, 본처는 그렇다 치고 전처까지 함께 사는 집으로 데리고 들어올 수는 없다는 생각에 개동 스스로 서두른 일이었었다. 님이와 필남 모녀는, 드러내놓고 정을 준 적이 없었기에 미안한 마음이 더욱 커 개동으로서는 어떻게든 데리고 살 작정이었으나, 그들이 분가를 자청하는 바람에 달리 어쩌는 수가 없어 한 살림을 떼어주었다.

　　새로 맞은 여자에게서 아들을 얻는 대가로 개동은 그 여자의 전남편에게 집 두 채 값에 해당하는 거금을 안겼다. 이후 아들을 셋씩이나 더 얻었지만 개동이 더불어 얻은 것은 지병이었고, 깊이를 모르는 비애였고, 삶에 대한 의욕의 상실이었다. 그는 외롭고 고통스럽게 죽었으며, 띠앗머리가 약한 그의 네 아들들은 남은 재산을 가지고 이전투구를 하다 회복할 수 없는 앙금들을 가슴에 품게 되었다. 늙고 힘없는 아비 밑에서 포시럽게 자란 아들들은 생활력은 지나치게 없었지만, 물욕은 지나치게 많았다. 개동의 유산 중 그래도 알짜배기를 차지한 사람은 장남이었다. 권씨 집안의 장손으로 제사를 모실 사람이라는 그의 명분에 어느 누구도 항거할 논리를 가지고 있지 않았기 때문이다.

　　이 대목이 바로 권씨 집안의 가장 큰 비극이 숨어 있는 자리다. 개동의 지차 아들들은 어쨌거나 개동의 유전자를 받은 진짜 권씨들이었다. 그러나 그의 장남은 그의 어미가 권씨 집에서 낳았달 뿐이지 개동과 교합하여 잉태한 아이가 아니었다. 낳았다 하면 아들이었던 그들의 어미는 아들 없는 권씨 집안에 그 흔해빠진 아들을 낳아주고 지긋지긋한 고생 팔자를 한번 고쳐보고 싶었다. 그것은 마누라를 팔아서라도 가난 팔자를 고치고 싶었던 그녀 남편의 이해와 맞아떨어지는 지점이었다.

아무리 가업과 유산과 제사의 의무를 물려주고 자랑스런 권씨 성을 대대손손 물려줄 아들에 대한 갈망을 남몰래 가슴 한 귀퉁이에 품고 있었다고 한들, 개동과 같이 천성을 결곡하게 타고난 사람이 아들 하나 얻고자 하는 욕심 때문에 아무 데서나 여자와 야합할 리는 없는 것이다.

사정이 그러하다면 이 장구한 사기극은 어디서 어떻게 시작한 것일까.

술 취하지 말라. 이는 방탕한 것이니, 오직 성령의 충만을 받으라.

신약성서에 나오는 이러한 권면(勸勉)처럼, 술이나 마약이나 무엇이나 간에 취한 정신상태로는 스스로를 의지대로 간수하는 것이 힘들다. 권개동이 말려든 이 사기극의 서막 또한 독주(毒酒)와 미식(美食)과 음악과 기생이 있는 술자리였다. 예지가 다니던 학교의 육성회 이사였던 개동은 육성회장인 농협 조합장에게 떠밀리다시피 하여 다른 이사들과 함께 요정의 주연에 참석했다. 술과 인간의 관계에 대한 오래된 금언처럼 그날의 주연도 사람이 술을 먹는 것으로 시작하여 술이 사람을 먹는 것으로 파장했다. 독주에 취했다 깨어난 권개동의 옆자리에는 웬 낯선 여자가 누워 있었다. 여자는 하룻밤에도 만리장성을 쌓을 수 있는 것이 남자와 여자라면서 눈물을 훔쳤다. 그 여자는 두어 달 있다 개동의 아이를 뱄다며 약방 집을 찾아왔다.

마누라를 팔아서라도 가난 팔자를 고치려 했던 남자와 남편과 새끼들을 떠나고라도 고생 팔자를 고치고 싶어 했던 여자 사이에 태어난 마지막 아들이 약방 집과 선산과 전답과 제사를 물려받는 것으로, 넓게 보아 인간의 욕망과 인생의 부조리에 관한, 별 재미도 없고 상투적이기까지 한 그 사기극은 종막을 고했다.

유서 깊은 약방 집은 발인이 끝나기도 전에 건설업자에게 팔려 넘어갔다. 건설업자는 약방 집 대지에 연립주택 다섯 동을 지어 분양할 예정이라면서 예지를 비롯한 문상객들에게 청약을 권유했다.

예지는 아비의 유산 중 아들들 아무도 탐을 내지 않는, 색 바랜 두루마리들만을 가졌다. 그것은 생전에 아비가 아끼던 서화(書畵)들이었다.

님이는 아예 아무것도 가질 생각을 하지 않았다. 그녀가 가지고 싶어 한 것은, 퇴락한 약방 집의 어디에서도 찾아지지 않는, 필남을 낳아 기르던 젊은 어미의 시간뿐이었다.

그녀는 치통을 앓는 의붓딸을 위해 구태여 윤아의 치과에 예약을 했다. 윤아가 치과에 취직하기 전에는 치과라는 데가 어떻게 생긴 곳인지도 몰랐던 님이였기에 윤아가 대한민국 최고의 치과의사라고 믿는 것은 당연한 일이었다.

예지와 윤아는 서로의 이야기를 님이에게서 들은 적이 있지만 만난 적은 없었다.

"꼭 해야 될 필요가 없으면……."

"예. 하지만 옐로카드예요. 주의하셔야 합니다. 마음을 편하게 가지시고."

"예."

"저하고 채팅할까요? ……싫으심 말구요."

무슨 이런 의사가 있나 설면하여 예지는 대답 없이 의사의 눈동자를 한동안 응시했다. 부은 눈두덩 밑에 쑥 들어가 있어 그런지 의사의 눈빛은 어딘가 휘휘했다.

"제가 어드레스 적어드릴 테니까 언제라도 내킬 때 메일 보내요. 밤에도 괜찮아요. 전 잠을 못 자거든요."

"마음을 편하게 가질 사람은 제가 아니라 선생님이군요."

"그렇군요. 후후. 여기."

의사가 쪽지를 의료보험증의 비닐 커버 속에 넣어서는 예지에게 건넸다.

2부

너희들의 냄새가 그리운 밤에

사랑하는 내 아이들아.

봄밤이다. 절정의 봄밤. 능금꽃잎들이 잎잎이 과부의 등불처럼 여린, 그리고 아린 빛을 내뿜고 있는.

나는 방금 길고도 생생한 꿈속에서 깨어나 그렇게 빛나는 능금나무들이 덩어리, 덩어리 모여 한밤의 검은 분말에다 마음껏 혜살을 부리고 있는 과수원을 바라보고 있단다.

꿈속에서 나는 내 얼굴들을 하나하나 떼어내고 있었어. 내 두 개골 앞면에 밀착되어 있던 그 얼굴들은 체리 술같이 고운 빛깔의 핏방울을 흩뿌리며 떨어졌단다. 나는 창턱에다 체리 술에 담갔다 꺼내놓은 것 같은, 그 젖은 얼굴들을 늘어놓고는 멀찍이 서서 바라보았지. 그 얼굴에서 나는 할머니들을 느끼고 어머니들을 느끼고 '나' 들을 느꼈어. 내가 꿈속에서 본 그 얼굴들을, 너희 딸들과 아들들에게도 보여줄 수 있다면.

나의 마음은 꿈속에서 내 얼굴들을 늘어놓았던 유리창을 통과하여 밤이슬에 젖은 고샅길을 걸어, 지금은 아무도 그 물을 먹지 않지만 그때만 해도 물맛 좋기로 소문이 났던 오래된 우물가에 이르러, 무명 목도리 옆으로 드러난 볼이 하나같이 발그레한 동네 처자들 곁에 가 서는구나. 아마도 음력 2월 초하루 영등날 새벽인 게지. 그래. 그래. 바람 신이 우물에 일으키는 조화를 목격하고 제일 먼저 그 물을 길어 복을 받으려는 처자들이 모이는 날이지. 열대여섯에서 갓 스물의 처자들. 우물물이 다 뭐겠니? 그 또래들이란 자기네들끼리 찧고 까부는 재미가 세상에서 제일 좋은 건데.

　　그나저나 진짜로 영등할매가 오시려나, 바람의 속삭임이 예사롭지 않구나, 수십 년 전 새벽의 그 우물가는.

　　저기, 호랑버들 그늘 아래 눈감고 앉아 있는 님이 이모.

　　오, 겁내지 마라. 내 사랑하는 아이들아. 내 마음이 지금, 너희 딸들과 아들들은 나지도 않았고 나 역시 네 살이나 꽉꽉 채워먹은 게 새벽마다 오줌을 싸서는 만성 위장병으로 누룩처럼 뜬 어머니의 볼살이 더 누르퉁퉁하게 물크러지도록 만드는 부실한 어린애였던, 그 오래전 새벽의 푸르스레한 여명 속을 달떠 싸대치고 있다고 해도, 그렇다고 해도, 내가 완연히 너희들을 떠나 있는 것은 아니니까.

　　한창 단잠에 빠져 있을 너희들의, 햇솜같이 포근한 뺨. 그 뺨의 감촉. 수수 엿물 달일 때같이 달착지근한 냄새를 풍기는 너희들의 숨결. 그 숨결의 냄새. 나는 그 냄새를 너무나 사랑한단다. 하지만 나를 놓아주지 않는 그 새벽의 바람 냄새, 시방도 내 귀에 들려오며

내 손에 만져지는 내 영혼들의 숨찬 웅성거림과 내 얼굴들의 붉은 상기(上氣)에 나는 사로잡혀 있단다.

여기서 풀려나기 위해서는 나 스스로 이야기를 풀어야 해. 이야기의 실타래를 풀고 또 풀면 나도 조금씩 풀려나서 너희들 곁에서 잠들 수 있겠지. 사랑하는 딸들아. 사랑하는 아들들아.

다릿말 능금밭에서, 떠도는 엄마 복순

바람의 신

"영순아, 오늘은 느거 집에서 디리하마(음식을 해 먹으면서 놀면) 안 되나? 내가 우리 집 호박 한 딩이 오배 갈(훔쳐 갈) 테이."

"안 된다. 할부지 고뿔이 덧치가 벌써 보름을 기양 누버기신다 아이가. 울 아부지 어매 속이 쪼매 안 핀타."

영순은, 녹동 어른의 삼취 처가 데리고 온 여식인 춘자와 어울리는 것을 들켜 고지식한 부모에게 꾸지람을 들을까 봐 고비를 넘긴 지 오래인 조부의 고뿔 핑계를 댔다. 내외가 똑같은 골박이로 융통성이 없는 영순의 부모는, 춘자의 뻐딱한 가르마와 갈래머리가 저의 천한 근본을 자랑하고 나부대는 꼬락서니라고 혀를 차곤 했다. 춘자를 흉내내어 갈래머리를 한번 해보았다가, 아비한테는 '좋은 밥 묵고 할 일이 없으이 가시나가 대가리에다 삼팔선을 내냐'는 지청구를 얻어 듣고 어미한테는 머리끄덩이를 잡혀 흔들린 적이 있는 영순은, 춘자가 멋모르고 자기 집에 온다고 고집을 세울까 봐 겁이 설설 났다.

"춘자야, 춘자야. 그라마 우리 집에 온너라. 영순이 니도 온너라. 할부지사 니가 집에 있는다꼬 낫고 니 마실 댕긴다꼬 더 핀찮으신 것도 아이다 아이가. 새색시 방구매로 아무도 몰리 쏙 나와뿌리마 안 되나. 우리 집에 난대(산초) 지름 많다. 소두뱅에다가 호박전 부치 묵자. 아, 냠냠, 맛있겠다. 끝순아, 느거 집에서 밀가리 쬐매 오배 올 수 있제?"

"그라지 머. 애호박전도 맛나지마는 늙은 호박을 얄핀하이 삐지여가 부치 묵는 기 나는 젤로 맛있데. 춘자 느거 집은 올게 호박범벅 안 끼리 뭇나? 우예 아이꺼지 호박이 다 남었노."

"몰래이. 아부지가 원체 범벅을 질기이(좋아하니) 벌써 멫 분채 끼리 묵기는 끼리 뭇는데, 고구마 가마이 잘에 너무 짚우기(깊이) 있어가 울 어매가 몬 봤는 동 똑 한 개가 남었더라 카이."

"모리기는 와 모리노. 그거는 우리보고 디리하라꼬 남었는 기다. 내가 짐치 써리노꾸마. 야들아, 온 밤에는 우리 집에 모인대이. 이자뿌지 말거라 으이?"

아직은 겨울의 끄트머리라 일이 바쁘지가 않고 밥이니 빨래니 하는 계절 없는 노역도 며느리의 몫이지 집안 딸네들의 몫은 아니라서 영등 물을 떠가기만 하면 이 처자들은 늘어지도록 낮잠을 잘 터였다.

어젯밤부터 영등할매의 조화를 보겠다는 구실로 모여서 밤새 껏 놀아놓고는 오늘 밤에도 모여 놀 생각으로 흥뚱항뚱하는 처자들 옆에서 예닐곱 걸음 떨어진, 아기 손톱만 한 새싹이 돋기 시작하는 호랑버들 그늘 밑에서 넘이는 눈을 감은 채 스스로 그림자나 된 듯 고즈넉이 앉아 있었다. 너더댓 살 아래 처자들의 짜랑짜랑한 음성 사이에서 넘이는 수런거리는 바람의 말을 가려듣고 있었다. 따님과 함께 오시는 모양인가. 딸을 데리고 올 때는 딸의 다홍치마가 고이 나부끼도록 잔잔하게, 며느리를 데리고 올 때는 며느리의 맵시가 흉해지도록 광포하게 분다는 것이, 바람 신의 내방(來訪)에 관해 넘이가 다박머리 적부터 들어온 속설이었다. 그래서 영등할매를 위해 쑥떡을 찌고 젯밥을 짓는 일은 며느리가 맡아도, 영등 물을 떠 오는 일은 딸네들 몫이었다.

눈을 뜨고 보는 세상과 눈을 감고 느끼는 세상은 전연 다른 것이어서 넘이는 어린 처자들이 보지 못하는 새벽 공기의 미세한 떨림을 자신의 살갖으로 고스란히 느끼고 있었다. 감은 눈꺼풀 속에서 바람 신은 딸의 손을 잡고 푸르스레한 이내에 둘러싸인 맘산 중턱께를 너풀너풀 내려오고 있었다.

밤이슬을 밟고 다릿말에까지 내려온 것이 잘한 일이었는지 넘이는 달밭골 샘에서 영등 물을 뜰 때와는 다른 기운을 느꼈다. 초하룻날 내방하시는 영등할매의 조화를 목격하고 첫 영등 물을 떠서 빌면 영검하다는 소문이 난 우물이라서 그럴까. 넘이는 감은 눈꺼풀을 파르르 떨며 점점 더 가까이 다가오는 바람 신 모녀를 바라보았다. 바람은 고요했지만 영등할매의 저고리 고름과 치맛자락은 세상을 다 덮을 것처럼 너울거렸다. 넘이는 그 장한 위용에 지질리어 저도 모르게 고개를 흔들었다. 따님은, 따님은 또 얼마나 고울까. 넘이는 다홍빛이 나는 쪽으로 고개를 돌렸다. 그런데, 놀랍게도 딸은 뒤태만을 보이고 있었다. 아, 낯익은 뒤태였다. 그것은, 소식을 듣고 달려가서 맨 처음 보았던, 감나무 가지에 목을 맨 연이의 뒷모습이었다. 님이는 기겁을 하여 퍼뜩 눈을 떴다.

우물물이 허연 거품을 뿜으며 뒤채고 있었다. 바람 신의 역사(役事)였다. 님이는 누구한테 떠밀린 사람처럼 벌떡 일어나 두레박을 잡아채어 그 허연 거품 속으로 던졌다. 물 한 두레박을 퍼 올리고 나니 오금에서 힘이 빠졌다. 두레박을 안은 채 님이는 그 자리에 주저앉고 말았다.

"언니야, 봤다나? 하이고, 이 언니는 봤는갑다. 우리가 주끼는 새에 역사가 있었는 갑네. 봐야 되는 긴데. 우야꼬."

영순이들이 님이를 둘러싸고 호들갑을 떨어댔다. 두레박에서 흘러내린 차가운 물방울이 님이의 옷소매와 앞섶을 적셨다. 정신이 든 님이는 두레박을 놓고 팔뚝에 돋은 소름을 양 손바닥으로 쓸어내렸다.

진짜로 바람 신을 보았는지 아니면 꿈을 꾼 것이었는지 님이는 분간할 수 없었다. 시간이 흐른 뒤에도 그것은 분명해지지 않았다. 님이는 조금씩 늙어가면서 첫눈에는 너무나 예뻐 보이던 것이 금세 지겨워지는 일도 많이 겪고 분명히 죽은 줄 알고 있던 사람의 형상을 목격하는 일도 잦아지자 사람의 눈이란 본시 그렇게 자주 거짓말을 하는 것임을 알게 되었다. 그렇다면 자신이 지금 보고 있는 것이 참이라고 믿을 수 있는 근거는 없는 것이다. 그리고 무엇이 참이고 무엇이 거짓임을 악착같이 분별한들 그것이 어디에 소용 있으랴. 늙어서 돌이키는 젊은 날은 모조리 꿈결만 같은 것을.

수십 년 후 다시 이 골로 돌아온 님이는, 젊은 날의 어느 때 이 우물가에서 바람의 신을 보았었다고 그냥 믿었다.

존재의 크레바스

"이모야. 이모야, 이모야."

"이모 닳겠다. 한 분썩만 불러라."

"이모야, 정구지는 와 만날 비 무도 또 나노?"

"그러이 정구지지. 하눌님이 맨들기로 그래 맨들었으이."

"하눌님이 잘몬했다."

"와?"

"나락을 정구지매로 만날 비 무도 또 나고 또 나고 카구로 안 맨들고 와 정구지 겉은 거로 그래 맨드노. 그라마 굶는 사람도 없을 끼고 다 부자 될 낀데."

댓 살배기 가시내가 별 깜찍한 생각도 다 한다고, 님이는 윤아의 눈동자를 한참이나 바라보았다. 닦은 서리태같이 새까맣고 반질반질한 눈동자였다.

"쪼매난 가시나가 조선 거 다 아네. 와, 정구지죽 묵는 거 인자는 지엽디나?"

"은지."

켯속이 빤한데도 아니라고 도리질을 치는 다섯 살짜리 조카를 님이는 또 한번 물끄러미 바라보았다. 눈칫밥을 먹어 그런가 여간만 눈치배기가 아닌 조카였다.

"윤아 니마 지엽은 기 아이고 풋바심 보리 여가 나물죽 끼리 묵는 거 난도 지엽어 뒤지겠다. 송기밥, 꿀밤밥, 쑥밥도 인자 고만 못 시마 싶우고. 쪼매난 가시나가 주디이 달렀다고 지끼는 거는 어른 짐 쩌 묵겠데이."

님이는 귀여워 죽겠다는 듯 눈을 사르라니 흘기며 윤아의 머리 통을 두어 번 쥐어박았다.

"이지(햅쌀)에 울랑콩 얹어가 밥해 무마 말간 지름이 사르르 도는 기 맛있기사 얼매나 맛있노. 숟가락질 도(두어) 분(번)마 했다 카마 어딜로 우예 들어갔는지 한 그륵이 꿀떡 없어져뿌제. 반찬이 필요 있더나 어데."

"나는 콩고물에다가 밥 비비 묵는 기 젤 맛있더라. 내 애렀을 직에 엄마가 바가이에다가 콩고물하고 살밥하고 비비가주고 요래 꽁꽁 뭉치가 오빠하고 내하고 미아하고 좄는데."

다섯 살 먹은 것이 어렀을 적 어쩌고 하는 것도 우습고 고사리 손으로 밥을 비벼서 주먹밥을 뭉치는 흉내를 그럴싸하게 내는 것도 우스워 한바탕 웃고 싶었지만, 이렇게 예쁜 딸내미를 두고 생목숨을 끊은 연이 생각을 하니 웃지도 울지도 못하겠어서 님이는 그만 눈길을 돌렸다.

"내 맘대로 되는 거 같으믄사 겨울도 엄꼬 보릿고개도 엄꼬 맨 날 가실마(가을만) 있구로 안 맨들겠나. 그래도 시간이라 카는 기 어데 내 맘대로 가고 오고 카는 기가. 하눌님이 딱 정해논 만쿰썩마 왔다가 가는 기 시간이제. 살밥 철 될라 카마 아이 차리 멀었다. 보리죽, 보리 깽티이(보리로만 지은 밥) 물리두룩 묵고 나야 오지러."

"나는 보리죽 무마 보리배 아퍼서 보리똥 누는데."

윤아는 장이 약했다. 보리죽 한 그릇을 먹고 난 뒤엔, 보리 알갱이가 생긴 모양 그대로 나오는 물컹한 보리똥을 세 번은 누었다. 보리똥 세 번을 누고 나면 뭘 언제 먹었던가 싶게 배 속이 텅 비면서 사지가 늘어지곤 했다.

"기다리거라. 햇감자 나마 이모가 우리 윤아 묵구로 감자 많이 삶어줄 테이."

"사카리(사카린) 많이 여가(넣어) 달굼하이 해도이?"

"오이야, 오이야, 우리 윤아 똥배가 저으게 맘산 만뎅이(제일 높은 봉우리) 겉두룩 묵거라."

님이는 윤아의 실쭉한 뱃구레를 한 번 문질러주고는 부추 담은 다래끼를 옆구리에 끼고 일어섰다.

"가자. 지녁 늦겠다. 절구쟁이(성을 잘 내는 사람) 느거 위할부지 때늦으마 살꿈(살짝) 돌아뿌는 거 알제?"

뚝별나기로 둘째가라면 서러울 윤아의 외할아버지는 끼니 늦는 것을 세상에서 제일 싫어했다. 까딱 잘못하여 끼니때를 놓쳤다가는 집안 여자들이 난리굿 한바탕을 치르지 않는 수가 없었다. 방금 제 입으로 흉을 보긴 했어도 생김생김은 부친을 그대로 탁해 뼈대가 굵직굵직하고 장승같이 아래위로 길쯕한 님이가 앞장서서 성큼성큼 조약밭을 나섰다.

"미아야, 인자 가자. 이모 간데이."

님이가 언뜻 잊어버리고 있던 미아를, 윤아가 챙겼다. 언니 말을 듣고도 미아는 냉큼 이모를 따르지 않고, 가지고 놀던 조약돌을 만지작거리고만 있었다.

이모는 벌써 밭두렁을 넘었다. 하늘은 어느새 감람빛이었다.

윤아는 겁이 덜컥 나서 미아의 손목을 낚아채다시피 하여 뛰었다. 그 서슬에 쥐고 있던 조약돌을 떨어뜨린 미아가 앙살을 부렸다. 이모를 놓치면 큰일이었다. 이 조약밭은 윤아가 처음 와본 곳이었다. 윤아는 두 살 어린 동생 미아를 달랑 안아 밭두렁을 넘었다. 넘기는 넘었는데 그예 돌부리에 채였다. 얼른 일어나보니 내리닫이가 한 뼘이나 찢겨져 있었다. 외할머니가 시집올 때 해가지고 왔다는, 낡았지만 그래도 보드랍고 매끈매끈한 하늘색 공단 치마로 지어준 예쁜 옷이었다. 너무 아까워서 속이 쓰렸다. 뾰족한 자갈돌에 박았는지 무릎도 아프고 손바닥도 아팠다.

이모는 보이지 않았다. 미아는 넘어지면서 입술을 돌멩이에 박은 모양, 핏물까지 질질 흘리며 울었다. 울다가는 혀를 내밀어 윗입술로 흘러내리는 콧물과 아랫입술에서 떨어지는 핏물을 빨아 먹고 또 울었다. 윤아는 미아의 팔목을 잡고 오솔길을 발맘발맘 더듬기 시작했다.

외숙모가 암만 무서워도 그냥 집에 있을 걸 그랬다.

뚝뚝하기가 뚝배기 같은 이모지만 그래도 핏줄 얽힌 이모가 덜 무서워 미아 손을 잡고 이모 뒤를 따라나선 게 잘못이었다. 윤아는 터져 나오려는 울음을 꾹 눌러 삼켰다.

다람쥐 꼬랑지같이 팍신하게 목덜미를 쓰다듬어주던 햇발도 이제는 완연히 자취를 감추고 그믐밤의 검고 싸늘한 공기만이 두 아이의 자그마한 몸뚱이를 둘러쌌다. 이모 따라올 때는 먼 길인 줄도 몰랐는데 이모 없이 걷는 산길은 막막하기만 했다. 구렁이 같은 무섬증이 윤아의 갈비뼈 도드라진 몸뚱어리를 친친 감고 조여들었다.

"나비다. 언니야, 나비."

능금꽃잎 두어 장이 나풀나풀 떨어지고 있었다. 검은 정적 속으로 떨어지는 능금꽃잎의 영상은 미아에게는 나비였지만, 윤아에게는 귀신의 백안(白眼) 같은 초자연적인 공포였다. 그 공포를 보호자 없이, 오직 자신이 보호해줘야 하는 미아만을 데리고 참아내야 한다는 것은 또한 지독한 설움이기도 했다. 미아는 울음을 그쳤는데, 이번에는 윤아가 입을 삐죽거리며 소맷부리로 눈가를 훔쳤다.

오빠. 작은오빠.

뱃가죽이 등가죽에 붙었다. 점심이라고 나물죽 몇 숟가락 얻어먹은 게 여태 남아 있을 리 없었다.

작은오빠가 곁에 있었으면 찔레 순이라도 벗겨달라고 졸랐을 터였다. 찔레 순의 달콤하고도 상긋한 살. 작은오빠는 찔레 순 아니라도 집 밖에서 먹을 것을 잘 찾았다. 봄에는 찔레 아니면 버들개지로 입맛만 다시게 하고 말았지만 여름에는 산딸기를 뱃구레가 볼록해지도록 먹이고도 개구리, 메뚜기를 곧잘 구워주었고 가을에는 아람을 밟아 속껍질을 손톱으로 벗겨 주거나 망개나 산돌배, 돌감이나 머루, 고욤을 따 주었다. 망개는 아예 웃통을 벗어 그걸 보따리 삼아 따 담아서는 낮에 못다 먹고 밤을 재워 먹었다. 아침에 먹는 망개는 더 달았다. 동네 칠푼이에게 망개 한 섬 줄까, 돈 한 섬 줄까, 물으면 망개 한 섬 달라고 한다던 그 새큼한 산열매.

윤아의 입안에 침이 담뿍 고였다.

오빠.

작은오빠.

윤아는 감히 입 밖으로 소리는 내지 못하고 가슴으로만 작은오빠를 애타게 찾았다.

외할머니는 밤낮으로 베틀 앞을 헤어나지 못하는 베틀 귀신이니 외손녀가 왔는지 안 왔는지도 알 턱이 없었다. 점심 요기를 하고 나면 으레 돌절구에 정구지와 왕소금을 찧어서는 한 움큼씩 짓무른 발가락 사이에 끼우고 백태 낀 두 눈에 댓 번 냉수 마찰을 하는 것이, 외할머니가 베틀 앉을깨에 궁둥이를 대기 전에 마치는 채비였다. 그러고 나면 양미간 굵은 주름살에 진땀이 수로(水路)를 만들건 말건 하염없이 박달나무 바디질, 질배나무 꼬뚜마리에만 정신을 쏟는 노인네였다.

아이구 징그러라. 매련, 매련, 저런 매련이 또 있을까. 저래 가지구 어찌 사누. 발가락 그런 거는 한낮에 바닷가서 뜨건 모래에다 찜질을 하믄 대번 낫는다더라마는.

외숙모는 외할머니가 벗은 발을 내놓기만 하면 손사래를 치며 도망가기 바빴다. 외할머니는 그런 말이야 듣거나 말거나 입도 뻥긋하지 않았지만, 이모는 외할머니의 발가락 사이에 정구지 뭉치를 끼워주다 말고 고개를 돌리며 달아나는 외숙모 꼭뒤에다 매양 똑같은 지청구를 먹이고는 했다.

낀들사이, 낀들사이, 조선 낀들사이(처신이 경망스러운 사람) 아이가. 모래찜질할 팔자를 맨들어주고 그런 말을 하거라.

생각이 단순한 이모는, 당장은 외할아버지 비위를 맞추어 성가신 소동을 피해야 한다는 그 일념으로 조카 둘이 뒤따라왔는지 어떤지도 모르고 부지런히 반빗간을 들락거리고만 있을 터였다.

외할아버지는 원래가 외손주를 귀애하느니 방앗공이를 귀애하라고 하면서 친손자인 영진과 윤아네 4남매를 아주 달리 대하는 사람인 데다 윤아네 4남매 중에서도 사내인 환, 종이와 계집아이인 윤아, 미아를 달리 대하는 사람이었다. 어린 외손녀 둘이야 어디에 있든 없든 관심을 가져줄 턱이 없었다. 사랑에서 잎담배나 태우다가 공연히 곰방대로 재떨이를 딱딱 때리며 밥상 재촉이나 하고 있을 터였다.

외삼촌은 지금 시각, 집에 붙어 있지 않기가 쉽다. 붙어 있어도 윤아, 미아 따위를 생각해줄 사람이 아니기는 하지만. 윤아네 4남매는 아예 눈에 보이지도 않는 것처럼 행동하는, 새치름하기 짝이 없는 서울 깍쟁이 외숙모야 두말하여 무엇하랴.

깜깜나라 허공 속에 미아와 단둘이서 붕 떠 있는 것 같은 기분에, 윤아는 걸음을 내딛을 때마다 단단한 땅이 발바닥에 부딪치는 것이 새삼스러웠다.

걸음을 내딛을 때마다 발바닥에 부딪치는 단단한 땅이 새삼스레 놀라웠던, 다시 한 발을 떼면서는 끝 모를 좁은 크레바스 속으로 떨어져버릴 것만 같은 공포에 작은 심장이 얼어붙었던 다섯 살 어린아이는 이날의 체험을 죽을 때까지 잊지 못했다. 아이는 자라면서, 그리고 다 자란 뒤에도 종종 어둠 속에서 길을 잃는 꿈을 꾸게 되었다. 그럴 때마다 소녀는, 그리고 성인이 된 그 여자는, 이건 꿈이야, 꿈이야, 그냥 꿈일 뿐이야, 라고 어렴풋이 되뇌며 어깨를 가늘게 떨었고 가끔은 소리 죽여 흐느꼈다.

얼마나 걸었을까. 윤아의 등허리와 겨드랑이와 사타구니에서 식은땀이 척척하니 배어 나왔다.

"윤아야아아, 미아야아아."

시든 목련꽃이 희미하게 시계(視界)를 틔워주는 길 끝에서 작은오빠가 손나팔을 만들어 동생들을 부르고 있었다.

"오빠아."

윤아도 손바닥들을 양 입아귀에 대고 오빠를 불렀다.

"작은오빠아."

그믐밤은 여전히 캄캄했지만, 세상의 모든 사물들은 비로소 또렷이 제 모양을 하고 윤아의 눈 속으로 들어왔다.

매미 허물

"휘유우우."

넘이는 제풀에 잇새를 빠져나오는 한숨을 막지 못했다. 반야월 영감이 보았다면 영락없이 종주먹을 들이댈 터였다. 반야월 영감은 여자들이 한숨을 쉬는 꼴도, 문지방에 걸터앉는 꼴도, 남정네들 옷 가지를 밟는 꼴도 무심하게 보아내지 못했다. 집안의 계집들이 그런 짓을 하면, 오던 복도 달아나고, 있는 재수에도 옴 붙는다고 했다.

아비야 지게작대기를 들고 쫓아오든 말든 넘이는 제가 정 하고 싶은 일은 하고야 말았다. 그러나, 간담이 작은 연이는 어른이 서라면 서고 앉으라면 앉았다. 콩을 팥이라고 해도 어른 말이라면 그런가 보다 했다. 어른 눈길이 미치지 않는 데에서라도 그 태도는 변함이 없었다. 그렇게 살았으면 복이 터지고 재수가 불 일 듯해야 마땅한 노릇이건만, 그 짧은 인생의 자취란 거지발싸개보다 나을 것이 없었다.

님이는, 땀에 젖은 윤아의 이마를 쓸어주었다. 저도 어린 게 저보다 어린 아우를 데리고 발씨 서툰 밤길을 오느라 얼마나 놀랐던지 윤아는 자면서도 울고 몸을 뒤척이고 헛소리를 했다. 내 걸음으로 지척이라도 어린애한테는 천 리 길인 것을, 까짓 밥때 좀 늦어 영감탱이한테 머리끄덩이 댓 번 잡히면 무어 어떻다고 이 어린것들을 챙기지 않았는지. 여느 때는 베개에 머리 대는 길로 수마에 사로잡혀 누가 떠메고 가도 모를 만치 잘 자던 님이가 잠을 다 이루지 못했다. 어린 조카들도 불쌍했지만, 조카들을 두고 돌아오지 못할 길을 떠난 언니도 가없이 불쌍했다. 개똥밭을 굴러도 이승이 낫다 했거늘 새끼들을 넷이나 내버려두고 그리 험한 꼴로 그리 급히 갈 것까지는 없었다.

"등신. 죽기는 와 죽노. 암만 사는 기 심들어도 목숨이라꼬 생겼시마 우야기나 살어야제."

님이는, 사지의 오금을 접고 나비잠을 쌔근쌔근 자는 미아의 다리통을 양손에 잡았다.

"쭈우쭈우. 우리 미아 키 크거래이."

접힌 오금을 쭉 펴서 주물러주려는데 미아가 제물에 뼈대를 꼿꼿이 세우면서 기지개를 켰다. 님이의 손바닥에 생명의 뿌듯한 힘이 오롯이 전해졌다. 이런 것을. 생명이란 이런 것을. 왜 제 손으로 제 생명을 끊었단 말인가.

님이야, 이 골짝서 살지 마래이. 이 골짝서 살마 죽어도 이 골짝 구신밲이 더 되나. 나는 이 골짝이 싫다. 참말로 싫다.

양식 갖다주러 가서 연이를 마지막 보았을 때 님이가 들은 말이 그것이었다.

그래 싫으마 지꿈이라도 가뿌라. 와 몬 가노.

가고 접어도 뻐수 번호를 몬 읽어 몬 간다. 내 죽어 저승서 큰집 할매 만내마 내가 그거는 꼭 따지울 끼다. 할매라 카는 기 와 즈그 솔녀덜을 모지리 등신 맨들었노 말이다.

학교에 가려면 다릿말 자락에 있는 굴다리를 건너지 않을 수 없었다. 종갓집 대천 할매는 아침마다 그 다릿목에 작대기를 짚고 나와 집안의 계집아이들이 행여 학교에 간답시고 촐랑거릴까 봐 감시의 눈길을 번득였다.

기집이 글을 알마 사나를 알기로 발새 때겉이 이긴다 카더라. 모가지에 심이 들어가여 치아(치워) 묵도(먹지도) 몬 한다 카더라.

집안 딸들이 못된 신풍(新風)에 물들지 않게 만들겠다는 대천 할매의 결심은, 기어이 다리를 건너는 계집아이의 어깻죽지에 내려치는 오동나무 작대기의 힘만큼이나 완강했다. 모친을 탁해 덩치도 작고 간담도 작은 연이는 단매에 무말랭이처럼 오그라들고 말았지만, 사대육신(四大六身) 뼈지기가 여느 장골 못잖은 님이는 할매의 작대기를 요리조리 피하기도 잘하고 더러 맞더라도 개의치 않고 학교를 다녔다. 시사(時祀) 떡 얻어먹겠다고 제 스스로 빠졌을 때 말고는 비가 오나 눈이 오나 4~5리 길을 걸어 다녔다.

할매요, 암만 여자라도 지 이름 석 자는 적어놀 줄로 알어야 떡 당시기는 안 일가뿔(잃어버릴) 꺼 아입니꺼.

님이는 집안 아지매들도 그 앞에서 숨을 못 쉬는 호랑이 할매 앞에서 언죽번죽 대꾸도 잘했다.

님이가 학교를 못 다니게 된 건, 밀린 월사금 때문에 선생이 자꾸만 님이를 쪽지와 함께 돌려보내는 통에 헛걸음을 하다 하다 제풀에 그만둔 것이었지 종갓집 조모 때문은 아니었다. 그래도 그렇게나마 근 1년 다닌 덕에 님이는 글자며 숫자를 읽고 쓸 줄은 알았다.

등신. 가고 접으마 뻐수 번호가 머슨 문제고. 아무 끼나 타고 내빼뿌리마 되는 기지. 그래 내뺄 데가 없어 저승으로 내뺐단 말가.

연이를 생각하면 님이의 눈에 떠오르는 영상은 매미의 허물이다. 님이가 보지는 못했지만 연이는 서너 살 때 매미 허물 삶은 물을 열댓 번은 마셨다고 했다. 매미 허물 삶은 물을 먹이는 것은 울기 잘하는 병을 고치기 위한 촌사람들의 방(防)이었다. 연이의 눈물은 다릿말에서까지 유명짜한 것이었다. 무슨 어린애가 한 번 울음보가 터졌다 하면 웬만해서는 잠들기 전까지 그치지를 않았다. 소가지 있는 아이들처럼 악을 쓰며 울 양이면 그저 시끄럽기나 하고 말 것인데 연이의 울음은 제 설움에 제가 취해 흐느끼는 모양새라 보는 이의 맘을 꼬부장하게 배트는 무언가가 있었다. 아무리 설운 삶을 견디며 살지언정 사람들은 그 삶을 포기하고 싶지 않은 것이다. 어린애의 서러운 울음소리는 마치 손톱으로 사포를 긁어대는 소음마냥 사람들의 귓속에 있는 내밀한 신경 줄을 퉁기고 삶에 대한 그들의 견딜성을 뒤쳤다.

이녀러 가시나는 매롱 껍디기로 및 솥을 삶어 믹이야 쪼매 안

짜겠노 으이요. 이녀러 가시나 짜재끼는 거 따문에 집에 들오기가 싫다 용.

반야월 영감은 어린애의 귓바퀴를 잡아 흔들며 그렇게 윽질러 대고는 했다. 새끼가 아무리 잘 울기로 우는 모양도 예뻐 보이는 것이 부모 된 자의 심사라 설령 매미 허물을 삶아 먹이더라도 두어 번에 그치고 마는 것이 통상이련만 성결 거친 반야월 영감은 마누라를 들볶아 그렇게 몇 번이고 매미 허물을 삶게 했다.

연이의 우는 병을 고치는 데는 감나무, 버드나무에서 흔히 찾을 수 있는 참매미 허물이 아니라 풀섶을 뒤지면 보드기 같은 데에 숨어 있는 풀매미 허물이 필요했다. 연이의 울음소리가 짜랑짜랑한 참매미보다는 찍찍거리는 풀매미에 가까웠기 때문이다. 매미 허물 삶은 물의 효험일까. 연이는 점차 소리내지 않고 우는 법을 터득했다. 스스로 소리를 내지 않는 것은 물론이고 남의 소리까지 반쯤은 잃어버리고 들었다. 제꺽 알아듣고 날쌔게 움직이지 못하니 우는 병을 고치고 나서도 욱둥이 아버지와 상욱둥이 오라비에게 숱해 얻어터졌다.

님이는 누가 시키지도 않았건만 저의 언니를 끔찍이 위하고 자청하여 바람막이가 되어주었었다. 맷가마리, 걱정가마리 노릇에 지레 삭아가던 그 언니는 이제 더는 매 맞을 일도 걱정 끼칠 일도 없는 세상으로 훌쩍 가버렸다. 언니가 죽은 다음부터 님이는 매미 허물을 보게 되면 무심히 지나치지 못했다. 엄지와 검지로 조심스레 그것을 들어 바라보다 보면, 끝없이 아득한 비약의 기분이랄까, 님이는 어지러우면서도 황홀했다. 허물 속의 작은 공간만큼만 살다 간 것 같은 언니. 매미의 허물은 마치도 삶과 죽음을 가름하는 막(幕) 같았다.

별안간 정지에서 솥뚜껑 여는 소리, 물 붓는 소리가 요란스레 들려왔고, 님이의 사념은 정지되었다. 설마 매미 허물을 삶고 있지는 않을 테고, 오밤중에 정지에서 물을 끓일 사람이라면 올케밖에 없었다. 솥이야 살림 날 적에 반야월 영감이 손수 붙이고 우는 딸년을 위해 매미 허물을 삶기던 그 솥이 틀림없겠으나 지금 데워지고 있는 솥물은 올케의 땟물을 벗길 용도일 터였다. 도시에 있을 때는 이틀에 한 번씩 뜨거운 물이 철철 솟구치는 목욕탕이라는 데에 다녔다는 걸 무슨 벼슬한 이야기처럼 해대는 올케는, 이 촌구석에서도 일주일에 한 번씩은 목간을 했다.

"저래 목간을 해쌓으이 나무가 전지나(견디나) 비누가 전지나. 비가 올랑가 날도 이래 꾸무리한 그믐밤에 똑 둔갑지길라 카는 야시(여우) 겉구마는. 암만 뺏기 쌓아봐야 그 인물이 그 인물인 거로."

님이는 싱숭생숭한 사념을 정리할 겸 그렇게 애꿎은 지게문을 향해 구시렁거렸다.

물 데울 나무를 해대는 것은 님이 자신이었고 비눗값을 댈 현금을 마련하는 것은 주야장천(晝夜長川) 베틀에 붙어사는 어머니였다. 마누라 몸의 비누 냄새에 환장한다는 오라비는 한 철 기껏 산판(山坂)에서 목돈을 만들어 오면 한 철 노름판에 틀어박혀 다 날리는 화상이었고, 목간과 오일장 구경에만 바지런할 뿐 그 밖의 일이라면 안일이고 바깥일이고 무조건 모르쇠를 잡는 올케는 겨우 세 살 먹은 영진이 하나 거두면서 단내는 혼자 다 풍기는 위인이었다.

올케가 몸을 담그고 있을 그 고무 함지도 님이가 지난해 봄 손톱에 뽕 물이 들도록 다릿말 큰집 누에 치는 걸 도와준 값으로 받은 것이었다. 진종일 뽕잎 따서 썰고 누에 똥 말리기에 정신을 못 차리다 밤에도 교대로 밤 뽕을 주어야 하는 누에농사란 온 식구가 들러붙어도 놀 여가가 없는 일이었다. 음력 4월이 지나고 누에고치를 삶을 때 고소하기 이를 데 없는 번데기의 노란 몸통을 건져 아작아작 씹어먹으며 님이는 은근히 큰아버지가 물색 고운 옷감이라도 넉넉히 끊어 주지 않을까 기대했었다. 고름만 해 달아도 사촌까지 따뜻하다는 명주인데 이렇게 명주실을 많이 자으니 저한테도 떨어지는 것이 있겠지 싶었다. 그러나 큰아버지는 님이에게 겨우 고무 함지 하나를 들려주었다. 남의 집 식모살이를 갔으면 갔지 큰집 일은 안 하겠다고 님이는 그때 맹세했었다. 그래서 올해는 봄나물을 캐어 장꾼에게 내주는 벌이를 했다. 워낙에 남 한 소쿠리 캘 때 자기는 한 말 캐는 일꾼이다 보니 큰집 일 해주는 것보다는 쏠쏠했다. 그러나 연이가 없는 올해는 자기 옷감보다 조카들 입성 챙기는 것이 급했다. 이리 버나 저리 버나 님이 손바닥에 떨어지는 것은 없었다.

정지에서도 님이의 말을 들었는지 어쨌는지 올케가 물을 끼얹으며 무어라고 알아듣지 못할 말을 냅다 쫑알거렸다. 베갯머리송사라고 올케가 들은 말은 오라비한테로도 갔다. 그것도 원재료에다 고춧가루를 마구 뿌리고 초를 들이부어서였다. 하나 있는 누이를 못 잡아먹어 야단인 오라비는 곧장 누이의 머리채를 휘어잡아 끌고 뒤꼍 감나무 밑으로 갈 터였다.

니기미, 때리고 접으마 때리거라.

얻어터져도 이제는 겁도 나지 않았다. 때리는 것들은 전부 무언가를 두려워하는 족속들이었다. 언젠가, 에라이 니도 한분 아퍼봐라, 싶어 때리는 손모가지를 붙들어서는 아래윗니가 살을 파고들도록 한번 모질게 깨물어주었더니 오라비는 감나무에 머리를 들이박으며 이년이 사람 죽인다고 울부짖었다. 처자식 있는 사내가 하도 죽는다고 지랄을 떨어대니까 웬만하면 꿈쩍 않는 사랑의 반야월 영감, 베틀방의 반야월댁이 다 뒤꼍으로 나왔다.

이런 호랑말코 겉은 녀러 가시나가 있나 으이요. 꼴진 니리(년의) 가시나가 우리 하나 아들 손목쟁이를 떨버(뚫어)놨데이.

반야월 영감이 지게작대기를 들고 쫓아왔고 님이는 사흘을 집에 들어가지 못했다. 그 이후로는 어지간하면 그냥 때리는 대로 맞아주었다. 좀 너무한다 싶을 때는 오라비 손목에 이를 갖다 대는 시늉만 했다. 그것만으로도 오라비의 눈동자는 공포로 멀게졌다.

문풍지가 서너 번 우는가 싶더니 그예 빗방울이 듣기 시작했다.

비는 산천을 적시듯 님이의 마음 밭도 적셔주었다. 님이는 방바닥에 엎드린 채로 밑으로, 밑으로 한량없이 내려가는 느낌을 가졌다. 마침내 자신의 배꼽이 지괴(地塊)의 고갱이에 닿은 듯 더 이상 내려갈 데가 없어졌을 때 님이는 지극히 슬프고도 지극히 아늑했다. 비 오는 그믐밤의 그 느낌은 특이한 것이었다. 무엇이 두려우랴. 무엇이 두려우랴. 님이는 두려운 것이 없었다. 닥치면 닥치는 대로 그저 살면 되는 것이 인생인걸. 세월 흐르는 대로 흘러가주면 되는 것이 인생인걸. 어느 날 죽음이 닥치면 또 그대로 맞아주면 그만인걸. 다만 이 세상에는 가여운 것들이 너무 많을 뿐. 어미 잃은 이 어린 새들아.

그러나 님이의 이러한 태도는 자신의 새끼를 낳아보기 전까지만 지속되었다. 너무 사랑스러워, 너무 소중하여, 온 세상이 그 사랑스럽고 소중한 존재에게 위협적인 배경으로 급작스레 전환해버리는 경험을 님이는 아직 겪지 않은 것이었다.

생은, 참으로 끔찍한 반복

　연이는 어미에게 탯줄을 끊기고 나서 제 스스로 숨줄을 끊을 때까지 스물다섯 해를 달밭골이라 불리는 골짜기 안쪽 마을에서 골짜기 바깥쪽 귀퉁이, 꿩주둥이말에 이르는 몇십 리 사이에서만 매암돌았다. 달밭골에서 나서 열여섯 살 되던 해까지는 달밭골과 꿩주둥이말 가운데에 있는 다릿말 사촌네에 놀러 다닌 것이 고작이었고, 열여섯 먹은 해의 한여름 대낮 사촌네 고추밭에서 김을 매주다가 밭고랑에서 감쟁이 최가의 손에 치마폭을 걷어질린 다음부터는 꿩주둥이말의 주둥이 끝에 자리한 폐가를 개조해 이렁저렁 살았었다.

　감쟁이 최가라고 하면 그 집성촌에서야 뜨내기 중에서도 상뜨내기였지만, 마을의 조무래기들조차 자기네와 영판 인연이 없는 치로 보지는 않는 사람이었다. 물론 이 고을 토박이 김씨네가 어떤 사람들인데 근본 모르는 감쟁이를 제살붙이 대접해줄 리야 만무했지만 그래도 근 4~5년 감 철마다 거래를 트면서 장날 읍내 선술집에 서라도 마주칠작시면 술 한잔은 건네는 사이였다. 이 고장 특산물인 감을 대량으로 수집해 도시로 넘기던 그 시절의 최가는 여하튼 인물 해반주그레하고 돈 잘 쓰고 입성 말끔한 총각이었다. 다림질 선이 칼날 같은 양복바지에 얼굴이 비치도록 광을 낸 구두를 신고, 포마드 냄새를 강하게 풍기며 돈지갑을 여는 그의 모습은 하고많은 날 잠방이에 더벅머리 꼴인 마을 청년들과 달라도 한참 달랐다. 난 자리에 그루박고 살아온 어른들이 그를 시답잖게 보는 것과는 달리 바깥 세계에 대한 동경을 몰래 키우는 처자들은 슬쩍슬쩍 그에게 관심을 기울이기까지 하는 형편이었다.

　연이가 고추밭 가운데에서 그를 만났을 때 다짜고짜 쓰러뜨리고 치마를 올려붙이는 그에게 죽기 살기로 반항하지 못한 것에는, 물론 워낙 황망(慌忙) 중에 당한 일이어서 무슨 생각이고 자시고가 머릿골을 차고 떠오를 형편이 아니기는 했으되, 그에 대한 은근한 선망을 이야기하던 마을 언니들, 동무들의 마음이 어느새 연이의 가슴에도 전이되어 있었기 때문일지도 모르겠다. 목간을 할 때 젖가슴이나 사타구니를 훔치면서는 자기도 모르게 스르르 눈을 감고 필요 이상으로 오래 문지르기도 하는, 열여섯 살의 여자였으니까. 아니 그런 것보다는 연이가 반항이라는 특정한 행위에 요구되는 능동성을 애당초 가지고 있지 않았음이 원인이 아닐까.

　사내가 연해 헐떡거리다 마침내 연이의 배 위에 고꾸라질 때까지 연이는 내내 월남치마를 덮어쓰고 있었다. 청력이 약한 연이는 사내가 오는 소리도 듣지 못했지만 가는 소리 역시 듣지 못했다. 무거운 물건이 얹혀서 한참 들썩거리다가는 갑작스레 사라졌다는 느낌뿐이었다. 그 후에도 오랫동안 사라지지 않은, 코를 찌르는 포마드 냄새만이, 배 위에 얹혔던 무거운 게 연이가 아는 그 사내였다는 사실을 일러주었다. 사내가 사라진 뒤에도 연이는 그렇게 치마를 뒤집어쓰고 있었다. 완전한 무력증이었다.

얼마나 지났을까.

매미 소리만이 사뭇 아득하게 들려오는 하늘과 땅 사이의 공간에 어느 결엔가 사촌의 고무신짝 끄는 소리가 섞여들기 시작했다. 연이는 얼른 축축하고 따가운 아랫도리를 치마폭으로 둘러쌌다.

사촌은 무슨 신발이건 질질 끌며 다니는 버릇이 있어 큰엄마에게 사흘돌이로 혼구멍이 났지만 좀체 그 버릇을 떼어버리지 못하고 있었다. 이른 아침부터 같이 김을 매다가 점심나절에 큰엄마가 논으로 밥 광주리 내가는 걸 도와야 한다고 고추밭 모롱이를 돌던 때가 언제인데 남의 배가 등가죽에 달라붙는 사정은 모른 체하고 한낮도 다 겨워 이제야 나타난 것이었다. 꼴을 보아 하니 점심 먹고 낮잠까지 한숨을 맛있게 자고서는 우물가에서 소세하고 겨드랑이께며 오금이며에 찬물 깨나 끼얹은 듯 땡볕에 걸어왔는데도 땀내를 풍기지 않았다. 문전옥답 수두룩한 부잣집 딸이라고 사촌은 언제고 연이를 무시하고 제멋대로 굴었다. 굳이 나이를 따져보더라도 연이는 동짓달에 났고 저는 그다음 해 정월 설 쇠고 났으니 달수야 얼마 차이 나지 않는다지만 엄연히 연이가 한 살 많은 언니인데도 그런 것은 아예 처주지를 않았다.

만만하다꼬 만만쟁이, 가만히 있다꼬 가마니땡인 줄 아나, 야시 겉은 가시나.

사촌을 향한 미움과 자신의 처지에 대한 설움이 동시에 북받치면서 눈물이 핑 돌았다. 노상 당하는 일이면서 그날따라 유난스러운 반응을 보이는 것은, 너무 두렵고 강해 보이는 대상을 향한 분노를 그나마 낯익고 문문한 대상에다 풀고자 하는, 약한 인간들의 특성에 다름 아니었다. 그조차도 감히 온전히 표출하지 못하는 나겁(懦怯)한 여자인 연이는 치맛말기를 끌어당겨 눈물과 땀으로 얼룩진 자신의 얼굴을 따갑도록 문질러댔다. 다릿말에서도 한참 더 궁벽스러운 곳이 달밭골인걸, 달밭골에다 살림을 내어줄 요량이면 달밭골에 있는 논이라도 주어야 맞지, 거기서도 한참은 걸어 들어가야 있는 베락쯤에다가, 피사리라도 하고 있자면 더러는 고라니가 더러는 멧돼지가 시꺼먼 그림자와 함께 나타났다가 바람소리를 뒤로하고 사라지는 적막한 천둥지기 두 마지기도 논이라고, 산비탈에 족제비 이마 모양 사방 어디 한 군데 눈 돌릴 짬도 없이 다닥다닥 붙은 밭 서 마지기도 밭이라고 내줬다고, 작은아들은 아들도 아니냐고, 술만 취하면 토하던 아버지의 넋두리가 새삼스레 가슴에 맺혔다.

"야는 맹 놀었데이. 우예 한 고랑도 끝을 덜 지았노."

사촌이 괭이 눈으로 연이를 할깃거리면서 밥 보따리를 툭 던졌다. 마음 같아서는, 아나 문디 가시나야, 하면서 도로 던져주고 싶었지만 그러기에는 너무 배가 고팠다. 보따리를 풀어보니 바가지에 보리밥 뭉친 것 한 덩어리와 막된장 작은 덩이 하나, 사카린을 넣어 버무린 향긋한 술지게미 한 덩어리, 이렇게 세 덩어리가 마구 흔들리고 뒤섞여 있었다. 침이 몇 방울 꿀꺽, 연이의 목구멍을 타고 내려갔다.

"나는 뭇따. 니 퍼뜩 묵고 일 시작으마 된다. 오늘 이 고추밭 몬 끝내마 울 엄마한테 맞어 뒤진데이."

큰엄마가 무섭기는 연이가 사촌보다 몇 배 더했다. 연이는 뭉텅뭉텅 삼키듯이 점심을 먹었다. 사촌이 크지도 작지도 않은 고추 한 개를 따 저고리 소매에 쓱쓱 닦아서 연이에게 건넸다.

"된장 찍어 무라. 안 맵기 생깄으이."

야시 둔갑한다, 고 중얼거리면서도 연이는 고추를 막된장에 찍어 아삭아삭 베어 먹었다. 배가 차니 팔다리에서 힘이 솟아오르는 것 같아 연이는 제법 흥겨운 몸짓으로 호미를 잡았다. 앞장서서 못 다 맨 밭고랑으로 가려는데 사촌이 연이를 불러 세웠다.

"와 또?"

"니 체매에 그기 머꼬? 달마다 한 분 하는 거 하는 갑는데 처자가 조심을 안 하고는 머 자랑이라꼬 체매에 떠억 문치갖고는 동네 사람들요 내 그거 합니더, 카고 있으이. 머 하고 있노. 사타리 끼았는 기 어딜로 돌아갔는갑다마는, 퍼뜩 저 밑에 가여 바리 끼우거라."

사촌의 말이 끝나기 전에 연이는 치마를 한 바퀴 돌려보았다. 과연 색 바랜 주황색 동백무늬 치마에는 꼭 시든 동백꽃잎 한 장이 떨어진 것처럼 검붉은 핏방울 한 개가 당그랗게 박혀 있었다. 달거리가 여드레 만에 또 시작할 리는 없었다. 도랑에 내려가 핏자국을 팔목이 시리도록 비비고 문질러 씻어내면서도 연이는 자신의 몸뚱이에 일어난 일이 도대체 어떤 종류의 사건인지 감히 되새길 엄두를 내지 못했다.

그해 가을을 해서 콩, 팥, 찹쌀, 참깨, 수수 따위를 두어 되씩 보따리에 싸고 할머니가 오일장에서 끊어다 준 옷감까지 덤으로 얹어 이고 기분 좋게 달밭골 집으로 돌아갈 때까지 연이는 달거리를 하지 않았다. 깡마른 몸에 아랫배만 올챙이 모양으로 불러오기 시작했지만 철이 철이니만큼 옷을 두텁게 입었고 아무도 연이의 몸맨두리를 주의 깊게 보지 않았기에 그해 겨울은, 남모르는 근심에 피가 마르는 연이를 제외하고는 여느 겨울과 똑같이 고요하고 한갓지기만 했다.

식구들과 함께 있을 때 연이는 자꾸만 어깨를 오므리고 등뼈를 구부정하게 수그리는 버릇이 들었다. 혼자 있을 때면 연이는 달밭골 가파른 눈밭을 무지막지하게 구르거나 곰팡이가 물안개처럼 자욱한 묵은 장을 꺼이꺼이 게워낼 때까지 퍼먹었다. 그러나 아무런 짓을 해도 원수 년의 배는 꺼지기는커녕 더 부풀어 오를 뿐이었다. 다릿말 큰어머니 중신으로 선을 보러 나가던 날 아침이었다. 어머니 팔짱을 끼고 사립문을 나서던 차, 연이는 발밑에서 뽀드득거리는 눈이 어쩐 일로 노랗다고 생각하다가 그만 정신을 놓치고 말았다.

연이가 눈을 떴을 때는 지게문으로 주홍빛 석양이 처연하게 비껴 들고 있었다. 아버지에게 얻어맞았는지 입술이 터지고 눈두덩이 부어오른 어머니는 바람벽에 기대어 멍하니 앉아 있었고, 큰어머니가 연이의 이마에 물수건을 갖다 대다 연이가 정신을 차리는 기색이 보이자마자 나지막한 목소리로 으르기 시작했다.

"이 처쥑일 년아, 어데서 어떤 넘우 사나새끼하고 붙어무가주고 김씨 문중에 똥칠을 하노. 얌전한 고내이 부뚜막에는 지 먼침 올러간다 카디이 니가 그 짝이다, 이 갈아 무도 션챦을 가시나야. 다른 말 말고 사나새끼가 눈지부텀 불어라. 오늘 밤 넘기지 말고 그눔아 찾아 가여 니 이년을 책임지라 캐야 될 챔이."

읍내 노름방에 있던 작자를 다릿말 사촌이 찾아낸 것은 다음 날 밤도 이슥해졌을 때였다. 군내 씨름 대회에 마을 대표로 나갔을 만큼 걸때 큼직한 사촌 오라비는 작자의 뒷덜미와 궁둥이를 양손에 잡아 들고 노름판 위에 메어치기부터 했다. 그러고는 얼이 빠진 작자를 개장수 똥개 잡아끌 듯이 20리를 끌고와 다릿말 자기 집 헛간에 던져 넣어 사흘을 굶겼다. 곰삭은 두엄내, 흙내, 못 쓰는 농기구에서 나는 녹내도 향기롭지는 않은 판에 뒷벽에 해 넣은 토끼장에서 토끼 오줌똥 냄새가 작자의 콧벽을 쑤시고 머릿살을 쑤시는 더러운 곳이 있었다. 토끼 여물을 주러 드나들 때마다 김씨네 잘난 남정들은 작자를 우악스레 밟고 차고 때렸다.

기백 년 전 마을이 처음 생길 때부터 정착하여 자기 땅을 일구면서 살아온 자작농들이 근본 모르는 뜨내기 젊은것한테 집안 처자를 겁간당한 사건은 이런 식의 응징을 필요로 했다. 딸을 안 내줄 요량도 아니면서 그 딸을 데려갈 사내에게 그토록 가혹하게 구는 것이 장차 딸에게 어떤 영향을 미칠지에 대해서는 누구도 생각하지 않았다. 사흘을 굶고 눈 쌓인 마당에 끌려 나온, 본시 용렬한 작자가 손이 발이 되도록 빌면서 김씨네 딸내미를 책임지겠다고 하는 장면은 집안 남정네들의 알량한 우월감을 어느 정도 회복시켜주었다. 임신 6개월의 연이는 그렇게 난리 같지도 않은 난리를 치른 후 김씨네들 손에서 감쟁이 최가에게 넘어갔다.

　한 철 잠깐 감쟁이로 나서 돈을 벌고는 겨우내 노름방에 박혀 살던 최가에게 모아둔 돈 따위가 있을 턱이 없어 살림이라고 시작한 장소가, 꿩주둥이말의 주둥이 끝에 콩알처럼 붙은 폐가를 대충 수리한 곳이었다. 살림 든 첫날, 길 안 들린 아궁이에 눈 녹은 물 송알송알 맺힌 생솔가지 꺾어 넣어 밥을 하다가 연기에 눈이 하도 매워 뚝, 뚝, 떨어뜨린 앵두알 같은 눈물방울을 주워 모았더라면 바리 하나는 족히 채웠을 테다. 그렇게 어렵사리 마련한 밥상을 사내 앞에 대령하기 무섭게 연이는 피붙이들이 행한 가혹 행위의 보복을 제 몸뚱어리로 받아내야 했다. 여자의 배 속에서 제 새끼가 꿈틀거리고 있다는 생각을 손톱만큼이라도 한 사내라면 차마 그렇게 두들기지는 못했을 테니 사내의 이런 무관심은 나중에 기어 다니고 울어대는 아이를 눈앞에 두고서도 매한가지였다. 맺혔던 게 웬만큼 풀릴 때까지 함부로덤부로 손발을 놀린 사내는, 찢어진 옷 사이로 내비치는 여자의 허연 살과 피에 외려 음심(淫心)이 동해 늘어진 연이를 깔고 누워 한바탕 일을 치렀다. 그만하면 배가 고프기도 했던지 상 위에 올려진 밥그릇 두 개를 몽땅 비우고 연이 쪽으로는 일별도 하지 않은 채 사내는 집을 나갔다.

　연이에게 삶은 끔찍하게도 고통스러운 일들이 주기적으로 반복되는 어떤 것이었다. 때가 되면 어김없이 밥 덩어리를 넣어달라며 꼬르륵거리기 시작하는 위장, 때가 되면 무거워지면서 감기기 시작하는 눈꺼풀, 때가 되면 사타구니에서 흘러나오는 피, 때가 되면 더워지고 때가 되면 추워지는 계절. 사나흘에 한 번씩 들어오는 남편은 예외 없이 그 옛날 김가들에게 당한 분풀이를 연이에게 해댔고, 이태에 한 번씩은 호롱불이 노래졌다 희어졌다 하고 천장이 까마득히 높아졌다 폭삭 꺼졌다 하는 상태에서 아이를 낳았다. 해마다 가을걷이 후 양식을 가져다주는 친정붙이들에게 미안하고 부끄러운 마음 또한 더하거나 덜하지 않은 고통으로 그녀를 괴롭혔고, 땔나무가 넉넉지 않은 겨울의 추위와 먹을거리가 모자라는 보릿고개의 굶주림도 해를 거르는 법 없이 그녀를 찾아왔다.

그 골짜기를 벗어나지 않고는, 벗어날 수 없는 반복이었다. 연이의 생각에 그 골짜기를 벗어나는 방법은 맘산 위를 나는 것밖에 없었지만, 날기에는 자신의 몸이 너무 무거웠다. 왜, 무엇이 그렇게 무거우냐고 누가 묻는다면 연이는 답하지 못할 것이다. 언제나 멀고 아득하게만 들리는 세상의 모든 소리만큼 세상의 모든 사물은 멀고도 아득할 뿐이어서 연이는 아무런 것에도 자신 있는 느낌을 피력하지 못했다.

연이는 마침내 죽음으로써 그 끔찍한 반복의 공간을 벗어나기로 결심했다. 죽음을 통하면 가벼움의 극단에 도달할 수 있을 것이고 극단의 가벼움은 날개 없는 그녀를 한 톨의 먼지처럼 날 수 있게 할 것이므로.

님아 님아 줄 조심해라

"최가에 옥니백이캉은 옛날버텀도 상종을 말으라 캤다. 최가 그 벨난 고집에다가 옥니백이 성질 못됐는 거로한테 모다났으이 안 그렇겠나. 어른 앞에 눈까리 반들반들 홀끼는 거 니도 봤나 안 봤나. 그기 사람의 새끼라 어데? 눈까리를 파내 초장을 찍어 무도 션찮을 넘, 대가빠리를 때리뿌사여 곰국을 끼리(끓여) 무도 션찮을 넘, 에라 이 더런 넘."

최가가 아이들 넷을 데리고 간 뒤 방 씨는 베틀에 앉을 염도 내지 못하고 넋 잃은 듯 백태 낀 눈동자로 서녘 하늘 개밥바라기만 노려보면서 쭝덜쭝덜 저주를 멈추지 않았다.

"님이 니 잘 듣거래이. 니 이녀러 가시나, 어데 가여 저따우 넘을 신랑이라꼬 조(주워)오기마 해봐라. 내가 대반(대번) 달구지럴(다리를) 끊어놀 챔이. 저런 넘한테 시집을 가니이 차라리 달구새끼(닭)한테 가거라. 그라마 내 그 달구새끼는 사우(사위)라꼬 떠받들어 배

159

추 벌갱이(벌레) 열두 소고리(소쿠리)럴 잡어 바칠 테이. 에라이 땡비집(벌집)에 좆을 밀어열 넘, 미꾸라지 조덩이에 부랄을 물어뜯길 넘, 아이구 징그러레이. 최가에 옥니, 아이구 무시래이."

방 씨는 핫저고리, 누빈 배자가 무안하도록 한참 동안이나 몸서리를 쳤다. 그 몸서리는 말하자면 딸 잡아먹은 놈이 이제 외손주들까지 잡아먹으려 한다는 말이 혀끝에 걸려 있어도 말이 씨가 될까 차마 그 말만은 내뱉지 못한 뒤풀이인 셈이었다. 그 몸서리는 또한 한번 길을 잘못 들고서 영영 틀려버린 자신의 운명에 대한 저주였다.

초년 복 개복이라더니 옛말 그른 건 없나 보았다. 열일곱 나던 해까지 방 씨는 도시에서 잡화점을 하는 부모 그늘에서 퍽 유복하게 자랐다. 공부를 하고 싶어 죽겠는데 아버지가 허락하지 않아 학교를 못 다닌 것이 설움이라면 설움이었지만, 그것은 아버지가 완고한 탓이라기보다는 방 씨가 귀한 자식 값을 하느라고 걸핏하면 감기에 눈병에 콧병에 두드러기에 종기에 현기증에 오만 가지 잔병을 다 앓아 학교 내왕이 힘들었기 때문이었다. 그래도 점방 집 외딸이니만치 동무들은 구경도 못 하는 커피도 마시고 캐러멜도 먹고 껌을 씹고 수놓인 면양말을 신고 벨벳 장갑을 끼며 호강하고 살았다. 아버지는 점방에 물건을 대는 한수 총각이 건실하다면서 짝을 맺어주려 했다. 아버지의 말인즉슨 여자가 공부를 하고 세상을 알면 팔자가 사나워진다, 안온하게 집 안에 들어앉아 세끼 밥이나 양껏 먹고 남편 사랑 받으면서 새끼들 낳아 기르는 것 이상 가는 행복이 없다, 그런데 그런 행복은 여자의 힘으로 이루어지는 것이 아니라 남편 만나기에 좌

우되는 것이다, 한수 총각은 최상의 행복을 보장해줄 남편감이다, 라는 것이었다. 한수 총각이 아주 싫은 것은 아니었지만 그때만 해도 방 씨는 남편에게만 얽매여 살 미래가 지겨웠다.

점방에 나드는 사람 중에 최 주사라는 중늙은이가 있었다. 젊어서 솔가(率家)하여 일본으로 건너가 목수 일을 하다가는 사십 줄이 되어서야 혼잣몸으로 돌아왔다는 소문이었다. 돈 잘 쓰고 견문 넓다고 평판이 좋은 편이었다.

점방 처자 총기 있다는 소리는 내, 이 두 귀가 따겁두룩 들었다. 그래 총기 있는 처자가 이런 좁은 데서 썩어 될 일이가. 아재 따러가자. 아재는 양코배기들이 믹이주고 재아주고 갈차주는 학교를 안다. 그런 데를 나오마 선생질도 할 수 있고 이사(의사)도 된다 카더라. 처자 부모한테 말 들어가마 보나 마나 다리 몽댕이가 뿌라질 끼이 지끔 이 자리에서 결정을 내리야 된다. 아재를 따러갈 끼가, 주물리논 떡겉이 생긴 그 총각한테 시집을 갈 끼가.

참말로 믹이주고 재아주고 갈차준다 캅디꺼.

암만. 아재가 언제 거짓말하는 거 봤나. 거짓말 겉으마 야들이 간다 카겠나.

최 주사는 누런 잇바디를 드러내며 웃었다. 옥니였다. 최 주사의 옆에는 동네 친구 덕이와 경옥이가 누가 사주었는지 둘이 똑같이 하얀 반소매 원피스에 고동색 뾰족구두를 신고는 수줍게 웃으며 서 있었다. 방 씨는 친구들이 낯설면서도 부러웠다.

엄마 아부지 보고 접으마 우얄라 카노?

문디이 가스나. 니는 꿈도 없나? 여자는 시집 가뿌마 엄마 아부지 못 보는 거는 한가지 아이가. 나는 인자 죽으나 사나 공부만 해갖고 여이사 될 끼다. 시집 겉은 거는 안 가고 불쌍한 사람 치료해주미 그래 멋지기 한분 살아볼란다.

경옥이의 말에 자극도 받고 최 주사의 끈덕진 권유에 혹하기도 하여 방 씨는 입은 옷 그대로 덜렁 일행을 따라나섰다. 최 주사의 트럭을 타고 도시의 어떤 요릿집 앞에 당도하니 벌써 수십 명의 고만고만한 처자들이 무리 지어 서 있었다. 요릿집에서는 점심으로 해삼이 든 탕수육을 내주었다. 생전 처음 보는 음식이었는데 한 점 먹어보니 달착지근한 게 기가 막히도록 맛있었다. 동무들과 같이 먹으니 더 맛이 있어 평소 식탐을 하지 않는 방 씨였지만 그날은 배를 두드리며 양껏 먹었다. 최 주사를 비롯하여 조선인 사내 세 명과 중년 여자 다섯 명이 처자들을 인솔했다. 부산행 기차에 올라 얘기를 듣자니 부산항에 그들을 태워 갈 태산만 한 연락선이 기다리고 있단다.

폭염 속의 기차 안은 더럽고 비좁기 짝이 없었다. 방 씨는 코를 틀어막아도 사라지지 않는 지린내, 고린내 때문에 미칠 것 같았다. 2, 30분이나 채 지났을까, 방 씨는 점심 먹은 것을 사정없이 토해내기 시작했다. 동무들의 하얀 원피스는 노르스름한 소화액과 뒤섞인 검은 해삼 쪼가리로 금방 더러워져버렸다. 뒤이어 빨긋빨긋한 두드러기가 방 씨의 온몸에 돋아났다. 늘어진 방 씨의 입에다 최 주사가 진초록 색깔의 캡슐 대여섯 알을 강제로 쑤셔 넣었다. 맞지 않는 약이었던지 방 씨는 그예 실신을 해버렸다.

눈을 떠보니 부산의 어느 초라한 여인숙 하꼬방이었다. 목은 타고, 젖꼭지는 따갑고, 아랫도리는 그닐거렸다. 시간이 얼마나 흘렀는지, 그곳이 이승인지 저승인지도 알 수가 없었다. 일어나 앉아 문구멍에 오려 붙여진 거울에 얼굴을 갖다 대어보니 두드러기는 대강 가라앉았는데 백목련 같던 살빛이 음울한 자색으로 죽어 있어 도무지 아는 얼굴 같지 않았다. 문을 열려고 했지만 문고리가 밖에서 잠겨 있었다. 두드리고 울고 고함을 지르니까 한복 차림의 늙수그레한 여자 하나가 나타났다.

똑 죽을 거 같디이 살기는 산다마는.

살리주이소. 날 쪼매 살리주이소예.

어데 사는 누꼬. 이바구나 한분 들어보자.

문지방에 걸터앉은 여자의 소매를 붙들고 방 씨는 아무 곳에서 점방 하는 아무개의 하나뿐인 자식이라고, 제발 돌아가게 해달라고 울며불며 빌었다. 인물 그저 그런 데다 몸조차 약해빠진 년을 데리고 장사를 해 벌면 얼마를 벌까, 차라리 저의 부모에게 돈푼이나 뜯어내는 편이 낫겠다 싶었는지 여자는 점방에 통기를 해주었다.

허위허위 달려온 부모에게 딸내미 얼굴은 정작 보여주지도 않고 여자는 과실을 내온다, 단술을 내온다, 이야기를 한다, 있는 대로 늑장을 부리고 애간장을 달구었다. 사람 장사꾼 최 주사란 놈이 댁의 따님을 꼬드겨 정신대에 팔아먹으려다가 댁의 따님이 기차간에서부터 숨이 꼴깍꼴깍 넘어가니까 여기다 버리고 갔다, 그냥 버리고만 갔느냐, 제 욕심은 다 채우고 갔다, 나는 사람 할 짓이 아니라고 어쨌거나 뜯어말렸다, 그 인간은 워낙에 악질 중에서도 최고 악질이다, 내가 사람 하나 살리고 보자고 빌다시피 하니까 세상에 내가 뭐라고 나한테다가 몸값을 요구하더라, 그래도 사람이 중하지 그깟 돈이 중하나 싶어 내가 그 돈 줘버리고 댁의 따님을 구했다는 것이 여자가 한나절 넘어나 구구절절이 늘어놓은 이야기였다.

하꼬방 문틈으로 여자의 말을 들으면서 방 씨는, 고향집에 앞 못 보는 형제라도 하나만 더 있을 양이면 내가 이대로 혀 깨물고 죽고 말지, 어찌하여 이 천치 같은 것이 남의 무남독녀 되어 이다지도 남 못할 짓을 시킬까 싶어 피눈물을 삼켰다.

이런 지저분한 데서 차마 딸의 얼굴을 바로 볼 수 없다 하여 부친은 먼저 돌아가고 모친만 남아 딸과 상봉했다. 모친은 딸과 함께 온천에서 며칠 휴양하고 돌아가는 길에 낙동강에서 딸의 몸을 또 씻어주었다.

집에 돌아가자 갑자기 긴장이 풀려 그랬는지 수치심이 되살아나 그랬는지 방 씨는 아예 수족을 쓰지 못하고 드러누워버렸다. 그로부터 근 이태를 약(藥)시시하여 독을 빼고 몸을 보하여 집 안팎을 개신개신 돌아다닐 수는 있게 되자, 이번에는 안 그래도 약질인 데다 딸 병구완에 지친 모친이 쓰러져 골골거리더니 세상을 뜨고 말았다. 문상객 중에는 경옥이도 있었다. 들도 보도 못한 남쪽 나라에서 일본군 위안부 노릇을 하다 해방되어 돌아왔다고 했다. 시방은 대구에서 환갑 넘은 노인네의 간병인을 겸한 마누라 노릇을 하고 있으며, 덕이 소식은 모른다고 했다.

청소며 빨래며 요리며 모친 살아생전에 하던 일은 거의 한수 총각이 도맡아 했다. 모친 잃고 다시 병석에 드러누운 그녀의 약시 중이며 똥요강, 오줌 요강 치우는 일까지 한수 총각이 군소리 없이 다 해냈다. 고맙고 또 미안한 마음에 무슨 일이라도 좀 해볼까 하여 수수비를 잡거나 이불보를 뜯기만 하면 언제 보았는지 한수 총각이 달려들어 일감을 뺏어 갔다.

이듬해 봄이 되니 그제야 죽었던 살빛이 돌아오고 껑더리되었던 몸이 나기 시작했다. 한수 총각은 맥쩍어하는 그녀를 위해 마당가 늙은 살구나무에 그네를 매달아주었다. 그네를 타고 앉은 채로 졸고 있으면 한수 총각이 슬금슬금 다가서서 그네를 밀었다.

수천당 세모진 낭게(나무에)
외로 한 가지 그네를 매어
님이 타면 내 가서 밀어주고
내가 타면 님이 민다
님아 님아 줄 조심해라
줄 떨어지면은 정떨어진다

그네가 흔들리는 서슬에 퍼뜩 눈을 뜨고 돌아보면 살구꽃 꽃보라에 한수 총각의 머리며 얼굴이며 어깨는 온통 연분홍 눈을 맞은 것 같았다. 방 씨가 웃으면 한수 총각이 따라 웃었고, 두 사람의 웃음소리에 더 많은 꽃잎이 흩날렸다. 최가 말마따나 떡 주물러놓은 것 같이 못생긴 한수 총각의 얼굴이 부처님 상호처럼 편안하고 정이 갔다.

늦더위 기세가 한꺼풀 꺾이자 곧바로 혼인날을 받았다. 방 씨는 그 모든 것이 꿈인 것만 같아 혼인날이 닥쳐 성적(成赤)할 때까지 공중을 둥둥 떠다니는 기분이었다. 그러나 그 행복은 오래가지 않았다.

총파업이네, 학살이네, 남쪽의 분지에 세워진 그 도시는 소란스럽고 뒤숭숭하기 짝이 없었지만, 더 기다리다가는 당자들이 지쳐 나가떨어질 것 같고 눈앞에서 누가 피 튀기며 쓰러지는 장면을 목격한 것도 아닌 바에야 무슨 일이 일어나건 딸자식이 합례 치르기 전에 아이 배는 꼴 보는 것보단 낫겠지 싶어 부친이 고집을 세워 혼례식을 강행한 게 사단이 되었다.

새신랑 애먹일 친정 식구들이 있는 것도 아니었는데 한수 총각이 너무 벌쭉벌쭉 웃고 다니자 동네 사람들이 팔을 걷어붙이고 신랑 다리를 잔치 마당 살구나무 가장귀에 비끄러매었다. 동네 사람들은 신랑의 발바닥을 인정사정없이 때렸고, 신랑은 즐거운 비명을 질러댔다. 그러고들 있는데 양코배기 군인들 일단이 다짜고짜 들이닥쳤다. 미 군정청 소속의 그 군인들은 동료들 몇 명이 빨치산의 습격으로 숨진 데다 콤그룹의 핵심 조직책이 근방에서 은신 중이라는 첩보를 입수했던 터라 신경이 몹시 날카로워져 있었다.

동네 사람들은 슬그머니 팔을 늘어뜨리고 살구나무 옆에 한 줄로 섰다.

맨 앞에 선 남자가 무어라고 꼬부랑말을 주절거렸다. 남자의 말이 끝나자 뒤에 선 군인들이 일제히 총을 들었다. 동네 사람 아무도 그 양코배기의 말을 알아듣지 못했다. 그들은 다만 선 자리에서 얼어붙었을 따름이었다. 몸은 얼어붙었어도 머릿속까지 얼어붙지는 않아, 그중 몇 사람은 양코배기의 꼬부랑말 끄트머리에 묻어 나왔던 오케이를 어디선가 들어보았다고 생각했다. 그들의 어렴풋한 기억 속에서 오케이의 어감은 좋은 것이었고 오케이를 들은 상대방은 언제나 기분 좋은 표정이었었다. 그들은 자신들이 양코배기의 적이 아니란 걸 한시 바삐 증명하고 싶었다.

오케이, 오케이.

두어 명이 오케이 소리를 입 밖에 내자 동네 사람들은 일제히 따라서 오케이를 외쳤다. 심지어는 거꾸로 매달려 얼굴이 꼭 주물러 놓은 팥시루떡같이 된 신랑까지 오케이를 외쳤다.

맨 앞에 선 남자의 총이 불을 뿜는 것과 거의 동시에 신랑의 머리통이 박살났다. 방 씨는 눈앞에서 벌어지는 일들이 도무지 실제 같지 않아 눈물도 흘리지 못했다. 골백번은 더 죽었을 목숨은 멀쩡히 살아 있는데, 쇠를 씹어 먹어도 멀쩡할 것 같던 신랑이 단 한 방의 총알에 날아가버렸다. 참말로 저승이 먼 데 있는 것이 아니라 사립짝 밖에 있었다.

신랑의 뜨거운 손에 벗기어지라고 혼례복을 입혀준 딸자식이 그 신랑의 뜨거운 핏물 위로 혼절해버리자, 늙은 아버지는 눈물 콧물을 짜며 약을 달여댔다. 몇 재를 달여서 먹여도 도통 낫는 기미가 없자 애가 단 아버지가 무당을 불러 푸닥거리를 시켰다.

바람 불어 씨러진 남기(나무)
눈비 온다꼬 일어나나
님 없어 병난 몸이
약 씬다꼬 약발로 받나

무당은 청승맞은 목소리로 밤이 새도록 푸념을 해댔다. 그리고 아비더러 이 집 여식은 시집을 가야 살 목숨이지 약 써서 살 목숨이 아니라고 했다.

단골 한약방에서 사정을 들은 약주릅이 급하게 중신을 서주었다. 부친도 늙은 홀아비 신세, 딸이라고 하나 있는 것 곁에 두고 살 고픈 마음이야 굴뚝같았겠지만 가만 놔두었다가는 초상 치르게 생긴 것을 어쩔 수 없었으니 아비로서도 보내기 싫고 딸로서도 가기 싫은, 오죽잖은 촌 시집을 그렇게 해서 가게 되었다.

장가 밑천 내주기 싫어 삼십 줄에 접어든 노총각 아우 둘을 늙히고 있던 다릿말 알부자 김만석은 밭사돈에게 일금(一金)을 받는 대신 색시의 과거는 일절 비밀에 부치기로 거래부터 했다. 방 씨로서는 시집을 온 뒤에 안 일이지만 원래 혼인 상대자는 지금 영감의 형이었다. 성질은 그 형 쪽이 훨씬 사분사분하고 어질었다고 했다. 깊으나 깊은 산골이라 좌익이 무언지 우익이 무언지, 더러 들어는 보았어도 정확한 의미는 모르고 살다가 혼인 말이 날 즈음 그 맘 좋은 사람이 도망 중인 빨갱이에게 담뱃불을 한번 빌려주었는데 그것을 본 동네의 못된 자가 서에다 고자질을 하여 불각(不覺) 중에 끌려간 뒤에는 행방불명이라는 것이었다. 기왕에 받아 챙긴 일금을 돌려주기 싫었던 김만석 영감이 막냇동생인 만정을 색시 방에 대신 집어넣어 방 씨와 부부의 연을 맺게 했다. 그는 이 일을 두고 아우에 대해서나 제수에 대해서나 일고의 가책도 느끼지 않았는데, 그래서 월로(月老)의 노염을 산 건지는 몰라도 근 20여 년이나 지나 혼례식에 대타를 세우는 일을 한 번 더 하게 되었다. 물론 나중 것은 그로서는 꿈에도 원치 않은 일이었고, 배꼽노리가 엔간히만 쑤시고 당기는 일이 아니었다.

한배에서 난 자식들이라도 어찌 그리 다른지 김만석이 매사에 꼼꼼하고 타산적이라면 둘째 만수는 순하기가 순두부요, 막내 만정은 걸핏하면 불뚝불뚝 성을 잘 내는 뚝별씨였다. 심통 났다 하면 세상에서 제일 만만한 마누라 귀때기부터 불이 나도록 올려붙이고 보는 김만정과 살을 섞으며 달밭골 반야월댁이 된 방 씨는 그러구러 아이를 넷이나 낳았다. 몸이 완전히 회복되지 않은 상태에서 낳은 첫째 연이는 젖배도 숱하게 곯았고 잔병치레가 심했다. 잘 못 먹어 그런 건지 타고난 건지 연이는 청력이 약하여 말귀도 어두웠다. 그러니 남 보기에 조금 뒤퉁스러운 면이 없지 않았지만 심성이 원체 비단결이라 천지신명이 보살펴주겠거니 믿었다. 배냇병신이었던 둘째는 정들일 사이도 없이 일찌감치 가버렸고 그 밑으로 아들과 딸을 낳았다. 그때는 뽀얀 참젖이 줄줄 나와주어 아이들이 크고도 실했다. 남보다 잘난 것도 없고 공부도 못 시켰지만 실팍하게 자라서들 사람 모가치 하고 사는 모양을 보면 언제나 눈물이 핑 돌고 목이메었었다. 밤송이 우엉 송이 다 끼어보고 살아온 인생, 늦복이나 있어 자식 뉘를 보려나 했다. 그랬는데, 믿는 도끼에 발등 찍힌다고 착하디 착하던 큰딸이 웬 불상놈의 새끼를 배어 오더니 기어코 생목숨을 끊었다. 네 아이를 남기고 한 아이는 배 속에 넣은 채 제 모가지를 제가 매어 죽은 연이를 생각하면 물 만 밥에도 체하고 잠결에도숨이 막혔다.

최가에 옥니라면 이가 갈렸다.

"아이구 징그러레이. 최가에 옥니, 아이구 무시레이. 님이 니내 말 한 귓구무로 듣고 한 귓구무로 흘렸다가는 내 손에 디질 줄 알어라이. 부모 말을 들으마 자다가도 떡이 생긴다 캤다."

지금 방 씨의 머릿속을 맴도는 옛 노래의 한 구절은, '님아 님아줄 조심해라'였다. 님아 님아 줄 조심해라. 님아 내 딸아, 아무쪼록운명을 조심하거라.

달밭골의 세 여자

애먼 자기는 왜 자꾸 끌고 들어가느냐고 한마디 할 법도 했건만 님이도 그동안 정들인 조카들을 열없이 보낸 다음이라 가슴이 허전하여 도무지 입을 떼기가 싫었다. 아랫입술에 그 옹졸스러운 옥니를 끼어 박고는, 파랗게 질린 새끼들을 몰아서 사립을 나서던 최가의 꼭뒤가 이적도 눈에 선했다. 송편으로 목을 따 죽지, 마누라를 그렇게 보낸 주제에도 자존심은 있어서 장인 장모가 사위 대접을 않는 분풀이를, 돼먹지 않게 제 새끼들을 데려가는 것으로 하려 드는 위인이었다.

아무리 딸년들은 자식 취급을 않는 반야월 영감이었지만, 그래도 제가 만든 제 피붙이인 것을 가슴에 묻지 않을 도리가 없으니, 영감 성질로는 그만하면 많이 참은 형국이었다. 그럼 딸 잡아먹은 사위도 백년손님이라고 씨암탉 잡아 바칠까 놋재떨이 안 날아간 것만 해도 다행이지, 절하는 면상에 돌아앉은 것 한 가지에 마음이 상해서는 얄따란 입술을 파들파들 떨어대더니 석양빛도 거지반 엷어진 어스름에 거두지도 못할 새끼들을 우르르 몰아가는 그 꼬락서니라니. 님이 역시 그런 인간한테 시집을 가느니 달구새끼에게 여의어지는 게 백번 낫다는 생각이었다. 시거든 떫지나 말고 얽거든 검지나 말랬다.

"새끼들 아부지가 자기 새끼들 데려가는 게 당연한 거지 그걸 갖고 뭘 그러세요들."

아까부터 정지에 주저앉아 가마솥에 목욕물을 데우던 영진 어미가 기어코 입찬소리를 했다. 시모와 시누이가 저녁밥도 먹지 않고 두어 시간째 손놓고 앉아 있는 모양을 더 이상은 눈꼴시어 못 보아주겠다는 속내가, 뾰롱뾰롱한 말투에 그대로 묻어 있었다. 고향은 남쪽 바닷가 어디라는 사람이 서울 물 몇 년 먹었다고 곧 죽어도 서울말에, 제 맘에 맞갖잖으면 누구 앞에서라도 하고픈 말은 해야 직성이 풀리는 여자였다. 다방 레지로 일하는 걸, 이 집 장남이 서울서 집쟁이 따라다니며 허드렛일할 때 만나 임신을 시켜서는 꿰차고 내려왔는데, 시집 식구고 이웃이고 가리지 않고 시골 사람들이라면 대놓고 무시했으며, 고만고만한 집안 새댁들 앞에서 실상은 구경도 못한 무역회사 경리 노릇 한 이야기에 한나절이 모자랐다. 여자로서는 눈엣가시 같던 아이들 넷이 제 아버지 손에 끌려간 게 개운하기만 할 테다. 도대체 이 거지 콧구멍에 마늘 같은 재산으로 김가네 장손도 교육을 시킬 둥 말 둥인 주제에 어미도 없는 최가들을 넷씩이나 끼고 무얼 어쩌자는 심산이냐고, 가뜩이나 어미 잃고 기죽은 아이들이 듣거나 말거나 따지고 든 적이 어디 한두 번이던가.

"물은 말라꼬?"

시모 앞에 말본새가 그 모양이냐고 야단할 법도 하건만 반야월댁은 정지께를 기웃거리며 괜스레 물 타령이었다. 어미를 떨어지지 않는 영진은 지금도 어미의 젖가슴에 코를 박고는 땀을 뻘뻘 흘리며 젖을 빨고 있었다. 세 살이나 먹은 것이 제 어미젖을 떨어지지 못하는 꼴이 뵈기 싫기도 했지만 그것 역시 반야월댁은 못 본 체했다. 밤새 미영 잣느라 눈 붉어진 시오마시(시모) 날 밝고 봐도 또 밉고, 밤새 젖 빨고 보챈 새갱이 눈뜨고 보면 새 정 난다는 옛말이 있느니, 옛말 그른 것 없느니, 속말만 하고 말았다.

"목욕 좀 하려구요."

"그 넘으 목간은 어지가이도 한다."

보름 전 야밤에 올케의 목간 건으로 잔소리를 한번 했다가 다음 날 눈뜨자마자 댓바람에 오라비에게 된통 얻어맞았던 님이가 말결을 챘다.

"서울서는 하루 걸러 한 번씩 한걸요. 촌사람들은 목욕을 너무 안 해요. 위생관념이 없다, 없다, 어째 그래 없을까."

영진 어미는 고무 함지에 물을 퍼 담아서는 정지 문을 안에서 걸었다.

"문디이 위생관념이고 지랄이고 목간 하고 나여 잔주꼬(잠자코)나 있어마야. 우예 쏙닥쏙닥 말을 맨들어가 가따나 성질 더런 즈 그 신랑이 게거품을 물두룩 맨드노."

반야월댁이 님이의 어깻죽지를 내리치며 소리 죽여 야단했다.

"야야 느거 월끼(올케) 하는 일에는 입 대지 마라 카이. 또 느거 오래비 귀에 들어가가 죽두룩 뚜디리 맞고 후지끼(쫓겨)날라 카나. 빈대 닷 되 시너부(시누이)야 벼룩 닷 되 시너부야, 카는 옛날 노래가 있다. 때리는 시오마시보다 말기는 시너부가 밉다 카는 말도 있고. 시너부는 그마이(그만큼) 꼬꾸랍고(까탈스럽다) 밉깔시럽다 그 말이라. 하구 접은 말이 있어도 속에 여놓고 있거라 마."

"맏잽이는 부모 한가지라던데, 오라범 대접을 제대로 해줘봐요. 왜 얻어맞어, 얻어맞길?"

귀가 어떻게나 밝은지 반야월댁의 야단까지를 알아들은 영진 어미가 퉁을 놓았다.

"뚜디리 패라 캐라. 패 쥑이라 캐라. 오래비라 카는 기 비싼 밥 처묵고 심을 쓸 데가 없어 그래 하나 있는 즈그 동상이나 뚜디리 패 쌓고……. 앗따! 잘돼가는 집구석이다."

"미친년. 범도 안 물어 갈 니리 가시나. 뚜디리 맞구 접어 환장을 했지 아매. 오래비 월끼 새에서 쌈이나 할라 카거든 퍼떡 시집이나 가뿌라."

"부모 말 들으라미? 내 맘대로 신랑 얻으마 달구지를 뿌라뿐다미?"

"……."

마침맞은 신랑 자리를 구해주지 못한 죄가 있어 반야월댁은 그 대목에서 말문을 닫았고, 다른 두 여자 역시 깜냥깜냥이 더 언성을 높여보았자 득 되는 게 없다는 결론에 이르렀다. 반야월댁은 그녀의 피난처인 베틀 방으로, 영진 어미는 뜨거운 김을 받아 촉촉해진 자신의 살갗에 대한 도취 속으로, 넘이는 연이의 네 아이들과 머리통을 나란히 하고 누워 자곤 했던, 이제는 썰렁해진 안방으로 들어갔다.

이 세 여자가 갈등하는 양상은 늘 이와 비슷했다. 반야월댁과 넘이가 자연이 만든 모녀라면, 반야월댁과 영진 어미는 법이 만든 모녀다. 또한 반야월댁이 언제나 영진 어미의 편을 드는 것은, 그녀가 두려워하는 것이 자연이 아니라 인간의 법이기 때문이다. 법에 의해 만신창이가 된 자연과도 같았던 그녀에게 법의 권위를 담지한 인간은 아버지였고 양코배기 군인들이었고 다릿말 시숙이었고 영감이었고 면서기들이었고 아들이었지 모친이나 자신이나 딸이 아니었다. 아들의 대리자처럼 구는 영진 어미는 그래서 언제나 스스러웠다. 영진 어미가 만약 법을 두려워하는 여자라면 시모와 시누이라는 법적 관계 또한 경외할 것이지만, 반야월댁과는 다른 방식으로 남자를 많이 겪은 영진 어미는 자신의 성적 매력을 이용하여 법을 나지리 보아 애완(愛玩)하고 이용할 줄 알았다. 넘이는 강한 반야월댁이라고 할까. 그녀는 반야월댁처럼 두려워하지도 영진 어미처럼 아양을 떨지도 않았다. 그래, 나는 장승같이 못생기고 성질도 더럽다. 그래, 날 죽이고 싶으면 죽여봐라. 그래, 어디 네 맘대로 해봐라. 그래, 오냐, 그래, 오냐, 그래, 그래, 그래. 얼핏 상대를 인정하는 것 같은 그 말 뒤에는, 나는 나 하고 싶은 대로 살 것이며 내가 생긴 대로 살 것이라는, 강한 자기 긍정이 숨어 있었다.

이것이 법의 권위를 갖지 못한, 달밭골 세 여자의 정치적 성향이었다.

물귀신

달빛이 씻어 내린 산천은 땡볕에 타들어갈 때의 산천과는 한참 달랐다. 달밭골이라는 이름은 저 먼 옛날 이 골에 처음 들어선 자가 첫 달밤을 맞아 지었다고 했다. 님이의 벗은 종아리에 밤이슬 머금은 풀들이 그리웠다는 듯 절절한 몸짓으로 달라붙었다가는 떨어졌다. 사랑의 몸짓이 항용 그러한 것처럼 수풀의 젖은 애무는 옅은 독을 품은 것이어서 님이의 살갗을 발갛게 부풀리기도 하고 작은 생채기들을 남기기도 했다.

못에는 반 넘어 부푼 달이 하물하물 잠겨 있었다. 님이는 두어 번의 손짓에 아래윗벌을 벗어 던지고 툼벙 못 속으로 뛰어들었다. 개구리헤엄을 쳐서 상쾌함이 살 속으로 스며들다 뼛속까지 시원해지면 님이는 번듯이 드러누워 송장헤엄을 쳤다. 못 속에 잠겼던 달이 언제 하늘로 올라갔나 싶게 별들이 빼곡한 하늘에는 상현달도 떠 있었다. 그 달을 눈이 시릴 때까지 바라보다가 마침내 눈을 감으면, 님이는 자신이 물 위에 떠 있는 것이 아니라 반달 위에 떠 있는 것 같았다. 별들은 넘이의 발가락을 간질였고, 솜털 구름은 넘이의 겨드랑이를 어루만졌다. 넘이는 오래도록 눈을 뜨지 않고 그렇게 물 위에 누워, 못 속에 살고 있다는 그 이름도 예쁜 처녀 물귀신을 생각했다.

구슬이.

은쟁반에 옥구슬 구르는 소리 같은 음성을 지녀서 이름이 구슬이란다. 못에 살던 100년 묵은 흉악망측한 구렁이 놈이 구슬이 처자의 그 음성에 반해 빨래하던 처자를 물어 갔단다. 구렁이의 이빨에 물리자마자 정신을 놓고 죽은 처자의 원혼(冤魂)은 맹독으로 화하여 되레 구렁이를 죽여버렸단다. 이번에는 구슬이 처자가 구렁이 허물을 쓰고 물속에 사는데 낮에는 구렁이로 살지만 밤에는 그 옛날 아리땁던 모양으로 돌아와 지나가는 나그네를 유인한단다. 처자의 뒤로는 무지갯빛의 고대광실이 은은하게 반짝이고 있어 처자의 아름다움을 더욱 빛낸다는데, 누구든 처자의 눈길에 한번 사로잡힌 자는 거기서 헤어나지 못하고 처자를 따라 허위허위 못물 속으로 들어간단다.

넘이는 그런 이야기가 두렵지 않았고 도리어 그 이야기 속의 처자를 만나고 싶기까지 했다. 그러나 수다(數多)한 여름밤을 이렇게 물 위에 누워 기다리건만 음성이 옥구슬 같다는 그 처자는 나타나지 않았다. 못물 위로 가지를 길게 드리운 붉가시나무와 물푸레나무의 잎사귀들이 넘이의 감은 눈꺼풀 위를 어른거리면 넘이는 그 처자인가 하여 퍼뜩 눈을 떠보기도 했다.

뼛속까지 으스스 떨리고 팔다리도 노곤해지면 그제야 님이는 물에서 나와 옷가지를 거충거충 꿰어 입고는 검푸른 수풀을 헤치고 낮에 김매어 가마말쑥한 남새밭과 복숭아 살내 물씬 풍기는 과수원을 지나 모깃불이 매캐한 연기를 날리며 사위어가는 마당을 향해 가벼운 걸음을 떼었다.

그다음 날 저녁 밥상에서 님이는, 자신은 보지 못했던 처녀 물귀신을 간밤에 어느 술꾼이 보았다는 이야기를 들었다. 영진을 데리고 다릿말 큰집에 품앗이를 갔다 온 올케가 소문을 옮겼다.

"다릿말 복순이 아부지가 글쎄 어젯밤에 그 물귀신을 보았대요. 왜 저 우에 못, 그 못에 산다는 처녀 물귀신 말예요."

제 눈으로 보았다는 당사자에게서 직접 들은 말이라 그런지 물귀신 소리를 낼 때의 올케는 자라목을 하고 눈동자까지 둥그렇게 키웠다.

"구슬못 말이가?"

반야월댁이 물었다.

"예. 거기 사는 물귀신 이름이 구슬이라면서요?"

"물귀신 곁은 소리 하고 자빠졌네. 밥알이나 튕구지 말거라."

풋고추를 된장에 찔러 박으며 오라비가 퉁퉁거렸다.

"이 사람이 정말? 복순이 아부지가 무식은 해도 거짓말하는 사람은 아니잖아요. 어제 하필 원두막 밑에 묻어둔 매실주 항아리를 꺼냈대요, 복순이 아부지가. 마누라 무서워서 집에서는 술 못 마시는 양반이잖우. 그러니까 늦봄 언제쯤이라더라, 매실을 따서는 씻지도 않고 항아리에 담아서 소주를 들이부어가지고 묻어놨다데. 그게 시시때때로 생각이 나서 죽겠어도 마누라 보는 데서는 못 마시다가 어제는 마누라가 복순이 데리고 친정 갔잖우. 즈 아부지 귀빠진 날이래지. 그래 잘됐다 싶어 그날 딸 복숭은 다 따놓고 다 늦게부터 그 매실주를 마시기 시작했다네요. 몸은 피곤하고 빈속인데 오죽해? 그냥 이리 비틀, 저리 비틀, 하늘이 돈짝만 해 보이고 땅이 꺼지고 생난리굿이었대요. 그래도, 그 못 있는 데 다 와서는 정신이 번쩍 나더라네? 물귀신하고 눈이 마주치면 안 되겠다 싶더래요. 그래 조심조심 이렇게 납작 구부리고 걷고 있는데 거기 못에 어떤 선녀같이 이쁜 여자가 떠 있더라는 거야. 헤엄도 안 치고 가만있는데도 우로 솟지도 않고 아래로 꺼지지도 않더라네? 이 냥반, 그때부터는 퍽 엎어져가지고 눈을 꾹 감고는 무조건 기었대. 아침에 깨나 보니까 어떻게 집에까지 왔는지 집은 집이더라는 거야. 죽었나 살았나 싶어서 자기 허벅지까지 꼬집어봤대요."

"하여튼 쪼다는 쪼단 기라. 그래 사람이 없어 술꾼 말을 다 듣나? 니 내 말 단디 듣거래이. 술 처묵는 거 눈에 비는 거는 다 헛끼다, 알겠나. 그런 말 듣고 이 집 저 집에 옮기지 말거라. 즈그 서방 말은 수캐 방구 텍도 안 이기미드르(여기면서) 인간 겉지도 않은 거 말에는 귓구무를 팔랑거리고 댕기고, 에라이 디된(멍청한) 년."

"하이고, 노름꾼보다는 술꾼이 낫네."

"머라꼬? 그라이 니년이 바람이 나도 단디 났다 이기제? 오이야, 니 바른 대로 불어라."

오라비가 밥상에 숟가락을 탁, 소리나게 내려놓았다.

"이 사람이 미쳤어? 이러니까 술꾼하고는 살아도 노름꾼하고는 못 산다 그러지. 복순이 아부지는 술 먹으면 개라도 술만 안 들어가면 부처 되다가 만 사람이야. 마누라를 염라대왕 대하듯끼 하는 사람이라구."

"언 개 공알이라 캐라, 씨발. 그 인간이 골때기 한분 냈다 카마 물도 불도 안 가린다 카는 거 모리나? 마느래를 디딜방아 줄에 감아 매달어놓고 지게 작대기로 팬다 카더라. 니는 코짱배기 시가(세어서) 서방 말이라꼬는 안 듣는 기집이 어데서 부처 타령은 해쌓고 지랄뻥이라. 부처 되다 만 인간 옜다 여깄네."

"부처 좋아하시네. 땡추중 똥구멍을 핥으래지."

두레상이 엎어지지만 않으면, 둘이야 무슨 육두문자를 주고받거나 말거나 반야월댁이고 님이고 한마디를 거들지 않았다. 잠자코 오이냉국에 보리밥이나 말아서 훌렁훌렁 들이켜는 게 남는 장사라는 걸 모녀는 알고 있었다. 사랑에서 독상을 받고 앉은 반야월 영감도 아들 내외 일은 보고도 못 본 척, 들어도 못 들은 척했다. 허구한 날을 물고 뜯어도 제 마누라 일이라면 섶을 지고 불 속에라도 뛰어들 아들이었다. 며느리도 그랬다. 10년 넘어나 도시물 먹은 여자가 이 산골짜기에 붙어 있어주는 것은 오로지 변변찮은 서방 하나 바라보아서라는 걸 반야월 영감도 모르지 않았다.

며느리 사랑은 시아버지라고, 맘산 아래 골짝에서 뚝뚝하기로 둘째가라면 서러울 뚝별씨 반야월 영감도 외며느리만은 어여삐 보았었다. 새총으로 참새 댓 마리를 잡아 마누라나 딸년을 시켜 적쇠에 굽게 할 적에는 그 오달지고 쫀득쫀득한 참새고기를 혼자 다 먹으면서 계집이 참새고기를 뜯으면 그릇 깨어먹는다고 알량한 핑계를 대던 반야월 영감이 외며느리 보고는 까짓 그릇 좀 깨면 어떠냐며 참새구이를 권키까지 했으니. 물론 반야월 영감도 시간을 두고 영진 어미를 겪을수록 처음처럼 어여쁘만 볼 수는 없게 되었다. 아마도 영진이 나기 달포 전이었나, 며느리가 브래지어에 비누칠을 해 대야에 잠깐 담가놓은 걸 발견하고는 궁금증을 참지 못해 입 끝에 옮겼다가 맘산 아래 삼 동리에 망신살이 뻗치고부터는 어여쁘 보지 않는 정도가 아니라 아예 두려워하기 시작했다. 며느리는 자신과 시집, 그리고 자신과 이 골짝 사람들 사이에 극복할 수 없는 문화적 수준 차이가 있음을 보이는 방증으로 골백번도 넘게, 박달나무 지팡이로 브래지어를 걸어 올려서는 푸르뎅뎅한 알머리를 갸웃하며 곰곰이 뜯어보는 시부의 흉내를 내었다.

이기 머꼬? 이기 소 찌그리(소를 부릴 때 소가 곡식 같은 것을 먹지 못하도록 입에다 채우는 마개)라⋯⋯. 머 이래 생깄는 기 다 있노?

저이한테 물어보세요. 제 입으로는 말씀 못 드리겠네요.

씨발, 이러이 사람은 보고 들은 기 재산이라 카지. 미늘년 젖꼭다리 틀어막쿠는 거로 들고 시아바시라 카는 영감이 저캐 쌓으이 주책이 똥바가이다, 씨발.

방구석에 늘어져 있다 마누라에게 불려 나온 아들은, 아비를 향하여 눈에 모를 세우더니 돌아서서 두엄 더미를 발끝으로 차며 그렇게 입안의 소리를 했었다. 그 일로 아주 학질을 뗀 반야월 영감은 연후에는 더욱이 며느리 일이라면 오불관언(吾不關焉)으로 일관해 왔다.

기실 이 젊은 가시버시에게 밥상머리에서의 그런 사소한 시비란 주체하지 못하는 애정을 처리하는 한 방편이었다. 아내가 다른 남자 추는 꼴을 남편은 보아내지 못했고, 남편이 다른 여자를 춘다 싶으면 아내는 독이 올랐다. 그들은 그렇게 먼저 말로써 어느 정도 애정을 연소시킨 다음, 영진을 할머니 방에 맡기고 온밤을 지새우며 엎치락뒤치락 몸뚱어리로써 남은 애정을 불태웠다. 영진 어미 같은 여자가 이 산골을 뜨지 못하는 것은 오직 그 완벽한 연소가 주는 만족감 때문이었다.

그날의 두레상 시비가 있은 지 얼마 있지 않아 닝이는 시집을 갔고, 또 그 몇 년 후 어느 가을비 내리는 새벽에 닝이의 오라비는 죽었다. 노름판에서 오래간만에 돈을 따서는 마누라에게 어서 보여 주려고 발바투 오던 길이었다. 비는 장마비처럼 세차게 내렸고 사방은 칠흑처럼 어두웠으며 오라비는 너무 기분이 좋아 정신을 차리지 못했다. 그는 빗물 떨어지는 소(沼)와 땅을 구별하지 못하고 덤벙거리다 물속으로 곤두박질쳤다. 무지갯빛 고대광실도 그는 보지 못했고 그 아리땁다는 구슬이 처자의 음성도 듣지 못했다. 다만 그는 검누런 흙탕물과 살진 물고기 몇 마리 사이에서 물귀신의 찐득거리는 긴 머리카락을 보았다. 그것은 쏟아지는 빗물에 마구 뒤채는 수초의 무리였다.

듣는 이의 애간장을 저며놓게 구슬피도 울던 올케는 삼일장을
마치자마자 영진을 데리고 달밭골을 떠났다.

무당개구리

어미가 밭에 일을 나가면 두 누이들은 언제나 종이의 차지였다. 환은 언제나 제 볼일이 먼저여서 어미에게 동생들을 돌보겠다고 대답은 찰떡같이 해놓고도 누가 놀자고 부르면 한 번 돌아보지도 않고 나가버렸다. 하긴 환이 집에 붙어 있는 것이 누이들에게 좋을 것도 없었다. 어미가 나눠 먹으라고 지어둔 밥은 언제든지 환이 먼저 솥을 차고앉아 양껏 퍼먹은 다음에야 아우들 셋이 밥풀 구경이라도 할 수 있었다. 고구마나 오이 같은 군입질거리는 아예 싹쓸이해버려, 저녁은 고구마나 삶아서 때워야겠다 생각하고 돌아온 어미가 기함을 하게 했고, 찬장 속 깊은 곳에 숨겨져 있는, 대개는 오일장에 다녀오던 님이가 주고 간 갱엿이나 박하사탕은 그것이 몇 개든 하루를 넘기지 못하고 환의 입으로 들어갔다. 이도 저도 없는 날이면 쌀독을 긁어 쌀이라도 오도독오도독 씹어 먹어야 직성이 풀리는 아이가 환이었다. 쌀독에 쌀조차 떨어진 날이면 환은 더 사납게 굴었다.

이때 누이들이 멋도 모르고 울거나 보채다가는 환에게 마당으로 떠밀리는 것 정도는 약과이고 발랑 들려 내팽개쳐지기 일쑤였다.

그래서 환의 눈치가 심상찮을 때면 종이는 일찌감치 누이들을 데리고 나와 논두렁에 난 뱀딸기도 따고 남의 뽕나무밭에서 까무족족하게 익은 오디도 따내 와 제비 새끼같이 빨간 점막을 있는 대로 내보이는 누이들의 입속에 넣어주며, 하루를 천년같이 어미를 기다렸다. 환이 놀러 나가고 없으면, 종이는 솥의 밥 중 절반을 환의 몫으로 남겨두고 누이들에게 밥을 씹어 먹이거나 업어주거나 하면서 어미를 기다렸다. 미아를 업으면 꼭 어미의 젖가슴만 같은 보들보들한 엉덩이 두 쪽이 손바닥에 잡혔다. 뺨을 제 오빠의 목덜미에 붙이고 잠이 들며 미아는 다사로운 숨결을 토하고 잠꼬대를 하고 침을 흘렸다.

그 미아와 윤아는 지금 종이의 곁에 없다. 얼른 커서 돈을 벌어 윤아, 미아와 함께 살 생각을 하면 종이는 침이 마른다. 왜 아이들은 빨리빨리 자라지 않는 걸까. 종이에게 마음의 시간은 현실의 시간을 단 한 번도 이기지 못하는 바보, 멍청이, 쪼다였다.

아비는 어미가 저의 다섯 번째 아이를 품은 채 목을 맨 후 한동안 마을을 떴다가 어느 날 불쑥 외갓집에 나타났다. 사립 밖에 서 있는 아비를 발견한 환은 마당의 돌부리만 들입다 차댔고, 종이는 겁을 내며 파들파들 떨기 시작하는 여동생들을 끌어안고 시선을 피했다. 핑주둥이말에서 살 때 아비가 돌아오면 으레 하던 행동들을 아이들은 본능적으로 재현했다. 사랑의 반야월 영감에게 인사를 차리러 들어갔던 아비는, 종이가 끌어안았던 아우들을 채 풀어주기도 전에, 입술을 깨물며 돌아 나왔다. 아이들 넷은 해거름에 귀가하는 염소 떼처럼 아비에게 몰려 읍내로 나갔다.

읍내 여관에 짐을 푼 지 열흘 만에 아비는 위로 아들 둘은 두어 달 뒤 돈을 벌어서 찾을 요량으로 아는 하숙집에 맡기고, 밑으로 딸 둘은 영원히 찾지 않을 요량으로 도시의 보육원에 맡겼다. 꿩주둥이 말 살림집의 가재도구 중 꼴을 갖춘 것은 모조리 고물상에 넘겨 얼마간의 돈을 마련한 아비는 형제를 맡긴 하숙집 주인에게 한 달 치 하숙비를 선불하고 형제에게도 생전 처음 용돈이란 것을 주었다. 돈 많이 벌어 한 달 뒤에 찾아오겠다며 아비는 형제의 정수리에 꿀밤 한 대씩을 먹이고 떠났다. 환은 아비가 준 용돈을 자기가 맡아두겠다며 압수해 갔다. 한 달 후에 오겠다던 아비는 두 달이 지나고도 오지 않았다. 첫 달은 선불을 받은 데다 어미 잃은 형제가 불쌍하다고 반찬을 남다르게 챙겨주던 주인 아주머니는 두 달째까지도 후불을 기대하며 형제를 박대하지는 않았다. 그러나 기대가 무산된 석 달째에는 형제의 밥그릇과 이불을 치우고 방문에다 쇠를 채웠다. 형제는 하숙생들이 남긴 음식으로 배를 채우고 마루 귀퉁이에서 새우잠을 잤다. 그 생활도 환이 부엌을 뒤져 먹을거리를 훔쳐 먹다가 아주머니에게 연탄집게로 흠씬 두들겨 맞으며 끝이 났다.

아주머니를 밀치고 입에 괴었던 게거품을 뱉어낸 환은 그 길로 나가 여태도 돌아오지 않았다. 보따리 하나와 함께 문밖으로 내쳐진 종이는 연탄재를 버리는 공터 한구석에 앉아 환을 기다리는 중이다. 외갓집으로 가는 길을 아는 사람은 환뿐이다. 지금 종이에게 남은 희망도 환뿐이다. 차비가 있으면 버스를 타고 재를 돌아가겠지만 땡전 한 푼 없으니 저만치 보이는 맘산을 걸어서 넘을 수밖에 없다.

종이의 눈은 아까부터 기와 공장 너머 맘산에 고정되어 있다. 어머니는 저 산에서 무엇을 보았을까. 무엇을 보았길래 저 산을 향해 죽어 저 산에 묻혔을까. 짙푸른 나무들 속에 약간 더 선명한 초록의 사각형 무늬를 그리고 있는 것들은 영혼들이 쉬는 무덤 자리다. 그 사이로 보일락 말락 황토와 검정 빛깔이 갈마든 구렁이처럼 구불거리고 있는 것은 길이다. 그 길 너머에는 어미의 자리도 있을 테다. 어미의 아비가 장작 못을 엮어 지고 돈 사러 새벽길을 나섰다는 산. 그 아비가 배꼽춤에 전대를 두르고 빈 지게 덜렁거리며 돌아왔다는 산. 눈에서 파란 불을 뿜는 늑대도 만나고 여우와 삶의 유혹에 아슬아슬한 낭길에서 밤새도록 헤어나지 못하기도 했다는 산. 핫바지 가랑이에 죽은 나무의 검부러기와 살얼음 버석거리는 흙먼지와 삭풍의 냄새를 묻혀 오곤 했다는 저 산.

저 산 너머의 집. 꿩주둥이말의 주둥이 끝에 콩알처럼 붙어 있던 작은 집. 원래 폐가였던 그 집은 어미의 죽음으로 또다시 폐가가 되었다고 했다. 종이에게 어미가 죽은 날, 그 잊을 수 없는 날의 기억은, 늦은 아침으로 물고구마를 먹고 단물이 찐득찐득하게 밴 손가락까지 빨아먹은 다음에야 쳐다본 어미의 얼굴, 아무것도 먹지 않고 품일 갈 생각도 않고 툇마루에 나앉은 채로 개울 건너 맘산만 하염없이 바라보고 있던 어미의 얼굴에서 시작한다. 어미의 표정이 그렇게나 스산하니 두 살, 네 살 먹은 어린것들까지 평소처럼 엄마를 치

대지 않고 얌전하게 제자리에서 고구마를 다 먹고는 저희들끼리 마당 구석에서 흙감태기가 되어 장난질을 하고 있었고. 전날 밤에 다릿말 동무에게 불려 나간 환은 어디서 뭘 하는지 그때까지도 코빼기를 비치지 않았고.

형과 달리 심성이 여린 종이는 저도 나가서 풍뎅이도 잡고 삘기, 애리한 이삭도 씹고 싶은 마음이 굴뚝같았지마는 어린 누이들이 행여 지렁이나 공벌레를 집어삼킬까 봐 눈길을 떼지 않는 틈틈이 어리친 사람 모양 맘산만 뚫어지게 바라보고 앉은 어미의 눈치를 살피느라 바빴었다. 종이더러 참빗을 찾아오란 지가 언젠데 어미는 머리를 풀 염조차 내지 않고 있었다.

산 너머에는 기와 공장이 있고 그 공장에 취직하면 돈을 벌 수 있다는 말을, 어미는 종이 듣는 데서도 두어 번 했었다. 어미가 바라보던 5월의 맘산에는 아지랑이가 아물아물 떠다녔고, 혓바닥이 빨개지도록 먹어도 되는, 희거나 붉거나 분홍빛을 띤 참꽃으로 사태가 나 있었다.

어미는 놀란 닭 모양 푸드덕, 몸을 한 번 떨치고 나서는 그제야 생각난 듯 쪽을 풀고 머리털을 앞으로 쏟았다. 참빗으로 쓸어내리니 흰 머리카락이 제법 섞인 검정 머리털 뭉치와 함께 오동통한 이가 타닥타닥 툇마루로 떨어졌다. 어미는 손톱을 세워 똑, 똑, 소리를 내며 이를 죽이고 또 머리를 빗고, 그 서슬에 곤두박질하는 이를 또 알뜰하게 죽이는 일을 되풀이했다. 어미는 아까운 음식을 먹을 때처럼 되도록 천천히, 그 순간을 음미했다. 참빗으로 아무리 훑어도 더 이상 이가 떨어지지 않는 순간은 오고야 말았다. 머리채를 뒤로 넘기고 어미는 엄지손톱을 지그시 바라보았다. 손톱은 짓이겨진 이의 주검과 피로 지저분했다. 어미는 자신의 몸에서 빨려나간 피이면서 이의 몸에서 빠져나온 피이기도 한 그것을 한참이나 바라보았었다.

한여름이지만, 소나기 한줄기가 지나간 다음이라 그런지 햇발이 따갑지 않고 따스하다. 달밭골 외가에서는 어른 아이 할 것 없이 다랑논 피사리나 남새밭 김매느라 정신이 없을 테다. 지금 시간이면 조밥 한 그릇씩에 참나물이나 기름나물 삶아 무친 거섶을 얹어 된장에 비벼 먹고 있을지도 모르겠다. 배가 고프다. 무어라도 씹어 먹고 싶어 이가 근질거린다. 먹을 수 있다면 팔뚝이라도 뜯어 먹고 싶다. 종이는 산을 휘돌아 꿩주둥이말 주둥이 끝의 작은 집 툇마루에 앉은 어미의 눈 속으로 들어가서 맘산을 바라본다. 지겹도록 푸르기만 한 산. 저 산에 무엇이 있어 엄마는 저 산을 보고 죽은 것일까.

어미가 머리를 빗는 모습은 종이가 가장 한가롭게 바라볼 수 있는 풍경이었다. 이제 곧 저를 툇마루로 불러올려 머리통을 누이라 하고는 참빗으로 이를 훑어주리라, 아침에 눈을 뜨고부터 살금살금 부풀어 오르더니 이젠 막 터질 것같이 팽팽해진 불안을 쓸어내리며 종이는 조그맣게 한숨을 내쉬었다. 내쉰 한숨의 양만큼 여유를 얻은 종이가 누이들의 놀이에 동참했다. 누이들은 매끈매끈한 감나무 잎에 개미들을 잡아 올려 허공에서 배를 태웠다. 개미들은 낮은 데에서 높은 데로 정신없이 도망치다가는 누이의 손놀림 한 번에 오르르 허공 속으로 추락하곤 했다. 누이들의 머리에 있는 헌데가 햇빛에 바싹바싹 말라 들어갔다. 헌데 때문에 엄마가 쟤들은 참빗으로 못 빗고 무릎 위에 눕혀서 손으로 이를 잡아주겠지, 종이는 무심히 눈을 들었다.

마당가 오래된 감나무의 잎사귀들이 싱그러운 초록으로 반짝였다. 그 사이사이 노란 감꽃 봉오리들이 젖꼭지처럼 붙어 있었다. 어미는 툇마루 한구석에 널브러져 있던 미아의 기저귀를 손에 잡히는 대로 묶어 목에다 길다랗게 늘어뜨리고는 감나무를 향해 걸어갔다.

어미의 몸은 오래된 감나무의 거친 보굿을 발판 삼아 술술 올라가더니 가장 튼튼한 가지에서 날듯이 허공을 박찼다. 맘산에 난, 구렁이같이 구불구불한 길이 어지럽게 흔들렸다.

"에이 씨잉."

윤아가 감나무 잎을 찢어버렸다. 윤아에게 잠깐 빼앗긴 눈길을 종이는 얼른 다시 감나무 쪽으로 향했다. 아, 이상한 것이 감나무 가지에 매달려 있었다. 조금 전에 가장 튼튼한 가지에서 허공을 박차고 떨어지는 어미의 뒤태를 언뜻 보았는데도 지금 감나무 가지에 매달려 흔들리는 그것은 눈에 설기만 했다. 미풍에 산들거리는, 가지런하게 빗긴 검은 머리채. 눈을 돌려 툇마루를 보니 머리털 뭉치 위에 참빗이 댕그라니 놓여 있었다. 다시 감나무 쪽으로 눈을 돌린 종이의 가슴속에서 물주머니 비슷한 것이 무수히 터지기 시작했다. 눈물은 나오지 않았다. 종이는 감나무 있는 데로 달려가 어미의 얼굴을 쳐다볼 용기를 낼 수 없었다.

누이들은 장난질에 빠져 고개도 돌리지 않았다.

마침내, 종이는 달밭골 외가 쪽으로 뛰기 시작했다. 논을 에둘러 넓은 길로 가지 않고 개울을 건너뛰어 지름길로 갔다. 어느 아낙이 방금 빨래를 하고 갔는지 비누 거품이 무지갯빛으로 반짝였다. 거품 속에서 온몸에 올록볼록 혹이 난 무당개구리가 튀어나왔다. 개울물은 차고 빨랫돌은 뜨거웠다. 풀잎도 범나비도 움직이지 않는 환한 정적은 끝없이 이어져 있었다. 두 손으로 잠방이를 움켜잡은 종이와 우툴두툴한 청갈색 무당개구리들만 그 정적 속을 가로질렀다.

"묵으라."

헤벌린 종이의 입에 아직 단김이 설설 나는 찐빵이 쑥 들어온다. 무조건 씹기부터 하며 올려다보니 환이다.

"가자."

두려움의 정체

　　형제는 하루 밤낮을 꼬박이 걸어 달밭골 외가를 찾아갔다. 외할머니는 형제를 부둥켜안고 눈물을 흘렸지만 외사촌 영진을 품에 안은 외숙모는 곱지 않은 눈길로 형제를 대했다. 형제는 눈치꾸러기가 되어 외가에서 두 해를 났다.

　　눈물 섞인 눈칫밥에도 형제는 자랐고, 새봄은 왔으며, 달밭골 비탈진 들녘에는 쑥이며 씀바귀, 달래, 냉이, 꽃다지, 돈나물, 기름나물, 삽주나물, 말매물 따위 봄나물들이 지천으로 돋아났다. 형제도 들판으로 나가 바구니 그득그득 나물을 캐 날랐다. 해가 갈수록 말발이 서고 기세를 얻은 외숙모는 노골적으로 형제를 따돌리기 시작했다. 형제가 캐 온 나물로만 매 끼니 푸르퉁퉁한 죽을 따로 끓여 형제에게 퍼 주고 자기들 밥상에는 앉지도 못하게 했다. 배급 밀가루에 막걸리를 넣고 강낭콩을 섞어 술빵을 해서도 형제를 들에 보내놓고 나서야 그네들끼리 몰래 먹었다. 다 큰 것들이 어데 간들 제 밥

벌이 못 하겠느냐는 말도 심심찮게 하였다.

봄볕 따스한 어느 날인가 아침상을 물린 외할머니가 두어 시간을 안절부절못하는 기색이더니 이윽고 형제를 뒤안으로 불러냈다. 외할머니는 한참 동안 저고리 고름으로 눈물을 훔치느라 말을 하지 못했다. 샛노란 개나리 울타리 밑으로 개나리보다 더 샛노란 병아리들이 종종거리며 지나갔다. 보송보송한 그것들을 바라보는 종이의 눈에는, 꿩주둥이말의 주둥이 끝에서 엄마와 함께 살던 집 마당을 아장아장 되똥거리던 누이들이 밟혔다.

"님이마(님이만) 젙에(곁에) 있어도 내가 우야든 동 느거 둘이를 다안 거둣캤나, 천하에 불쌍한 것들. 느거 이모 젙에 있는 거하고 없는 거하고 내 사는 기 이래 다르이 우야겠노. 느거 이모 그거럴 시집이라꼬 보내뿌고 나이(나니) 이 늙은 기(것이) 천지에 으지하고 이바구를 할 때가 있나 살림이라 카는 거는 다 느거 위삼촌하고 위숙모한테 넘어가고 나는 아무 권리가 없어져뿟으이, 천지 머연 수가 있이야제. 야들아, 참말로 미안코 미안치만은 느거 둘이 중에 하내이(하나)만 남거라. 하내이는 내 밥그륵을 농가 무도(나누어 먹어도) 우예 안 거둣캤나. 둘이는 암만 캐도 안 되겠는 기라. 으예이, 내 말 알었제? 인자 봄이고 날 따습코 어데 가도 얼어 죽기야 하겠나. 하늘에 느거 이미(어미)가 배도 안 골쿠로 살필 끼고."

말을 마친 외할머니는 치마를 걷어 올려 속고쟁이 주머니에서 꼬깃꼬깃 접힌 낡은 지폐 몇 장을 꺼내 환에게 주었다. 외할머니가 옷고름으로 눈물을 찍으며 돌아선 뒤에도 형제는 그 자리에 말없이

서 있었다. 아홉 살, 열한 살 먹은 두 아이의 살망한 그림자 위로 개나리꽃 노란 그늘이 환하게 어리었다.

"가자."

환이 맘산을 바라보며 먼저 걸음을 뗐다. 환은 다릿말의 구멍가게에서 환타 한 병과 단팥빵 두 봉지를 샀다. 환타 병뚜껑에는 검푸른 녹이 슬어 있었고, 단팥빵 봉지에는 먼지가 허옇게 앉아 있었다. 형제는 환타와 빵이 든 비닐봉지를 부시럭거리며 소풍 가는 것처럼 바지런히 맘산을 올랐다. 비닐봉지에서 흘러나오는 단팥 냄새에 종이는 배가 고팠지만 언제라도 환이 먹자고 해야 먹을 수 있는 것인 줄 알고 군말 없이 형의 뒤만 따랐다. 아무리 어린아이들이라지만 두 번을 쉬지 않고 재게 놀린 걸음이라 놀이 비낄 때쯤에는 산의 정상에 설 수 있었다. 엷은 주홍빛 놀은 꼭 물에 푼 환타 색깔처럼 곱게 저녁 하늘을 물들이고 있었다. 그 놀을 한 움큼 떠서 입안에 털어 넣었으면 좋겠다고 종이는 생각했다.

마침내 환이 정상의 너럭바위 위에 걸터앉더니 종이에게 비닐봉지를 달라고 했다. 그는 앞니로 환타 병을 따고 빵 봉지 하나를 뜯었다. 형이 두 개를 다 먹겠다고 하면 어쩌나, 절박한 눈길로 바라보는 종이에게 환이 빵 봉지 하나를 던졌다. 빵은 몇 번 씹을 것도 없이 훌렁훌렁 종이의 목을 타고 내려가버렸다. 환이 평소답지 않게 반 넘어 남은 환타 병을 종이에게 건넸다. 종이는 환이 고맙고 미더웠다. 하긴 환은 종이에게 남은 유일한 가족이었다. 빵을 먹고 환타로 목을 축인 다음 바라본 저녁놀은 어느새 보랏빛으로 바뀌어 있었다.

"가자."

달밭골과 다릿말, 꿩주둥이말이 있는 골의 반대편, 한 발짝만 내디뎌도 그 정든 골이 보이지 않는 내리막길로 들어서며 환이 말했다. 그렇게 얼마를 더 내려갔을까. 날은 금세 어두워지고 숲은 더 험해졌다.

"내 여서 오줌 쫌 누고 가께. 니 먼저 가고 있어라. 내 금방 따러가께."

종이는 옆에서 기다리겠다고 말하고 싶었지만 아우가 자기 말에 토 다는 꼴을 못 보아주는 형의 성질을 잘 알고 있었기에 타박타박 길을 더듬어 내려갔다.

여우도 살고 삵도 산다는 산이었다. 짐승도 무서웠지만 그보다 날이 갑자기 어두워져서 길에만 온정신을 집중하지 않으면 돌부리에 차여 넘어지거나 골짜기로 굴러떨어지기 십상이었다. 종이는 눈을 부릅뜨고 두 손까지 요긴하게 사용하여 한 걸음 한 걸음 앞으로 나아갔다. 넘어지지도 않고 굴러떨어지지도 않고 앞으로 나가는 데에만 정신을 팔다가 종이는 어느 순간 꼭뒤가 싸늘해지는 느낌에 화닥닥, 뒤를 돌아보았다.

금방 따라온다던 형은 보이지 않았고, 컴컴한 하늘과 그 하늘마저 가린 나무들의 검은 형체가 별안간 우우웅, 낮고 깊고 어두운 소리를 내며 종이를 옥죄기 시작했다.

형을 부르는 종이의 목소리는 종이의 목소리 같지 않은 귀성(鬼聲)이 되어 돌아와 종이를 두려움에 떨게 했다. 종이는 그래서 소리 내어 형을 부르지도 못하고 속으로 삼켜지는 울음을 울었다.

히이야(형아). 히이야. 흐흑. 엄마. 엄마. 엄마아.

그런데 그 속울음마저도 어딘가에, 아마도 도깨비의 뚱뚱한 손바닥에 부딪쳐 되돌아와, 종이의 머리끝을 곤두세웠다. 종이를 둘러싼 사방의 검은 수풀은 종이를 노리며 일제히 칼춤을 추어대기 시작했다. 그 칼날들의 시퍼런 서슬 같기도 하고 할아버지가 만났다던 늑대의 눈빛 같기도 한 귀린(鬼燐)이 저만치에서 번쩍거리다 사라지고는 했다.

종이는 땅속으로 파고들기라도 할 듯 자신의 몸뚱어리를 부린 땅을 의지하며 오그라들었다. 땅 위의 모든 것이, 물체뿐 아니라 공기까지도 끝없이 두려웠던 종이가 믿을 수 있는 것이라고는 엉덩이와 발바닥을 붙인 두어 뼘의 그 좁은 땅덩어리뿐이었다. 자신이 발 딛고 선 땅이 꺼져버릴지도 모른다는 두려움에 심장을 파닥거렸던 다섯 살 적의 윤아와는 사뭇 다른 모양으로 종이는 두려워하고 또 두려워했다. 두려움의 모양새는 달랐지만, 자신의 두려움이 자신의 자그마한 머리통 속에서 만들어지고 있다는 사실을 알지 못했던 것은 윤아나 종이나 매한가지였다. 다섯 살 윤아의 모든 두려움을 가시게 해주었던 그 작은오빠, 아홉 살 종이의 두려움은 이제 해님만이 가시게 해줄 것이다.

국수방망이에 밀린 반죽

님이는 저고리 소매로 이마와 콧등의 땀만 시부저기 훔치고는 국수 반죽 밀던 일을 계속했다. 겨드랑이며 등에서 흐르는 땀은 어찌 해볼 도리가 없었다. 배는 불룩하게 솟았는데 등줄기를 구부려 반죽을 밀자니 아무리 조심을 해도 방망이를 미는 팔꿈치에 배가 턱턱 차였다. 배 속 아이는 심하게 몸부림을 치다가 딱딱하게 움츠러들고는 미동도 없었다. 아이가 그러고 있어서 오줌보가 눌렸는지 방금 다녀온 뒷간 생각이 또 간절했다. 막달이라 뒷간 문을 닫고 돌아서면 또 뒷간 생각이 났다. 그나저나 지금은 뒷간에 갈 여가도 없었다. 어서 반죽을 밀어 국수를 삶아내야 했다.

달밭골에서처럼 여름에는 차가운 샘물을 한 사발씩 퍼서 보리밥 말아 된장에 풋고추 찍어 먹으면 입속이 얼마나 깨끔할 것을. 님이는 달밭골의 차디찬 샘물 맛이 못내 그리웠다. 어느 육덕 좋은 여자의 볼기짝 같은 너럭바위 두 개가 약간의 드팀새를 두고 엎어진 사이에서 퐁퐁 솟아나던 그 샘물.

신랑인지 구랑인지 약방 영감은 여름 점심으로는 밥을 먹지 않았다. 진솔옷을 벗고 모시 의관을 찾을 때부터 국수 점심도 시작되었다. 입성이며 식성이 보통 까다롭지 않은 된서방이라 영감 하나 수발이 일꾼 스무남은 명 수발보다 힘들었다.

일꾼들 먹는 밥과 찬거리는 드난사는 더덕 어미가 마련했다. 네 번째 아이를 임신한 더덕 어미는 넘이처럼 막달이었으나 배가 그렇게 많이는 나오지 않았다. 몸가짐이 좀 호도깝스럽기는 해도 손끝이 여물어 찌개는 톡톡하게 국은 시원하게 끓일 줄 알았다. 짠지나 장아찌, 젓갈 같은 밑반찬 종류도 쑬쑬하게 잘 만들어 뉘 집에 품 일을 가도 박대는 받지 않았다. 안채와 반빗간의 갖은 심부름은 손대기 계집아이인 더덕이가 맡아서 했다. 제 어미가 더덕 캐러 갔다 산에서 낳았다고 더덕이라고 부르는, 올해 아홉 살 나는 아이였다. 아직 솜씨가 서툴러 큰일 치를 때 설거지나 조금 도울까 다른 부엌일은 시키지도 못했다.

밥은 1년 열두 달, 삼시 세끼에다 더 했으면 더 했지 단 한 번도 안 하고 넘어갈 수는 없는 것이었다. 약방에서 밥 벌어먹고 사는 사람만 기십 명이 넘는데 그 사람들 점심 국수를 다 밀어서 삶는다는 것은 생각할 수 없는 일일뿐더러 힘쓰는 일 하는 사람들에게 물 음식을 주고 나면 반드시 뒷말을 들었다. 물배 채우고는 일을 못 한다는 것이어서 그저 고봉밥 꾹꾹 눌러 담아주어야 좋아들 했다. 곁두리로는 어쩌다 국수를 낼 때도 있었지만 그때는 기계 국수를 삶아

멸치 국물만 부어주면 되는 것이어서 약방 영감 점심처럼 큰 품이 들지는 않았다.

약방은 밤낮없이 가지가지 약 냄새로 가득 차 있었지만, 약방 집 부엌 역시도 꼭두새벽부터 지게꾼들 먹일 밥이며 시래기국, 약방 영감과 그의 늙은 모친을 위한 조반 전 타락죽 냄새로 시작하여 사랑에 약식이나 인절미 구이 등 야참을 내가는 오밤중까지 가지가지 음식 냄새가 끊일 새 없었다. 새벽에 약재를 지고 오는 지게꾼들이며 사랑에서 몇 달을 두고 기식하는 묵객들까지 그 집 문간을 넘은 사람이면 누구라도 공복으로는 보내지 않는 것은 조부 적부터 지켜져온 약방의 전통이었다. 영감은, 밥이 보약 중에 제일 보약이라며 힘닿는 대로 못 먹는 사람들 구제에도 힘썼지만, 글씨를 잘 쓰거나 난을 잘 치는 사람을 옆에 끼고 아끼는 정성도 남달랐다. 어디 창을 잘하거나 악기를 잘 다루는 사람이 왔다 하면 반드시 일착으로 불러 연행(演行)을 시켜야 성에 차는 사람이기도 했다.

얇게 밀린 반죽 위에 밀가루를 한 번 쓱 흩뿌리고 넘이는 허리를 폈다. 얼른 썰고 뒷간을 갔다 올 생각에 마음이 바빴다. 칼을 집어 든 찰나, 점심은 객들과 함께한다고 약방 아이 머슴이 통기를 해왔다.

"더덕아, 거 밀가리하고 콩가리 들었는 자리(자루) 일로 갖고 와보거라."

"예에이이."

더덕은 어인 신명이 그리 넘치는지 TV 인기 사극에 나오는 아전 흉내를 내며 아랫도리를 얄기죽거렸다.

"여 함 버봐라. 살살. 내가 고만 버라 칼 때꺼짐."

"예에이이."

더덕은 속 구린 아전처럼 부러 손을 떨며 자루의 입을 너벅지에 갖다 대다 그만 대중없이 가루를 들이붓고 말았다.

"아이고, 이 던덜깨이(행동거지가 어설픈 사람). 쫌 다담시리 하마 누가 잡어묵나."

님이는 더덕에게서 자루를 빼앗아 눈대중으로 적당히 밀가루와 콩가루를 섞었다.

"소인이 부덕한 탓이옵니다."

"야시 뒷대가리다, 가시나…… 우예 둔갑을 열두 분도 더 지기노."

"헤헤. 지가 반죽 한분 해보까예? 반죽은 잘할 자신이 있어예."

더덕이 너벅지의 가루를 한 줌 쥐고는 손가락 사이로 풀풀 흘리면서 말했다.

저쪽 어둑신한 부뚜막에서 일꾼들 점심을 마련하며 안 그래도 헬끔헬끔 딸을 돌아보며 눈을 부라리던 더덕 어미가 기어코 부지깽이를 들고 쫓아왔다.

"이 넘우 까시나가 보자 보자 카이 눈꼴 시러버 볼 수가 없데이. 밉은 개 상추밭에 눌라 가미 똥 싸재낀다 카디이 똑 그 짝이다 으이요. 시신다이(성격이 경박하고 참견 잘하는 사람) 매로 아무 데나 내뛰는 거는 얇든 일등이라. 요년, 요년, 어데로 도망갈라꼬?"

"메롱."

더덕은 혀를 날름 내밀고는 정지문을 넘어 땡볕 지글거리는 마당으로 구르듯이 도망가버렸다.

"가시나 저거는 아매(아마도) 동태(바퀴)를 삶아 묵고 낳았지를. 고마 놔뚜소. 쫓아가봤자 잡지도 몬할 거."

님이가 모녀의 꼴을 빙긋이 웃으며 바라보다, 애가 달아 발을 동동 구르는 더덕 어미를 눌러 앉혔다.

"산비얄을 삐대고 댕기다 낳은 가시나라 그런갑지 머."

일하던 부뚜막으로 돌아가며 더덕 어미가 말했다.

"국시 밀다 놓는 자식은 어떠꼬?"

님이가 말했다. 어미의 하는 일과 태중(胎中) 아이의 형상이 관계가 있다는 속설을 꼭 믿어서가 아니라 님이는 요즘 배 속 아이에 대한 궁금증을 참을 수 없었다.

"국시방맹이에 밀린 반죽맨치로 납닥하겠지."

더덕 어미가 웃으라고 한 말이었다.

국수방마이에 밀린 반죽이라. 좀 전에 밀가루를 뿌려두어 가루분을 바른 듯이 보얀 반죽을, 님이는 물끄러미 바라보았다. 오줌보가 또다시 묵직하게 내려앉는 기분이었다.

기왕에 민 반죽으로는 사발가웃이나 겨우 나올까, 사랑 객이 셋이니 아무래도 국수 반죽을 더 해야 했다. 님이는 종잇장 같은 반죽을 반 접어 곱게 썰어서 도마 귀로 밀어놓으며 뒷간 생각도 한구석으로 밀어놓았다. 앉은자리에서 해치우는 게 낫지 뒷간을 갔다 오

202

고 손을 씻고 어쩌고 하는 것이 귀찮았다. 한 손으로는 가루를 들먹거리며 다른 손으로 귀때그릇의 물을 조금씩 흘려 넣었다. 얼굴의 땀이 방울져 너벅지에 떨어지고 손바닥에서까지 땀이 나와 가루가 들러붙었다. 땀 맛도 좀 보라는 심사가 나서 이번에는 흐르는 땀을 닦지도 않았다.

"에이, 무슨 땀내가 이리 나나."

영감은 첫날밤에 그렇게 님이를 소박 맞혔다. 님이로서는 억울하기 짝이 없는 일이었다. 나지 않는 땀내를 난다고 해서가 아니라 땀내가 진동하지 않을 도리가 없었기 때문이었다. 치수가 턱도 없이 부족한 원삼을 입고 족두리를 쓰고 아무리 초여름 햇볕이라지만 그 아래서 진종일을 끌려다닌 몸인데 그 몸에서 그럼 분내, 향내만 아슴푸레 풍길 까닭이 없지 않은가.

그 원삼을 입을 사람은 본래 사촌이었다. 사촌은 혼인날을 사흘 앞두고 아랫집 총각과 도망을 가버렸다. 잠실(蠶室) 한 채와 탱자 울 하나를 사이에 두고 윗집 처녀와 아랫집 총각이 남몰래 정분을 주고받은 것이었다. 없이 사는 타성바지라고 대놓고 무시하던 집에 딸을 빼앗겼다는 사실만 해도 마음이 크게 상한 데다 하나씩 둘씩 통기를 받고 몰려드는 객지 손에 사돈집 상객(上客)들을 대할 면목이 없어 하루 밤낮을 꼭 죽을상으로 몸져누웠던 큰아버지는 아우와 상의하여 님이를 대신 색시 방에 들어앉혔다.

마을을 떠나 있으면서 집안 어른 회갑이나 자손들 잔치나 있어야 걸음을 하는 객지 손들은, 어린아이 얼굴은 열두 번 바뀐다더니 어릴 적에는 오종종하던 색시가 크고 보니 제 숙부를 탁했다고, 고개를 갸웃거리다 말았다. 그루박고 사는 김씨네 일가붙이들이야 알고도 모르는 척했고, 자리 털고 일어난 큰아버지는 혼주 역할을 차고 넘치도록 해냈다. 반야월 영감만 도통 입을 다물지 못해 키 큰 사람 싱겁다는 소리를 댓 번은 들었다. 그런 소리를 듣거나 말거나 반야월 영감은 아무 데서나 웃음을 흘리고 다녔다. 생각하고 또 생각을 해도 조청에 찍어 먹는 가래떡마냥 쫀득거리는 거래였다.

불뚝거리는 아비라고 속정이 없을까. 융통성은 없어도 워낙에 착한 심성이라 한세상 무탈하게는 살아주리라 믿었던 큰딸을 가슴에 묻은 뒤, 둘째 딸 나이 먹는 줄도 모르고 세월만 속절없이 놓쳐버렸다. 산대놀음의 왜장녀같이 들입다 크기만 하여 여자답게 오목조목 예쁜 맛이라고는 눈을 씻고 보아도 없는 딸내미를 낳아놓았으면 바리바리 싸 보낼 살림이나 있어야 아비 체통을 지키며 딸을 치울 노릇이었다. 그도 저도 아니면 이팔청춘이라야 나이 덕이라도 보지 스물 넘어 먹은 걸 그냥 늙히나 어쩌나 고민이 한 가마니이던, 초라한 아비였다. 그랬는데 노래기 회도 쳐 먹을 노랭이 장형(長兄)이 자기네 고르고 고른 사위 자리를 넘겨주는 위에 막내딸 혼수 차곡차곡 마련해놓은 것까지 모개로 얹어 주겠다는 데야 무슨 수로 입을 다물겠는가 말이다.

신랑은 나이 40이라고는 하나 반듯한 이마에서 깎은 듯한 턱선까지 귀태가 자르르 흐르는 미남자였다. 반야월 영감도 지나가면서 몇 번 본 적이 있는, 읍내의 한가운데 자리한 가장 큰 기와집의

주인이며, 조부 적부터 의업으로 살림을 크게 일군 권씨 집안의 삼
대독자로서 그 역시 의원으로 성업 중이라 했다. 15세 깎은서방님
으로 권씨 관향(貫鄉)에 살던 명문가의 귀녀(貴女)와 성혼했으되 30
에 근근이 여식 하나를 생산한 초취(初娶) 부인이 시난고난 자리보
전만 하는 터라 40에 이르러 호적 정리를 하고 새장가를 드는 것이
라 했다.

　　신랑자리 삐가지 있고 업 좋고 인물 번듯하마 됐지 까짓 재추
(재취)마 어떻고 삼추(삼취)마 어떻노, 님이 그기 그래도 복운(福運)
을 타고났는 기라, 온 밤(오늘 밤)에 아들만 하내이(하나) 터억 태이
뿌리마다 잊어뿔 낀데, 차말로 다 잊어뿔 낀데이.

　　반야월 영감은 혼잣소리를 하며 연신 고개를 주억거리기도 했다.

　　그날만은 베틀을 면한 반야월댁은 부엌 허드렛일에서 잠깐 숨
을 돌리는 척하면서 님이에게 들렀다. 언행에 각별히 유의하고 찬간
(饌間)에서 벗어나지 말라는 맏동서의 언질을 받은 터여서 도둑고
양이처럼 숨어들었다. 반야월댁의 앞치마는 기름 냄새와 양념 냄새
를 풍겼고, 그 목소리는 꽉 잠긴 쇳성이었다.

　　우리 님이 인자(이제) 가고 나마 언제 또 달밭골에 올래. 가차운
데 짝을 맞차조가(맞춰주어)보고 접을 때는 맘대로 보미(보면서) 살구
접었는데……. 하기는 내 팔자에 그런 복이 가당키나 하겠나. 삼대
적선을 해야 동네 혼인을 한다 카는 옛말이 없잖아 있는 거로…….
내가 니를 으지(의지)하고 살았는데 인자 보고 접어 우야꼬……. 잘
살기나 몬살기나 시상에 펜은(편한) 시집은 없니라. 맵고 그 우에 또

짠기 시집이라 캤다. 그지(그저) 참을 '인' 자 시나(세 개) 가심패기에 징기고(지니고) 살거라. 여자는 그기 도 닦는 기고 덕 쌓는 기다. 그라마 후생에는 남자 몸을 받고 태이날 끼이, 우야기나 살어내기마 하마 윗을(웃을) 일도 있고 옛말 할 날도 찾어올 끼이.

반야월댁은 제발 연이같이 생목숨 끊는 짓은 하지 말라는 다짐을 놓고 싶었을 테다. 중중첩첩 혼례복 속에서 땀범벅이 되어 웅크린 채로 건밤을 새우며 님이는 어머니를 생각했다. 죽으라고 고사를 지내도 명대로 살 작정이었다.

신랑은 관디벗김 차림 그대로 그린 듯이 누워 있었다. 베갯모에 아홉 마리 봉(鳳)새가 노니는 길다란 구봉침의 한쪽 끝에 머리를 댄 둥 만 둥 걸친 채 신부를 등지고 있었다. 뒤통수밖에 보이지 않았지만, 그 역시 잠을 자고 있지 않다는 걸 님이는 알고 있었다. 맘이 딴 데 가 있는 사람이었다.

어둑새벽이 창호지 문으로 그 여린 햇귀를 밀어 넣었다. 님이는 웅크렸던 윗도리를 서서히 곧추세웠다. 콧구멍을 벌어지는 데까지 벌려 갓밝이 맑은 기운을 들이마셨다. 온몸의 뼈붙이들이 저도 좀 살아보겠다고 살을 헤집으며 아우성을 쳤다. 젖통 위로 동여맨 끈 하나가 툭 끊어졌다. 뒤이어 속적삼, 속저고리, 겉저고리 따위의 진동인지 뒷고댄지 온갖 박이것들이 우두둑 소리를 내며 뜯겼다. 님이를 등지고 모로 누워 꼼짝도 않던 신랑이 그 소리에 움찔했다.

님이는 제 손으로 고름을 풀고 원삼부터 하나하나 벗어 던졌다. 그리고 솔기 뜯긴 속적삼과 속치마 차림으로 이불을 들치고 몸을 틀어넣었다. 신랑은 여전히 돌아보지 않은 채 몸뚱이만 한층 옹그렸다.

"소피 안 보고 접십니꺼. 나가실라 카거등 저 우에 보따리 있는 거 쪼매 니리(내려)주이소."

그 말에 신랑은 기어이 일어나 앉았지만 기가 막힌지 말은 꺼내지도 못했다. 시렁 위에는 반야월댁이 바꿔 입으라고 두고 간 치마저고리 일습이 있었다.

딸이 옷에 숫제 꽁꽁 묶여 있는 형상이며, 그것 때문에 딸이 얼마나 힘든지를 아는 사람은 반야월댁뿐이었다. 더위를 유달리 타서 여름이면 하루도 거르지 않고 구슬못에 밤 목욕을 가던 딸이었다. 명주옷, 깁옷 주체할 수 없이 많은들 몸에 맞지 않는 남의 옷일 뿐, 안 그래도 시집살이 감옥살이인 걸, 옷부터 무슨 오라처럼 딸을 옥죄고 있는 꼴을 반야월댁은 두고 볼 수가 없었다. 달밭골로 들고 뛰어 버들고리에 넣어둔 옷 한 벌을 꺼내었다. 올여름에 입히려고 열한새 고운 베를 짜 지난가을에 지어둔 것이었다. 치자물, 쪽물, 울금물, 잇꽃물 갖추갖추 들인 어여쁜 물색 치마저고리들이 한 고리짝에 한 죽씩, 사시사철 바꾸어 입으라고 고리짝 네 개에 넉 죽이 얌전하게 쟁여져 있는 것을 반야월댁도 보았다. 그러나 그것들은 어디까지나 질녀의 몸에 맞추어 지어진 것이었지 반야월댁의 소중한 딸에게는 포승이나 다름없는 것이었다. 신방 시렁 위에 옷 보따리 있다는 반야월댁의 귀엣말에 님이는 대번 눈시울이 뜨거워졌다. 이내 사정 아는 이는 천지에 우리 어매뿐이 없다, 싶어서였다.

첫날밤에 즈그 색시 체매저고리 뜯어봤다는 말 덛는 거는 지도 싫겠지 머.

님이는 그렇게 믿는 구석이 있어 눈을 턱 감고 기다렸다.

권 약국은 본시 코가 예민한 사람이었다. 난 지 여덟 달, 겨우 앉을 수나 있게 되었을 때부터 부친이 그를 약방 의자에 앉혀 한나절씩 약 냄새를 맡게 했다. 부친은 진맥을 하고 화제를 내느라 바쁘면서도, 누가 그 아이 인물 좋네, 큰사람 되겠네, 하면 좋아서 껄껄 웃으며 술을 샀다. 그는 부친의 몸에서 나는 한약 내와 담배 내를 좋아했다. 열 살 어름부터인가는 냄새만 맡아도 그 약이 무슨 병에 대한 처방인지를 뜨르르 알아맞혀 주변을 놀라게 했다. 초취 부인 유씨와 열 살 먹은 딸 예지(叡智)의 몸 냄새를 좋아했고, 모친에게서 나는 늙은 내와 부엌 여자들에게서 나는 물 내와 약초꾼들에게서 나는 땀내를 싫어했다. 성정이 결벽해서 속옷이건 겉옷이건 하루 밤낮을 더 입는 법이 없었고, 날마다 미온수에 목간을 했으며, 수컷 궁노루의 향주머니에서 채취한 진품 사향(麝香)을 품고 다녔다.

모친의 엄명에 억지 장가를 들기는 했으나 예지 어미를 두고 딴 여자를 안을 생각은 도무지 들지 않았다. 그래도 옷고름을 푸는 시늉은 하려 했으나 신부란 것이 범강장달이같이 커서는 땀내까지 독하게 풍겼다. 사람에 대한 예의가 아닌 것은 알았지만 어쩔 수 없었다. 모로 누워 날 밝기만 기다렸다. 그랬는데 투둑둑, 살진 빈대 밟아 죽이는 소리가 들리는가 싶더니 여자가 부끄럼도 없이 이부자리로 쑥 들어오는 것이 아닌가. 그거야 온밤을 불편하게 앉아 있었으니 그럴 수도 있다고 치고, 소피라니 도대체 새색시 입에서 나올

법한 말인가 말이다.

한참을 그렇게 앉아 있다가 별수 없이 일어나 보따린가 보퉁인가를 여자에게 던져주고는 도로 주저앉았다. 색시가 소피 보고 오란다고 덜렁 변소로 가는 사내의 모양을 취하는 것이 아무래도 내키지 않았다.

여자는 이불을 밀치고 일어나 앉더니 보따리를 끌러 옷을 펼쳤다. 그리고 입고 있던 속적삼을 먼저 벗고 속치마까지 훌렁 벗어 던졌다. 맘이 딴 데 가 있는 사내 앞에서 무얼 숨기고 무얼 꺼릴까.

밤이슬도 말리는 새벽 양기(陽氣)에 땀이 날아갔는지 요 위에 덩실 앉은 여자는 더할 수 없이 시원해 보였다. 권 약국은 훗날 아무리 생각해보아도 그날 아침의 일을 이해할 수 없었다. 그는 사실 소피를 보러 가고 싶었지만 계집 입질에 움직이는 사내 꼴이 되기 싫어 일어나지 못했다. 그러면 그것으로 끝이 났어야 했다. 왜 그의 하초는 불끈 솟았던 것이며, 왜 그는 여자의 어깨를 눌렀던 것일까. 그는 의지로 제어하지 못하는 자신의 아랫도리를 혐오했다.

늙은 신랑은 3일을 머물고 자기 집으로 돌아갔다. 신랑 다루는 데 이골이 난 김씨네 남정들도 이번만은 정히 어색하기도 하고 신랑의 안색이 좋지 않기도 하여 다루는 시늉만 하다 말아 잔칫집 분위기는 썰렁했다. 신랑으로서는 귀때기 새파란 것들이 색시의 오라비라고 반말질을 척척 해대는 것이 영 거슬렸고, 그 말하는 내용이나 몸가짐이란 게 배우지 못한 티를 내도 너무들 낸다는 생각에 한시도 그 집에 더 있기 싫었다.

님이는 머리를 올린 후 줄곧 큰집에서 묵었다. 큰아버지가 어떻게 언책을 놓았던지 친부모는 얼굴도 비치지 않았다. 저를 어떻게 키웠건만 사내한테 빠져 죽었는지 살았는지 기별도 없는 막내딸에 대한 분노와 기왕 시작한 사기(詐欺) 끝까지 치자 싶은 오기가 결합하여 큰아버지는 예식을 치르고 석 달 만에, 살림 좀 있다 하는 집에서 통상(通常) 하는 대로 손을 청해 잔치까지 벌였다. 신랑과 신랑의 방계친(傍系親) 일고여덟이 왔다. 좋은 아버지 흉내를 내고 싶었던 큰아버지는, 색시 머리를 자르고 파마를 해도 좋다는 허락까지 신랑에게서 받아냈다.

일단 머리를 올리고 나서는 시댁의 영을 얻어 파마를 하는 것이그 시절의 유행이었다. 님이는 큰어머니와 함께 버스를 타고 미장원이 있는 읍내까지 나갔다. 막내딸 그리 되고 보니 더는 혼주 노릇할 일도 없고, 평시에 꼼바리 영감 허락 받아내기란 애저녁에 바라지도 말 일이니, 이 기회에나 조카딸년 덕을 한번 보자 싶어 큰어머니는 자기 먼저 미장원 주인 여자에게 수십 년 쪽 찐 머리를 들이밀었다. 그날의 주인공 님이는 시다에 불과한 꼽추 미용사의 실습 대상이 되어주었다. 꼽추의 키에 맞추기 위해 님이는 의자에 앉지 못하고 바닥에 신문지를 깔고 앉았다. 머리카락 타는 노린내와 고약스러운 파마 약 냄새, 주인 여자의 차진 수다, 거울에 비친 너무 낯선 자기 얼굴에 두 시골뜨기 여자는 거반 넋을 잃었다.

이바지 음식을 바리바리 싸서 시집이 있는 읍내로 나서기 전, 그렇게 1년여를 님이는 다릿말 큰집에서 묵었다. 그동안에 신랑은 한 번도 처가 나들이를 오지 않았다.

　진영띠기 사우(사위)는 요분(번)에도 열흘을 못 넘기고 또 왔다 카데. 색시가 좋아여, 좋아여 못 전지는(견디는) 모냥이라 마. 방이 나 많나 큰방, 작은방 딱 두 개 있는 거 사우 오마 온 식구를 큰방에 다 처옇고 신랑각시를 한 방에 따리(따로) 여조양 되이 진영띠기고 미늘(며느리)이고 식구들 전시이(전부), 사우 저거 퍼떡 안 가나, 속을 끼린다(끓인다) 카는 기라. 새색시버텀도 눈치가 빤하이 즈그 신랑 왔다 카마 식구들 보기 미안해가 얼굴을 못 든다 캐. 그래 눈치를 조싸도 이 사우는 즈그 색시한테 붙어 있구 접어가, 있구 접어가 어제도 아침 묵던 질로 간다 간다 카던 기이 제임(점심) 묵고 소꼴 한 짐을 비다놓디이 맥지로(일부러) 잠이 와 죽겠다 캄시롱 낮잠 한숨만 자고 일난다 카더라네. 그카고 떠억 누버 있으이 그 집 미늘이 으이요 즈그 시매 양반이 얼매나 밉었시마 자는 방에다가 얼라를 부리놓더란다. 그 집 얼라가 요새 젖을 띠니라꼬 짱알거리기를 여사로 짱알거리나. 얼라가 그캐 쌓으이 지도 눈 붙이고 누을 염체가 더는 없던강 가로 늦가 간다꼬 나서더라 카네. 인자는 진짜 가겠지 싶어가 공구(식구)대로 다 나와여 인사도 채릴 만침 다 채다캐. 속이 서운(시원)치 머. 그란데 사우 넘도 이런 넘이 있나 으이요. 뻐수(버스) 떨가뿟다꼬 다부(다시) 왔다 카더라네. 짚신도 짝이 있다 카디이 그 말이 딱 맞지를. 맹자 가시나 그거 꼬라지 볼 거 어데 있노. 꽁치 주딩이 매로 쏘옥 티나왔는 기 따뱅이(또아리) 열 죽을 걸고도 남을 입에, 콧구무는 노상 벌름벌름 말코 한가지제. 그렇다꼬 눈이나 얌전하이 생깄나. 넘으 꿀단지 훑어 묵다 대장킨 사람맨치로 딱부리 아이던강. 그래도 그거로 색시라꼬 신랑이 그래 못 잊어 오고 또 오고 캐쌓는 거 보마 속궁합이 찰떡인 기라. 댈 수도 없기사 없다마는 그게 다 대마 이 집 사우는 사램이 우째 점잖어도 너무 점잖타. 신랑 각시 새가 너무 점잖어도 정 없다 카던데.

말 많은 드난꾼들이 입을 봉하고 있을 리 없었다. 자기네들끼리는 더 심하게 흉을 볼 것을, 큰어머니나 님이 앞에서는 그 정도로 운만 떼었다.

신행 나서기 전날 밤에 권 약국은 또 한번 님이와 합궁(合宮)했다. 임신은 그때 되었다.

님이가 사부자기 앉아 있으면 아이는 둥그런 배 여기서 불쑥, 저기서 불쑥 솟아오르며 자신의 존재를 알렸다. 님이가 일에 지쳐 꺼부러져 있으면 아이도 딱딱하게 굳어 움직이지 않았다. 예민한 아이였다.

즈그 아바이를 닮은 기제.

님이는 굳은 배를 손바닥으로 뚱글뚱글 문지르며 생각했다. 사랑으로 국수 상은 내갔지만 시모에게 흰죽 상, 초당에 떡 상을 보아 가야 했다. 속병을 앓는 시모는 해가 서쪽에서 뜨지 않는 한 삼시 세 끼를 흰죽으로 해결했고, 초당의 유 씨는 점심만큼은 꼭 떡 몇 조각으로 때웠다.

아가야, 아가야, 느 아바이 닮을라 카마 인물마 닮고 성질은 닮지 말거라. 사람이 너무 별나기 캐쌓는 거도 안 좋다.

선택

유 씨는 풀솜에 싸 기른 사람처럼 배리배리 허약했다. 먹는 것, 입는 것, 자는 것이 다 그지없이 깐질깐질하여 수발드는 사람들이 혀를 내둘렀다. 참말인지 거짓말인지 부풀린 말인지 알 수는 없으되 몇 년 전 유 씨가 잠을 못 이루겠다며 하도 쨍쨍거리길래 이불을 털어보았더니 말라붙은 밥알 한 개가 떨어지더라는 이야기를, 님이는 드난꾼 상주댁에게 들었다. 그때는 유 씨를 먼발치에서라도 구경하기 전이었지만, 그 홀부드르르한 비단 이불잇에 밥알 한 개 붙은 것을 다 알아채 잠을 못 자는 사람이라면 나와는 종류가 다른 인간이거니 님이는 애진작에 넘겨짚었다.

초당 아씨는, 님이의 존재에 대해서는 일절 묻지도 않고 아는 체도 않는다고들 했다. 누가 가두어두기라도 한 것처럼 초당에서만 맴도는 유 씨였다. 님이는 달포 전에야 초당의 못가에서 연실(蓮實)을 따려고 손을 뻗는 유 씨의 자태를 담 머리 머귀나무 그늘에 숨어 구경하기는 했다.

"벨라기는(별나기는) 동세(동서) 보지에 보리 까끄레기라. 넘 묵는 대로 쑬쑬하이 묵고 살마 되지 우예 날날숨(날마다) 떡하고 물김치마 물라 카노. 떡은 금방 쪘는 거 아이마 안 묵지, 물김치는 쪼매라도 시그라버마 안 묵지. 호강에 받치이 요강에 똥 싼다 카디이 참말로 갖다 바치는 거마 앉어 받어무 볼씰하이(보아 버릇하니) 장만하는 사람 심드는 줄은 용 모리는 기제."

더덕 어미가 초당 내갈 떡 상을 보며 암상을 피워댔다.

"우리 겉은 사람하고는 생깄는 구새(구조)가 다리이(다르니까) 그렇제."

님이의 말에 더덕 어미가 얼른 앉은걸음으로 님이에게 다가와 님이의 표정을 살폈다.

"하이고, 새아씨도 인자 봤구마는. 그래 어떻던교?"

"이뿌데예. 하도 이뻐 비 무도(베어 먹어도) 비렁내가 안 나겠더마는."

"하이고, 사람 눈이 다리다 캐도 비슷하다이. 새아씨 눈에꺼짐 그렇던강? 이뿌지, 이뿌고 말고. 그렇지마는 얼굴 이뿐기 다 머슨 소양 있노? 난도 인물이라카마 어데 내놔도 밑 가지는 안 하는 인물이지마는 내 팔자가 오늘날 요 모양 요 꼬라지 아이던가베? 사람이 언제 인물 뜯어 묵고 살던강? 얼굴 암만 이뻐 보이 몸띠이 아푸고 보마 말짱 헛빵이라. 아푼 몸띠이에 항라 갑사를 치감고 니리감은 덜, 천날 만날 초당에 처백히 골골거리는 팔자, 좋을 기 천지에 머가

214

있노. 이내 팔자 암만 더럽다 캐도 그 팔자하고는 안 바꾸고 접다 카마 말 다했지 머."

"상이나 퍼뜩 내가소. 때가 늦었구마는."

더덕 어미가 인절미 구이와 증편, 다시마 부각, 동치밋국, 수밀도(水蜜桃)를 얹은 떡 상을 들고 나가자, 님이는 흰죽과 수란(水卵), 참기름에 무친 속젓, 수볶이, 박나물, 숙김치, 그리고 역시 수밀도가 놓인 상을 들고 안채로 갔다.

다섯 그루 배롱나무에 핀 붉은 꽃 무더기와 세 그루 수국에 핀 보랏빛 둥그런 꽃 송아리만 미풍에 산들거릴 뿐 안채는 적막하달 만치 고요했다.

"진지 잡수시이소."

"오이야."

시모는 깨벌레같이 통통한 손가락으로 수저를 들었다. 수저를 들었으니 님이로서는 일단 안심이었다. 시모는 손바닥으로 쌀알을 으깨어 쑨 흰죽이 아니면 수저조차 들지 않았다. 쌀알을 으깨느라 님이의 손바닥이 빨갛게 부어오르는 걸 보고 더덕 어미가, 손바닥으로 하나 돌멩이로 하나 똑같다며 차돌로 쌀을 으깨어 죽을 쑤었더니 시모는 어떻게 알았는지 수저도 들지 않고 토라져버렸었다.

"천지에 맛난 기 없으이."

"지녁에는 어죽을 좀 해 올릴까예?"

"어죽이고 뭣이고 내가 무얼 맛으로 묵나. 조선 거 다 무도 나(나이) 묵고는 못 산다 그랬니라. 나도 인자 갈 때가 다 되었다. 이

집 장손 내 손에 한분(번) 안어보고 가믄 그만인 기라."

"예."

"어깨를 이래 올리고 배를 내밀어보거라."

"예."

시모는 님이의 배 모양을 보고 만족스러운 웃음을 띠었다. 님이의 배는 앞으로 좁다랗게 튀어나왔다기보다는 옆으로 펑퍼짐하게 늘어난 배였다.

"배를 보이 해복(解腹)이 멀지 않었다."

"예."

"순산을 해야지."

"예."

님이는 수밀도 접시를 상에서 내려 조심조심 껍질을 벗겼다.

"니 이 방에서 나가는 질로 더덕이 에미헌테 달(닭) 한 마리 꽈 라꼬 시키거라. 약방에서 인삼하고 황기를 얻어 와여 통마늘하고 대추도 옇고 푹 꽈라 캐라. 오늘버텀 해복할 때꺼지 매일 달을 한 마리썩 묵거라. 심이 있어야 순산을 하제. 태교할 때는 달을 안 묵는다 카지마는 해복날 다 돼갈 때는 얼매든지 무도 되이 딴생각하덜 말고 국물꺼짐 알뜰히 묵거라."

"예."

님이는 즙이 흥건히 배어 나온 복숭아 접시를 상 귀퉁이에 올려주었다.

"됐다. 나가보거라."

"예. 많이 잡수시이소."

뒷걸음질로 물러선 님이가 몸을 돌려 막 미닫이문을 열려는데 시모가 불렀다.

"이애."

"예?"

님이는 한두 번 당한 일이 아니었기에 시모가 원하는 쪽으로 고개를 돌렸다. 시모는 또 한번 만족스러운 웃음을 웃었다.

살거리가 풍성하면서도 단정한 이목구비에, 남달리 총기 있고 재발랐던 시모는 사내였으면 무얼 하더라도 크게 했을 거라는 말을 숱하게 들었지만, 일찌감치 스스로를 규방에 가두고 수부다남자(壽富多男子)를 지상의 목표로 삼았었다. 종종머리 애기씨 적에 벌써 시모는 여자가 선택할 수 있는 것이란 사느냐 죽느냐의 두 가지밖에는 없음을 알았다. 그 '사느냐'의 내용이란 시집을 가서 상봉하솔하며 가모(家母) 노릇을 하고 아들을 낳아 대를 잇는 것이었다. 일단 살고자 마음먹은 다음에 선택할 수 있는 것은 아무것도 없었기에 영리한 시모는, 자신의 삶을 스스로 선택했다고 믿고 그 삶에 최선을 다했다.

그러나 스스로 선택한 삶에 최선을 다한다는 인생관의 한계를 시모는 서른이 되기 전에 뼈아프게 깨우쳐야 했다. 온갖 비방이란 비방은 깔축없이 다 지키고 천지신명께 빌기를 단 하루도 거른 적이 없었건만 아들 귀한 권씨 문중의 외며느리로서 내리 딸 셋을 낳고는 13년간 무소식이었던 것이다. 일가 권속들 사이에서 축첩이 의논될 때는 죽을 작정으로 낙동강에도 여러 번 갔었다. 그러나 푸르죽죽하니 깊이를 알 수 없게끔 무한히 출렁이는 물속으로 뛰어들기 위해서는 정녕 눈에 무엇이 씌어야만 했다.

차라리 죽을 각오로 기도나 해보자 싶어 운문사에서 백일기도를 하며 매일 삼천배를 하는 고행 끝에 여느 여자들은 망단하는 나이인 서른넷에 얻은 아들이 바로 지금의 권 약국이었다. 아들이 먹는 것, 입는 것에 지극정성을 들이는 것은 물론이요 부처님 은덕을 입어서 났으니 사는 것도 부처님 은덕으로 살라고 해마다 초파일이면 보시를 하고 불사(佛事)가 있을 적에는 따로 크게 시주를 해온 것이 오늘에 이르러서까지도 변함이 없었다. 족보에는 항렬 따라 지어 올렸지만 약방 집 내외가 동회에 신고한 아들의 이름은 개동(開東)이었다. 부를 때는 당연히 개똥이었으니 행여 잡귀의 시샘을 받을까 염려한 부모의 고심이 낳은 이름이었다.

그렇게 기른 아들을 유 씨와 짝지을 때는 초승달 같고 물 찬 제비 같은 유 씨의 자태도 흐뭇했지마는 가보쪽 같은 명문(名門)의 후손인지라 더욱 흡족했었다. 세상이 바뀌어 그렇지 천량이 아무리 많기로 의원 집에서 그런 가문과 통혼(通婚)이라니 언감생심이었다. 아들 며느리 금실지락(琴瑟之樂)에 온 집안이 훈훈했다. 안 그래도 비실비실 부실한 며늘아기 혹여 시모 등쌀에 아이 안 선다 소리 나올까 저어하여 매사에 조심하였다. 시모는 그렇게 기다리고 참고 또 참고 기다렸다. 기왕에 은덕을 입은 운문사에서 며느리의 회임을 축원하는 백일기도도 몸소 올려보았다. 그러나 삼신할미에게 어떻게

밉보였는지 며느리에게는 태기가 없었다.

무자(無子)는 칠거지악이야.

데리고 있는 아랫것들과 드난꾼 여자들이 번갈아 둥덩산 같은 배를 흔들어대며 배재기 유세를 해대는 것에도 화통이 터졌고, 외며느리가 나이 먹는 티 하나 없이 해사하니 실버들 같은 맵시를 지니고 있는 것에도 울화가 치밀어, 햇수로 10년을 넘겼을 때는 아무리 억제하려 해도 간간이 그렇게 노염이 폭발했다. 당장 내치고 싶은 것을, 낙동강에 죽으러 가던 그 심정을 생각하여 참았다. 마침내 혼인한 지 15년 만에 삼신할미가 손녀 하나를 점지해주었다.

문 열렸으이 인자 됐다.

달릴 것이 달리지 않은 아이가 나왔다고 하자, 섭섭한 마음을 감추려 그렇게 스스로를 위안했다. 고대하던 자손이라 여식이라도 고마운 마음이 앞섰다. 아비는 남 못 낳는 딸이라도 낳은 것처럼 그 딸을 무릎에서 내려놓으려 하지 않았다. 시모의 생각으로는 남자 동생을 보라고 딸아이 이름은 필남(必男)이나, 수남(須男)이 아니면 득남(得男)이로 하고 싶었으나, 아비 어미는 며칠을 두고 옥편을 뒤진다 작명가(作名家)를 부른다 법석을 떨더니 예지(叡智)라는 요상스러운 이름을 붙여놓고 좋아라 했다. 예지거나 잠지거나 남의 식구 될 딸년이니 저희들 마음대로 하라고 내버려두었다.

15년 만에 기집아 하나 맨들어놓고는 에미 애비가 주물러 조지고 씹어 조진데이.

늙은 어미 앞에서 제 자식 귀여운 티를 너무 내는 아들이 슬그머니 잔미워져, 시모는 그렇게 혼잣소리로 이기죽거리기도 했다.

한번 열렸으니 고구마 덩굴처럼 줄줄이 자손을 내놓으리라 기대했던 외며느리는, 미운 벌레 모로 긴다고 진자리에서 일어나지도 못했다. 한편으로는 자리보전하는 며느리 추슬러 세우느라 공을 들이고, 한편으로는 아들을 설득하여 새장가를 보내려고 갖은 애를 쓰는 사이에 10년이 또 후딱 흘러버렸다. 축첩이 용납되는 시대도 아니었지만 장손에게 서자라는 멍에를 지우기도 싫어서 시모는 기어이 아들의 호적을 깨끗하게 정리시키고 새 며느리를 맞았다. 예지어미를 내보내지 못해 찜찜했으나 그 문제에 대해서만은 아들을 꺾을 수 없었다. 고추 달린 자식을 보고 나면 아들의 아둔하기 짝이 없는 생각도 바뀌지 않고는 못 배기려니 했다. 집안 사정이 그런 줄도 모르고 시집왔을 새 며느리에게는 물론 면목이 없었다. 그러나 시모는 미안한 마음이 들 때마다 부러 안색을 엄하게 고쳐 일렀다.

사나(사나이)는 본시 안에서 하기 대로 가느니.

그러니까 남편의 모든 행동은 님이의 태도와 처신에 말미암은 것이라는 말이었다. 님이는 시집온 후 한 번도 자신의 방을 찾지 않는 남편의 행동이 전부 자신의 탓이라는 말일까, 의아스러웠다. 가장은 구만리장천(九萬里長天) 하늘이니 절대 순복(順服)해야 한다, 콩을 팥이라 해도 믿고 소금 섬을 물로 끓이라면 끓이고 죽으라면 죽는 시늉을 하라고 해놓고서는 동시에 그의 행위가 모두 지어미에게서 말미암은 것이라니 이해할 도리가 없었다.

훗날 그 집을 나와 혼자 살 때 님이는 어느 전자 회사의 CF에서 깜찍하게 생긴 새댁이 "남자는 여자 하기 나름이에요"라고 조잘대는 것을 보았다. 죽은 시모가 하던 말이 텔레비전에 다 나오는구나 싶어 넘이는 헛웃음을 웃었다. 세월이 바뀐 건가 안 바뀐 건가 잠시 헷갈렸다. 세상은 숨 가쁘게 변하는 듯하면서도 그렇게 어떤 부분에서는 조금도 바뀌지 않는 것인가 보았다. 바뀐 것은 옛날에는 한 며느리가 한 시모에게 어느 한정된 공간에서 그런 이야기를 들었다면 이제는 텔레비전이라는 요술 상자에서 지겹도록 반복하여 온 세상의 여자들에게 시도 때도 없이 그런 말을 외쳐댄다는 것이었고, 바뀌지 않은 것은 그 말의 내용이었다. 여자의 잘못은 여자의 탓이었고, 남자의 잘못은 여자의 탓이었다.

남편도 넘(남)인데 넘이 우예 지 맘대로 되노, 지 입에 세(혀)도 무는데.

넘이는 텔레비전 속의 새댁에게 그렇게 말해주었다.

유수(流水)

더덕 어미와 님이는 한날에 아기를 낳았다. 님이에게 줄 닭을 고다 산통을 느낀 더덕 어미는 불 때던 아궁이를 다른 드난꾼에게 맡기고 집으로 돌아갔다. 노망기가 있는 시모가, 더덕 어미를 보자마자 지팡이를 거꾸로 들고 달려들었다.

"늙은 시오마이 밥해줄 생각은 안 하고 어데 가여 지 혼차 배시 떼기 터지두룩 얻어 처묵고 오노, 이년, 이 옘병할 년아."

더덕 어미는 시모의 지팡이를 얼른 마주 붙잡고는 잠시 눈을 꾹 감고 입술을 깨물었다. 약방 집에서 이 집 마당에 들어서기까지 없었던 산통이 그 순간 더덕 어미를 덮쳤기 때문이었다.

"밥 줄 끼이, 지발 이 작대기는 내리놉시데이, 으잉? 안 내리노 마 또 가쁠 끼라 마."

더덕 어미가 그렇게 애원 반 협박 반으로 눈을 부라리자 시모는 작대기를 던지고 무어라고 육두문자를 씨부렁씨부렁 중얼거리며 툇마루에 앉았다.

　더덕 어미는 시커먼 정지로 들어가 찬밥에 찬물 한 사발, 된장에 박은 고추 세 개, 열무김치 한 보시기와 숟가락 하나를 개다리소반에 올렸다. 소반을 들고 정지 문턱을 넘는데 또 산통이 찌르르 닥쳤다. 산통의 간격이 시나브로 짧아지고 있었다. 시모 앞에 소반을 놓아준 더덕 어미는 얼른 정지로 돌아가 솥에 물을 붓고 아궁이에 불을 때기 시작했다.

　솥뚜껑에서 눈물이 흐를 때쯤 삭정이 몇 가지를 아궁이에 더 밀어 넣은 더덕 어미는 부뚜막으로 올라가 방으로 난 지게문을 열었다. 방에는 출산을 위해 마련해둔 작은 바구니가 있었다. 아기의 쌀깃과 배냇저고리, 기저귀, 가위 등속이 포갬포갬 쟁여져 있는 바구니에서 더덕 어미는 가위를 꺼내 부뚜막에 선 채로 가마솥 뚜껑을 열고 설설 끓는 물에 던져 넣었다. 삼을 가를 가위였다. 그녀는 일찍 어미를 잃고 오랫동안 아비의 간병을 해본 덕에 사는 꼴이 이리 궁뚱망뚱한 것치고는 위생관념이 있었다.

　방에 펴놓은 부들자리를 걷고 그 근방을 알뜰히 걸레질한 다음 무릎을 꿇고 앉아서는 시모를 불렀다.

　"어무이요. 얼라 나올라 캅니더. 얼기미 할매 쫌 불러다 주이소."

　"얼라라꼬? 니 언제 아 뱄디나?"

　시모는 방문을 벌컥 열어젖히며, 비지땀을 흘려대는 며느리 얼굴에다 대고 그렇게 엉뚱한 소리를 했다. 그러고는 방문도 닫지 않고 부리나케 사립 밖으로 나갔다.

삼할미를 부르러 나간 시모는 어찌 된 영문인지 오지 않았고, 더덕 어미는 벌써 네 번째 아이인데도 난산을 했다. 허리가 뒤틀리는 아픔을 이기지 못해 머리를 쥐어뜯고 손톱으로 방바닥을 긁었다. 몇 번이나 혼절할 뻔하다 옷농 손잡이를 붙잡고 간신히 정신을 차린 그녀는 다리 사이로 물커덩, 떨어지는 것을 양손으로 받았다. 그 사이에 소 먹이러 갔던 일곱 살, 다섯 살 두 아들이 돌아와 땀과 피와 양수와 그 밖의 온갖 찐득찐득한 액체에 젖고 부은 어미의 꼴을 보고는 초상이라도 난 것처럼 방성통곡(放聲痛哭)을 하기 시작했다.

"울지 마라. 느거 어매 안 죽으이, 울지 마고 솥에 가시개나 이리 갖다 도고."

정지에 간 큰아들은 더 큰 소리로 목 놓아 울어댔다.

"저넘으 소상이 또 와 카노. 아이고 내 팔자야, 더러븐 녀러 팔자야."

더덕 어미가 설움에 겨워 기진맥진한 음성으로 팔자타령을 시작하자 큰아들이 울먹거리며 외쳤다.

"엄마. 가시개가 끊어져뿟다."

더덕 어미의 눈에서도 눈물이 주르르 흘러내렸다. 하기는 오래도 쓴 가위였다. 혼수 반짇고리 속에 들어 있던 것이었다. 집 안의 자를 일은 도맡아 했고 두 아들아이의 삼까지 갈랐던 가위였다. 그것을 가지고 시집을 올 때는 이리 살 줄 몰랐던 더덕 어미였다. 흐린 눈으로 돌아보니 옷농의 손잡이도 한쪽이 떨어져나가버렸다. 그 옷

농은, 살림에 간병에 지지리도 고생한 누이 시집가서나 호강하고 잘 살라고 친정 오라비가 무리를 해서 장만해준, 당시로선 흔치 않은 것이었다.

더덕 어미는 서러웠다. 섧디 설워 눈물이 끊이지 않고 흘렀다. 설움, 설움, 무슨 설움인들 서럽지 않은 것이 있겠는가만 여자한테 는 아이 낳을 때 외로운 설움만큼 섧은 것은 없노라던 옛날 아주머 니들의 말을 더덕 어미는 절실하게 떠올렸다. 어느새 두 아이놈이 다가와 우는 어미 옆에 앉아 있었다.

"야들아, 느거 내 말 단디이 듣고 그대로 하거라. 약방 집에 뛰 가가 새아지매한테 우리 어매가 얼라를 낳았으이 가시개 쪼매 빌리 돌라 카거라. 가시개를 퍼떡 내한테 갖다준 담에 느거는 오늘 저녁 일랑 누부한테 가여 얻어묵거라."

"응."

두 아들이 손을 잡고 사립을 나서려는 찰나 더덕 어미가 내처 물었다.

"갑식아, 소는?"

갑식은 어미가 이 판국에 뜬금없이 소의 안부를 묻자 잠시 어 릿거리다가 대답했다.

"마구간에."

"알었다. 퍼떡 가봐라."

"응."

소는 더덕 어미에게 갓난아기보다 조금도 덜 소중하지 않은 생물이었다. 아직 송아지 티를 다 벗지 못한 목매기 암소였지만 장차 새끼를 줄줄이 낳아주어 이 집안을 일으키고 아들놈들을 교육시킬 밑천이 될 더덕 어미의 가장 흐뭇한 재산이었다.

닭 한 마리를 통째로 먹은 다음 속이 더부룩해 뒤꼍 대숲에서 바람을 쐬던 님이는 곧 해산 기미를 느꼈다. 님이는 부산을 떨지 않고 더덕이더러 산파 일 보는 얼기미 할매를 불러오라고 일렀다.

더덕이 얼기미 할매 집에 도착하니 뜻밖에 자기 할머니가 마당 멍석에 앉아 청대콩을 까고 있었다.

"할매, 얼기미 할매는 어데 가고 할매가 여 와 있노?"

"그 할마시가 수지비 끼린다꼬 묵고 가라 캐가 이래 안 있나."

"얼기미 할매는 어데 갔는데?"

"호박 한 개 따로 갔다 와. 금방 올 낀데 니는 와?"

할머니의 물음에는 대답할 생각도 않고 더덕은 울타리를 돌아 얼기미 할매를 찾으러 갔다. 얼굴에 소말소말 마맛자국이 있어 젊었을 때부터 얼기미라고 불린 백발의 할미가 예쁘게 생긴 애호박 두 개와 외꼬부랑이 세 개를 따서 마침 돌아오고 있었다.

"할매, 할매, 얼기미 할매."

더덕이 손짓발짓까지 하며 야단스레 삼할미를 불렀다.

"가시나 숨넘어가겠다. 와 느그 어매 아 놓을라 카더나."

"언지예(아뇨). 우리 어매가 아이고 약방 새아지매가예."

"그래. 알았다. 나는 이 질로 갈 테이 니는 이거 쫌 우리 정지에 갖다 놓고 따라온너라."

"예."

더덕은 건네받은 다래끼를 허리춤에 끼고서는 마음을 턱 놓고 애호박 한 개를 던졌다 받았다 곡예까지 하며 느지거니 얼기미 할매 집 울타리를 돌았다.

산파가 도착하기도 전에 님이는 초산치고는 싱겁게 아이를 낳았다. 드난살이하는 상주댁이 약방에 기별을 하여 소독한 면도날을 얻어 왔다. 삼을 가르고 아이를 더운물에 씻겨서는 쌀깃에 싸 눕히고 삼불을 준비하고 있는데 얼기미 할매가 앙바틈한 몸집에 땀을 빨빨 흘리며 들어왔다.

통기를 받은 시모도 세모시 치맛자락을 펄럭이며 달려왔다.

"머라?"

상주댁은 감히 입을 떼지 못하고 고개를 숙였다. 장대 같은 아들이 셋이나 있어, 시모가 한편으론 부러워하면서도 한편으론 시새움 때문에 못 잡아먹어 애달아하는 아낙이었다. 시모는 님이가 수태했다는 소식을 듣자마자 상주댁의 다 낡은 고쟁이를 벗겨 님이에게 입혔었다.

비록 나이 먹고 병들었다 하나 큰살림을 몇십 년씩이나 주장(主掌)해온 시모가 아랫사람의 행동거지에서 갓난아기의 성별이 무엇인지 정도의 눈치를 못 챌 리는 없었다. 그러나 시모는 한 가닥의 희망을 버릴 수 없었다.

상주띠기 저거는 눈앞에 버연히 있는 것도 어데 있는지 모리겠다고 도리도리를 처쌓는 눈 뜬 봉사 아이가.

시모는 얼른 저고리를 한 겹 걷어 올리고 손을 뻗어 아이의 아랫도리를 들추었다. 시모의 살진 손가락에 끼인 큼직한 비취 반지가 창호지를 뚫고 들어온 석양의 빛살에 투명하게 반짝였다.

시모는 눈을 질끈 감았다 뜨더니 말 한마디 하지 않고 나가버렸다.

괜스레 죄스러워 두 손을 맞잡고 납신거리며 구석배기에 서 있던 얼기미 할매가 산방 뒷정리에 나서며 중얼거렸다.

"얼라 앞에 저 카는 기 어딨노. 삼신이 노하구로."

님이는 방금 낳은 아이를 물끄러미 바라보았다. 아이는 작고 붉고 완전히 무력했다. 자신과 닮았다거나 아니면 제 아비를 닮았다거나 하는 생각은 조금도 들지 않았다. 그저 한없는 연민만이 각혈처럼 뭉클뭉클 치받쳐 올랐다.

아이의 이름은 짓고 말고 할 것도 없이 필남(必男)이 되었다. 남동생 나올 터를 닦는다는 것이, 그 아이가 지상의 어느 한 귀퉁이에서 숨죽이고 살아도 되는 명분, 곧 존재의 명분이었다.

시모는 필남을 미워했다. 기대가 컸던 터라 실망도 그만큼 큰 모양이었다. 어쩌다 아이의 울음소리만 귀에 들려도 역정을 있는 대로 냈다.

삼대 뫼가 묵어도 아 우는 소리는 듣기 싫은 벱이다. 얼라 입을 막쿠든지 이 늙은이 귀를 막쿠든지 양단간에 조치를 하거라.

시모는 새삼스레 예지를 찾았다. 바나나와 막대사탕과 풍선껌과 서양 인형으로 예지의 마음을 사려 애썼다.

"타신이미(의붓어미) 밑에 우리 맏손녀가 얼매나 고생을 하노. 에그 불쌍한 거."

시모는 짓무른 눈꽁댕이에 눈물까지 그렁그렁 채워서는, 장단에 맞추어 예지의 엉덩이를 두드려가며 옛 노래를 불렀다.

타신이미 이밀랑가
의붓애비 애빌랑가
헌두디기(누더기) 옷일랑가
보리떡도 떡일랑가

님이는 말도 한번 못 붙여보게 친부모가 싸고도는 예지를 두고 시모는 그렇게 못내 가여워 어쩔 줄 몰라했다. 교육대학 부속국민학교의 교복을 입은 예지는 날마다 사랑에서 아비의 무릎에 안겨 아침을 먹었다.

님이는 가만히 앉아서 독한 계모가 되었고, 권 약국은 재취 아내와 그 딸에게는 곁눈도 주지 않았다.

어미가 된다는 것은 한 존재를 본질적으로 변화시키는 것이어서, 필남을 안고 젖을 먹일 때마다 님이의 눈에는 눈물이 괴었다. 엔간한 일에는 웃고 치우던 자신이 언제 이리 여려진 것인지 님이 스스로도 알지 못했다. 갓난아이의 보드라운 배냇머리를 쓸어 넘기며 딸아, 내 딸아, 불러보면 괴었던 눈물이 어느새 후두둑, 저고리 앞섶으로 떨어져 내렸다.

그 눈물은 곧 말라 공기 속으로 사라졌다. 그리고 훗날 더 많은 눈물을 쏟아붓게 될 낙동강 물 위에 빗방울이 되어 떨어졌다.

님이의 어미는 사람 사냥꾼에게 속아 상하고 지친 몸을 그 강물에 씻었고, 님이의 시모는 가문의 대를 끊을지도 모른다는 죄의식을 그 강물에 던졌으며, 님이의 딸은 대의를 위해 죽어 뼛가루로 그 강물에 흩뿌려졌다. 그 뼛가루를 플랑크톤이 먹고, 그 플랑크톤을 물고기가 먹었다. 그 물고기들은, 어느 유명한 맥주 회사에서 방류한 페놀 때문에 죽거나 병신이 됐다. 비 오는 밤이면 지옥의 하수도 문이 열린 것처럼 검고 붉고 푸른 폐수가 그 강물로 흘러들어갔다.

그래도 그 아픈 강물은 잇닿은 산과 들과 거기 사는 모든 목숨붙이들이 영위하는 삶의 근원으로서 맥맥이 흘렀다. 고요히 산그늘을 품기도 하고 눈부신 은비늘을 뿜내기도 하고 성난 울음으로 뒤채기도 하며, 흘러들고 젖어들고 스며들었다.

팔자타령

세이레가 지나지도 않았는데 더덕 어미가 아이를 싸안고 일을 나왔다. 님이는 짬을 보아 자신의 방으로 더덕 어미를 불러올렸다.

"깐알라를 안고 일을 우예 한다꼬 왔는교, 아이(아직) 삼칠도 안 지낸 산모가?"

"들앉어 있이마 누가 미역국이나 끼리 준답디꺼. 죽으마 썩어질 몸띠이 쪼매 꿈적거리고 쌀밥에 미역국이나 실컨 얻어묵는 기 백분 낫제."

"들온 짐에(김에) 얼라 젖이나 믹이고 나가소."

님이의 말에 더덕 어미는 얼른 누가 볼까 방문을 닫고 윗목에 주저앉았다. 두 여자는 파릇한 실핏줄이 도드라진, 한껏 부푼 유방들을 꺼내어 갓난것들의 입에 젖꼭지를 밀어 넣었다.

"바까(바꾸어) 됐이마 낫겠구마는 삼신도 참말로 정신없지를. 맘 곱게 씨는 우리 새아씨가 아들 놓구로 하지. 내사 아들이든 동 딸이든 동 모지리 원수덤비기인 거로."

"삼신에 깊은 뜻을 우리 겉은 미물이 알 수 있나. 나(나이)는 내보다 쪼매이 더 안 많은 사람이 벌써 딸이 하나에 아들이 서이(셋)라. 시오마시하고 단칸방에 산다 카미드르 아는 언제 그래 맨드는 공?"

"말도 마소. 요분에 야는 여물 써리다가 작두 옆에서 맨들었구마. 갑식이는 파밭 매다가 맨들었고, 을식이는 보리 비다가 맨들었지러."

"하이고 얄궂어라. 아를 언제 맨들었는지 우예 그래 잘 아노."

"얄궂을 것도 썼네. 아덜 아부지 술 깨가 있는 날이 한 달에 한분 될 동 말 동이제, 술 깨 있다고 내가 잩에(곁에) 똑 있나 어데, 천날만날 넘으 집 일하로 댕기는 팔자가. 아덜 아부지 본정신이고 내 그 잩에 있을 때라 캐봤자 1년에 서너 분빼(번밖에) 안 되거덩. 얼라야 배 속에 아홉 달 있다 나오는 긴데 내가 암만 핵교 문 앞에도 안 가본 년이라 카지마는 그 셈도 몬 하까 봐."

"그래도 서방님 품에 앵기는 기 좋기는 좋은갑다. 여물 써리다가도 아를 맨들고 밭매다가도 아를 맨들구로."

"서방님? 엉기증 난다. 석 달 열흘 굶은 범이나 물어 가라 카소. 은슨시럽구마(끔찍하오). 눈질 좀 다리다(다르다) 싶우마 나는 내뺄 요량백이 없는 사람이라. 딴것보담도 입에서 똥 구렁내가 나쌓아마 숨이 탁 맥히. 그래도 사나 심을 당할 수가 있이야제. 저녀러 가시나 보래이 신랑이 그래 싫으마 시집은 지랄뺑 한다고 왔나, 캐싸

미드르(하면서) 뺀대기(뺨)부터 홀배고(때리고) 시작는다 아인교. 아이구 무시래이. 아이구 징그러래이."

"이러이 사람도 여러 질이라 카는 기라. 떨대 마느래는 신랑이 좋아 죽겠는 갑더라마는. 하리 점두룩 꺼죽하이 해 있다가도 신랑 올 때 되마 싸악 끼미가(꾸며서) 있어야 된다 카미드르 눈썹을 반달 겉이 기리고 분을 눈겉이 뿌이야이 찍어 바리고 배니를 쥐 잡어문 주딩이 매로 뻘가이 바리고 용 난리데. 그래 끼미봐야 더덕이 어매 인물 따라올라카마 멀었지마는."

"와요, 밥이 분이고 의복이 날개라 안 카던교. 남묘호랭개곤 둥 그거 하로 회관 갈 때 함 봤이마. 머릴랑 고데를 해가 올리붙이고 옷 일랑 비로도를 아래우로 빼입어놓으이 이 읍에서야 어데 내놔도 안 빠지겠더라마는. 잘 묵고 잘 끼미마 천하 없는 못내미라도 민추[면추(免醜)]를 하더라 카이. 암만 바탕이 곱어보이 천날만날 땡에 꺼실리고 못 묵고 쪼달리마 요 모양 요 꼬라지이 안 나오는 기고."

"더덕이 어매사 아이꺼정 곱다마는 자꾸 캐쌓는다."

"하이고, 말 마소. 호시절은 다아 갔는 기라. 몰래이. 한 껍디기 빗기놓으마사 떨대 마느래보담야 내가 낫겠지마는. 떨대 마느래 그거는 꺼죽하이 있일 때도 그 얼굴이 맨얼굴이 아이데요. 요즈납새 둘이 같이 고개 너머 깨밭을 매다가 하도 하도 땀이 나여, 마 소내기 맞었는 거 매로 폭삭 젖었는 기라. 고 밑에 쬐매마 니리가마 골짝 물이 억수로 좋다 아이가. 그래 잠깐 등물이나 하자꼬 꼬싰지러. 떨대 마느래는 여자들하고 있어도 넘 있는 데는 세수도 안 하고 멱도 안

감는다 카는 거를 알기는 아지마는 자꾸 꼬시이 넘어가데. 물에 씻긴 거로 보이 와 넘 보는 데서 세수를 안 하는지 알겠더라 카이."

"와? 문디던강?"

"문디는 아이라도 얼굴에 이드름 자죽이 얼매나 많은지, 아이구야 퍼버(퍼부어)났더라."

"그라이 넘들 앞에서는 한 꺼풀을 입히가 사는구마는. 우짠지 살질이 매끄랍지는 않다 싶었다."

"그라마 어떻소이? 이드름 많다고 떨대가 패기를 하나, 딴 기집을 보나. 떨대 마느래야 이드름만 퍼버났나? 대가리는 똑 밀가리 반죽 잡어땡기논 거 매로 뾰주리 아인가베. 복이 그 이드름에 다 들었이마 난도 이드름이나 이내 꽃 겉은 얼굴에 갖다 숭굿치. 복이 그 삐죽 대가리에 다 들었이마 내 대가리를 전봇대 속에 옇다나 빼지. 떨대 그거는 사램이 똑 시게붕알이라. 약방하고 즈그 집, 남묘호랭개곤 동 북묘호랭개곤 동 그거 말고는 천지 어데 갈 줄도 모린다 카이. 성질은 익은 떡겉이 순해터져가 즈그 마느래 즈그 새끼라 카마 천금 매로 위하지럴. 천지에 내삐릴 기 없는 사람이라. 참말 똥이나 내삐릴까 그만침 똑 떨어지는 사람도 잘 없지 아매. 사람이 암만 천 층에 만 층에 구만 층으로 다리다 카지마는 우리 집 방구석에 디비 자는 어떤 사나는 사람이 달러도 우예 그래 다리겠노. 즈그 집 식구야 옷을 입었는 동 벗었는 동 모리미드르 노망든 할마시 속 고쟁이에 들었는 찌렁내 나는 돈꺼정 오배가여(훔쳐서) 새로 왔는 술집 가시나 마후라를 사준다이 스카푸를 사준다이 우짠다이 저짠다이 꼴값을 떨어쌓으이 참말 할마시도 노망 잘 들어뿟지 그거로 아들이라꼬 미역국 끼리 자신 거로 생각으마 복장이 안 터지고 우야겠노. 떨대 마느래는 신랑 복은 타고났는 기라 마. 그러이 내가 카는 말이 있잖나. 사램이 복이나 많고 밍이나(명이나) 질마 되지 인물 잘나고 못났는 거는 아무 소양 없는 기라. 눈 크다꼬 넘보다 많이 보나, 코 섰다꼬 넘보다 숨을 많이 수나, 입소고리 앵두 겉다꼬 넘보다 좋은 거로 묵나, 천지에 아무 소양 없는 기 인물이라."

더덕 어미는 워낙 험하게 살아 그렇지 콧대가 오뚝하고 눈방울이 초롱초롱한 것이 누가 보아도 꾀성 있게 생겼다. 떨대가 본래는 자신을 사모하여 혼인을 청했던 것을, 살림 너무 야물게 사는 사내한테 시집가도 아낙이 고생이라고 오라비가 시쁘둥해한 것이 오늘날 이 좋은 팔자를 내왔는가 싶어, 더덕 어미는 생각할수록 억울했다.

"하기사 떨대는 즈그 마느래라 카마 하늘에서 뚝 떨어졌는 거 매로(것처럼) 싱기쌓데(섬기데)."

"보지에 금테를 둘렀는갑지."

더덕 어미의 다분히 부러움 섞인 비아냥에 님이가 웃었다.

"와 카노. 사람이 말을 해도 똑……."

"떨대가 본래 이름이 떨대가 아이고 돈 한 닢 씨는 데도 원캉(원체) 벌벌 떠이 떨대라 캤다 아인교. 더덕이 외아재가 돈 앞에 떨어쌓는 꼬라지 그거 보기 싫다꼬 날 그 집에 안 보냈답디더. 카고 그 집에 홀시아바시가 있었는데 소문이 쬐매 안 좋았는 기라. 노망이 들리가 체매마 입었다 카마 눈이 까디비진다꼬……."

"그기 무신 말인공?"

"집안에 지수썬 동 미느린 동 내외할 줄도 모리고 실실 윗으미 드르(웃으면서) 손을 붙잡을라 카고 으이요……."

"상피 붙었단 말 나왔겠구마는."

"그런 말꺼짐은 안 나오고, 영감이 원캉 노망기가 있어 놓으이 그저 노망하니라 카고 말았답니더."

"오래비 원망할 것도 없다마는. 어느 오래비가 그런 홀시아바 시 있는 집구석에 동생을 여울라 카겠노."

"다 내가 복이 없어 그런 기제. 떨대 마느래는 복이 있으이 그 래 잘 풀리는 기고. 얼매나 복이 있으마 떨대 마느래 시집오고 두 달 만인가 석 달 만인가 그 홀시아바시가 죽어뿌더라 카이. 새 미느리 보고 귀를 파돌라 카고 장갱이를 비고 자자 캐쌓는다꼬 소문이 나가 떨대 마느래 그 시집을 우예 살꼬 온 동네가 걱정을 안 했나. 그라디 이 무단시리 죽어뿌데. 그기 다 떨대 마느래 복이지 머라. 홀시아바 시보담은 홀시오마시가 낫다꼬 더덕이 외아재는 날 이 잘난 집구석 에 치았다 카지마는 하이고 맙시사 날 보마 몬 잡어무 난리 치는 우 리 집 홀시오마시는 아이꺼정도 팔심 다릿심이 내보다 낫다 카마 말 다 했제. 한 치 앞을 모리는 기 사람인 거로 인제사 더덕이 외아재 탓하마 뭐 하겠능교. 오래비 깐에는 더덕이 아부지 댕기다 말기는 했지만도 고등핵교 귀경도 했는 사람이고 성질이 화통하이 멀 해묵 고 살아도 즈그 집 식구야 건사 안 하겠나 싶었겠제. 하기사 더덕이 아부지는 술 앞에는 벌벌 떨 깝세라도 떨대맨치로 돈 앞에 떨어쌓

236

지야 안 하이 넘덜한테 호인 소리 안 듣나. 눈꺼푸리 돈마 비마사(보이면) 얼매라도 끌어모다여 날러댕기는 까마구꺼정 불러다 술 받어 바치는 인간 아이가.”

　　“마느래가 새끼를 낳기나 말기나 술 묵는 행실은 똑같은갑네?”
　　“말이라꼬.”

　　서방이 옆에 있는 듯이 더덕 어미는 씩씩거리며 흰자위를 보였다.

　　“어제는 우짠 일로 안 나가고 집에 붙어 있더라꼬. 메칠 자러도 안 들어오고 처마시디이 술빙이 났는갑지. 사나가 집에 있이마 소 믹일 꼴이라도 쫌 비 오고 비 새는 지붕이나 쫌 곤치고 카마 누가 잡어묵나. 밤인 동 낮인 동 모리고 콧구무 겉은 방에서 땀을 삐질삐질 홀리미드르 기양 드러누버 있다 아이가. 군숭을 말자, 군숭을 말제이, 내가 언제 저 인간 믿고 살었나, 군숭하마 쌈만 나고 내만 손해지. 내가 마 속에 천불이 나도 참고 대야에 물을 떠가 방에꺼지 안 갖고 들어갔나. 그러이 나도 미친년이라. 머인 맘이 내씨가 그캤는지 몰라. 발이 새까맣기로 첫눈 쌓인 지붕 우에 가리갈까마구 새끼보다 더하기나 말기나 발샅에 때곱재기가 찹쌀모찌에 앙꼬 백힜는 거 매로 꼬나백히 있기나 말기나 가만히 나또삐렸이마 얻어터지지나 안 하제. 더덕이 아부지요, 발 쪼매 씻으소. 양말도 안 신고 댕기는 사람이 발이 세상에 그기 먼교. 물 떠 왔구메. 발 쫌 씻으소잉. 그래 옆에서 지끼쌓는데도 마 이 인간이 들은 체도 안 하고 누버 있는 기라. 지가 작으나 인간이마 삼칠도 안 지낸 마느래가 물까지 떠다 바치미 발 쫌 씻거라 캐쌓으마 미안해가라도 일나기사 해야지. 마 이 인간이 왼눈도 안 뜨고는, 니는 처지끼그라 나는 잔다, 뉘 집 똥개가 저래 짖어쌓노, 카는 쌍통이라. 대야를 앞에 나뚜고 앉아 있는데, 요 가심패기부터 모가지 있는 데까지 회를 처발랐는 거맹키로 빠슬빠슬 굳더라 카이. 내가 이카다가 지 밍 다 몬 살고 죽지, 내가 오늘날 누 따문에 이래 사는데 저 인간이 저 카는공 싶어가 소리 안 나는 총마 잩에 있이마 탁 쏘았뿌리마 좋겠어. 심정이 그럴 때는 무조건 포악을 한분 직이뿌리야 되지 우얄 수가 없으이. 으이요, 내가 못된 년이라? 그런 서방도 서방이라꼬 하늘겉이 싱기야 되는데 내가 천성이 못된 년이라 마느래질을 똑바리 몬 하는 기라? 바린 말 한분 들어봅시데이. 새아씨는 틀린 말 안 한다꼬 소문난 사람 아인교."

"못된 년은 무신. 내 겉으마 똥자바리를 걷어차뿐다."

"새아씨야 심이 좋으이 그라고도 남겠다마는 내사 아다시피 요 입마 살았지 못 묵고 일에 치이 이 몸띠이라 캐봤자 시르죽은 서리병아리나 진배없다 아인교. 바늘 겉은 몸띠이에다 황소 겉은 짐을 실꼬 살라 카이 구직구직이 안 아푼 데가 없고. 그라이 요 입으로람도 분을 풀어조뿌양 속빙이 덜 들제. 발동 걸렸다 싶우마 입에서 나오는 대로 처지끼조야 살지 벨다른 수가 없는 기라. 구신도 썩어 둘러빠졌지, 술 아핀쟁이, 담배 아핀쟁이 저런 거로 안 데부가고. 천지 천지 초리청서부텀 술타령하던 기 오늘날꺼정 날 애믹인데이. 하늘에 해 백이는 날 맨정신 갖고 사는 날이 없으이 내가 용빼는 재주가 있은덜 우예 살어간단 말인고. 다른 사람들은 암만 술을 무도 지 몸띠이는 씻거가미 술을 묵더라. 염소 새끼가, 와 물은 그래 싫다 카노. 지도 인간이라꼬 염소 새끼 소리는 듣기 싫던갑지. 갑작시리 왈 기가(성을 내어) 으이요, 눈을 굴레굴레 굴리미드르 사람 귀를 요래 양손에 붙들고는 비라빡(벽)에 조박는다 아이가. 아이구 무시래이 그런 거로 서방이라꼬. 가따나 다 찌부대진 집에 비라빡꺼지 쑥 들 어가뿌으이 귀경났다 아입니꺼. 심심커들랑 함 와보소."

"술빙 들었다 카미드르 심은 우예 그래 좋노."

"그러이 호걸 망태기지 머라."

"신문 날 일이다마는."

두 아이는 어미들이 수다를 떠는 사이 잠이 들었다.

"아이고 인자 얼라 젖도 믹있으이 나가여 밥값 해야제."

더덕 어미가 저고리 앞섶을 여미고는 아이를 싸안았다.

"얼라는 여 눕히놓고 나가소. 내가 봐줄 테이."

"그래 줄랑교. 내사 고맙제요."

더덕 어미는 포대기를 반 접어 그 위에 아이를 눕히고 나갔다. 먹성 좋은 아이한테 한껏 빨려서 그런가 한여름 햇빛 아래로 나서니 어질증이 도졌다. 더덕 어미는 반빗간으로 가는 길모퉁이에서 기둥을 끌어안고 한참 서 있었다.

"더덕이 어매 아인교?"

눈을 깜박이며 돌아보니 떨대였다.

"야아. 어데 갔다 옵니꺼?"

"밭을 하나 샀다 아인교. 오늘이 문서 받는 날이라 가주고예. 복숭밭인데, 쪼맨심더."

"그 짜서는(쪽에서는) 복숭이 한참 달릴 때에 와 팔었는공? 어데 있는 밭인데예?"

강샘이 더덕 어미의 핏줄을 타고 맹렬히 퍼지기 시작했다.

아, 운명의 장난만 없었어도.

"당골집 뒤에 산비탈 안 있십니꺼. 와 저 산 너머에 능금밭도 있다 카는 집……."

"아아, 딸내미 공부시길라꼬 서울 간다 카는 집 꺼."

"맞심더."

알짜배기였다. 이제 떨대네는 복숭 농사를 알뜰히 지어 아이들 대처 학교도 보내고 새 집도 지을 것이었다. 눈에서 황(黃)이 나며 어질증이 더 심해졌다. 더덕 어미는 그만 뜰 층계에 쭈그리고 앉았다. 그런데 떨대가 냉큼 사라져주지 않고 더덕 어미를 따라 앉는 것이었다.

"더덕이 어매도 내 말 들으소잉. 남묘호랭개교를 한분 믿어보란 말입니더. 더덕이 아부지 술빙 곤칠라 카마 내 말을 들어야 합니데이. 내 따라 회관에도 가고 하리(하루) 두 시간썩 꿇앉아여 남묘호랭개교를 외아보소. 살길이 열립니더."

떨대 마누라에게서도 열댓 번은 들었던 이야기였다. 떨대 마누라에게 들을 때는 실뚱머룩했는데, 막상 과수원까지 장만했다는 떨대에게 듣고 보니 아닌 게 아니라 솔깃했다.

"온 지녁에 회합이 있심더. 아덜 어매를 보낼 테이 마음이 쬐매라도 땡기마 함 와보이소."

그날 저녁, 더덕 어미는 마음이 조금도 당기지 않은 것은 아니었으나 과수원 건으로 자랑이 늘어진 떨대 마누라가 잔밉고 얄미워 기어이 따라나서지 않았다.

시새움에 독이 오른 더덕 어미는 소라도 좀 빨리 살찌워볼까 하여 갓난쟁이를 일곱 살 먹은 갑식에게 맡겨놓고 낫과 망태를 챙겨 나섰다. 길섶이며 논두렁에 난 풀을 베어 망태에 척척 담으면서 뽈그스레한 꽃이 핀 늙은 쑥은 뵈기만 하면 뿌리를 뽑았다. 쑥 뿌리를 많이 먹이면 소가 실해진다고 했다. 이미 땅속에 뿌리를 깊이 내린 늙은 쑥들은 쉽사리 뽑히지 않았고, 붓기가 채 가시지도 않은 해산 어미는 힘이 달렸다. 안간힘을 써서 쑥을 뽑다 길바닥에 엉덩방아를 찧기도 하고 가풀막에서는 뱃가죽으로 미끄럼을 타기도 했다. 해거름이었지만 낮 동안 뙤약볕에 달궈진 땅에서 올라오는 열과 바람 한 점 없는 후터분한 공기 때문에 더덕 어미의 낡은 베 등거리는 팥죽 같은 땀으로 찐득거렸다.

아구 더버라 더버 더버 더버 못 하겠네
이내 팔자 와 이런노
넘 난 시에 나도 나고 넘 난 시에 난도 난데
에이 나 난 시에 넘도 난데
에이 이내 팔자 와 이런노 어미

어떤 사람 팔자가 좋아 사모에 필경 달고
에이 못 하겠네 못 하겠네
에이 구실 겉은 땀이 굴러 못 하겠네
허리도 아푸고 팔도 아푸고 못 하겠네
이 후후후야

　　그러구러 한 망태 담뿍이 쑥 뿌리며 꼴을 해 담은 더덕 어미는 집으로 가서도 바로 자지 않고 내일 아침 소에게 먹일 작정으로 보리밥을 쪄 누룩을 얹어 담가두었다. 보리죽, 콩죽을 먹이면 금방 살이 붙는다지만 그럴 형편은 못 되었다. 소한테는 보리술이 보약이라 했다. 제 놈이 안 먹으면 콧구멍으로라도 부어 넣을 참이었다.
　　방에서는 시모와 남편, 아이놈 둘과 갓난것이 아랫목에서부터 차곡차곡 누워 자고 있었다. 윗목 지게문 곁에 놓인 개다리소반에서 베 보자기를 걷어보니 양푼에 시서늘한 보리밥 한 덩어리가 남아 있었다. 남편은 오늘 저녁도 끼니를 거른 모양이었다. 술은 밥 먹듯이 먹고 밥은 비상 먹듯이 꺼리는 남편이었다.
　　더덕 어미는 저도 모르게 침을 꿀꺽 삼켰다. 저녁답에 약방 집 정지에서 이것저것 주워 먹기는 했지만, 앉은자리에서 갖추 먹은 밥이 아닌 데다 젖먹이한테 시시때때로 빨려 그런지 자지리 허기가 졌다. 게다가 온 저녁 밖에서 일을 하여 사지가 노곤하고 차갑고 무거웠다.
　　더덕 어미는 몸서리를 한번 치고는 소반 앞에 앉아 꾸들꾸들 마른 보리밥을 한 술 떠 입에 넣고 오래도록 씹었다. 그렇게 오래 씹고 삼켜도 밥은 잘 넘어가지 않고 식도 어디쯤인가에서 걸렸다. 밥 한 숟갈에 물 한 숟갈을 떠먹어야 체하지 않게 된 게 언제부터인지 더덕 어미는 기억할 수 없었다.

연대 아배는 와 몹쓸 빙에 걸렸더노. 연잎 어매는 와 일찍 죽었더노. 연대 연잎 씨러지고 이 연꽃이 우예 산단 말고. 말도 마라. 말도 마라. 오랍 동생 있다 캐도 부모만은 다 못한 거. 오라비는 와 날로(나를) 이러키도 잘난 남자한테 시집을 보냈더노. 난도 울 오라비만침 배았이마 조선 팔도를 팔어묵고도 남을 꺼로. 내가 오늘날 와 이래 지지리 궁상이고.

보리밥 한 덩이를 다 먹을 때까지 더덕 어미의 해묵은 의문은 풀리지 않았다. 남 유달리 애살스럽고 새암 많은 더덕 어미는, 고생 팔자를 타고났으려니 하고 직수굿이 운명을 수긍하게 되지가 않았다.

풀기 없이 휘어져 있던 더덕 어미의 등줄기에 별안간 매운 주먹 한 대가 날아들었다. 자던 서방이 눈을 뜬 모양이었다. 서방은 배 속에서부터 올라오는, 반쯤 소화된 막걸리 냄새를 역하게 풍기며 노상 하던 대로 욕질을 해댔다.

"망할 녀려 안들(여편네), 아가빠리 밥은 오곰오곰 잘 처옇는다. 사나는 술이 고파여 숨넘어가는 중도 모리고."

밥 덩어리가 식도 중간에서 탁 걸리는 느낌에 더덕 어미는 가슴을 치고 물을 한 사발이나 들이켰다.

대꾸를 하면 또 싸움이 날까 더덕 어미는 소반을 정지 부뚜막에 내놓고는 잠자코 누우려고 했다. 그런데 그사이에 언제 쌌는지 방바닥에는 오줌이 흥건했다. 아이들 오줌에서는 나지 않는 막걸리 냄새가 나는 게 따질 것도 없이 서방의 오줌이었다. 더덕 어미는 어쩌는 수 없이 윗목의 걸레 나부랭이를 가져와 방바닥을 훔치기 시작했다. 양이 많아 한 번으로는 닦은 표도 나지 않았다. 서너 번이나 사립 밖 도랑에 나가 걸레를 빨아 와서 부들자리에까지 스며든 오줌을 닦고 있자니 몸 피곤한 것은 이미 둘째이고, 끓어오르는 분을 푸는 일이 급했다.

"사는 것도 사는 것도 우예 이래 문디이 꽝칠이 겉노. 하리 점두룩 일하고 들어와여 보리 깽티이 한 숟가락 묵고 잘라 카는 것도 내 복에 넘치는 일인강. 술을 물라 카마 곱기 처묵지 사람을 때리기는 와 때리고 오줌은 와 싸지리노, 에라이 더러븐 넘으 사나야."

"또 쥐끼기 시작나. 마 잔주꼬 디비 자그래이."

"이 오줌 구디기에서 자라꼬? 눈을 감았나 떴나? 이거를 보고도 디비 자라 카는 말이 나오나?"

"서방한테 말하는 꼬라지 보래이. 앙살이 보골보골 끓는다 으이요. 무신 안들이 틀이 저래 시노. 얄든 저 가시나 틀은 오방대틀이라."

"오방대틀 좋아하시네. 내 틀이 오방대틀이마 벌써 이 집구석에 불 싸질러뿌고 나갔지 이래 살고 있겠나. 똥틀망틀이라 캐라. 똥틀망틀이라 놓으이 요 모양 요 꼴로 살제."

"……."

어째 대꾸가 없을까 하여 돌아보니 서방은 벌써 입을 헤벌린 채 잠들어 있었다.

더덕 어미는 갓난것만 싸안고 울음을 삼키며 마루로 나왔다.
날씨는 차차 으등그러지고 있었다. 장마가 닥치려나, 귀밑머리를 날
리는 밤바람이 습하고도 써늘했다. 더덕 어미는 마루 옆에 붙어 광
처럼 쓰는 작은방으로 갔다. 곡식 냄새, 흙냄새, 곰팡이냄새가 습한
공기 때문인지 유별스러웠다. 사람 기척에 놀란 쥐들이 우르르 방구
석으로 몰려갔다. 그런 것에 아랑곳 않고 아이의 자리를 보아준 다
음, 더덕 어미는 경건한 자세로 무릎을 꿇었다. 떨대가 가르쳐준 대
로 조용히 '남묘호랭개교'를 불러보았다. 그렇게 한참을 부르고 있
자니, 밖에서는 우렛소리 요란하고 장대비가 쏟아지기 시작했지만
마음은 외려 가라앉으면서 편안해지는 것이었다. 더덕 어미는 이제
떨대 마누라를 따라다니며 '남묘호랭개교'를 한번 열심히 믿어보겠
노라 마음을 도슬렀다.

좁쌀만치만 보고 갈게

님이는 한가위를 앞두고 오일장 서는 데에 갔다가, 트럭을 몰고 다니며 양말과 운동화를 파는 떠돌이 장사꾼 최가를 만났다. 낡아빠진 트럭은 본래 색깔이 어땠는지 짐작을 할 수 없게 먼지투성이였지만, 짐칸에 진열된 물건은 그런대로 눈길을 끌 만했다. 희부옇던 살갗이 꺼메지고 나잇살이 꽤 붙긴 했지만 눈꽁댕이가 갤쑥하고 입 모양이 얄브스름한 것이 그 옛날의 형부 최가가 틀림없었다.

님이는 무엇보다 조카들의 생사가 궁금해서, 워낙에 아비 노릇할 인간이 아니란 것은 알지만 그래도 천륜이라는 것이 있으니 혹여 끈이 닿나 하여, 마이크를 들고 호객하는 최가에게로 다가갔다. 장바구니를 든 두어 명의 여자들과 흥정하는 최가의 꼴을 보아 하니 옛날보다는 반죽도 좋아지고 성질도 눅은 것 같았다.

무어라고 부를까. 형부, 라고 입을 떼려니 낯간지러웠다. 그렇다고 아저씨나 최 씨라고 부를 수도 없었다. 님이는 그냥 최가가 자신을 발견해줄 때까지 기다리기로 했다. 가을 바람이 소슬한데도 최가의 이마에는 땀이 번들거렸다.

한 여자와 홍정이 끝났는지 최가는 돌아서서 끈 달린 흰색 운동화 한 켤레를 집어 종이 곽에 넣었다. 여자에게 건네주고 돈을 받은 최가는 또 손뼉을 치며 다른 여자와 홍정을 시작하려다 님이를 보았다. 그는 목에 걸고 있던 수건으로 이마의 땀을 닦고 나서 다시 한번 찬찬히 님이를 살폈다.

머리에 기름 바르고 백구두 신고 다니던 거간꾼 시절, 그의 눈을 사로잡았던 한 여자가 거기 서 있었다. 또래보다 머리 하나는 더 크고 팔다리도 굵직굵직하여 어디서나 눈에 띄었던, 열서너 살 적의 그녀는 다릿말 일등 부자 김만석의 조카였다. 부모도 모르고 재산도 없이 떠돌던 그로서는 감히 넘볼 수 없는 존재였다. 그는 얼마나 많은 밤을, 그녀의 강한 팔다리에 꽁꽁 엉키어 잠드는 상상으로 하얗게 지새웠던가.

고추밭에 혼자 있는 그녀의 언니를 겁탈하고 만 것은, 다가갈 수 없는 그녀에 대한, 그리고 너무나 초라한 자신에 대한 체념과 울분의 가장 치명적인 표출 형태였다. 그 시절의 그는 자신을 배려하고 사랑할 줄 모르는 사람이 흔히 그렇듯이 남에 대한 배려와 사랑의 기술도 가지지 못했다. 그를 지탱해준 것은 서푼어치도 못 되는 자존심 하나뿐이었다. 그는 그녀의 집안 식구들, 쥐뿔도 없으면서 같잖게 잘난 척하는 인간들에게 개뼈다귀 취급을 받은 것이 못내 분했다.

그녀의 언니, 연이는 장모를 닮아 나부죽한 얼굴에 성격이나 몸집이나 아우와는 상극이었으나 구멍새가 얼핏 아우와 닮은 데도 있어 바라보기만 해도 윈고개를 틀게 되는 여자는 아니었다. 만약 연이가 여느 여자들처럼 스스럼없이 남편을 대하고 바가지를 긁어 대고 했더라면 아마도 그렇게 보통의 부부처럼 지지고 볶으며 아무렇지도 않은 일생을 살아낼 수도 있었을 것이다. 그러나 연이는 언제까지고 최가만 보면 세상에 없는 이물(異物)이라도 본 것처럼 자지러져서는 앉지도 서지도 못하고 절절 매면서 때로는 오줌까지 지리기도 하는 것이었다. 어디로 좀 사라지라고, 최가가 기껏 성질을 죽이고 뇌까려도 연이는 종내 말귀를 알아듣지 못하고 두려움 가득한 눈동자를 끔적거리면서 작은 몸뚱어리를 더 작게 웅크리기만 했다. 가련하기 짝이 없는 그 여자의 형상은, 김씨 일족에게 똥개 취급을 당하며 끌려다니고 얻어맞고 토끼장에 갇히고 하던 날의 굴욕을 상기시키고야 말았다. 연이와 함께 있으면 그는 스스로도 주체할 수 없이 야비해지곤 했었다.

최가의 가슴은 시방 저릿저릿한 어떤 애틋함에 감전되고 있었다. 차마 눈 똑바로 뜨고 그녀를 바라볼 면목이 없는 입장이었기에, 가슴속 가장 아득한 곳에서부터 시나브로 커지는 그 파동은 절망의 희망이었으며 고통의 기쁨이었다. 그 사랑은 최가가 죽을 때까지 지속되었다.

"님이."

처제, 라는 말은 죽은 아내를 연상시켰다. 최가는 그냥 언제나 부르고 싶었던 그 이름을 부르기로 마음먹어버렸다. 그는 별것 아닌 것을 가지고 오래 고민하는 사람이 아니었다.

님이는 막 양말 짝을 골라 내미는 장꾼을 가리켰다. 최가는 멍하게 님이의 손가락을 따라가다 새삼스레 장꾼을 발견하고는 머리를 긁적거리며 값을 불렀다.

"총각, 50원만 깎어도고. 늙은이가 국시 한 그륵이라도 사 묵구로."

염색을 했는지 몰라도 새까만 파마머리에 입성도 말끔한 여자는 짐짓 그렇게 촌 노인네 흉내를 냈다. 최가는 님이를 슬쩍 곁눈질하며 빙그레 웃었다. 하얀 옥니가 여전했다. 살색은 검어도 주름이 없어 젊어 보였다. 50원 남기는 장사에 50원 깎아주면 헛장사였지만 최가는 이 깍쟁이 장꾼과 길게 실랑이하기 싫었다.

"횡재한 줄이나 아이소. 저으게 포장집에서 국시 한 그륵 자시고 고 밑에 난전에서 손자 믹일 알사탕 및 개 사 가마 딱 됐네예."

최가가 재빨리 물건을 여자의 장바구니에 넣어주었다. 좀 무리한 듯싶은 요구를 했는데도 최가가 너무 쉽게 받아들인 게 어쩐지 자신이 손해를 본 것 같았는지 여자는 찜찜한 표정으로 물러났다.

"님이, 오랜만이다."

"그렇네예."

"부잣집에 시집갔다 카는 소문은 들었다."

"그짜서는 내 소문을 들었는데 나는 와 그짝 소문이라꼬는 몬 들었는공?"

곱지 않은 말투였으나 최가는 신경 쓰지 않았다.

"잘 살제?"

"내사 그렇지마는 아덜은 우예 됐는교?"

최가는 그제야 눈을 내리깔고 미소를 걷었다.

윤아, 미아, 종이, 환이. 님이는 아이들의 이름을 하나씩 불러보았다. 환과 종이가 제 아비에게 이끌려 달밭골을 떠난 지 석 달만에 되돌아왔다는 말은, 다릿말 큰집에서 새색시 노릇을 할 때 들었다. 반야월댁이 며느리 눈치를 보다 못해 둘 중 하나라도 내보내려고 말을 꺼냈는데, 환이 남고 종이가 갔다는 말은 시집에서 나중에야 들었다. 두 살이라도 더 먹은 것이 제가 가지 않고 아우를 보낸 행실이 밉살맞아 반야월댁이 환을 덜 좋아하게 되었다는 후일담도 들었다. 오라비가 죽고 올케가 떠난 올해, 대목장을 준비하는 장사꾼에게 밤, 대추 가마니를 넘기고 돈을 마련한 환이 밤을 도와 달밭골을 떴다는 말은 며칠 전 푸줏간에서 우연히 만난 다릿말 사람에게 들었다.

네 아이 중 최가가 1년에 몇 번이라도 만나고 있는 아이는 윤아뿐이었다. 하숙집에 맡긴 지 넉 달 만에 작은 방 한 칸을 마련하여 환과 종이를 데리러 가보니 형제는 없었다. 저희 외가로 돌아갔으려니, 했다. 종이, 환이나 되면 몰라도 어린 딸아이들은 데리고 살 자신이 없었다. 애초에 최가가 오래전 그 이른 봄날의 오후에 코 빠진 얼굴을 하고 아이들 외가를 찾은 것도 셋방 살림이나마 마련할 때까지 어미 없는 새끼들을 좀 돌보아달라고 부탁하며 인사를 차리려 한 것이었다. 마음은 그랬는데, 절하는 면상에 돌아앉는 장인의 모습을 보자 그만 또 타고난 성깔이 그 뾰족한 대가리를 치받으며 일어나버린 것이었다.

딸들을 맡긴 보육원에 가보고 싶은 마음을 실행에 옮긴 것은 2년 전 일이었다. 미아는 보육원에 있은 지 1년도 채 되지 않아 서울의 어느 딸 없는 집에서 입양을 해 갔다고 했다. 원장실 문을 열고 들어서는 윤아를 보자마자 최가는 피가 켕기는 것을 느꼈다. 안 보고 모른 체할 때와는 다른 어떤 뜨거운 것이 울컥 가슴 밑바닥에서 솟아올랐다. 윤아는 그동안에 꽤나 자라서 키도 컸지만, 가슴도 홍시 한 알 정도 크기로 부풀어 있었다. 어딘지 모르게 스며 있는 그늘이 그 아이를 더욱 숙성해 보이게끔 했다. 원장은, 윤아가 그 보육원 역사상 제일 공부를 잘하고 마음씨가 곱고도 올곧은 아이라고 자랑했다. 그 자랑에 걸맞게, 윤아는 아비를 원망하지 않았고 끝까지 자식 된 위치에서의 예의를 지켰다. 그러나 처음 원장실에 불려 와 최가를 살필 때 말고는 아비와 한 번도 눈을 맞추지 않는 윤아의 모습에서 최가는 그 아이의 은결든 속내를 보았다.

1년에 두 번 있는 큰 명절과 아이의 생일날에 그는 선물 꾸러미를 챙겨 보육원을 찾곤 했다. 그맘때의 아이는 얼마나 잘 자라는지 윤아는 이제 제법 아가씨 티를 냈다.

장바닥에 선 채로 님이와 최가는 네 아이의 행방에 대해 그들이 아는 바를 간략히 교환했다.

"윤아 있는 보육원이 어데라꼬예?"

"그게가 모리는 사람은 찾아가기가 쉽지 않은 데라 가주고……. 음, 우야꼬. 인자 한 사나흘 있이마 추석인까네 내가 윤아를 차에 실어가주고 님이를 한분 찾아오지 머. 그 아가 얌전해가 아무 데나 안 따러댕길라 카는 아지만서도 즈그 이모 만낸다 카마 아매 따러올라 칼 끼라."

"카마 그래 줄래예?"

"응."

님이는 돌아서려다 말고 최가의 트럭에 진열된 물건 중에서 예지가 좋아할 만한 연보라색 날렵하게 생긴 운동화와 더덕이 발에 맞을 만한 감색 운동화를 각각 한 켤레씩 골랐다. 최가는 물건값을 받지 않으려 했지만 님이의 고집이 더 셌다. 최가가 받은 돈을 님이의 장바구니에 떨어뜨려버리자 님이는 포기하고 가는 척하다가 날쌔게 돌아서 손이 먼저 닿는 운동화 속에다 돈을 집어넣고는 삽시간에 뛰어가버렸다.

님이가 가버리고 나자 말할 수 없는 허전함에 사지를 늘어뜨린 최가는 트럭 운전석으로 올라가 늦은 점심을 먹었다. 그는 사 먹지 않을 때는 언제라도 왜간장에 더운밥을 비벼 먹는 것으로 끼니를 때웠다. 아침에 보온 도시락에다 꾹꾹 눌러 담은 밥을, 파장 후 술 한잔할 생각이 있는 날에는 새참까지 하여 저녁 전에 다 먹어버리고 밤 운전을 해서 장거리를 가야 하는 날에는 아침부터 삼시 세끼를 그렇게 간장에 비벼 먹었다. 김치 줄거리라도 있으면 먹기야 좋겠지만 혼자 살림에 그런 것 따위를 챙기는 것이 귀찮고 구질구질했다. 대도시에서 야채를 팔러 다닐 때는 오이나 당근이라도 쓱쓱 긁어 베어 먹었지만, 양말 장사를 시작하고는 그런 것도 없었다. 나이를 먹는 건지 어떻게 된 심판인지 윤아를 보고 오는 길에는, 눈가가 젖었다. 어서 방 두 개짜리 독채 전세라도 마련해서 윤아를 데리고 살아야지, 싶어 예전처럼 돈을 헤프게 쓸 수가 없었다.

님이가 사 온 신발을 보고 더덕이는 팔짝팔짝 뛰면서 좋아했고, 예지는 그런 더덕이에게 자기 신발까지 주어버렸다.

최가는 약속을 지켰다. 시모가 죽고 없는 시집에서 님이는 어느 정도의 자유를 누리고 있었기 때문에 큰 명절날의 저녁인데도 최가와 윤아를 안채로 불러들일 수 있었다. 잘 장만한 명절 음식 한 상을 차려 먹인 후에, 님이는 윤아와 필남의 손을 잡고 보름달을 보았다.

님이는 자신의 손을 잡고 있는 어리고 약한 것들의 강녕과 죽은 자들의 평화를 기원했고, 윤아는 작은오빠와 미아를 만날 수 있게 해달라고 빌었다.

최가는 그들의 뒤에 멀찍이 서 있었다. 소원하고 비는 일에 익숙하지 않은 그는 토막토막 머릿속에 떠오르는 말들을 살그미 입속에서 읊어보았다.

님이, 윤아, 어데 있는 동 모리는 새깽이들, 엄마, 우리 엄마…….

오일장을 돌다 이 읍내에 오면 그는 꼭 님이를 보러 기와집 근처에 갔다. 어떨 때는 먼발치에서일지언정 님이를 볼 수 있었고 어떨 때는 자취도 보지 못했다.

녹수청강 흐르는 물에
배추 씻는 저 큰아가
그 배추 그만 씻고
고개 한번 돌아봐요
많이 보면 병날 것이요
좁쌀만치만 보고 갈게

개떡 같은 정

아들 죽고 며느리 떠나고 그 알토란 같던 영진이도 제 어미를 따라가고 미우나 고우나 큰딸이 남긴 새끼요 하나 남은 혈육이던 환마저 없어진 다음 달밭골 집은 괴괴하고 쓸쓸하고 막막해져버렸다. 아들 며느리 물고 뜯는 사랑싸움에, 미루나무처럼 쑥쑥 자라는 영진이 재롱에, 그래도 사람 사는 맛이 쫀득쫀득하던 시절은 한순간에 옛날이야기가 되었다.

삼일장을 치르면서는 아예 한숨을 못 자고 그러고도 오랫동안 노루잠밖에는 자지 못하던 반야월댁은, 환이 도망간 가을을 넘기고 겨울이 닥쳐서도 그렇게 밤이고 낮이고 허깨비처럼 휘청거렸다.

그러다가 꼭 이야기 속의 마귀할멈 같은 몰골로 베틀 방에서 바디질을 하던 어느 몹시 추운 밤, 헛것을 보고는 나가둥그러지고 말았다. 검고도 끈끈하며 징그러운 물 같은 게 사방 벽에서 새어 나와 반야월댁을 에워싸는 것이었다. 반야월댁은 엉금엉금 기어서 베틀 방을 나와 싸락눈 한 겹 쌓인 마당을 지나 반야월 영감이 자고 있는 사랑으로 갔다.

"영감, 영감. 내 죽느메. 어데 있능게?"

역시 잠 못 이루고 자는 척만 하고 있던 반야월 영감은 아내의 목소리를 듣자마자 지게문을 박차고 나왔다. 그리고 반야월댁을 안아 올려서는 밤새워 주무르고 보듬고 더운물을 먹이고 지극 정성을 쏟았다. 날이 밝자 평생 한 번도 안 해본 솜씨에 되는대로 미음을 끓여 아내에게 떠먹였다. 아내가 그 미음을 다 토해버리자 소태나무의 껍질을 벗겨 삶아서 아내를 먹였다.

그는 절박했다. 그리고 무서웠다. 아내라도 없으면 도저히 남은 생을 살아낼 수 없을 것 같았다. 사랑의 문제가 아니라 사느냐 죽느냐의 문제였다.

반야월댁이 그렇게 되자 반야월 영감은 잠자리를 반야월댁이 있는 안방으로 옮겼다. 삼십몇 년 만의 일이었다.

혼인하여 살림을 나고 아이들이 자라기 전까지 한 7~8년은 한 방을 썼다. 입이 무겁고 잔정이 없는 여자여서 깨소금 맛 같다는 신혼 재미란 남의 일인가 했다. 아무리 살림에 보탬이 된다고는 해도 누가 멱살을 잡고 끌어다 앉힌 일도 없건마는 아내는 그렇게 밤낮으로 베틀에 붙어살았다. 그러니 그때도 사실은 한방에서 잔 것이 아니었다. 그저 잘 방이 하나밖에 없다 보니 한방을 쓰는 것도 아니면서 각방을 쓰는 것도 아닌 그런 상태로 산 것이었다. 자다가 마누라 생각이 나면 베틀 방에 들어가 마누라 팔뚝을 휘어잡고 안

방으로 끌고 오곤 했었다. 그러다 아이들이 나고 그 아이들이 자라면서부터는 아이들 눈을 피해 형편껏 욕정을 채웠다. 아이들 머리통이 제법 굵어질 때쯤 사랑채를 냈고, 그때부터는 완전히 각방을 쓴 것이 30년을 넘었다.

자세한 내막은 알지 못하여도 반야월댁과 결혼하여 달밭골에 처박히게 된 것이 전부 장형의 꼼수인 것 같아 울컥울컥 부아가 치받을 때면 애꿎은 반야월댁을 더러 치기도 했었다. 그러나 그것도 나이 들면서는 아주 없어진 버릇이었다. 아마 쉰이 고비였던 것 같다. 그 나이를 먹고 나니 뭐가 달라도 달랐다. 세상이 변한 것이 아니라 자신이 변한 것일 텐데도 세상이 딴판으로 달라 보이고 그 속의 사람들도 달라 보였다. 일없이 한숨 쉬고 눈물 짜는 꼴은 보아주지를 못하던 반야월 영감이었는데, 담뱃대를 물고 멍하니 앉아 있다 보면 절로 한숨이 나고 눈 밑이 젖었다.

반야월댁은 그러고는 다시 베틀 방에 가지 않았다. 그 꼴이 되고 보니 기댈 곳은 영감밖에 없는 것 같았다.

세상 어디를 가도 팔자 도망은 못 하는 것이라 했다. 이 영감과 만나라는 팔자여서 그 우여곡절 끝에도 기어코 만나서는 새끼 낳고 산 것이 아닐까. 걸핏하면 점바치 말에 혹하곤 했던 모친이 딸년의 살(煞)을 방패막이하려고 딸년의 손톱, 발톱을 깎고 사타구니 털을 뽑아 비단주머니에 넣어 묻은 것이 도합 몇 번이었나. 그랬는데도 불쌍한 모친 딸자식 병수발 하다 황천지객이 되고, 한수 총각 잔치 마당에서 몽달귀신 되고, 영감의 작은형 담뱃불 한번 잘못 빌려주어 행방불명되었으니 그것이 다 죄 많은 년의 팔자치레가 아니고 무얼까. 반야월댁은 지나온 삶을 그렇게 해석하며 영감에게 새 정을 느꼈다. 사람 짐승의 대가리는 무조건 얼려야 한다며 입때 껏 박박 밀기만 하여 한 번도 머리 기른 꼴을 보여주지 않은, 영감의 푸르뎅뎅한 머리통조차 정겨워 보였다. 맺어질 수밖에 없어 맺어진 부부의 연이라면 이제라도 이 영감에게 잘해야겠다 싶었다. 영감이 욱기가 있어 그 성질 맞추고 사느라 힘은 들었지만, 속정도 없는 사내는 아니었다. 살림 나고 아직 아이 없을 적에 못가에서 빨래를 하다 보면 헤엄치러 온 척 못에 들어가서는 말없이 그 빨래를 헹구어주던 사람이었다.

반야월댁은 그 정에 답하여 곰살궂은 마누라 노릇을 해준 적이 한 번도 없었다. 인생이 원래 고해(苦海)려니, 감내하는 수밖에 없느니, 입술을 깨물고 머릿속을 비우고 목석처럼 살아왔다. 달관한 듯 꾸몄지만, 그것이 실은 밴댕이 소가지의 옥생각이었다. 정(情)은 흐르는 대로 둘 일이었다.

다릿말에서 세간 날 때 일가 시숙뻘이 맞추어준 소나무 베틀, 그 앞을깨에 앉아 보낸 세월이 반평생은 되고도 남을 테다. 발을 올려 북 한 번, 발을 놓아 북 한 번, 북 한 번에 바디질 한 번씩 그 단순한 동작을 무슨 간절한 염주(念呪)나 있다고 그토록 오래 놓지 못했을꼬. 용두머리 우는 소리, 바디질 치는 소리에 날을 보내고 달을 견디고 해를 이긴 그 세월. 젖먹이를 옆구리에 끼고도 떠나지 않았던 베틀이었다. 그런데 하루아침에 거짓말같이 베틀이 싫어지고 영감의 숨소리가 고마워졌다.

때늦은 그 밀월은 오래가지 않았다.

꼭 죽을 것처럼 시난고난 자리보전을 못 면하던 반야월댁이 해토 머리에 기신(起身)이라도 하게 되자 이번에는 반야월 영감이 드러누웠다. 누워 살거나 앉아 살거나 그저 숨만 쉬어주면 더 바랄 것이 없다는 심정으로 반야월댁은 극진히 영감 병구완을 했다. 그러나 생전 밥그릇 앞에 두고 깨지락거린 적 없고 돌덩이를 삼켜도 삭혀내던 영감이 도통 먹지를 못했다.

달밭골에 살림을 나서는 해마다 영감이 앞장서고 반야월댁은 잔시중만 들던, '입춘대길' 써 붙이는 일을 그해에는 반야월댁이 했다. 그리고 보리 뿌리를 넣은 액막이 떡을 쪄 고수레한 뒤 며칠째 죽만 먹은 영감에게 억지로 권해 두 조각을 먹였다. 입으로 들어간 건 두 조각인데 밑으로 나오는 건 어찌된 셈판인지 찔끔찔끔 대여섯 번이나 되어 영감은 그날 밤 잠을 자지 못하고 연해 요강에 올라앉아 끙끙거렸다.

반야월댁은 어떻게든 영감의 입맛을 돋우어보려고 눈 녹은 물 질척한 산등성이를 뒤져 햇나물을 캐고 다릿말 맏조카에게 부탁하여 우족을 구하기도 했다. 향긋한 봄나물 무침에 구수한 곰국이면 이 내외에게는 대단한 진수성찬이었지만, 거슬거슬 말라붙은 입술에 두어 번 국물이나 축이는 시늉을 하던 영감은 그예 수저를 떨구어버렸다.

"영감, 머 따리 자시고 싶은 거 있능게? 머라도 해줄 테이 말해보소."

"엄따."

거무끄름한 눈시울을 파르르 떨며 영감은 힘없이 대꾸했다.

"그카지 마고 아무끼라도 말해보소."

반야월댁은 일촌간장(一寸肝腸)으로 애가 탔다.

"엄따 카이."

"이 영감이 참말로 와 카노. 머라도 목구녕으로 넝구치야 살제. 지가 암만 항우장사라 보이 안 묵고 살아낸다 카더나."

"개떡을 한분 무보까."

"얼릉 해 올 끼이 쪼매마 기다리소잉."

좋은 것 다 놔두고 하필이면 개떡일까 싶어 반야월댁은 반야월 영감이 더없이 애련(哀憐)했다.

작은 솥에 물을 좀 부었다. 아궁이에 불씨가 남아 있어 삭정이만 두어 움큼 집어넣고 불을 피웠다. 보리 싸라기 빻은 것에 통밀 가루를 섞고 소금과 사카린으로 간을 하여 반죽한 것을 한 주먹씩 떼어 반대기를 만들었다. 베 보자기를 씌운 겅그레를 솥에 넣고 그 위에 반대기들을 얹었다. 마음이 급하니 소댕꼭지도 제대로 잡혀지지 않아 별로 무겁지도 않은 그것을 부뚜막에 떨어뜨리기조차 했다. 그날따라 소댕 떨어지는 소리는 또 얼마나 끔찍스레 요란한지 소스라치며 저도 모르게 뒷걸음질을 치던 반야월댁은, 간동한 부뚜막이 두 쪽으로 갈라지는 듯한 환각을 보았다.

영감아 곳감아

죽지를 마오

보리방아 찧어서

개떡을 쪘소

개떡 솥에

더운 김 날 때

우리 영감 콧구무에설랑

찬 김 나네

반야월 영감은 그 개떡 한 조각 먹어보지 못하고 가버렸다.

사위가 부자라 장례식은 다릿말까지 통틀어 어떤 집에도 밑가지 않게 치렀다. 반야월댁은 님이의 주선으로 달밭골을 떠나 도시로 가서 중학교에 입학한 윤아를 바라지하며 살게 됐다. 반야월댁이 최가를 보지 않으려 했으므로 윤아는 보육원을 나온 뒤에도 보육원에 있을 때와 똑같이 1년에 두어 번밖에 아비를 만나지 못했다.

반야월댁은 가끔 밥 뜸을 들이면서 그 김에다 개떡을 몇 장 쪄서는 상에 올리곤 했다. 윤아는 외조모의 권에 못 이겨 한 번 맛을 보고는 생긴 것처럼 맛도 지지리 없다면서 다시는 젓가락을 대지 않았다. 윤아는 사실 개떡이 생긴 요량하고는 구뜰한 맛이 있다고 생각했다. 고기도 먹어본 놈이나 먹을 줄 안다고 윤아처럼 어렵게 자란 아이가 미식 취향을 가지는 경우는 드문 것이다. 다만 윤아는 개떡을 앞에 놓고 늙은이가 하염없이 청승 떠는 양을 보는 게 싫었다.

반야월댁은 개떡을 꾸역꾸역 씹다가는 눈물을 주르르 흘리고 소맷부리로 눈물을 찍어내다가는 한숨을 토했다. 개떡을 씹다 토해내는 한숨은 개떡 냄새를 피웠다. 정이 무엇이냐고 누가 묻는다면, 반야월 댁은 개떡 같은 것이라고 대답했을 것이다.

고추

필남은 님이의 소망과는 반대로 생긴 것만 어미를 **빼닮고** 머릿속은 제 아비였다. 예민하고 조숙하고 깔밋한 성격에 외곬으로 생각하기 일쑤였다. 눈에 보이는 건 외모요, 정신은 보이지 않는 것이라서 생전의 조모는 필남을 미워하는 이유로 아비를 닮은 구석이라고는 하나도 찾아볼 데가 없이 촌티 줄줄 흐르는 그 어미에 그 딸이라는 것을 반드시 짚곤 했었다. 쭈그렁밤송이 3년 간다고 필남이 나기 전부터 곧 죽을 것처럼 앓는 티를 내던 조모는 필남이 세 살 먹던 해까지도 살았는데, 그 조모가 죽고 네 살 다섯 살이 되어서도 필남은 할매 온단 소리만 들리면 울음을 그치고 숨도 크게 쉬지 않았다.

아비 역시 예지에 대한 사랑의 반의 반만큼도 필남에게 나누어 주지 않았다. 어린아이는 괴는 데로 간다고 필남은 자신을 사랑하는 자와 그렇지 않은 자를 구별하여 후자 쪽으로는 아예 가까이 가지를 않았다. 그렇다고 필남이 제 어미에게 유별스레 달라붙었던 것도 아니었다. 그저 어미의 정성과 사랑을 거부하지만 않았달 뿐이었다.

"쟈 속에는 머가 들었을꼬잉?"

어린애가 까불지도 않고 의뭉스럽다고 더덕 어미는 가끔 그렇게 흉을 보았다. 더덕 어미는 필남과 한날에 낳은 아들 병식을 달고 일을 와서는 필남과 놀라고 붙여주곤 했다. 그러면 필남은 문을 닫아걸고 혼자 놀았고 병식은 문 앞을 하릴없이 매암돌다가 울면서 제 어미를 찾아갔다.

필남이 병식과 놀아주지 않은 것은, 병식이 언제나 푸르무레한 콧물을 양 콧구멍 중 어느 한쪽에는 꼭 달고 다니는, 그러다 그 콧물이 윗입술을 넘어서면 쪽쪽 소리까지 내면서 빨아 먹는 추저분한 아이였기 때문이지 남자아이 자체를 싫어했기 때문은 아니었다. 필남은 얼굴이 예쁘고 입성이 깔끔한 남자들을 아주 좋아했다. 사실은 아버지 역시도 감히 접근은 못 하여도 한없이 동경하고 사랑하는 필남의 남자였다.

일하는데 자꾸 어린애가 보채는 것이 남 보기에 민망했던 더덕 어미는, 저학년이라 학교에서 일찍 오는 둘째 을식에게 어린애를 맡기고는 했다. 그러던 어느 날, 동네 사람 전부가 기함을 할 일이 병식에게 일어났다.

그 무렵 병식네 집에서는 똥개를 한 마리 기르고 있었다. 똥개란 원래 사람이 이것저것 다랍게 섞어 이 빠진 사발에 담아주는 개밥보다 사람이 방금 눈 싱싱한 똥을 더 좋아하기 때문에 똥개라고 부르는 것이다. 이 집 똥개도 다르지 않아서 갑식이나 을식, 병식은 변소에서 똥을 누는 법이 없었다. 다른 데에서 놀다가도 똥이 마려우면 자기 집 누렁이를 먼저 찾아놓고 누었다. 대개는 두엄더미 옆에서 똥을 누다 다 누면 누렁아 누렁아, 목청껏 불렀다. 그러면 뒤를 닦을 필요도 없이 누렁이가 달려와 긴 혓바닥으로 말끔히 핥아주는 것이었다.

병식도 제 형들 본을 받아 그렇게 했다. 그날은 속이 좀 안 좋았는지 연해 푸드득 소리를 내며 무른 똥을 누었다. 누렁이가 그날따라 배가 많이 고팠는지 부르지도 않았는데 달려와서 병식의 똥 궁둥이를 빨기 시작했다. 병식은 시원하게 뒤를 보지 못했기 때문에 계속 힘을 주었고 똥은 떨어졌고 누렁이는 날름날름 받아먹고. 거기까지는 병식네 집 오후의 한가로운 풍경에 지나지 않았다. 그런데 병식이 제 똥을 보려 했는지 누렁이를 보려 했는지 머리를 숙이고 궁둥이를 살짝 쳐들었다. 그 바람에 물찌똥이 병식의 자그마한 불알로 흘렀고, 떨어지는 똥을 받아먹으려던 누렁이가 똥 묻은 병식의 불알 끄트머리를 뜯어 먹고 말았다.

병식은 아프기도 하고 놀라기도 하여 어진혼이 빠져서는 울며불며 두엄 더미를 데굴데굴 굴렀지만, 마침 옆집 마당에서 또래 계집아이와 소꿉놀이에 정신이 팔려 있던 을식은 귀찮은 동생 때문에 자신의 놀이가 방해받는 상황이 노상 반복되곤 하는 것에 짜증이 나서 냉큼 일어서지 않았다.

"니 동생한테 가봐라. 와 저래 울어쌓노."

드디어는 계집아이가 을식의 등을 떠밀었고, 속으로는 걱정이 되기도 했던 을식이 불밤송이 같은 머리통을 긁적이며 느지감치 가

265

보니 병식은 아랫도리가 피똥 곤죽이 되어 울부짖고 있었다.

겁이 나서 병식을 만지지도 못한 을식은, 앞이 안 보이도록 흐르는 눈물을 연신 팔뚝으로 닦아내며 제 어미 있는 약방 집까지 달려갔다.

더덕 어미는 마침 내일이 약방 집 주인의 생일이라 떡을 하고 수정과와 감주를 담그고 갖가지 나물을 무치고 지짐이들을 부치느라 숨 돌릴 여가도 없이 돌아치고 있었다.

"엄마, 엄마. 병식이가……. 병식이가아."

"이넘우 소상, 얼라 보라 캤디 얼라는 안 보고 와 여는 쫓아와여 지랄삥이고. 자, 이 지짐이나 한 개 묵고 얼릉 가거라."

더덕 어미는 흰살생선에 밀가루옷을 입혀 계란물에 담갔다가 지진 전유어를 을식에게 주었다. 을식의 코와 입과 위장은 전유어의 고소한 냄새에 맹렬한 반응을 일으켰다. 그러나 을식의 머리는 울고 있는 동생의 영상을 아주 밀어내지 못했다.

"엄마, 병식이가 피를, 피를 막 흘린대이."

"야가 머라 캐쌓노?"

"병식이 꼬치에서 피가 난다꼬."

"꼬치에서 피가 와 나노? 벌갱이한테 째비낐다 카더나, 어데 못걸은 데 긁힜다 카더나."

"몰래이. 기양 막 울고 구불고 난리다."

"이 새끼야. 느거 어매가 지꿈 얼매나 바뿐지 아나? 얼라가 울마 업어주고 달갤 생각은 안 하고 쫓아 뛰오마 장땡이가."

266

모자의 실랑이를 지켜보던 님이가 더덕 어미의 손에 들린 뒤집
개를 빼앗으며 말결을 달았다.

"퍼뜩 가보소. 동생이 어지가이 울었이마 저래 왔겠나."

더덕 어미는 을식의 머리에 꿀밤을 한 대 야무지게 먹였다. 그러
고는 얼른 갔다가 돌아올 요량으로 앞치마도 벗지 않고 뛰다시피 걸
었고, 을식은 어미의 뒤에서 전유어를 먹으며 뛰었다 걸었다 했다.

사립 앞에서 병식의 꼴을 본 더덕 어미는 반 넋을 잃고 병식을
안아 올렸으며 몇 번 발을 구르다가 국민학교 옆에 있는 보건소 쪽
을 향해 뛰었다. 몇 발짝 상간으로 어미를 뒤쫓아오던 을식은 어미
의 태도와 안색을 보고 사태가 심상치 않음을 알아챘고, 지금 어미
의 눈에 띄었다가는 살아남지 못할 것이라는 판단을 했다. 그는 이
후 한 주일 동안 남의 집 짚더미나 헛간에 숨어서 동무들에게 밥을
빌어먹으며 집에 들어가지 않았다.

보건소에서 응급처치를 하고 앰뷸런스에 실려 도시까지 가서는
봉합수술을 마친 병식을 데리고 사흘 만에야 더덕 어미가 돌아왔다.

병식을 방 안에 눕히자마자 더덕 어미는 누렁이부터 잡아 배를
가르고는 창자를 꺼내어 땡볕에 줄줄이 늘어놓았다. 그 누렁이한테서
새끼를 많이 보아 살림 밑천으로 삼고자 했던 연전의 기대와 희망도
함께 한여름 땡볕에 말려버렸다. 그러면서 가난이 웬수며 서방이 웬
수라고, 머리를 뜯고 땅을 치며 푸닥거리 한판을 벌였다. 가난하지 않
았으면 어린애를 두고 남의 집일 하러 다니는 신세가 되지 않았을 것
이고, 그랬으면 이런 일이 없었을 것이다, 고로 가난이 웬수다. 서방

이 소를 팔아 술을 퍼마시지 않았다면 빌어먹을 놈의 개새끼를 얻어 키우지도 않았을 것이고, 그랬으면 이런 일도 없었을 것이다, 고로 서방이 웬수다. 요지는 딱 그것이었지만, 더덕 어미는 목이 쉬어 소리가 나오지 않을 때까지 너더댓 시간에 걸쳐 푸념을 그치지 않았다.

병식의 일을, 필남은 죽을 때까지 잊지 못했다. 백 사람이면 백 사람이 다 병식을 보면 돌아서서 혀를 끌끌 차댔다. 그리고 필남을 볼 때는 백 사람 중 아흔아홉 사람이 입버릇처럼, 고추를 어디서 사다 달 수 있을 것 같으면 금덩어리를 주고라도 사다 달겠지만 그리는 못 하는 것이 하늘의 이치니 네가 터라도 잘 닦아서 고추 달린 동생 봐야 한다는 말을 해댔다. 고추는 완전한 인간이 반드시 가져야 할 무엇이라고 어린 필남은 생각했다. 그러므로 자신을 비롯한 모든 여자들은 고추 잘린 병식들이었다.

필남이 아홉 살 때 배가 불룩한 작은어머니가 살러 들어왔다. 작은어머니는 예쁜 사내아이를 낳았다. 고추 달린 사내아이를 낳음으로써 대번에 집안의 권력은 작은어머니에게로 쏠렸다.

필남은 그 아이를 좋아하여 종종 자진해서 그 아이를 업어주었다. 그러다 어느 때인가는 잠자는 이복동생의 기저귀를 벗겨 그 자그마한 고추에 자신의 음부를 갖다 대어보기도 했다. 필남은 자신이 얼마나 절망적으로 그것을 원하는지 알았다. 그러나 어떤 수를 쓰더라도 그것을 가질 수는 없음도 알았다. 그래서 아홉 살 필남은 엎드려 오래도록 울었다. 울면서 똥개에게 고추를 물어뜯긴 병식도 생각하고, 한 번도 자신을 안아주지 않은 약방의 잘생긴 아버지도 생각하였다. 그 사념의 귀결은 언제나 초라하기 짝이 없는, 엎드려 울고 있는 필남 자신의 모습이었다.

그 한해에 약방 집은 들고나는 사람들로 조용한 날이 없었다. 초당의 유 씨와 예지가 먼저 약방 집을 떠났다. 예지는 도시 근교의 여자대학 약대에 입학했고, 권 약국이 그 대학 근처에 아담한 집을 사 주었다.

님이는 필남과 함께 윤아가 살고 있는 도시로 갔다. 권 약국은 그들 모녀를 위해 구멍가게와 담배포가 딸린 집 한 채를 사 주었다.

님이가 집을 나설 때에야 비로소 권 약국은 첫날밤 왜 님이를 안았는지 알게 되었다.

습관은 때로 진심을 배반한다.

권 약국과 같이 결벽(潔癖)이 있는 사람은 오랜 시간에 걸쳐 형성된 습관의 테두리를 벗어나지 않으려 할뿐더러 설령 벗어나려고 마음을 먹더라도 잘되지 않는 법이다. 그러므로 그가 님이를 두 번 안은 것은 그로서는 습관적 자아에 대한 엄청난 반란이었다. 지난 세월, 예지와 유 씨에게 더할 수 없이 자상하게 군 것도, 님이와 필남을 무시함으로써 학대한 것도 모두 습관적인 행위였다. 예지와 유 씨만을 심중에 두어 사랑하고, 님이와 필남은 마음 바깥으로 내쳐 미워해서가 결단코 아니었다.

예지와 유 씨가 떠날 때보다 더 예리한 아픔이 권 약국의 심장 근처를 저몄다. 그것은 진짜 자상(刺傷)에 버금가는 물리적인 통증이었다. 그렇다고 구태여 가겠다는 여자를 잡는 것은 자존심이 허락하지 않았고, 아들 낳은 여자를 버리는 것은 양심이 허락하지 않았다.

이제 이 집의 아늑함과 따스함과 평화는 다시 오지 않을 것이다.

권 약국은 그런 예감을 가졌고, 그 예감이 실지로 맞아떨어진 다고 해도 죄 많은 자신으로서는 어쩔 수 없는 일이라고 생각했다. 모든 것이 팔자요 운명이라고 그는 그 상황에서 가장 편한 논리로 자신의 나약함을 합리화했다.

매미 허물 같은

님이는, 반야월댁이 죽고 나서는 혼자 자취하며 고등학교를 다니던 윤아를 불러들여 함께 살았다. 필남은 말이 없고 우울하고 잡념이 많은 학생이었고, 윤아는 공부에 일심으로 매진하는 모범생이었다. 님이의 구멍가게는 동네 사람들을 상대로 하는 소박한 것이었는데 그런대로 세 식구가 먹고살면서 현상 유지를 할 수 있었다.

돈을 모아 윤아와 함께 살려던 최가는, 여름밤 어두운 국도에서 졸음운전을 하다가 사고를 내는 바람에 모아둔 돈의 거의 전부를 까먹어버렸다.

그는 시계를 거꾸로 돌린 것처럼 훨씬 젊었던 어느 날의 가난뱅이로 되돌아가 있었다. 그에게는 중고 픽업 한 대와 그 차의 짐칸에 실린 오이 열 상자밖에는 아무것도 없었다. 그는 들장미가 벽돌담마다에 늘어진 한적한 주택가를 돌며 그곳에서 사는 스무 살 안팎의 식모들과 농담을 주고받고, 너무 더우면 찬거리로 무얼 해야 할지 생각나지 않는다며 걱정이 늘어진 그들에게 오이소박이를 담그고 오이 냉국을 장만하라고 권했다. 식모들은 선들거리는 그의 성격에 호감을 느꼈으며 각기 저희 집 주인 여자를 구워삶아 오이를 한 광주리씩 사주었다. 오이 장사로 밑천을 좀 마련한 다음에는 부촌에서 소비될 만한 고급 백도와 무등산 수박을 떼어다 팔아 재미를 보았다.

동네 초입의 공터에 저절로 피어난 분꽃은 꽃잎을 접고 해바라기는 온몸을 활짝 벌려 하늘의 제 님을 바라보고 있던 초가을의 한낮에 최가는 유자 농원에서 방금 딴 첫물 유자 아홉 상자와 모과 다섯 상자를 실은 트럭을 끌고 예의 주택가로 가서, 이맘때는 유리 항아리 그득히 유자청을 만들고 모과주를 담는다는 정보를 준, 그동안 정도 꽤 든 식모들에게 물건을 넘겼다. 동네를 나올 때는 어느 사이에 노을이 서녘 하늘을 꼭두서니 빛깔로 물들이고 있었고 분꽃은 아직 하얗고 투명한 달을 위해 꽃잎을 벌리기 시작했으며 해바라기는 지는 해가 안타까워 얼굴을 가렸다.

그는 한 상자 남은 유자를 내려놓고 갈 요량으로 님이네 가게에 들렀다. 퇴근길 정체로 도로가 막혀 님이네 가게에 도착했을 때는 저녁때도 한참 지나 있었다. 님이는 혼자 가게에 앉아 있었다. 콩나물, 두부를 사러 온 주부들로 바쁜 시간이 지나가서인지 호젓해 보였다. 입시생인 윤아는 독서실에서 공부하다 늦게 온다고 했고, 필남은 경주로 수학여행을 떠났다 했다.

님이는 최가의 느닷없는 방문이 아주 싫지는 않았다. 죽은 언니와 어머니를 생각하면, 님이에게도 최가는 원수여야 마땅했으나 세월의 힘인지 무엇인지 넘이는 그에 대한 미움을 잊어버렸다.

"우짠 일인공?"

"응, 유자가 쪼매 남어가주고. 꿀에 재았다가 차 끼리 무마 좋다 카데. 겨울에 한 잔썩 무마 감기도 안 걸리고."

"차를 끼리 묵든 동 뼈수를 끼리 묵든 동 좋은 거 있이마 그짝서 다 묵지 여꺼정 갖다줄 일이 머 있능공?"

"넘이. 날 너무 미버카지 말그라. 난도 인자 본정이 돌아오고 보이 그때 아덜 엄마한테 내가 많이 잘몬했다 카는 거 안다."

"그거로 모린다 카마 사람도 아이지 머. 떨가뿐 아덜 생각도 쪼매썩 나는갑네, 인자는?"

"암만, 나고말고. 아바이 잘몬 만낸 죄로, 휘유우."

최가는 넘이의 퉁바리 몇 번에 금방 쪼그라들어서 땅이 꺼져라 한숨을 쉬고는 담배 한 대를 꼬나물었다. 넘이 앞에서는 왜 이렇게 양순해지는 것인지 최가는 스스로를 이해할 수 없었다.

"저녁은 잡샀는교?"

"안 묵기는 안 뭇는데 머 똑 챙기 무야 되는 것도 아이고."

"지 밥도 안 챙그리 묵는 사람이 넘우 차 끼리 물 꺼는 머 할라꼬 챙기쌓노?"

"하이고, 인자 고마. 넘이 티방(통)만 받어 무도 나는 배부리고도 터진데이. 안 그래 뷔는 사람이 우예 더 쏘노?"

"용한 구렝이가 암뿡심이[성기(性器)] 문다 카는 소리 못 들었는갑네."

님이로서는 별 생각 없이 뱉은 말이었다. 그러나 말이란 특정한 소리를 내면서 동시에 그에 따른 이미지를 떠올리게 하는 마술인 것이다. 님이 역시 순해빠진 구렁이가 하필 남자의 성기를 무는 영상을 자연스레 떠올리고야 말았다. 남자의 성기는 님이가 상상한 최가의 성기였다. 그 영상은 님이에게 저 깊은 곳으로부터의 어떤 떨림을 전해주었다.

님이는 여태 남녀 간의 육체적 사랑에 대하여 아는 것이 거의 없었다. 안다고 하더라도 그것은 꿈속의 것처럼 비현실적인 것이거나 공상 속에서 아주 유치한 형태로 반복된, 가령 절구에 연해 방아를 찧어대는 것과 비슷한 형태의, 어떤 행위였을 뿐이다. 그녀의 나이, 서른일곱이었는데도 그랬다.

그렇다면 님이는 권개동을 사랑하지 않았을까. 죽어도 하기 싫은 일이라면 차라리 죽고 말지 그 일을 하지는 않을 성격의 님이가 약방 집에 10년 넘어나 붙어살았다면 그것이야말로 사랑의 힘이 아니고는 불가능한 일 아니었을까.

사랑을 넓은 의미로 해석한다면 물론 님이는 필남의 아버지를 사랑했다. 그러나 10년에 딱 두 번, 그것도 신행 전의 다릿말 큰집에서 꿈결처럼 이루어진, 이제는 기억조차 아득한 교합만큼이나 그 사랑은 첫날밤의 인상에 기인한, 막연하기 짝이 없는 연민과 동경에 불과했다. 간절함의 정도만 본다면 약방 영감에 대한 님이의 그러한 감정은, 달밭골 찬란한 달밤의 못물 위에 드러누워 이야기 속의 구슬이를 그리던 마음보다도 아랫길이었다. 예지와 유 씨를 극진히 사랑하는 그의 마음까지가 넘이의 연민과 동경의 대상이었는데, 그가 야살 까는 웬 젊은 여자에게서 아들을 낳아가지고는 예지와 유 씨를 내보낼 채비를 하자 누가 자기더러 나가란 말을 한 것은 아니었으나 그 집에 더 있기가 싫어졌었다.

이 동네에 이사와 구멍가게를 시작하고부터는 홀어미라는 걸 알게 된 점잖지 못한 남자들이 담배나 소주를 사러 와서 더러 집적 거리기도 하고 싱거운 농담을 던지기도 했다.

아지매, 밤 되마 많이 외롭지예?

머 눈에는 머만 뷘다 카디 외롭기는 그짝서 외롭은갑구마는. 나는 밤에는 자니라꼬 외롭은 동 고롭은 동 모리네예.

넘이가 열 번이면 열 번 다 그렇게 퇴박하니 남정네들도 이제 는 그런 종류의 시러베장단을 삼가는 편이었다.

그런데 그날 저녁의 최가는 달랐다. 그것은, 넘이가 그를 여타 의 동네 남자들과는 다르게 보았다는 의미에서의 다름이다. 다름에 대한 그러한 인식은 심히 주관적인 것인데, 이제야말로 수많은 동일 성과 익명성 속에서 최가는 넘이라는 한 여자의 특별한 개인으로 승 격된 것이다.

"난도 인자 저녁을 한술 뜨까 우야꼬 카미드르도 궁디이가 무 거버여 이카고 앉아 있었는데, 카마 같이 한술 뜨까예."

"그래 주마 좋고."

"반찬 새로 장만코 하는 거는 귀찮으이 기양 이래 묵고 치웁시더."

"내사 얻어묵는 넘이, 주는 대로 무야지."

님이는 찬밥에 나물 몇 가지를 쓸어 넣고 참기름과 고추장으로 비볐다. 그녀는 고추장을 좀 많다 싶게 퍼 넣었다. 의식 없이 한 그 행위는 그러나, 이성의 맑은 통제를 거부하고 싶은 은밀한 욕망의 발로였다. 그녀는 그 시뻘건 밥을 한 사발 그득하게 떠서 최가에게 주었다.

최가는 맛나게 사발을 비웠다. 격식 갖추는 집안에서 자랐으면 님이의 대접에 모욕감을 느꼈을지도 모르는 일이었으되 개뼈다귀처럼 이리저리 구르며 자란 최가는 원래 그렇게 한 그릇에다 비벼서 아귀아귀 먹는 것을 좋아했다.

두 사람은 밥을 먹느라 방에 들어갈 수밖에 없었고, 고추장에 비빈 것을 먹느라 땀을 흘릴 수밖에 없었다. 서로의 땀내에서 순수한 땀의 성분이 아닌, 암컷과 수컷의 냄새를 맡은 그들은 누가 먼저랄 것도 없이 옷을 벗었고, 뜨겁게 결합했고, 더 많은 땀을 흘렸고, 땀과는 다른 성분의 물도 흘렸다.

점방 문이 드르륵 열리는 소리가 났다.

아지매, 아지매. 없어예?

방앗간 못 지나치는 참새처럼 시도 때도 없이 가게를 나드는 이웃 사진관 집 꼬마였다. 사진관 손님이 잔돈푼이라도 쥐여주었나 보았다.

꼬마와 두 사람 사이에는 불투명 유리 미닫이 하나만이 가로막혀 있었다. 소리가 날까 봐 동작을 멈추었기 때문에 여자는 남자의 성기가 어떻게 제 몸속에 들어 있는지 또렷하게 느낄 수 있었다. 여자는 남자의 목덜미를 힘차게 껴안아주었다. 장딴지와 등허리에 빠듯하니 힘이 들어찼다. 여자는 허물을 벗고 있었다. 끝없이 아득한 비약. 어지러우면서도 황홀한 느낌. 죽음 같은. 매미 허물 같은.

아이가 점방 문을 열고 나가는 소리가 들렸다.

성공의 뒤안

콘크리트 블록과 코카콜라와 햄버거와 마이카와 아파트의 시대가 왔다. 땅을 밟는다는 것은 블록을 밟는 일이 되었고, 음료를 마신다는 것은 콜라를 마시는 일이 되었다. 도시의 어느 거리를 가도 차도에는 차들이 넘쳐났고, 보도에는 햄버거집의 간판이 제일 눈에 띄는 색깔로 나붙어 있었다. 무너지는 것은 재래식 주택이었고, 세워지는 것은 아파트였다.

그러나 하나의 강력한 경향은 언제나 반경향을 동반하는 법이다. 파괴는 창조를 동반하고, 반동은 혁명을 동반하며, 열정적 사랑은 한쪽이 시한부 3년 이하의 환자가 아닌 이상 쓰라린 증오를 동반하게 되어 있다. 그러므로 이러한 서구 지향적 문명의 시대에는 과거로 돌아가려는 바람이 불 수밖에 없다. 겉보기에는 정반대일 것 같지만 실상은 동전의 양면인, 소위 복고풍이 거세게 몰아칠 수밖에 없는 것이어서 도시의 뒷골목에서는 동동주 따위를 파는 민속주점이나 작설차, 식혜 따위를 파는 전통찻집, 옷고름과 대님을 없애 편하게 입을 수 있는 생활한복집, 신토불이를 외치는 온갖 건강식품점이 성업했고, 구식 혼례나 태껸 같은 고유의 무예, 흙집에서 살고 텃밭을 가꾸는 등의 전통적 생활양식도 대유행이었다.

더덕은 이러한 흐름을 꿰뚫는 눈을 가지고 있었기에 젊어서 성공할 수 있었다.

그녀는 원래 구순이라는 본명이 있었으나 명함에는 백더덕이라고 박았다. 그리고 메조를 주원료로 증류하되 거기에다 더덕을 우려낸 더덕주 회사를 차려 대성공을 거두었다. 창업 자금으로는 500만 원이 들었는데 그 돈은 더덕의 세 외삼촌들이 졸지에 고아가 된 조카들을 위하여 추렴해 준 것이었다.

더덕 어미의 맏오빠는 더덕 어미에게 마음의 빚이 많은 사람이었다. 애초에 누이를 사모하여 청혼한 떨대가 성실하고 순박한 사람인 줄이야 익히 알았지만, 칠석날 까치 대가리같이 숱 적은 머리며 땅딸막한 체구며 우선 보임새부터가 맘에 차지 않았다. 게다가 누이와 나이 동갑이고 됨됨이가 너무 잘아 누이를 넉넉하게 거느리지 못할 것 같아서 결국 거절하고 만 것이 나중에는 후회막급한 일이 되었다. 어려서 모친 잃고 살림에 간병에 고생만 한 누이, 나이 지긋하고 배운 것 있는 신랑한테 귀염이나 실컷 받으며 맘 편히 살라고 고르고 고른 매제 자리가 더덕이 아비였다. 직장까지 번듯한 사람에게 누이를 보내고 싶은 마음이야 굴뚝같았어도, 내 딸이 고와야 사위를 고른다고, 어디 선생 자리한테라도 말을 넣으려면 애당초 누이에게도 중학교 구경은 시켜주었어야 했다. 사위 자리가 당장에 업은 없다지만 인물이 그만하고 학교 물도 웬만치 먹었으니 저도 안식구를 거느리고 보면 내일이라도 살길을 찾으리라 믿었다. 열 길 물속은 알아도 한 길 사람 속은 모른다고, 그 해말쑥한 상통 속에다 그런 떡부엉이를 숨기고 있을 줄이야 어찌 알았으랴.

그는 자신의 반년치 봉급에 해당하는 300만 원을 선뜻 내놓고 아우들에게서도 100만 원씩 거두어 스물한 살 더덕이에게 주었다.

"고물고물거리던 것들이 언제 이래 컸디노."

매제의 장례를 치르고 둘러앉은 자리에서 더덕의 큰 외삼촌은 4남매의 머리통을 한 번씩 어루만져주면서 그렇게 말했다.

"돈이 바뿌지 아 크는 기 바뿌나."

아이들 자라는 것이 하나도 고맙지 않다는 투로 둘째 외삼촌이 말했다. 하기는 낳아놓기만 하면 알아서들 커주던 시대는 가버렸다.

아이를 키운다는 것은 돈다발을 하나하나 풀어대는 일이었다. 둘째 외삼촌은 죽도록 벌어서 아이들 교육에 다 밀어 넣느라 허리가 휘었다. 벌어도 벌어도 모자라는 것이 교육비였다. 그런데 이제 머리통이 굵직굵직한 누이의 자식들까지. 그는 골치가 다 지끈거렸다.

"더덕이 니는 아가 원천강(원체) 희놓으이 똑 껍디기 빗기놓은 더덕이다잉? 그래, 더덕아, 니가 딸이지마는 맏인데 이 동생들로 우예 키울래? 생각해논 기라도 있나?"

"예. 있심더. 있고말고예. 장사를 할라 캅니더. 지는 빽도 없고 배운 것도 없으이 장사를 해야 일라설 수 있는 기라예."

"장사라꼬? 무신 장사를?"

"옷 장사예. 서울 남대문서 옷을 띠 와가 여서 팔마 됩니더. 넘들 일할 때 일하고 놀 때도 일하고, 열심히 하께예. 지한테 외삼촌들이 돈을 쪼매 빌리주이소."

큰 외삼촌과 막내 외삼촌은 입을 다물고 듣고 있는데, 둘째 외삼촌이 나서서 더덕의 말을 잘랐다.

"야가 큰일 낼 아다, 야. 니가 장사는 언제 해봤고 남대문은 언제 가봤다꼬 돈을 빌리돌라?"

"외삼촌들이 지꿈 돈을 빌리주시마 우리는 우리대로 독립을 하는 깁니더. 죽이 되든 동 밥이 되든 동 우리 책임이지예. 하지마는 당장에 큰돈 안 드간다꼬 쌀 쪼매 용돈 쪼매 이래 줄라 카시마 한정도 없심데이. 지도 인자 나가 수물한 살인데 시집도 가야 되지예. 쟈들도 고등학교는 마치야 지 밥벌이는 할끼고예. 그거 뒤치다꺼리를 다 우예 하실라 캅니꺼."

"딸아 조고 말하는 거 보레이. 대추 가시 염주 딴다 으이요."

둘째 외삼촌도 그렇게 더덕의 똑떨어지는 설득에는 넘어가고 말았다.

제 어미가 남들처럼 방에서 낳지 않고 산에서 그녀를 낳아 그런지는 몰라도, 더덕은 하는 짓에나 생김새에나 평범한 사람들이 보기에 패꽝스런 데가 있었다. 그러나 머리가 좋고 성격이 화통하여 사람을 끄는 힘이 있었는데, 이렇게 그녀에게 끌린 사람들은 예외 없이 그녀의 열렬한 지지자가 되었다.

가시나 저거는 머 될라꼬 저래 깔롱을 지기쌓겠노. 쯧쯔쯔, 마치아래이. 개뿔도 없는 기 분수를 알거라.

엄마는 참말로. 요새는 이래 생깄는 기 유행이라 카이. 내가 메이커로 사 입었나. 문디이 구루마에서 파는 1000원짜리 체매 사 와여 내가 짜리고 끼미가 입는데 와 자꾸 잔소리고.

유행도 얄궂데이. 작년에는 동우(동이) 겉은 체매가 유행이라 카디이 올게는 또 양산 겉은 체매가 유행이라 카이. 내 겉은 년은 그거 쫓어가다가 가랭이 째지겠데이. 유행? 지랄삥도 얄궂기 한다, 쯧쯔쯔.

없는 옷으로도 멋 부리기 좋아하던 그녀에게 죽은 어미는 그렇게 혀를 차곤 했었다. 그러나 옷에 대한 그녀의 감각은 그녀의 사업을 번창시켰다. 색상과 디자인을 선별하는 안목에서 벌써 소읍의 다른 경쟁자들을 훌쩍 앞질렀던 그녀는 서울 도매상에서 싼값에 고른 옷들을 또래 처녀 아이들의 눈에 쏙 뜨이게끔 예쁘게 코디하여 진열하는 기술이 유별났다. 그녀의 옷 가게는 곧 소읍의 명소가 되었다.

그녀는 낮에는 신나게 옷 장사를 하고 밤에는 전통주에 관한 문헌을 들추며 혼자 연구를 거듭했다. 술에 관해서라면 그녀는 심장에 어혈 같은 것이 맺혀 있었다. 그녀는 네 살 먹어서부터 아비의 술 심부름을 다녔다. 술도가에서 막걸리 한 되나 반 되씩을 받아 집으로 돌아가던 그 고샅길에서 그녀는 술맛을 처음 알았다. 약방 집에 식모로 가기 전에는 고샅길이 닳도록 양은 주전자를 딸랑거리며 다녔다. 돈 떨어진 아비의 채근에 못 이겨 외상술도 지겹게 받으러 다

넜다. 약방 집에서는 언제 담갔는지도 모르는 인삼주, 매실주, 모과주, 보리수주, 머루주 따위가 구석구석에 흔전했으므로 술 생각이 나면 몰래 한 귀퉁이에 숨어 홀짝거리기 일쑤였다. 그녀는 아비에게 술 한잔이라도 덜 먹이려고 애쓰는 어미를 이해는 했지만 스스로는 그렇게 하지 않겠노라고 다짐했다. 그녀는 나중에 자기가 술을 만들어 술 좋아하는 아비를 석 달 열흘 술에다 목욕시켜줄 참이었다.

그녀는 마침내 지리산 자락에 작은 술도가를 만들어 시험 생산을 했다. 술보다 더 중요한 것이 술에 관한 이야기임을 그녀는 잘 알고 있었기에 가장 아름답고 매력적이며 비극적인 이야기를 만들어내었다. 그리고 그 이야기를 각 신문사와 방송사에 보냈다.

텔레비전은 소문을 전파하는 거대한 입이었다. 사람들은 집집마다 그 입을 한 대씩 가지고 있었다. 그러므로 텔레비전에 이 아름답고 매력적이고 비극적인 이야기가 소개되기만 하면 상황은 종료되는 것이었다. 이야기는 돈을 다발째 처바르는 광고보다 훨씬 강력한 것이었다.

그녀가 써 보낸 홍보 자료에서 백더덕은, 백두산 근처에서 더덕주를 만들어 먹던 유서 깊은 양조 명가의 후손으로 되어 있었다. 고전적이면서 적당한 함량의 감동과 장인정신의 비극이 있는 홍보 자료를 쓰기 위해 더덕은 머리를 쥐어뜯으며 애를 썼다. 다음은 백더덕의 더덕주 홍보자료 전문이다.

전통의 향기, 민속 더덕주

배달 겨레의 얼과 傳統(전통)의 향기가 서린 民族(민족)의 술 더덕주는 고래의 秘法(비법)에 따라 빚은 증류식 燒酒(소주)입니다. 백두산의 地氣(지기)를 한 몸에 간직한 더덕을 우려내어 맛과 향이 다른 어떤 술에 비할 수 없이 뛰어났다고 합니다.

　　고구려 시대 광개토대왕이 특별히 즐겼던 술로 전해지고 있으며 해방 전 백두산 아래에 큰 양조장이 있었다고 합니다. 이 양조장의 제조 비법을 전수받은 사람으로서 1947년 구종학과 그의 아들 구인성이 월남했습니다. 집안의 큰 어른이었던 구경천 翁(옹)이 김일성 공산주의 밑에서는 양조장을 할 수 없다고 장자와 장손을 남쪽으로 내려보낸 것이었습니다.

　　구경천 옹이 바로 저의 증조부이십니다. 조부와 선친은 피난살이에 이어진 赤手空拳(적수공권)의 타향살이에 피폐해져 남쪽에서 더덕주를 살리는 일은 꿈도 꾸지 못하셨습니다. 선친은 생사의 고비에 처했을 때도 놓지 않았던 理想(이상)을 가난 때문에 실현하지 못하는 것을 평생 한으로 안고 사시다 술에 묻혀 돌아가셨습니다. 술에 묻혀 가시면서도, 그런 술은 모두 가짜이고 형편없는 것들이라고 한탄하셨습니다. 그리고 가문의 비법을 맏딸인 저에게 유언으로 남겨주셨습니다.

　　저는 晝耕夜讀(주경야독)하며 민속 더덕주를 다시 생산하는 것을 필생의 業(업)으로 삼았습니다. 비법은 있었지만 실제는 또 달랐습니다. 실패를 밥 먹듯이 하며 밤잠을 아껴 술을 내렸습니다. 술의 쌉쌀한 향을 더하는 더덕은 남쪽의 名山(명산) 지리산에서 제가 직접 캤습니다. 돌아가신 제 어머니께서 산에서 더덕을 캐다 저를 낳았다고 하여 저의 아명이 더덕입니다. 그래서 그런지 더덕을 캐는 일이라면 자신이 있지요. 先妣(선비)께서는 옛 맛을 잊지 못하는 지아비를 위해 상점에서 파는 금복주에다 더덕을 우려서 반주로 올리곤 했습니다.

저는 마침내 선친께서 말씀하신 그 맛에 근접하는 술을 만들어내기에 이르렀습니다. 물론 백두산 자락의 전통 양조장에서 생산된 더덕주와는 차원이 다르겠지마는요. 이날을 보지 못하고 돌아가신 양친을 생각하면 눈물이 앞을 가립니다.

아! 통일이 되어 백두산의 지기가 살아 있는 더덕주를 다시 만들 수 있으면 얼마나 좋겠습니까?

쌉쌀한 향에 부드러운 맛, 숙취가 없으며 건강에도 좋은 민족의 술, 더덕주가 명맥을 유지하기 위해서는 여러분들의 도움이 절실히 필요합니다. 저는 이 술로 돈을 벌고자 하지 않습니다. 다만 통일의 그날까지 이 아름다운 술의 명맥을 지켜 그날이 오면 백두산 밑 조상님들의 묘비 앞에 이 술 한 잔 뿌려드리는 것이 소원일 따름입니다.

물론 더덕이네의 역사는 따로 있다.

더덕의 증조부는 고종 치하 구한말 충청도에서 밑구멍이 찢어지게 가난한 소작농의 막내아들로 태어났다. 자라서는 징용을 당해 일본에서 죽을 고생을 하다 딸 하나 있는 홀어미와 부부의 연을 맺고 더덕의 조부를 얻었다. 해방 후 귀국하여 전국의 공사판을 떠도는 일용 잡부의 삶을 산 증조부는 쉰 어림에 이승을 하직했고, 더덕의 조부는 모친의 지극한 뒷바라지에 힘입어 경상도 소읍에 정착을 하고 논밭을 장만했다. 자정(慈情)이 유별하여 더덕의 선친을 남 못 낳는 아들처럼 괴던 조부는 명이 짧아 일찍 돌아갔다.

더덕의 선친은 시골서는 드물게 신식 교육의 수혜를 입은 축이었으나 사람이 잘난 체를 않고 걸기 없이 직수굿하여 집 밖에서는 두루춘풍으로 통했다. 그런 사람이, 제 푸네기들한테만은 어디에 숨어 있던 성정(性情)을 풀어놓는 것인지 몹시도 야심스럽고 강퍅하게 굴곤 하였다. 그는 아내를 자주 의심하였고 툭하면 때렸다. 밝을 때는 사람들의 눈을 의식하여 되도록 참았다가 어두워지면 때리는 것이 그의 원칙이었고, 캄캄한 정지나 헛간에서 마구 때리다 아내가 죽는다고 소리 지르면 라이터를 켜서 확인해보는 것이 그의 습관이었다. 불빛에 비추어 보아 진짜 죽겠다 싶으면 그만 때렸고, 더 때려도 괜찮겠다 싶으면 불을 끄고 다시 때리는 남편이었다.

더덕 어미는 맞으면서 쾌락을 느끼는 유형의 여자도 아니었고, 때리거나 말거나 그저 지아비는 하늘이라고 섬기는 유형의 여자도 아니었다.

바다 건너 미국에는 소리 안 나는 총도 있다 카더마는 그것마 있이마 저 인간에 뒤꼭대기를 쏘아뿌리제. 한 방에 가뿌구로.

그런 생각을 하루에도 골백번 곱씹었다. 술에다 쥐약을 타자니 약 먹고 죽는 놈 창자는 녹아내린다던데 그렇게 되면 완전범죄가 어려운 것이 걸리고, 부엌칼을 갈아 자는 서방의 심장을 찌르자니 그

것 역시 서방의 피 묻은 칼로 자기 가슴팍도 같이 찔러 고꾸라질 맘을 먹기 전에는 힘든 일이었다. 남편을 놓아두고 야반도주를 하자니 줄줄이 새끼들을 달고 밑천 하나 없이 어디서 무엇을 해 먹고살지 막막하기만 했다. 그렇다고 더러운 년의 팔자가 요것밖에 안 되는 것이려니 체념하고 국으로 눌러살자니 애옥살이 하루하루가 심신에 겨웠다. 그래도 천성이 원체 바지런하고 애바른지라 더덕 어미는 치마 끝에서 휘파람 소리가 나도록 아등바등 돌아치며 열심히 살았다. 그러던 사람이 하루아침에 거짓말같이 배틀어진 몰골로 근 반년 자리보전을 하더니 숨을 거둔 것이었다. 오죽하면 죽음은 급살이 제일이라는 말까지 나왔겠는가. 가랑잎에 불붙듯 하는 그 성격에 일 없이 드러누워 있는 것만도 고역일 것을, 말기암의 고통으로 허덕거리는 그 모습은 반년도 차마 지켜보기 힘들었다. 잠을 아껴 남묘호랭개교도 참 열심히 외웠건만, 떨대네를 홍하게 한 그 주문이 더덕이네에는 통하지 않았다.

더덕 어미가 죽고 난 뒤 털 뜯긴 꿩 꼴이 난 더덕 아버지는 술이나 실컷 먹자고 선거용 선심 단풍놀이에 따라갔다가 일행을 놓쳐 객사했다. 며칠 술 고팠던 참에 공술을 보고는 욕심을 과하게 낸 것이 화근이었다. 선심 관광을 따라온 사람들 중 누가 있어 더덕 아버지 같은 사람을 살뜰히 챙기겠는가. 가을이라도 산중의 밤은 냉한 데다 비까지 내려 더덕 아버지는 잠든 채로 고이 이승을 하직하고 말았다.

더덕 어미로서는 원통하고 절통한 일이었다. 겨우 소리 안 나는 총 정도를 소원했던 그녀가 그런 감쪽같은 호도리(好道理)가 있을 줄 어찌 꿈에서나 생각할 수 있었겠는가. 겨울에 한 사나흘, 냉방에 더덕 아버지를 넣어두고 밥도 물도 주지 않고 오직 술만을 쉬지 않고 받아다 주는 방법이 있었던 것을. 이왕이면 몇 가지 술을 섞어서. 허구한 날 술타령에 쇠약해질 대로 쇠약해진 뒤끝이라 반 말 든 술동이도 지고 가라면 열 걸음을 못 걷고 까부라질 주제꼴이라도, 앉은자리에서 마시라고만 하면 더덕 아버지가 누구인데 그까짓 술 한 말을 마다하며 두 말을 마다하랴. 우리 마누라가 천하 열녀라고 되뇌며 행복하게 죽어갔을 것을.

한마디로 더덕이네의 역사는 더덕과도 관련이 있고 술과도 관련이 있지만, 더덕주와는 별 관련이 없는 것이었다. 간난의 세월을 살아낸 배달민족의 역사와도 분명 연관이 있지만, 전통의 향기니 고래의 비법이니 하는 수사를 갖다 붙이기에는 낯이 간지러운 것이다.

더덕이 심혈을 기울여 만들어낸 더덕주 이야기는 주간지와 월간지 서너 군데에 컬러 화보와 함께 실렸다. 사진 속의 그녀는 고구려 시대의 여성 복장을 흉내낸 옷을 입고 소줏고리 옆에 쭈그려 앉아 있었다.

방송도 그녀를 외면하지 않았다. 방송국의 외주 민속 교양물 제작을 주로 담당하는 프로덕션에서 일단의 사람들이 찾아왔다.

젊은 감독이 명함을 내밀었다.

"감희주 씨? 여자 이름이네예."

"그렇죠."

남자가 씩 웃었다. 입이 대단히 큰 편이었다. 그의 전체적인 인상은, 당시 한창 인기 있던 아기 공룡 만화에 등장하는 곱슬머리의 흑인 가수와 비슷했다.

더덕도 명함을 건넸다.

"나는 생긴 것하고 이름하고 딴판인 사람인데, 백더덕 씨는 어떻게 이름하고 인상하고 똑같습니다."

"더덕주를 만들라는 팔자지예."

시원스러운 마 소재의 전통 의상을 입은 백더덕은 초여름 햇발에 이마를 살짝 찌푸리며 그렇게 대답했다. 아래로 내려갈수록 조금씩 색상이 짙어지도록 물들인 쪽빛 의상이 썩 잘 어울리는 백더덕을, 감희주는 경탄의 눈길로 바라보았다. 기분 좋은 징조였다. 사랑은 시선에서 시작된다고 그는 믿고 있었다. 이 사랑이 짧은 시간의 짝사랑으로 끝나더라도 그로서는 손해 볼 것이 없었다. 대상을 사랑하게 되면 물건은 나오게끔 되어 있었다. 다큐를 찍는다는 것은 대상과의 섹스라는 신념을 그는 지니고 있었다. 오르가슴에 이른 작품을 만들 수도 있을 것 같은 예감이 들었다.

"모친께서 더덕을 캐다 백더덕 씨를 낳았다구요?"

"예. 체매를 벗어가 얼라를 놓고는 송곳니로 삼을 갈랐답니다."

"굉장하군요."

"한 팔로는 더덕 다래끼를 안고 또 한 팔로는 애기를 안고 산을 내리오싰다 카데예."

"그러니까 양 더덕을 이렇게 양팔에 안고?"

"그렇지예."

"흙손에 애기가 감염되지 않나요?"

"살으라 카는 팔자는 살게 돼 있지예. 지가 운이 센 사람이거덩예."

"모전여전이군요."

"찍어났지 머예."

말끝마다 '예'를 붙이는 경상도 말씨가 서울내기 남자의 귀에는 무척 감미롭게 들렸다. 그는 바야흐로 말의 전희(前戱)를 시작하고 있었다. 주고받는 말이 착착 감겨들기 시작하면 그는 묘한 흥분을 느끼면서 일에 몰입할 수 있었다.

"백더덕 씨는 목소리도 아주 매력 있어요."

"맞아예. 지가 노래도 에북 하지예."

"잘됐다. 그럼 좋은데 사운드까지. 그럼 오프닝은 이렇게 하죠? 더덕 씨가 더덕을 캐러 산에 올라가는 거예요. 콧노래를 흥얼흥얼 불러가면서……."

남자는 콧노래를 흥얼거리며 산을 오르는 흉내를 냈다. 긴 팔을 흔들며 건들건들하는 모습이 어설펐다.

"에이, 그거는 유람 가는 모습이지예. 지는 더덕을 캐러 가는 기고예. 쬐매마 기다리이소잉."

더덕은 얼른 거친 베로 만든 일옷으로 갈아입고 왼쪽 어깨에는 새 짚으로 짜놓은 망태를 메고 오른손에는 호미를 든 모습으로 나타났다. 그러고는 물오른 무늬버들같이 한들한들 가벼운 걸음걸이로 산길 초입에 들어섰다.

"노래를 불러야 되고말고예. 노래 없이는 너무 힘들고 무섭어서 산길을 댕길 수 없지예. 돌아가신 우리 어매도 노래를 달고 살었지예. 사는 재미가 뻗치가 그랬는 기 아이고 한이 쌓이고 쌓인 우에 원이 쌓이고 쌓이 노래라도 해갖고 그 한과 그 원을 풀어야 살지 안 풀고는 못 살겠으이 노래를 했지예."

더덕이 아까시나무의 잎사귀 하나를 따서는 귀에 꽂으면서 죽은 더덕 어미가 곧잘 부르던 그 노래를 시작했다.

녹수청강 흐르는 물에
외로 한 가지 남기(나무가) 솟아
지는 열두 가지요
잎은 피어서 삼백유라
꽃은 따다 머리에 꽂고
잎은 따다 입에다 물고
산 우에 올라 들 구경하니
길 가던 옛 님이 길 못 가네

오 자유여

필남은 서울의 이름 있는 사립대학 법대에 합격했다.

상경하기 며칠 전, 분가한 뒤로는 처음으로 님이와 함께 권 약국을 만나러 가보니 그 10년 사이에 남동생이 넷으로 불어나 있었다. 아홉 살 필남이 제 밋밋한 음부를 그 풋고추만 한 성기(性器)에 대어보기도 했던 큰 아우조차 주막집 떡돼지 형상으로 바뀌어 있어 스무 살의 필남은 아무것에도 향수를 느끼지 못했다.

영원히 늙지 않을 것 같던 권 약국은 완연한 상늙은이가 되어 젊은 아낙에게 오금을 못 펴고 있었다. 그토록 번성하던 약방은 명맥만 남아 있었고, 권 약국의 몸에서는 몇 리를 뻗친다는 그 진사향의 향내가 더 이상 나지 않았다. 저고리의 동정은 땟국이 묻어난 정도는 아니었어도 누르무레하니 깨끔치가 않았고, 얼굴이며 손이며 드러난 살에는 검버섯이 얼룩얼룩 피어 있었다.

오렌지 분말을 물에 타서 소반에 받쳐 내온 젊은 아낙은, 행여 필남 모녀가 무얼 뜯어 가기라도 할 것처럼 눈씨를 잔뜩 키운 채 자리를 비키지 않았다.

"필남이가 공부를 잘했구나. 장하다."

그렇지는 않았을 터인데도 필남은 아버지가 자신의 이름을 불러준 것이 처음이라고 생각했다. 권 약국은 눈초리에 부채 하나는 가뜬히 만들게끔 숱진 주름을 잡으며 미소를 지었다. 미소 띤 그 눈에는 눈물이 괴어 번들거렸다.

님이와 필남은 젊은 아낙의 눈치가 보여 일찌감치 일어섰다. 도시의 가겟집에 도착할 때까지 모녀는 말을 하지 않았다.

필남이 진학한 학교는 전통적으로 운동권이 강성한 곳이었다. 짧은 커트 머리에 체크무늬 남방셔츠와 청바지 차림의 필남은 신입생 환영회에서 선배가 짬뽕 그릇에 철철 넘치도록 담아준 막걸리를 단숨에 비워냈다. 그러고도 선배들이 주는 술잔을 한 번도 거절하지 않음으로써 선배들에게 강한 인상을 주었다.

그녀는 이날 곧바로 의식화되었다. 그녀를 의식화시킨 것은 노래였고, 분위기였다. 그녀는 선배들이 목울대를 젖히며 부른 노래들을 다 좋아했지만 그중에서도 〈불나비〉가 너무나 마음에 들었다. 불을 찾아 헤매다 그 불에 데어 죽는 불나비의 영상이 그녀의 뜨거운 가슴에 화인으로 남았다.

오 자유여. 오 기쁨이여. 오 평등이여. 오 평화여
뛰는 맥박도 뜨거운 피도 모두 터져버릴 것 같아

친구여 가자! 가자! 자유 찾으러
다행히도 나는 아직 젊은이라네

　그녀는 곧 주사파 계열의 법대 문학회에 포섭되었고, 법대 문
학회 안에 있는 언더 서클에도 가입했다. 그녀는 동기생들 중 누구
보다 빨리 예전의 모든 가치관을 부정하고 담배를 배우고 학사경고
를 받았다. 그녀는 유물론과 사회구성체 논쟁과 주체 이론을, 입시
때보다 더 열심히 공부하고 중요 개념들은 깡그리 외우고 체계를 세
워 머릿속에 정리해서는 세계의 모든 현상들을 그것으로 해석하려
했다.
　그녀는 학점에 신경 쓰고 미팅에 열을 올리는 비운동권들과는
말도 하지 않았다. 립스틱을 바르고 파마를 하고 치마를 입고 다니
는 여학생들은 노골적으로 경멸했다. 그녀는 본디 과묵하기도 하고
어눌하기도 한 축이어서 대인관계가 원만하지는 않았지만, 운동권
사이에서만 통용되는 소위 운동권 사투리를 쓸 때는 꽤 길게 말을
이을 줄도 알았고 선전선동을 위한 대자보나 문건 같은 것은 제법
잘 써서 선배들의 신임을 받았다.
　어미 닮아 유난히 뼈진 어깨와 큰 유방을 부끄러워하여 항상
어깨를 옹송그려 버릇한 그녀의 상체가 안쪽으로 활처럼 굽어 있었
기 때문에 그녀의 뒷모습은 고릴라를 연상시켰다. 그녀의 별명은 당
연하게도 고릴라였다. 그녀가 법대 문학회 합동 생일잔치에서 받은
선물은 고릴라 인형이었다.

그녀의 몸은 그녀의 열등감의 근원이었다. 그녀는 남자들을 좋아했지만, 남자들은 누구도 그녀를 여자로 대하지 않았다. 그녀는 그럴수록 자기 몸의 여성적인 것들을 제거하려고 노력했다. 머리를 짧게 깎고 어떠한 치장도 하지 않으며 향수나 로션을 쓰지 않는 것 따위는 쉬웠다. 그러나 유방이나 생리나 음부는 그런 종류의 노력으로는 제거되지 않는 것들이었다. 그녀는 노력으로 제거할 수 없는 그 콤플렉스 때문에 언제나 우울했다.

여름방학이 되어 언더 서클의 총회가 치악산 중턱의 어느 산장에서 개최되었다. 그녀는 줄담배를 피워대는 한 남자를 발견했고, 그 남자의 짙은 눈썹이 만들어낸 두 개의 멋진 주름살에 매혹되었다. 그 주름살을 그녀는 '고뇌하는 자유'라고 이름 지었다.

스무 살의 사랑은 그 자욱하던 연막(煙幕)이 만들어낸 것이다. 만약 연 이틀 세수를 하지 않은 그 남자의 이마에 배어난 피지가 그의 주름살 속에 기름때로 뭉쳐 있는 것을 보았다면 필남은 그에게 사로잡히지 않았을 것이다. 사로잡히기 위해서는 환상이 필요하다. 그날 밤 치악산의 어둠과 그 회합의 위험성과 그 남자의 줄담배는 사랑의 환상을 생산할 연막을 좌우 시력 1.5인 그녀의 눈에 치고야 말았다.

'고뇌하는 자유'는 법대 문학회 출신의 극렬 운동권으로서 제적당하고 감옥에 갔다 온 뒤 학교 근처에서 기원을 운영하며 법대 문학회의 대부 노릇을 하고 있는 사람이었다. 그는 산장의 총회 이후 법대 문학회의 공개 세미나에서 시 창작 모임을 이끌었고 언더 서클의 비공개 세미나에서 사상 학습을 지도했다. 필남은 공개와 비공개 양쪽에서 그의 수하(手下)가 되었다.

언더 서클 내에서의 연애는 금지되어 있었다. 서클의 지도 선배를 사랑하는 것은 아버지를 사랑하는 행위로서 근친상간에 해당되었다. 그것은 형제자매를 사랑하는 차원보다 더 치명적인 금기였기에 누구에게도 털어놓을 수 없는 그녀만의 비밀이었다. 이듬해 죽을 때까지 그녀가 지니고 다니던 검정 비닐 뚜껑의 다이어리에는 사상의 아버지를 향한 그녀의 아픈 사랑이 갈피마다에 숨어 있었다.

통일진군 44년 8월 24일, 수강 신청을 했다. 한 학기가 또 시작되고 있다. 기생적 쁘띠들의 허무주의적 세계관이 나를 잠식하고 있다. 나는 습관적으로 입술을 깨물고 이마를 쥐어뜯는다…….

〈내일 할 일〉
자료 다 읽기.
89년 상반기 평가문 작성
정일 공판 4시, 꼭 참석해야 함.
7시에 술
11시 모임!!!!!!!!!!!!!!!
일찍 일어나고 많이 읽고 깊이 고민하고 비타협적으로 싸운다//

9월 중순이 지나, 후문의 풍경

공사장 인부들의 등허리는 벌써 땀으로 한바탕 목욕을 했고.

아름다웠던 여름꽃들은 늙고 시들어, 지고.

골목 한복판에 쥐 한 마리 무엇에 눌렸는지 형체만…… 꼬리

도 선명하게. 그 옆에 다 먹은 옥수수 자루 하나.

나는 스스로와의 약속을 무참하게 깨고 늦잠을 자고 하루의

반토막을 날려버리고, 이제서야 왔다. 하지만 나를 용서한

다. 나여! 오늘 너를 한 점 부끄럼 없이 헌신한다면.

10월의 마지막 밤.

어쩌면 좋을까. 아, 어쩌면 좋을까. 나는 잠깐 이성의 영토를

벗어나 광기의 세계로 들어가고 말았다. 형은 나를 다시 보

지 않을 것이다. 나는 미쳤다. 미쳤다. 누가 내 손을 잘라다

오. 이 더러운 손을. 누가 내 입술을 짓이겨다오. 이 더러운

입술을.

〈편지 1〉

무릎에 얼굴을 묻고 생각했습니다. 먼지바람이 덮치고 소금

기 있는 물방울이 볼을 타고 머리카락을 적셨습니다.

알고 싶어요, 형. 형이 그때 어떤 마음이었는지. 단지 술이 최

음제 작용을 했던 것인지, 아니면 순간적이었다 하더라도 사

랑의 마음이 있었는지를.

형이 알코올의 힘과 함께 한 톨의 사랑이라도 가지고 있었다면 제 삶의 어느 순간, '운명의 지침'을 돌려놓지는 못하더라도 '날카로운 첫 키스의 추억'으로 남아 있겠지요.

〈편지 2〉
비가 그쳤나 봐요. 아까 천둥 번개와 함께 비가 우렁차게도 내릴 때 저는 몹시 비참한 기분이었어요.
살의 넝쿨
술에 빠져도
못난 놈의 못난 법에
얻어맞아도
버리려는 살은
달아나지 않는다

시인이 어떤 마음에서 이 시를 썼는지는 몰라도 저는 시어를 곱씹으며 이빨로 제 입술을 학대했습니다. 술에 빠지고, 자고 싶은 대로 자고, 먹고 싶은 대로 먹고, 뇌와 손과 가슴은 적게 쓴, 이즈음의 시간들이 칼을 쥐고 날아와 물었습니다. 너는 살아 있는가. 살아 있다면 네 살을 헤치고 핏줄을 터뜨려 검사해보겠다, 네가 너인지, 네가 인간인지, 네가 시간을 소유할 자격이 있는지.
"내 허벅지의 살을 슬퍼한다"던 유현덕의 탄식이 절절이 저의 것으로 터져 나왔습니다. 결이 거친 마루에 무릎을 꿇고 얼마를 고행해야 이 무위도식의 죄를 씻을 수 있을까. 한낱 먹고 마시고 잠이 오면 자고 눈이 떠지면 뜨는…… 짐승의 삶. 이럴 땐 자기 귀를 자른 고흐의 심정을 이해합니다.

별이 있나 창을 열어보았습니다. 별은 없고, 고함 같은 노래만 들렸습니다. 노래가 끝나면, 아마 주저앉아 콩나물 대가리와 밥알이 섞인 찐득한 액체를 절망처럼 토해내겠지요.

별을 보며 형을 생각하니 슬픔이 가슴을 채웁니다. 길바닥에 토해지는 절망과는 달리 가슴에 차오르는 슬픔은 악취가 없습니다. 이 슬픔의 무게가 내 존재의 무게를 보태었으면.

조금만 있으면 날이 밝을 것입니다. 옹골찬 새날을 맞아야겠지요. 그럼, 안녕. 안녕. 내 사랑.

통일염원 44년 11월 27일
순한이 출옥, '공간'에서 환영회 가짐.
11시쯤 갑자기, 갑자기, 그가 합석하다.
소주 한잔 부딪치고 마시다.
그가 일어나서 순한이랑 악수하고,
"좋아하는 사람에게 좋아한다는 표시를 하는 건 부끄러운 일이 아닙니다. 하지만 우리는 누구를 마음대로 좋아할 수 없는 시대에 살고 있습니다……."
나는 눈을 감고 소주 속을 유영하는 기분으로 그의 말과 노래를 들음. 술에 취한 사람들은 그의 말쯤 흘려들었겠지만, 분명 그의 말은 나를 염두에 둔 것.

두 시간 후 친구들을 놓아두고 먼저 나오는 층계에서, 나는 "마른 잎 다시 살아나"를 흥얼거리고 있었고, 그는 후배인지 친구인지랑 이야기를 하고 있었다.

나는 노래를 그치고, 그는 어두운 계단에서 잠시 침묵.

그의 이름을 불러볼까 하다 차마 부르지 못하고 그냥 나오다.

그가 달려와 내 손에 쪽지 하나를 쥐여주고 돌아섬.

아침에는 물기가 많아 땅에 닿자마자 녹던 눈이 기온이 내려가서인지 탐스럽게 쌓이기 시작.

운동화 밑창을 통해 뽀드득거리는 감촉을 느끼며 폈던 우산을 다시 접다.

눈빛에 의지하여 그의 온기와 그의 냄새가 사라지지 않은 쪽지를 읽다.

"내가 생각하건대 연애라 하면 비혁명적인 연애밖에 없을 것입니다. 혁명적인 사랑이라는 것은 민중에 대한 사랑이고 성을 대하는 데 있어서도 먹을 것을 대하는 것처럼 일시적인 선택은 있어도 끈끈하게 친친 감기지는 않을 것입니다. —루쉰"

'공간'에서 집까지 눈길을 걸어서 이제 연애 연습의 마침표를 찍다.

통일진군 45년, 2월 3일이 5분 지나서 4일이구나, 맑음, 별

총총

싸늘한 공기가 몹시 청결한 느낌이 드는 계룡산 밑 시골집에
우리는 있다.

안에서 잠글 수 없는 변소에서 누가 갑자기 문을 열지나 않
을까 가슴 죄며 뒤를 보았다. 밤하늘에는 서울하곤 다르게
별이 무척 많았다. 우리 옆방엔 아마추어 천문학횐지 뭔지
별 보는 서클이 와 있다. 그들은 마당에 천체망원경을 설치
해두었다.

우리는 먹고 마시고 노래 불렀다. 문학도 잊고 혁명도 잊은
밤. 알루미늄 포장의 과자들, 소주, 고등어 통조림, 번데기 통
조림, 신문지, 우그러진 뚜껑들, 1.5리터들이 탑스, 환타 병,
국물 떨어진 휴지 조각들…… 우리의 손톱만 한 즐거움이 만
들어내는 쓰레기 더미. 이 모든 反혁명.

나는 즐거운가?

나는 애네들이 젓가락을 두드리며 불러젖히는 대중가요를
하나도 모른다.

나는 저녁 먹고 나서 채워지는 이 음식물들이 내 위를 부담
스럽게 함을 안다.

찬물 세수와 양치와 아름답고 차갑고 멀리 있는 별 보기는
즐겁다. 도대체 저 별처럼 명징하고 순결한 혁명은 언제 만
날 수 있을까.

통일진군 45년 3월 1일, 구름 낀, 비 올 듯 말 듯한 날

나는 여기에 있다. 여기는 동아리 방. 여기는 불안과 답답함과 게으름과 지루함, 붓고 가려운 눈두덩과 핏줄을 타고 도는 조바심.

나는 거기에 있다. 거기는 차가운 공기를 심호흡하는 건강한 허파와 심해의 기운이 있는 눈망울의 나라—

나는 여기의 부정과 거기의 갈망 가운데에 있다. 나는 눈밭 위에 눕고 싶다. 눈이 닿은 눈두덩은 가라앉고 힘차게 치뜬 눈동자에 파란 하늘이 찬다면.

* 모임과 가투 사이의 시간을 때우기 위해 지금 나는 현대백화점 안 커피숍에 있다. 레몬 스카치를 조금씩 조금씩 삼키면서 나는 주위를 관찰했다. 내 앞과 뒤는 분위기가 확연히 다른데, 나이 탓인 것 같다. 앞에는 중년 부인들이 끼리끼리 모여 수다를 떨고 있고, 뒤에는 긴 머리를 굽슬굽슬 늘어뜨린 처녀들과 헤어무스를 발라 머리를 깔끔하게 넘긴 남자들이 유리잔을 만지작거린다. 부인들의 얘기는 끝이 없고, 옷들은 유리창 아래로 보이는 마네킹에서 금방 빼 온 것같이 야들야들 반짝반짝 귀티가 난다. 처녀들의 손톱은 선명한 원색, 남자들의 살갗은 윤기 나는 갈색—아마 선탠을 하고 오일을 발랐겠지.

그 중간에 끼인 나는 맨얼굴에 거스러미 지저분한 손톱, 1년 넘게 줄창 신어 닳을 대로 닳은 구루마표 구두에다 쇠 목걸이, 거기에 새겨진 민중 해방, 민중 해방을 만지며, 그 감촉을 느끼며, 나는 다가오는 새 학기를 설계하고자 한다.

* 나의 원칙들
서클 사업에 열성적이고 창조적인 자세로 임한다.
건강한 신체를 위해 애쓴다(술은 가끔만, 담배는 정말 피우고 싶어 못 참겠을 때만, 야채와 과일을 챙겨 먹고, 끼니를 거르지 않는다. 아침 일찍 일어나 체조를 하고 학교까지 걸어가는 것을 생활화한다).
훌륭한 선배이고 동기여야 한다(변혁운동은 멀어질 수 없는 것, 가까운 사람들과의 전면적 관계로의 끊임없는 지향).

3. 30
담금질. 연마. 정진. 채찍질.
채찍으로 나를 내리치고 싶다. 무슨 짓을 해도 머리가 맑아지지 않는다. 꼿꼿이 곤두서고 싶어라.

4. 3
많이 먹고 나서 많이 일하지 않는다면 그것은 죄다. 오늘 이것저것, 이성의 통제 없이 오직 입의 만족을 위해 많이 먹은 나는 밤새워 노동해야 한다. 다 늙은 영감도 "세상은 넓고 할 일은 많다"는데, 스물둘 젊디젊은 것이 먹고 자고 싸기만 한다는 것은, 죄다. 죽어 마땅한 죄다.

○○○ : 좋아하는 감정의 끈질김이 얼마만 한 강도인가를 느끼게 하는 이. 좋은 감정이 애타함으로, 애타는 가슴이 통증으로, 통증이 미움으로…… 시간이 흘러 그를 못 본 지도 오래, 이제는 그리움과 추억만 남아 있다. 그와 연관된 모든 것이 그러나 감각으로 살아 있음을 보면, 사랑이란 무엇일까. 나의 눈은, 그의 기원이 있는 거리, 그가 피우던 솔 담배, 깊은 눈동자와 속눈썹 긴 눈을 보면 '본능적으로' 그를 떠올린다.

하지만 그는 오직 내 기억의 창고와 감각과 가슴에만 살아 있을 뿐, 현실 가운데에는 없다.

"너에 대항해 굽히지 않고, 단호히, 나 자신을 내던지리라! 죽음이여!" —버지니아 울프

* 이런 날이, 마치 언제나 그랬던 것처럼 내게 익숙함은 웬일일까. 동아리 방에서 미적거리다가 일없이 피곤해져 너무나 일찍 집으로 들어와버렸다. 당근과 계란을 먹고 누웠다. 싫기도 해라. 환한 낮에 집에 들어와 배를 채우고서 세수도 칫솔질도 않고 드러눕는 것. 그리고 카프카를 읽었다. 읽다가 잠이 들었다. 잠에 취한 채로 일어나 후배의 전화를 받고 화장실도 갔다 오고 하면서 결국 계속 잤다. 꿈을 꾸었다. 뒤숭

숭하고 절망적인 꿈. 나는 굶는 광대가 아닌데도 줄곧 굶었고 내 주위에는 썩은 달걀과 당근 토막이 넘쳐났다. 무섭게 생긴 카프카가 하늘에 머리만 둥둥 떠서 나를 내려다보고 있었다. 나는 일어나 불을 켰다. 머리가 어지럽고 다리가 후들거렸다. 화장실로 가다가 넘어질 뻔했다. 양말도 벗지 않고 자다니. 이렇게 많은 시간을 머리가 아프도록. 나는 혐오감으로 찬물에다 머리를 감았다. 손톱을 세워 머리카락을 비집고 마구 긁었다. 그리고 수건으로 시부적시부적 물을 털어낸 뒤 빗질도 하지 않고 그대로 누워 젖은 통나무처럼, 이번에는 꿈도 꾸지 않고 잤다.

어쨌든 눈은 다시 떠졌다.

이것이, 나를 미치게 한다.

왜 나는 눈을 떠서 나의 혐오스러운 모습을 다시 보아야 하는가.

나는 진지하게 물어본다.

일찍이 싸우지 않으면 사는 것이 아니라고 생각한 나 자신에게.

너는 싸우고 있는가.

그럼 무엇에 대하여 싸우고 있는가.

그럼 무엇을 위하여 싸우고 있는가.

말라 비틀어져 거스러미가 투둘투둘 일어나는 입술에 눈알은 뻑뻑 잘 굴려지지 않고 흰자위는 오래된 벽지의 색깔이 된, 불확실하고 불투명하고 불건강한 인간 하나가, 아무런

대답도 하지 못하고 거기 앉아 있었다. 나는 그 인간이 끔찍
스럽다.

열이 나고, 얼굴과 목, 팔에 열꽃이 피었다.

"11시 모임"이라는 무미한 글자 뒤에 무려 열네 개의 느낌표
가 찍힌 것은, 그 모임을 주재한 사람이 '고뇌하는 자유'였기 때문이
다! 그 느낌표들은 필남의 마음속에서 굽이치는 사랑의 격렬한 고
뇌를 표상(表象)했다.

'고뇌하는 자유'는 어느 날 갑자기, 필남의 시야에서 사라져버
렸다. 필남은 그때까지도 그 언더 서클의 말초신경에 불과한 미미한
존재였기 때문에 '고뇌하는 자유'가 왜 사라졌는지 알 수 없었다. 잠
수함을 탔겠거니, 막연히 추측해볼 따름이었다.

필남은 먹고 자고 싸는, 동물의 일종인 인간이 일상적으로 치르
지 않을 수 없는 일들에 병적으로 예민했다. 그녀는 자신이 이상화
한, 그러므로 현실에 존재하지 않는 금욕적 활동가의 삶을 규격으로
만들어 거기에 자신을 끼워 맞추려 했다. 고신(苦身)으로써만 극기
(克己)할 수 있다는 것은 고리타분한 수도자(修道者)들의 신념이기
만 한 것이 아니라 2학년이 되고도 법대 문학회에 남은 유일한 여학
생 권필남의 신념이기도 했다. 먹기 위해 사는, 돼지와 다를 바 없는
인간이 되지 않기 위하여 그녀는 책상 겸용의 접이 탁자에서 밥 반
공기와 짠지 한 가지로만 식사를 해결했다. 쉬지 않고 생산적인 무
엇인가를 해야 한다고 생각했기 때문에 하나의 일이 예정보다 빨리

끝날 것을 대비하여 언제나 서너 개의 일거리를 미리 준비해두었다. 베개와 이불이 곁에 있으면 자꾸 눕고 싶어질 것 같아 베개를 없애고 등산용 침낭 한 개로 사계절을 버티면서 최소한의 잠만 자려고 했다. 그러나 고신으로써 극기하고자 하는 그녀의 그러한 시도는 번번이 실패했다. 그녀는 부정기적으로 걸신쟁이처럼 돼지고기 삼겹살로 폭식을 했고, 수마에라도 들린 사람처럼 고릴라 인형을 베고 오래오래 잠을 잤다. 폭식과 기면(嗜眠) 다음에 그녀를 엄습하는 것은 스스로에 대한 걷잡을 수 없는 혐오였다. 그녀의 기준은 점점 가혹해졌고, 그녀는 자신의 기준을 결코 만족시킬 수 없었으며, 그만큼 더 극렬히 자신을 혐오했다. 그 혐오는 극점을 향해 치닫고 있었다.

꽃잎이 눈발처럼 날리고, 바람의 손아귀가 창틀을 흔들어대는 5월의 젖은 봄밤이었다.

필남은 낯선 땅의 국립대학 강의실, 의자와 책상을 치우고 만든 차가운 시멘트 농성장 위에 앉아 있었다. 사람들은 지쳐 쓰러진 채 한껏 웅크리고 자고 있었다. 버스를 열두 번씩 갈아타고 혹은 배를 타고 혹은 렌터카를 타고 혹은 떠돌이 장사꾼의 트럭을 얻어 타고 그들은 그곳에 왔다. 5월 그맘때 대한민국에서는 여행의 자유가 제한되어 있었다. 터미널이나 기차역을 이용하지 않고 가지가지 교통수단으로 산을 넘고 물을 건너온 그 젊은이들은 피로했다. 누구도 깨울 수 없고 아무도 일어나지 않는 시간, 필남의 팬티는 피로 젖고 있었다. 피는 멍울져 물컹물컹 쏟아졌다. 제 몫의 좁은 공간에서 그녀는 옴짝달싹 않고 돌부처처럼 굳어 있었다. 그러나 그녀의 다리 사이에서는 피가 흘렀고, 간헐적으로 이어지는 통증이 그녀의 허리와 측두골을 꿰뚫고 지나갔고, 그녀의 뇌 속에서는 의식의 끈끈한 신호가 흘렀다.

오늘은 20일이야. 몇 시간 전 5월 19일에 제4대 전대협 발족식이 있었고. 웅장했지. 스펙터클. 그리고 그 전날은 18일, 10년 전의 그날은 아, 총소리, 피 냄새. 그날을 형상화한 선동극을 공연할 때 경제학과의 그 남자애는 얼굴이 온통 눈물범벅이 되어 시를 읽었어. 만삭의 임산부가 살해당하고, 그 묘비엔 "여보, 당신은 천사였소. 천국에서 다시 만납시다"라고 씌어 있다고. 그 애는 숫제 콧물까지 흘리며 시를 읽는 것이 아니라 토해냈지. 시를 통한 상상만으로도 그렇게 격해질 수 있는 시간이 10년 전의 여기에 있었다구. 십 년 전의 여기. 마땅히 경배를 바쳐야 할 시간과 공간. 미친놈. 여기는 왜 온 거야? 엄마의 애인. 윤아 언니의 아버지. 떠돌이 장사꾼 최 씨. 왔으면 온 거지 왜 나한테 아는 척하고 난리야? 할 일이 그렇게 없나? 수치심이라고는 없는 인간. 염치라고는 없는 인간 같으니. 엄마도 똑같아. 아아. 그냥 짜증나. 불결해. 생산하는 농민이나 노동자였다면 나는 그를 다시 평가할 수 있을까. 가진 것이라곤 누가 주워 가지도 않을 낡은 트럭 한 대뿐인 사람. 역마살이 있어 아무 데고 정착은 못 한다던 사람. 노지(露地)에서 나는 끝물 딸기를 헐값에 떼겠다고 갔댔던가. 그날 이 핏빛의 도시에 있었다고 했지. 핏빛의 도시에서 사 온 딸기는 잼도 못 만들게 온통 핏덩어리로 얼크러져 있었어. 그놈의 성깔 때문에 죽을 뻔했다는 사람이 어째 그놈의 성깔을 더 버려서 왔느냐고 엄마는 구박이 심했지. 나는 그가 싫었어. 지금도 싫어. 엄마처럼 성깔 때문에 싫어하는 게 아냐. 나한테 잘해주려고 무진 애를 쓰는 것까지 그냥 꼴 보기 싫었어. 처음부터 그랬어. 몰라. 내가 혐오한다고 해서 그가 이곳에 오지 말아야 한다는 법은 없으니까. 나의 혐오가 효력을 발휘할 수 있는 단 하나의 인간은 나인걸. 나는 다만 나를 죽일 수 있을 뿐인걸. 항쟁 10년. 지금 항쟁의 진상을 밝혀내지 않는다면 이 피의 항쟁은 시간의 먼지에 쓸려 한낱 기억하기 싫은 과거가 되어버리겠지. 누가 있어 불을 질러야 하리. 쉽게 망각하는 저 아둔한 사람들의 머리에 기름을 뿌리고 불을 질러야 하리. 불은 불을 부르리. 황금빛 들불을 부르리. 장미꽃 내음보다 더 짙은 피의 향기여. 멋모르고 좋아했던 친일 작가의 시에 그런 구절이 있었지. 아아 피 냄새. 내 몸에서 나는 역겨운 냄새. 생리대 자판기는 작동하지 않았고…… 적정 인원을 몇 수십 배나 초과하여 사용된 화장실에는 제대로 작동되는 변기가 없었고, 쓰레기통마다에는 오물이 넘치고 있었지. 나는 아파. 아프다. 끔찍하게 아프다. 그런데 게보린도 펜잘도 살 데가 없다. 빌어먹을, 하필 이런 날. 하기는 누가 이 피를 막으랴. 죽음이 아니고는. 한강을 처음 보았을 때, 나는 지하철을 타고 있었지. 불빛이 너울거리는 수면. 기차나 고속버스를 타고 가면서 보는 강물은 햇빛을 반사하거나 산그늘이 내려앉은, 자연의 일부였는데, 한강은 그렇지 않았어. 그 겁나는 거대도시의 일부. 저 난간에서 뛰어내리면 다리와 수면 사이의 몇 초 동안 어떤 기분일까, 무슨 생각이 날까, 수면에 닿기 직전 잿물을 탄 듯 칙

칙하게 푸르죽죽한 강물이 눈동자에 가득 찰 때, 아아 죽음은 어떤 모습일까. 나는 슬로모션으로 떨어지는 나를 몇 번이나 보다가 이윽고 시야에 건물들만 들어차면 새삼스럽게 살아 있는 나를 느끼곤 했었어. 한숨을 쉬고 맥이 풀어지면 나는 중얼거렸지. 한강은 빠져 죽기에는 너무 더러워. 들어가보지는 못했지만 그 바닥은 쓰레기 천지일걸. 처연스럽기도 한 저 비. 내 사타구니는 이미 젖어 있어. 더 젖은들 무슨 상관이 있으랴. 비를 빨아들여 푸름을 생산하는 흙. 아아 나는 말라 있는 흙인지도 몰라. 겉만 흥건할 뿐 속속들이 말라 있는. 이 타는 갈증은. 아아 머리카락 한 올까지 낱낱이 분해되어 흙 속의 흙 한 줌이 되어 저 비를 빨아들였으면.

필남은 일어섰다.

창문을 열자 습기 찬 바람이 그녀의 귓불을 어루만졌다.

그녀는 창턱에 올라서 젖 먹던 힘을 짜내어 구호 한마디를 외쳤다.

광주 항쟁 10년, 진상을 규명하고 학살자를 처단하라!

젖은 공기는 그녀의 목소리를 멀리까지 낭랑하게 전달하지 못하고 어중간한 데서 삼켜버렸다. 이슬비가 부슬부슬 내리고, 씻긴 꽃잎들이 애잔히 밝고, 사르락사르락 떨어진 꽃잎들이 검누런 땅을 점점이 빛내는 교정으로 그녀는 떨어졌다. 젖은 땅은 그녀의 몸이 부딪치는 소리를 삼켜버렸다.

사람들은 잠에서 깨어나지 않았다. 다만 그날의 전술을 의논하던 지도부 몇 명만이 그녀의 구호를 들었다. 유별스레 아득하고 비감 어린 소리라 그들은 1초 정도 입을 다물었지만 곧 하던 논의를 계속했다.

호들갑스럽게 달려가지 않았다고 해서 그들이 비난받을 이유는 없다. 그런 장소에서의 구호란 장바닥에서의 사려, 소리와 다를 바 없는 것이었으니까. 몇십 분 후 그녀의 시체를 발견하고 나서 그들이 유별스레 아득하고 비감 어렸던 그 구호와 필남의 죽음을 연결시킨 것도 반드시 그렇다고 확신을 해서가 아니라 그래야만 한다고 생각했기 때문이었다.

필남은 창턱과 지면 사이의 허공에서 자유를 느꼈다. 그녀가 사랑한 자유는 '고뇌하는 자유'가 아니라 죽음이었을지도 모른다. 맨 먼저 의식을 잃었고 그 다음에 심장이 고동을 멈추었다. 그 후에도 한참 동안 멈추지 않은 것은 그녀의 피였다. 그 피는 흙의 즙과 신록의 엽록소와 섞여 벚나무 사이를 흘렀다.

3부

당신이 가진 모든 미덕보다도
아름다운 경멸에 대하여

302호 살던 권예지 씨, 나는 101호의 글쟁이 김복순입니다.

당신을 만나고 돌아온 후 며칠이 지난 지금까지도 당신의 고통과 눈물은 좀체 잊혀지지를 않는군요. 누군들 사는 것이 만만하기야 하겠습니까마는 그래도 당신처럼 예쁘고 똑똑하고 바지런하고 남 못 할 짓 한 적 없는 여자가 그렇게 살아야 하다니 인생이란 영원히 답을 알 수 없는 수수께끼랄밖에요.

만약 당신의 고통과 눈물 뒤에서 내가 본 것이 경멸이라고 말하면 당신은 무어라고 대답할까.

아마도, 수긍하지 않겠지요. 어쩌면 골을 낼지도 모르겠군요. 삶이 무너져 내린 사람에게 무슨 경멸? 아뇨. 도대체 누구의 삶이 무너져 내렸다는 거죠?

당신의 경멸은, 내가 보기에, 아름다웠습니다. 당신의 예쁜 얼굴, 당신의 성실성, 가족에 대한 당신의 희생과 봉사, 그런 것으로 하여 당신이 얻는 낯 뜨거운 찬사와 알량한 보람과 자그마한 기쁨보다 더 눈부시게 아름다운 것은 당신의 경멸이었습니다. 그 경멸이 지금은 비록 당신을 오직 눈물밖에는 한 점의 물기도 없는 사막에다 패대기치고 끓는 햇빛 속을 맨발로 걸어가게 한다고 하더라도 말이지요.

당신 자신의 익숙한 삶과 그 삶의 너무나 익숙한 행로에 대한, 봇물처럼 터져 도무지 걷잡을 수 없는 경멸의 한때를 당신은 맞고 있는 겁니다. 그 한때를 거쳐 당신이 끝내 도달하고 말, 한없는 적요(寂寥)의 시간을 위하여 6월에 핀 들장미 한 다발을!

당신의 삶이 무너졌다니요? 묵은 먼지를 털어내고 새로운 길을 걷는 당신의 삶을 나는 벌써 보고 있는걸요. 그 삶의 숨소리를 나는 듣고 있는걸요.

시간 날 때면 언제라도 산장 아파트 101호에 놀러 오세요. 당신을 위해서 유리 항아리 가득 탱글탱글 잘 익은 적갈색 포도송이들을 채워놓았지요. 한 치의 수치심도 없이 자기를 사랑하는 이 포도송이들은 제 몸의 즙액(汁液)으로 당신을 사랑해줄 겁니다.

힘겨워하는 자매와,
포도주 잔을 부딪치고픈 복순

회개와 용서

윤아의 치과에 다녀온 날 밤, 예지는 시모와 시아주버니와 시누를 앞세우고 온 남편과 신경전을 벌이느라 컴퓨터를 켤 시간이 없었다.

시모는 자기 아들이 잘못한 건 사실이지만 아이까지 딸린 여자가 이혼 소리를 쉽게 하는 것도 올바른 처신이 아니라는 말을 반복했다. 모태에서부터 예수를 믿어 칠십 평생을 골예수 찰교회로 살아온 시모는, 하나님이 맺어주신 연분을 사람이 가르지 못할 것이며 하나님의 능력과 권세를 마귀가 이기지 못할 것이라고 울부짖다시피 했다. 남편은 그간의 일을 진심으로 회개하며 이제 신학교에 입학하여 목회자의 길을 걷겠으니 도와달라고 요즈음 입에 달고 다니던 말을 또 했다. 신도시의 한 교회에서 부목사 노릇을 하는 시아주버니는, 동생을 유혹한 여자들이 모두 신에게 헌신하려는 동생의 앞길을 가로막기 위해 나타난 마귀들이라고 선언했다. 시모와 시누와 남편은,

시아주버니의 말에 뒤이어 합창단처럼 그 마귀들을 저주했다.

그들의 마귀 타령이 예지는 지겨웠고 혐오스럽기까지 했다. 예지가 알기로 남편은 그 여자들을 사랑했다. 다만 그 사랑에 책임을 지고 싶지 않을 뿐이었다. 남편이 그 여자들에 대한, 비록 일시적이었다 할지라도, 사랑을 인정하고 그전처럼 당당하게 굴었다면 예지는 남편에 대한 일말의 애정은 끝까지 간직했을지도 모른다. 아니면 애정의 습관이라도. 습관이란 건 자동차처럼 단결에 폐기처분할 수 있는 것이 아니니까. 스스로를 완전하게 피동적인 존재로 돌려버리고 끝없이 자신을 유혹한 여자들 탓만을 해대는 남편에게서, 예지가 본 것은 피로에 지친 중년의 탕자였다. 그는 이제 지쳤으므로 돌아오고 싶어하는 것이다. 마땅히 예지는 그를 받아들여 용서하고 목회자가 되겠다는 그의 굉장한 결심을 격려하고 그에 따르는 물질적, 정신적 지원을 아끼지 않아야 할 터이다. 그는 예지를 믿었다. 그는 자신이 인도하여 믿음의 여인이 되게 한 예지를 믿었다. 믿음의 여인은 복음서의 너그러운 아버지처럼 돌아온 탕자를 두 팔 벌려 안아주고 그를 위하여 잔치를 열어줄 것이다.

그러나 그 믿음은 배반당했다. 그 믿음은 배반당할 수밖에 없었다. 그가 예지와 맺고 있는 관계는 종교적인 관계가 아니었으니까. 그는 마리아 막달레나의 예수가 아니었고 예지는 예수의 마리아 막달레나가 아니었으니까. 그와 예지는 지극히 세속적인 의미에서의, 자본주의의 기본적인 재생산 단위로서의 부부관계를 맺고 있었을 뿐이었다.

그는 미망에서 깨어나야만 했다. 그는 그의 예지가 그를 거부하는 현실을 현실로 인정할 수 없었다. 그는 자기의 미망조차 예지에게 뒤집어씌웠다. 예지가 자기를 거부하는 것은 그녀가 본정신을 잃고 미망에 사로잡혔기 때문이고 예지를 본정신으로 되돌려놓을 사람은 자기밖에 없다는 식의 눈물겨운 사명감까지 창조해내며 예지에게 매달리고 또 매달렸다. 그러나 기회를 달라는 그의 외침은, 술에 떡이 된 몸으로 눈물 흘리며 용서를 비는 그의 절망의 포즈는 모조리 거부당했다.

그는 마침내 구원군을 요청한 것이었는데, 그 구원군에 의해서 마귀 들린 인간은 남편에게서 예지로 순식간에 바뀌어버렸다. 마귀의 꾐에 빠져 죄지은 남자는 이제 회개함으로써 다시 신의 품에 안겼지만, 그를 용서하지 않는 여자는 신의 품을 나와 마귀에게 안긴 것이었다. 그들은 마귀 들린 여자를 무릎 꿇리고 그 주위에 둘러앉아 찬송가를 부르고 성경을 외웠다.

회개하라. 결혼의 약속을 가벼이 여기는 여자여.

회개하라. 너에게 죄지은 자를 용서하지 않고 악행을 악행으로 갚으려는 교만한 여자여. 회개하라. 회개하라. 회개하라.

일찍이 네 남편의 아이를 죽인 네 어미의 크나큰 죄를 우리는 용서했거늘, 이제 네 남편의 소소한 죄를 용서하지 않으려 하는 이 사악한 멸망의 종이여.

회개의 주체는 그런 식으로 뒤바뀌어 있었다. 예지에게는 너무나 익숙한 뒤바뀜이었다. 예지는 한순간 어리둥절했지만, 곧 남편과 함께 사는 한 그 어리둥절한 뒤바꿈의 악순환에서 벗어나지 못할 것임을 깨달았다.

집과 학교, 공부밖에 모르던 약대 시절의 예지는, 그때부터도 술 잘 마시고 놀기 좋아하던 남편을 통하여 자신이 이브의 후예이자 타락의 원흉임을 알고 어리둥절했었다. 남편에게 데이트강간을 당했을 때는 너무 예쁘고 매력적인 예지의 육체가 그를 죄짓게 했다는 남편의 말에 어리둥절했었다. 결혼 생활은 그러한 뒤바꿈으로 점철되어 있었다. 가령, 남편은 임신한 그녀가 약국 일까지 보느라 피곤하여 섹스 따위는 안중에 없을 때에도 자신의 욕구를 절제한 적이 없었다. 그녀를 안으면서 그가 늘 하는 말은, "네가 젤 좋아하는 것 하자"였다. 나중에는 예지 스스로도 자신이 섹스의 노예이며 섹스로써 남편에게 얽매여 있다고 착각하게 될 정도로 그 전도(顚倒)는 집요했다. 섹스만 그런 것이 아니라 일상 자체의 의미가 그렇게 남편의 언명에 의해 너무나 쉽사리 뒤바뀌어지곤 했다. 술 상무를 하다 자기 건강이 나빠진 것은 아내가 살뜰하게 챙겨주지 않았기 때문이었고, 바람을 피운 것은 아내가 바깥일에 너무 바쁜 탓이었다.

섬기는 자는 복이 있나니. 저희가 섬김을 받으리로다. 아니, 안 그래. 그 관계는 곧 고정되어버려. 주인과 노예의 관계로 영영 고착되어버려. 인형 놀이를 할 때마다 인형 배를 토닥토닥 두드리며 찬미가 하던 말 기억하니? "우리 아기, 자장자장. 엄마는 일해야 돼." 내가 저를 안았다가 내려놓으면, 찬미는 슬픈 표정으로 묻곤 했어. "엄마, 또 일해야 돼?" 나는 주인을 섬기느라 너무 바빠서 내 아이들을 예뻐할 시간도 갖지 못했고, 나 자신을 돌아보고 내 삶을 즐길 시간은 더더욱 갖지 못했어. 하늘 한번 마음껏 바라볼 시간을 갖지 못했던 지난날들. 찬양아, 찬미야. 사랑하는 내 아이들. 다른 무엇도 찬양하고 찬미할 필요 없어. 찬양아, 찬미야. 다만 네 생을 찬양하고, 네 생을 찬미하거라.

무릎을 꿇고 앉은 예지의 눈에서는 눈물이 샘솟듯 흘렀다. 예지는 회개하고 있었다. 남편의 품평과 심판에 자신의 생을 내맡긴 것에 대하여 회개하고, 남편에게 방탕할 시간을 마련해주느라 자신의 시간을 헛되이 소모한 것에 대하여 회개했다.

어머니 유 씨에 대한 구원군의 언급은 예지를 결정적으로 해방시켰다. 첫아이 찬송이와 함께 죽은 어머니 때문에 예지는 실제로 남편과 시집 식구들에게 죄의식을 가졌었다. 예지처럼 야무진 여자가 남편과의 관계에서만큼은 그토록 어이없이 패배적이었던 것도 어머니와 아이의 죽음으로 인한 그 죄의식 때문일 것이다. 그러나 용서라니. 저들이 어머니를 용서했다니. 나도 어머니를 용서하지 않았는데. 나도 나 자신을 용서하지 않았는데. 오 어머니. 저들이 어머니를 용서했다니.

죄

예지는 하루 종일 혼자서 눈물에 흠뻑 젖은 채 추도식을 준비하고 있다. 우는 모습을 보이기 싫은 참이니 한편으로는 다행이기도 하지만, 아들 녀석은 어디 전자오락실에라도 박혀 있는지 아침 먹고 나간 게 여태 돌아오지 않고 있고, 딸아이는 전화기를 들고 제 방으로 들어가 방문을 잠근 게 언젠데 도통 꼴을 뵈어주지 않는다. 큰아이가 초등학교 4학년, 작은아이가 2학년. 요즘 아이들 성장이 빠르기는 하다지만 아직 초등학생인 주제에 벌써 자기 세계에 어미를 들여놓지 않으려 한다. 남편과의 사이가 벌어진 요 몇 년 사이 아이들은 키가 크기도 했지만 어느 사이에 어미가 모르는 세계를 하나씩 만들어 가지고 있었다. 그러니 자식을 키운다는 것도 허무한 일이 아닐 수 없다. 예지는 요즈음 모든 일이 허무하다. 돈 버는 일까지 시큰둥해져 버렸다. 그래서 약국도 고용 약사에게 맡기고 쉬는 중이다.

예지는 엄마, 아빠가 두 꼭짓점을 차지하고 자식들이 나머지 하나의 꼭짓점을 차지하고 있는 삼각형을 자신의 가정이라고 생각해왔었다. 자신이 이루었다고 믿고 의기양양했던 그 가정은 완벽한 정삼각형이었는데, 어느 날 갑자기 아빠가 자신의 꼭짓점을 이탈해버렸다. 삼각형은 찌그러졌고 한쪽 면이 틔어버렸다. 이제 세상의 만악(萬惡)이 그 틔인 쪽을 통해 물밀듯이 쏟아져 들어올 것 같았다. 그래서 목숨을 걸고 아빠를 붙들어 와 그 훼손된 삼각형을 바로잡으려 했다. 그러나 그가 스스로 돌아왔을 때 예지는 그가 싫어졌다. 그가 싫어졌을 뿐만 아니라 삼각형을 지킨다는 지상명령이 싫어졌다. 그녀를 사로잡은 것은 도저한 허무였다. 삼각형의 틔인 면으로 흘러들어온 것도 허무의 물결이었다.

허무한 일이야, 허무한 일이야, 허무하고도 허무한 일이야.

왜 헌신은 외면당했으며 눈물은 바보짓이었나.

예지는 이제껏 숭배해온 것과는 근본적으로 다른 종류의 따스함을 그리워하고 있다. 그것이 어떤 것인지 그녀는 설명할 수 없다. 단지 가끔 그녀는 누군가의 전화를 받고, 응 나도 사랑해, 라고 말하고 싶고 또 누군가에게 전화를 걸어, 기다려 내가 가서 안아줄게, 라고 말하고 싶다.

손끝이 매운 예지지만, 돌아간 모친을 위해 상을 차리는 것은 영 서투르다. 아침 먹고 바로 시작했다는 게 괜스레 쏟아지는 눈물을 닦고 마음을 진정시키느라 또 아무 생각 없이 멍하니 앉아 있기도 하느라 시간을 맥없이 놓쳐버린다.

모친이 좋아하던 음식 몇 가지를 놓고 포와 과일을 놓아 어수선하나마 안방에 상을 들여놓은 때는 오후 5시다. 마침 그때 초인종이 울린다. 비디오 폰으로 확인하니 이틀 전에 호박시루떡을 주문해둔 떡집 주인이다.

　　홀아비 떡집 주인의 시선은, 벌써 몇 년째 해마다 10월이 오면 호박시루떡을 한 상자씩 주문하는 여자의 동선을 집요하게 쫓는다. 예지는 찰떡처럼 끈끈한 그의 시선에 불쾌감을 느끼면서도 지갑을 어디 두었는지 생각하지 못하여 거실과 안방과 주방을 오락가락 허둥거린다.

　　지갑은 주방 식탁 위 나물을 다듬었던 신문지 밑에 있다. 떡집 홀아비의 마디 굵은 손가락은 돈을 건네는 예지의 손가락에 필요 이상으로 오래 머무른다.

　　예지는, 떡집 홀아비가 현관 신장 위에 놓아둔 뜨끈뜨끈한 시루떡 상자를 두 손으로 받쳐 들고 안방으로 들어간다.

　　돌아간 모친은 밥보다 떡을 좋아했는데 그중에서도 호박시루떡을 즐겼다. 약방 집에서도 그랬지만 따로 나와 살 때에도, 어미의 식성은 바뀌지 않았다. 사실 식성만큼 보수적인 것도 없다. 세 살 버릇 중에는 여든까지 가지 않는 것도 많지만, 식성만은 잠시 잠깐 변덕을 부릴 때는 부려도 거개가 죽을 때까지 따라간다. 모친은 공부하는 딸을 위해 아침저녁으로는 밥도 짓고 뭇국이며 콩나물국도 끓이고 했지만, 혼자 먹는 점심만큼은 꼭 떡을 먹었다. 모녀의 단출한 살림에 재료를 장만하여 떡을 시루째 찔 일도 없기는 했지만 모친이 그럴 힘과 솜씨가 있는 것도 아니어서 모친 살아 있을 동안에는 단골 떡집 좋은 일만 대고 시켰다. 봄에는 향내가 상큼한 쑥떡이나 송기떡, 여름에는 잘 상하지 않는 바람떡이나 술떡, 가을에는 솔잎 위에 찐 햅쌀 송편, 겨울에는 늙은 호박살을 넉넉하게 베어 넣은 호박시루떡이나 삼색 인절미를 떨어뜨리지 않고 먹었다. 더구나 겨울에는 시린 물에 손 담그고 끼니 마련하는 것이 귀찮고 힘들다며 삼시 세끼를 떡으로 때우자고 들던 모친이었다. 어쩌다 밥을 해도, 더운밥 두 공기에 맑은 동치밋국 두 그릇, 수저 두 벌 올려진 상을 내왔다. 이것저것 넣어서 벌겋게 끓인 찌개류는 더러워 싫다고 했고, 남은 반찬들 뒤섞어 비벼 먹거나 찬밥 삶아 먹느니 굶겠다고 했다.

그때는 남의 집들 밥상에 오르는 찌개가 먹고 싶고 어미의 떡이 지겨웠었는데, 예지가 떡을 밝히게 된 건 어미가 죽고 나서부터였다.

예지는 호박시루떡 한 점을 떼어내어 맛을 본다. 따뜻하고 달착지근하고 부드럽다. 예지의 눈에서 또다시 눈물이 쏟아진다.

내 남편, 내 자식은 끔찍이도 위해 바치면서 낳아준 어미한테는 내 손으로 밥상 한번 차려주지 않다니.

무슨 바람이 그렇게도 강했을까. 무슨 봄바람이 그렇게나 강해서 아이 업은 여자를 송두리째 철로로 밀어 넣어버렸을까. 아니, 어미는 무슨 생각에 그렇게도 사로잡혀 있었을까. 무엇에 그렇게나 사로잡혀서 첫손자 업은 것도 생각 않고 철길을 따라 하염없이 걷고 있었을까.

어미는 첫아이 찬송이를 업은 채 철길을 따라 걷다 찬송이와 함께 기차에 갈려 죽었다. 목격자는, 아이 업은 여자가 기차 소리를 듣고 철길 옆으로 피하는 것을 분명히 보았다고 증언했다. 그랬는데도 엄청나게 강한 바람이 아이 업은 여자를 삼켜버리더라고 했다. 꽃샘바람이 유난스럽던 때이기는 했다. 달려오는 기차가 몰고 온 바람이 합세하기도 했을 것이다. 그렇다고 두 목숨이 그 바람에 실려 갈 수 있나.

예지는 직접 철길에서 달려오는 기차를 마주 보다가 옆으로 비켜나 보기도 여러 번 했다. 그러나 먼지바람은 예지를 데려가지 않았고, 그저 예지의 두 뺨에 묻힌 소금기 어린 눈물만을 데려갔다. 예지는 아이도 사랑했고 어미도 사랑했기에 이중의 슬픔에 남편보다 훨씬 고통스러웠다. 그러나 예지에게 허락된 슬픔의 표현 양식은 제 어미를 원망하는 것뿐이었다. 딸에게 얹혀사는 죄로 차마 어쩔 수 없어 손자를 봐주어야만 했던 어미는 그렇게 죽어버림으로써 손자 잡아먹은 할미라는 지워지지 않는 낙인을 얻었다. 타고난 약골로 한 평생 시난고난 앓으면서도 딸 하나 잘 기르는 것을 생의 목표로 삼고 꼬장꼬장하게 살아주었던 모친은, 바로 그 딸에게서까지 모진 원망의 소리를 들으며 이승을 떴다.

어미가 죽은 뒤 예지는 지나가는 말로라도 어미 얘기를 하는 법이 없었지만, 어미와 함께 먹던 떡 맛을 알았다.

노란 호박이 골고루 박힌 찰시루떡에서는 단김이 무럭무럭 피어오른다. 예지는 넓은 쟁반에 떡을 쌓아 올리기 시작한다.

엄마, 실컷 잡숴요. 아픈 엄마한테 맨 얻어먹기만 한 딸이 태어나서 처음 해 바치는 음식이니까. 불쌍한 엄마.

"엄마, 나갔다 올게."

호박의 달큰한 향내와 천장까지 끼치는 더운 김에 식욕이 동했던지 시루떡 상자에서 예지가 떼어 먹었던 떡 조각을 집어 입에 물며 찬미가 말한다.

"미친 가시내, 나가긴 어딜 나가?"

예지의 독기 어린 음성에 딸은 이렇다 저렇다 대꾸 없이 떡 조각만 도로 상자 안에 던져 넣고는 돌아선다. 예지가 입술을 깨물며 돌아보자, 한 갈래로 묶은 딸의 뒷머리가 한순간 말꼬리처럼 흔들리다 문밖으로 사라져버린다. 대단한 용무가 있어서 나가는 것은 아닐 것이다. 친구와 만화방에 들르거나 떡볶이를 사 먹거나 하는 것밖에는 없을 것이다. 예지의 머리꼭지에 열이 오른다.

미친 가시내, 지 엄마가 어떤 마음으로 이러고 있는지 지가 짐작이나 하면.

찬미는 그빨로 돌아오지 않는다. 돌아간 모친의 저녁 식사 시간에 맞추어 찬양이와 함께 6시쯤 제사를 지내고 음식을 갈무리하고 집 안을 정돈하고 연속극을 본 다음에도 문을 따는 찰칵, 소리는 예지의 귀에 들려오지 않는다. 예지는 소파에 앉아 텔레비전에 시선을 못 박은 채로, 아담하게 생긴 귓바퀴를 만지거나 새끼손가락으로 귓속을 후빈다.

특선 영화가 끝나고 애국가가 울릴 때까지도 현관문은 열리지 않는다.

미친 가시내.

예지는 그대로 소파에 누워버린다. 정규방송이 끝난 텔레비전이 지지직거리며 예지의 신경을 긁는 소리를 내지만, 그 소리마저 없을 때의 적막이 예지는 더 무섭다.

찬미는 제 아빠를 무척이나 따르던 아이다. 크면 아빠와 결혼하겠다고 철석같이 다짐을 놓곤 하였다. 남편도 찬미라면 오줌을 받아먹으래도 두말 않고 먹을 사람이다. 그런 형편이다 보니 예지가 야단은 도맡아 치는 쪽이 되고 남편은 사랑과 선물을 도맡아 주는 역할만 맡았다. 초등학교에 들어가고 소견이 생기면서 아빠와 결혼한다는 말은 들어가버렸지만 찬미는 그래도 제 아빠라면 사족을 못 썼다. 그런 아빠가 자주 사라지고 엄마와 다투고 끝내는 별거하고 있는 꼴이 그 아이로서는 감당하기 힘든 충격이었을 테다. 지금껏은 큰 고통을 모르고 자란 아이다. 잔병치레 없이 딴딴하게 자라났고 부모 사랑 듬뿍 받았고 필요하거나 하고 싶거나 가지고 싶은 것 중 제 원대로 되지 않은 것이 몇 가지 없었다.

그러니 아빠의 상실이 찬미에게 얼마만 한 고통일지 예지는 물론 안다. 알면서도 힘들다. 딸이 사사건건 속을 긁어놓는 데는 버텨낼 도리가 없다. 남편이 기껏 합의를 보아놓고도 막판에 뒤집는 행위를 반복하는 이유 중에는 찬미도 들어 있다. 찬미가 제 아빠를 따로 만나 울고 불며 매달리곤 한다는 걸 예지는 안다. 감정에 치우치기를 잘하는 남편은, 오줌똥도 어여쁜 딸내미의 호소라면서 예지를 찾아오고 또 찾아온다. 그러다가는 끝까지 거부하는 예지에게서 마귀를 쫓아내고 말겠다며 예지의 목을 조르고 팔을 꺾었다. 이혼이 지연될수록 그들은 새롭게 드러나는 상대방의 모습에 절망을 느꼈다. 남편은 지금 3년 동안의 별거에만 동의한 상태다. 예지는 신경이 극도로 쇠약해진 상태에서, 아빠의 부재를 참을 수 없어 하며 짜증을 내는 딸에게 미친 가시내 소리를 하고 말았는데, 한번 터진 미친 가시내는 주워 담을 수도 없게 쏟아져 나온다.

동창으로 새벽 어스름이 기어들 때쯤 예지는 아직은 옆선이 고운 몸을 발딱 일으켜 딸의 방으로 간다. 들어서면서 문 옆의 스위치를 누르고 책장을 쭉 훑어보다 침대 밑에 손을 넣어 휘휘 저어보고 나서, 책상 서랍을 빼내 내용물을 방바닥에 쏟고는 팽팽하던 어깨를 축 늘어뜨리고 그 자리에 주저앉는다.

미친 가시내. 내가 지한테 양말 한 짝을 빨게 했어, 물 한 컵을지 손으로 떠다 먹으랬어?

예지는 입술을 잘근잘근 깨물며 스티커 사진부터 딱풀까지 여러 가지가 뒤섞여 있는 서랍 속의 내용물들을 하나하나 조사하기 시작한다. 예지는 남편의 방을 뒤질 때처럼 하릴없이 딸의 방을 뒤진다. 결국 예지는 되씹어볼 가치가 있는 것으로 두 가지의 수확물을 얻어낸다. 생일 카드 한 장과 노트를 그냥 찢어 쓴 편지 한 장. 편지에는 발신인이 적혀 있지 않지만, 필체가 카드의 것과 같다. 남들이 보기에는 유치하지만 제 나름으로는 심각한 내용의 그것들에서 그러나 예지는 아홉 살짜리 딸이 가출할 만한 단서를 찾지는 못한다.

잠이 올 것 같지 않다. 예지는 윤아에게 메일을 띄운다. 때마침 윤아가 온라인 상태여서 바로 메모가 날아온다. 예지와 윤아는 대화방을 개설한다.

찬미가 안 들어와. 어쩜 좋니?

뭐 가지고 나갔는데?

암것도.

그럼 친구 만날 작정이었나 보다.

그랬는데 내가 성을 내니까…….

엄마도 함 당해봐라, 하는 건가.

그런 모양. 얘 뭔 일 있는 건 아니겠지?

친구 집에서 자거나, 그럴 거야.

정말?

아홉 살이람서? 자고 갈 만한 데가 있으니까 그런 짓도 하는 거야. 엄마한테 화도 났고.

너무 힘들다. 즈 아빠 그냥 받아들이고 말 걸 그랬나? 나만 참았음. 그랬음 얘가 이러지는 않을 텐데.

찬미 아빠랑 아무 일 없었던 것처럼 살 자신 있어?

없지.

그럼 어차피 악순환이야. 고리를 끊어야지. 아프더라도.

그 사람이 불쌍하기도 하구. 결혼에 실패했다고 해도 나한테는 일이 있고 애들도 있는데, 그 사람은 모든 걸 잃은 거니까.

감정의 찌꺼기가 다 사라지려면 시간이 필요하겠지.

착하기는 한 사람이었어. 굶어 죽는 아프리카 사람들 TV에서 보다가 눈물을 철철 흘리는 사람.

애들한테도 잘했고?

응.

아이와 잘 놀아주는 착한 남편이라……. 물론 착했겠지. 근데 착하다고 다 용서되는 건 아냐. 남한테 민폐 안 끼치고 착하게 살아야지.

맞아.

강한 사람만이 진짜 착한 사람이 될 수 있어. 찬미 아빠가 곁에 없으니까 그 사람 좋은 점만 생각나지? 코 맞대고 있으면 힘들고 속상했던 일들만 생각날 텐데.

그럴까?

그럼. 원래 그런 거야. 웃기는 일이지.

삶과 죽음의 충동

　종이는 지금 차례를 기다리고 있다.

　출연자 중 남자는 모자를 눌러쓴 종이밖에 없고, 종이말고는 모자를 쓴 이도 없다. 남의 눈에 띄기 싫어하는 성질이지만 띄지 않을 수 없는 상황이다. 종이는 모자를 눈썹 밑으로 끌어 내리다가 자신이 시방 방송국이란 데에까지 온 까닭을 생각하고는 다시 모자를 눈썹 위로 밀어 올린다. 병으로 못쓰게 된 얼굴이 그대로 드러날까 봐 모자를 쓰긴 했는데 모자 때문에 피붙이들이 제 얼굴을 알아보지 못할까 봐 걱정이 된다.

　이름이 생각나지 않는 어머니는 제가 여섯 살에 목을 맸습니다. 성이 최씨였다는 것만 기억나는 아버지는 저희 형제를 읍내 하숙집에 놓아두고 돌아오지 않았습니다. 저희 형제는 외갓집에서 살았는데, 외할머니가 둘 중 하나만 남고 하나는 떠나라고 했습니다. 형과 함께 외갓집을 나왔는데 산 속에서 형을 잃어버렸습니다. 형의 이름은 확실하지는 않지만 한이었던 것 같습니다. 최한. 여동생이 둘 있었는데 이름이 생각나지 않습니다. 외갓집에서 기억나는 사람은 님이 이모입니다. 그 이름은 확실합니다. 산속에서 형을 잃어버리고 저 혼자 밤을 새웠는데 아침에 산판(山坂) 일을 하는 사람들을 만나 밥 한 그릇을 얻어먹고 그 사람들의 트럭에 실려 고아원으로 갔습니다.

지금 종이가 입속으로 연습하고 있는 기억은 여기까지다. 지금 종이에게 필요한 기억도 여기까지다. 아비와 환, 누이들과 이모를 찾기 위해 종이가 회고할 옛날은 여기까지로 충분하다. 고아원 이후의 삶은 피붙이라는 것과는 도시 무관하게 종이 혼자 일구어온 것이기 때문이다.

"아버지, 형 최한, 여동생 둘, 님이 이모를 찾습니다. 경상도 산골짜기에 살았음."

검정 매직으로 그렇게 쓴 팻말을 종이는 땀이 밴 손으로 꼭 잡고 있다. 사실 사무치게 그리운 쪽은 이름조차 떠오르지 않는 누이들이다. 그리고 님이 이모.

만성신부전증이라는 몹쓸 병에 걸리지만 않았더라도 종이는 이런 자리에 나오지 않았을 것이다. 종이는 핏줄이라는 것과 무관하게 이루어낸 평화로운 현재를 사랑했으므로 더 이상 핏줄로 인하여 고통받고 싶지 않았다.

의사로부터 병세에 대해 상세히 듣고 난 뒤 병원 문을 나서면서 종이가 맨 처음 사로잡힌 느낌은 죽음에의 유혹이었다. 고통스러운 식이요법과 운동요법을 병행하면서 일주일에 두 번, 세 번씩 혈액투석을 하며 사느니 차라리 깨끗하게 죽는 것이 나을 듯했다. 죽음. 오, 죽음. 검은 감나무 가지에 하얗게 매달려 흔들리던 어머니.

그것이 죽음에 대해 종이가 가진 지워지지 않는 상이었다. 세월에 표백되어 슬픔은 사라지고 다만 성스러울 뿐이었던 그 상이 이제는 매혹적이었다.

그날 밤 종이는 밀가루 반죽처럼 부드럽게 출렁거리는 아내의 뱃살에 얼굴을 묻고 밤새도록 흐느꼈다. 그 뱃살의 부드러움은 종이에게 참을 수 없는 삶에의 유혹이었다. 아내는 어린애를 돌보는 어미처럼 잠들었다가 깨어나기를 반복하며 종이의 등을 쓸어주기도 하고 뺨을 어루만져주기도 했다.

아내는 근동에서 채소쟁이 뚱땡이로 통한다. 5킬로그램짜리 감자 상자를 양손에 들고 엘리베이터 없는 5층 아파트를 종횡무진 오르내리며 배달을 척척 해내는, 살집 좋고 힘 좋은 여자이다. 여태 집은 마련하지 못했지만 그래도 남에게 빚 안 지고 내 밥 먹으며 살 수 있게 된 게 다 아내 덕이다. 가게도 있고 단골도 많으니 착실하게만 살면 죽을 때까지 걱정할 것이 무엇인가. 야채 가게 하는데 설마 먹을 것이 떨어지겠는가. 교육비 걱정시키는 자식 놈이 있는가. 늙어 장사를 할 수 없게 될 때를 대비해서는 연금보험을 들어두었으니 여기에 무엇을 더 바랄까. 종이는 평화로웠고, 평화 이외의 다른 행복을 구하지 않았다.

아내만 옆에 있어준다면. 뱃심 있는 아내는, 여리고 고독한 종이에게 험난한 세상의 유일한 바람막이이고 피난처였다. 그렇더라도 이제는 언제 끝날지 모르는 투병의 괴로움과 치료비까지 아내에게 부담 지우게 생겼으니 종이로서는 아내에게 무슨 말을 하여야 좋을지 몰랐다.

아내는 상가 안 콧구멍만 한 야채 가게에서 콩나물, 두부, 감자, 오이, 배추 따위를 팔고 종이는 상가 밖 노상 진열대에서 제철 과일을 팔며 5층짜리 서민 아파트에 붙어산 지도 벌써 9년째. 10년이면 강산도 변한다는데 근 10년 새에 변한 건 아파트의 칠 상태가 눈에 띄게 나빠지고 더러 외벽 균열도 보이기 시작했다는 것, 뚱뚱한 사람이 흔히 그렇듯 팽팽하기만 하던 아내의 살갗에 크고 작은 주름이 패기 시작한 것이다. 그것 말고는 가게도 늘리지 못하고 돈을 크게 모으지도 못했다. 생물(生物)을 취급하는 장사는 안팎으로 손이 척척 맞아야 돈을 모으는 법인데, 물욕이 없고 변화를 싫어하며 걸핏하면 골골거리는 종이가 아내를 받쳐주지 못한 것이다.

그래도 평소에 골골거리는 사람이 강단은 있다고 종이는 자신에게 이런 몹쓸 병이 찾아올 줄은 생각지 못했다. 아마도 지지난해 초가을, 여름 내 재미를 봤던 수박 장사를 정리하고 첫물 사과를 플라스틱 바구니에 담아 늘어놓느라 한참 허리를 굽혔다 일어서는데 갑자기 눈앞이 아찔하면서 쓰러진 게 병세의 시초인 것 같다. 아내는 몸이 허해서 그렇다고 민물 붕어를 고고 개소주를 먹이고 보약을 지어 날랐었다. 뻔한 형편에 가당치도 않은 호사여서 더러 아내에게 화를 내기도 했지만 그래도 제 나름대로는 정성껏 약보(藥補)를 했다. 그러나 몸은 시간이 지날수록 나빠지기만 했다. 오줌의 양이 적어지고 오줌 줄기가 형편없이 가늘어지면서 도통 성욕이 생기지 않았다. 그 귀한 오줌에 간혹 피가 섞여 나오기도 했다. 발목, 손목, 두 뺨에 생긴 부기가 무슨 약을 먹어도 빠지지 않았고, 갈비뼈 가운데를 누가 송곳으로 찌르는 것처럼 아팠다. 시도 때도 없이 입덧하는 여자처럼 구역질을 했고, 햇빛 나는 데에 조금만 앉아 있었다 싶으면 영락없이 눈앞이 노래지는 어지럼증을 느꼈다.

한여름의 수박이나 김장철의 배추 단, 무 포대 같은 건 종이가 오토바이로 배달도 더러 해주어야 하는데 종이가 아프고부터는 그런 일이 전부 아내의 차지가 되었다. 종이는 겨우 아내가 없을 때 가게를 보아주는 정도의 일밖에는 하지 못했다.

병명을 알게 된 다음 아내가 제일 먼저 한 일은 잃어버린 가족을 찾아주는 방송국의 어떤 프로그램에 출연 신청을 내는 것이었다. 가족을 찾으면 조직적합성이 높은 신장도 찾을 것이고 그러면 이식을 받을 수 있는 길도 열리지 않을까 하는 것이 아내의 깜냥이었을 테다. 종이는 처음에는 아내의 행동에 성을 내며 출연 신청을 취소하려고 했다. 그러나 혈액투석을 받고 염분, 단백질, 포타슘, 인의 섭취를 제한한 식사를 본격적으로 시작하면서부터는 마음이 아주 약해져버렸다.

외모에서 성격까지 판에 박은 듯 닮은꼴이었던 아비와 형. 살아서는 만나고 싶지 않던 그들을, 종이는 이제야 비로소 꼭 한 번 만나고 싶어졌다.

시시때때로 죽음에의 유혹과 삶에의 유혹 사이에서 부동(浮動)하는 지금에 와서야 종이는 형을 이해할 수 있을 것 같다. 아우를 떼어버리고라도 살고 싶었을 열한 살 어린아이를. 형은 본능에 충실한 어린아이에 불과했음을.

　　사회자의 손짓을 받고 종이는 일어선다.

　　절대로 울지 말아야지.

　　종이는 다시 한번 입술을 깨문다. 그러나 벌써 콧등이 시큰하다.

별들의 대화

　예지는, 약대 동창이 연구교수로 캐나다에 가게 된 남편을 따라 갈 거라는 말을 듣고 그 친구가 비우게 된 약국을 맡아 하기로 했다.

　기간은 1년이었다. 급작스레 내린 그 결정은 예지에게 최근 몇 년간의 잔혹했던 시간과 공간을 동시에 정리할 기회를 의미했다. 찬양과 찬미는 서울 집에서 님이 할머니와 윤아 이모와 함께 살기로 했다. 아이들은, 특히 찬미는 예지와의 냉각기간이 필요했다. 예지도, 어린 찬미마저도 그것을 알고 있었다. 모녀는 예기치 않았던 갈등을 어떻게 처리해야 할지 몰랐다. 그들에게는 이제 거리가 필요했다. 아이들은 다행히 님이 할머니를 좋아했다.

　친구의 약국은 서울에서 두 시간쯤 걸리는 조용한 소도시에 있었다. 비워두면서 관리비만 꼬박꼬박 내야 되는 게 아깝다고, 친구는 예지더러 자기 집에 들어와 살라고 연신 부탁했다. 예지는 작은 전셋집을 얻을 생각을 하고 있었으나 친구의 부탁이 하도 간고해서 그렇게 하기로 했다.

예지가 슈트 케이스 하나만 들고 떠난 날 밤, 예지와 윤아는 약속한 시간에 채팅을 시작했다.

짐 정리는 했어?

응.

힘들었겠다.

그냥 몸만 옮긴 건데 뭐. 애들은?

자. 시간이 몇 신데?

찬미, 괜찮아?

겉으로는. 조금씩 나아지겠지.

지 같은 딸을 낳아봐야 알지.

하하. 애 낳아본 여자들은 다 그렇게 말하더라.

그러게 애를 안 낳아보면 어른이 아니라는 거야.

다 경험해봐야 아는 건가 뭐? 그나저나 나도 애 하나 낳고 싶다.

낳아라. 누가 말리데?

나처럼 불안을 먹고사는 여자가 아이를 낳아 키울 수 있을까?

아이 덕분에 안정을 찾는 거지.

안정되긴 해? 정말로?

아이가 있음 지상에 굳건히 발 딛고 살게 되지. 아무래도. 나

무꾼이 애를 하나만 더 만들었어도 선녀가 못 날아갔을 거래
잖아.

우리 엄마는 왜 그렇게 날아올라 가버렸을까? 애가 넷이나
되는데도.

…….

난 앨 낳으면 적어도 걔가 스무 살이 될 때까지 땅 위에서 숨
쉬고는 있어줘야 한다고 생각해.

그래서 앨 못 낳는 거야? 그 전에 죽을지도 모르니까?

응. 나는 그래. 그건 그렇고 이사한 집은 어때?

구석구석 정리 안 된 데가 없고. 내가 잃어버린 가정이 거기
있더라. 그 친군 나보다 더 완벽한 현모양처였어.

떠나기 전에 막 싸웠다면서? 왜 싸운 거야, 그 완벽하신 현모
양처께서?

신랑이 그렇게 나올 줄 몰랐대.

어떻게?

그 신랑 강사 꼬리표 뗀 거 불과 몇 년이야. 그럼 그 집이랑
생활비랑 애들 교육비랑 누가 다 벌었게?

당근 현모양처 씨가 벌었겠지.

그렇지. 그런데 나 짐 가지고 걔네 집에 간 날, 그 집 앞에서
두 시간을 서 있었다. 그 친구랑 같이.

아니 왜?

친구가 나한테 관리비나 내주면서 그 집서 살으랬잖아. 나는

그냥 원룸이나 얻겠다고 했는데도.

그랬다며? 그랬는데 왜?

그게 남편이랑 합의된 게 아니었나 봐. 걔 남편이 자기 마누라한테는 전세 오천짜리 집을 공짜로 내주는 등신이라고 하고…….

언니한테는 전세 오천짜리를 공짜로 먹으려는 사기꾼이라고?

사기꾼이라는 말까지는 않고. 얌체라고는 하더라만.

그러면서 문을 안 열어줘?

응.

그 집 명의는 남편 이름으로 돼 있지? 현모양처가 오죽하시겠어?

그렇지.

그러니까 남편이 문 안 열어주면 못 들어가는 거네? 집주인이 남편이니까.

두 시간 버티면서 문 두드려대니까 열어주더라.

적반하장으로 화는 그 교수님이 내지?

너는 보지도 않은 애가 어떻게 그래 잘 알아?

그림이 그려지네 뭐.

그런 거 보면 바람 좀 피웠다 뿐이지 찬양 아빠 그렇게 나쁜 사람도 아니야, 그치?

또 시작이다, 또.

멀리 있으니까 미움도 멀어져버리데.

좋은 일이야. 집착도 같이 좀 버려.

가시내.

충고 그만하라구?

그래.

알았어. 이젠 그만할게.

근데 나, 어린 언니한테 상담받고 싶은 게 또 있어.

뭔데?

너하고 채팅하면서 채팅에 재미를 붙였잖니, 내가. 채팅하다 만난 남자들이 있어.

어머, 누구? 어떤 사람? 아니, 뭐, 남자들?

응.

차근차근 이야기해봐.

응. 한 남자는 소아과의사야. 이혼했고, 딸 하나를 키우고 있어. 나는 아닌데, 자기는 나와 연결이 되는 순간에 알았다는 거야. 내가 자기 운명의 상대래.

순정 만화 좋아하는 사람이구나.

야, 그렇담 사람이 좀 순정적인 데가 있어야 하는 거 아니니?

왜, 어땠는데?

영화나 한 편 보자구 해서 만났거든.

근데?

영화 보고 레스토랑에서 스테이크 썬 것까지는 좋았다 이거야. 깨끗이 헤어지고 싶은 게 내 솔직한 심정이었거든.

왜? 그 남자가 어디 러브호텔이라도 가재?

그랬음 덜 황당했지.

뭐야? 재밌어지잖아.

날 삐까번쩍한 호텔 상가로 끌고 가더라. 그러더니 내일이
자기 딸 생일이라면서 선물을 좀 골라달래.

그래서?

딥다 비싸데? 머리띠 하나 골랐는데 20만 원이 넘어.

그래서?

그 남자가 글쎄 자기 카드가 기한이 돼서 쓸 수가 없다구 나
한테 그걸 결제해달라는 거야.

세상에! 그걸 해줬어?

영화표랑 밥 먹은 거랑 그게 빚이더라구. 공짜루 얻어먹는
게 아니었어. 어떡해? 카드 내놓고 말았지.

티켓값이랑 스테이크값이랑 다 합쳐서 10만 원 넘어?

5만 원 남짓이지.

그러니까 15만 원 뒤집어쓴 거네?

응.

도둑놈 아냐?

딴 남자 얘기도 들어볼래?

그래.

매너가 기막힌 사람이었어. 나보다 세 살 적은 남잔데.

뭐 하는 사람?

시인이래.

그래서 그 만남은 시적이었나?

들어봐. 만나서 뭘 할까 미적거리다 보면 김새잖아, 보통. 근데 이 남자는 스케줄이 완벽한 거야. 너도 알다시피 난 대학 때 미션 동아리에서 찬양 아빠 만나 코 꿰어가지고는 연이어 애들 낳아, 집 장만해, 그렇게 사느라고 연애다운 연애를 못 해봤잖니?

그랬지.

근데 이 남자가 내 소원을 풀어주는 거야. 캐리비안베이에도 가보고 수목원도 가보고 월미도에서 회 먹고…….

기껏?

정동진에서 일출도 봤어.

상투적이네 뭐.

그런 거야?

아줌마한테는 새롭겠지만.

그렇지? 아, 놀고먹는 게 이렇게 재미있구나, 나는 헛살았다, 헛살았어. 그런 생각을 다 했다니까.

근데 뭐가 문제야?

문제는 뭐냐 하면, 그 놀고먹는 비용을 내가 다 부담했다는 거야.

싸그리?

응.

문제는 문제구나. 그런 식으로 한 1년만 만나봐. 밑 빠진 독에 물 붓기식으로 레저 비용 들 테지. 에라, 독을 깨버리려니 또 더러운 게 정이라고 쉽지 않을 테구. 언니가 무어 백만장자도 아니구. 겨우 약 팔아서 제 앞가림이나 하는 처지에.

그렇지? 그 사람이랑 사나흘 노는 데 든 돈이, 우리 약국 김약사한테 주는 한 달 월급이더라니까.

또 다른 남자는?

직접 만난 사람은 그 둘이야. 채팅만 한 상대는 너무 많아서 얘기할 것도 없고. 그렇고 그런 남자들이지 뭐. 공통점이 한 가지 있다면 전부 내 직업을 좋아한다는 거야. 내가 돈 쓰는 걸 좋아하구.

예외 없이?

단 한 사람도. 강남에 내 약국이 있다고 말해주면 더 좋아하더라.

우리 언니 세상 공부 많이 했구나.

세상 공부만 한 게 아니라 나 자신에 대해서도 몰랐던 걸 알게 되더라. 남자들 만나면서 나 스스로 내 외모와 직업을 내세우고 있더라구. 그건 다시 말하면 그거 두 가지밖에 권예지란 인간이 가진 게 없다는 얘기겠지. 껍데기만 그럴싸한 인간이 그 껍데기를 가지고 다른 인간을 유혹하는 거야.

《어린 왕자》 생각난다. 꼬마는 코끼리를 삼킨 보아 뱀을 그

렸는데 어른들은 전부 그걸 모자라고 하잖아? 눈에 보이지 않는 것은 보지 못하는 게 사람들이야. 언니만 그런 게 아니고 언니나 나나 언니가 만난 남자들이나 다 그렇고 그런 속물들이야.

넌 다르잖아. 넌 네가 무슨 일 하는 줄도 모르고 네가 예쁜지 어떤지도 모르는 낯선 땅에서만 남자를 만나잖아. 껍데기 없이 아주 알맹이로만 말이지.

……그건 무서워서 그런 거야.

뭐가?

나도 몰라.

내가 그냥 일차원적으로 말해볼까?

말해봐.

껍데기들끼리 만나서 지지고 볶다가 속 알맹이를 조금씩 보게 되고 거기에 질리고 결국에는 나처럼 이혼하고는 구질구질해질까 봐 무서운 거지?

그런가?

애, 나도 충고 한마디 하자.

해.

맨날 네가 나보다 다섯 살쯤 많은 언니인 척, 카운슬러인 척했는데.

근데?

넌 애늙은이야. 애도 아니고 늙은이도 아닌. 엄마 없는 세상이 무서워서 벌벌 떨면서, 그게 아닌 척, 저 혼자 철든 척하는.

맞아. 나는 그래. 나도 그걸 알아. 그러니까 언닌 충고도 뭐도 안 한 거네 뭐. 충고를 하려면 내가 어떻게 해야 되는지 말해줘. 나는 어떡해야 되지?

너 열심히 사는 거야 잘 알지. 직업에도 열심이고 봉사활동에도 열심인 거 누가 봐도 놀라울 정도지. 하지만 그건 네가 엄마 없는 세상을, 시간을, 참고 견디는 방법일 뿐이야. 넌 나만큼이나 삶을 즐기지 못한 바보야. 넌 네가 가진 가장 좋은 걸 모르고 있고 그걸 나누어주는 기쁨도 모르고 있어.

나한테 그런 게 있었어? 그게 뭔데?

윤아야. 지금 네가 나한테 주고 있는 것, 그게 얼마나 좋은 건지 너는 모르지? 그건 네가 있는 곳에서 내가 있는 곳까지 순식간에 달려와서 내 머리끝에서 발끝까지를 기분 좋게 감전시키는 무엇이야. '우정'이라는 낱말로도 다른 무슨 말로도 똑떨어지게는 설명되지 않는 것, 우리가 두드려서 화면에 뜨게 하는 글자만도 아니고…… 그 글자들이 날라 오는 어떤 빛살 같은 것. 주는 너도 대가 따위를 아예 염두에 두지 않고 있고, 받는 나 역시 대가를 치러야 한다는 부담감 없이 그냥 받는 것. 마치 우리 엄마한테서 내가 목숨을 받았을 때처럼 그냥 받는 거야. 어쨌거나 받고 보는 거지. 윤아야. 그 좋은 걸, 우리 애들한테도 좀 나눠줘라. 당장 우리 찬미 옆에 누가 있니? 내가 아니라 너야. 우리 찬미한테 엄마 노릇 좀 해줘. 윤아 너한테는 님이 이모, 나한테는 새어머니가 그리해준 것 처럼.

…….

윤아는 더 이상 받아치지 않고 망연히 화면 앞에 앉아 있었다.

밤은 시나브로 깊어갔다. 윤아와 예지는 수십 광년이나 떨어진 별들처럼 아득한, 그리고 아늑한 거리감을 느꼈다. 찬미도 어쩌면 발바닥에 부딪치는 단단한 땅이 새삼스레 놀라운, 깊이를 모를 좁은 크레바스가 지도에는 없는 어느 장소에서 아가리를 딱 벌리고 자신을 기다리고 있는 것만 같은, 밤의 늪을 부유(浮游)하는 음향(音響) 같이 도무지 잡을 수도 볼 수도 없는, 절망적으로 불명확한, 그 불명확성이 거듭 증폭시키는, 그런 종류의 두려움에 사로잡혀 있을지도 모르겠다고, 윤아는 생각했다. 그 두려움을 잠시나마 걷어주어 어쨌 거나 윤아로 하여금 지상에 발 딛고 살 수 있게 한 것은, 윤아의 이름을 부르는 작은오빠의 목소리, 윤아의 등을 토닥이는 님이 이모의 손바닥, 그 목소리와 손바닥의 끝없이 복제되는 촉감과 여운이 아니었던가.

윤아야. 윤아야?

윤아는 천천히 자판 위에 얹힌 손가락을 움직이기 시작했다.

내가 나도 모르게 예지 언니의 빛이 되었다면 그것은 예전에 내가 받았던 빛이 내 속에서 여물어 스스로 뻗어나간 것이겠지. 그래, 언니. 나도 이제는 어떤 다른 존재의 빛살이 될 수 있을지도 몰라. 내가 발하는 빛이 어느 존재에게 가닿아서는 그 존재에게서 여물 만큼 여문 나의 빛이 저절로 또 다른 존재의 고독을 쓰다듬는 꿈을 가져도 좋을지도 몰라. 그래, 내가 받았던 빛을 돌려주어야 할 땐가 봐, 이제. 삶이 어차피 두려운 거라면 그 두려움의 아가리 속으로 걸어 들어갈 땐가 봐, 이제. 웃으면서.

귀 환

　1년 후 예정대로 예지가 서울 집으로 돌아오면서 님이는 필남
이 죽은 뒤부터 막연하게 품어오다가 어느 날인가부터 문득 확연해
져버린, 오랫동안의 소망을 실현하기 위해 달밭골로 갔다.
　감자와 옥수수와 들깨와 강낭콩을 심어 먹던 묵정밭들은 두렁
의 형체만 희미하게 알아볼 수 있을 뿐 밭이라는 이름을 붙이기가
쑥스러울 정도였다. 그 가운데 우묵한 자리에 들어서 있는 옛집은
완연한 폐가였다. 이엉을 인 지붕은 썩은 채로 내려앉았고, 그 속에
서는 노래기와 굼벵이와 지네들이 자기네 세상을 만들어 살고 있었
다. 질경이와 개비름과 애기똥풀과 댕댕이 따위 갖가지 푸새는 마당
이나 뒤안은 물론이고 정지 바닥이며 봉당에까지 터부룩하게 자라
있었으며, 살구나무와 앵두나무는 누구 따 먹을 사람도 없건마는 제
풀로 탐스러운 열매를 다래다래 매달고 있었고, 석류나무는 저녁놀
빛 예쁜 꽃을 자랑하고 있었다.

님이야, 이 골짝서 살지 마래이. 이 골짝서 살마 죽어도 이 골짝 구신밖이 더 되나. 나는 이 골짝이 싫다. 참말로 싫다.

연이는 생전에 그렇게도 이 골에 몸서리를 쳤었다. 몸서리를 치다 치다 끝내는 영혼으로 이 골을 떠났었다. 연이가 떠난 후 시차를 두고 연이의 살붙이, 피붙이들도 이 골을 떠났다. 그러나 구천지하(九泉地下)를 떠돌 연이의 혼은 다시금 이 골을 그리워하고 있으리라, 님이는 굳게 믿었다. 연이가 진정으로 싫어한 것은 자기 자신이었고 자신의 구차스러운 삶이었지 이 골이 아니었다. 언니의 혼이 부르지 않았다면 이 골로 돌아올 이유가 없었다고, 님이는 생각했다.

님이는 팔을 뻗어 밀살구 한 개를 뚝 따 먹었다. 달면서도 시큼한 과육이 두 번 씹을 것도 없이 목구멍으로 넘어갔다.

님이는 소매를 걷어붙이고 일단 푸새들부터 거충거충 뽑기 시작했다. 하루 이틀에 다 할 수는 없는 일이었다. 또 하루 이틀에 끝내고 싶지도 않았다. 님이는 이곳에 살 집을 마련하는 것이면서 죽을 집도 마련하고 있었다. 님이가 어느 날 갑자기 깨달은 오랫동안의 소망은 달밭골에서 죽는 것이었다. 그러니 서두를 필요는 없었다. 뒤안이며 허청이며 뒷간까지에라도 구메구메 서려 있는 추억을 더듬으며 님이는 이 일을 느루 즐길 생각이었다.

해거름에 그날 몫의 일을 마치고 내려오면서, 님이는 여름밤 목물을 거르지 않았던, 처녀 물귀신이 산다는 그 구슬못에도 들러보았다. 오라비가 빠져 죽은 다음부터 사람들이 발길을 끊었다고 했다. 그래서인지 못으로 통하는 작은 길은 억센 수풀로 꽉 막혀 있어

낮으로도 뚫고 가기가 쉽지 않았다.

이렇든지 저렇든지 그 못이 없고서는 달밭골에서 농사짓고 살 수 없을 터였다. 오라비를 삼켰다고 해서 님이는 그 못에 원(怨)을 품지 않았다. 오라비를 그날까지 살아 있게 한 것도 근원을 따지고 들자면 그 못이었기 때문이다. 이제는 구슬이 처자를 만나고 싶다는 생각 따위는 들지도 않았으나 님이는 그래도 그 구슬못이 정겨웠다. 못물은 옛날만큼 맑지 않았고, 귀퉁배기의 물여뀌에는 어디서 그런 것이 날아왔는지 다 찢어진 검은 비닐이 흉측한 모양으로 휘감겨 있었다.

하기야 요즘은 시골도 비닐 천지였다. 밭고랑마다 비닐을 씌워 작물만 살게 하고 기음은 아예 자라지를 못하게 하는 농법이 이미 전국적으로 퍼져 있었다. 다릿말 사촌네로 내려오는 길에 양편에 늘어선 검은 비닐투성이 밭들을 바라보면서 님이는 체한 것처럼 명치께가 답답했다.

다릿말은 이제 하루에 두 번 버스가 들어올 만치 그 옛날의 궁벽을 면한 상태였다. 다릿말에서 제일 터 좋은 곳에 자리 잡은 사촌네는 집이야 현대식 벽돌집으로 개조되어 있었지만, 알부자로서의 자긍심은 잃은 지 오래였다. 자식들 교육비를 전답 팔아 충당한 데다 그 자식들 당혼하여 여의는 비용으로 또 전답을 팔고 빚을 내고 하다 보니 해마다 늘어나는 농협 빚에 외려 쪼들리는 형국이었다.

"오나? 혼차더러 욕봤제?"

빨간 철 대문을 밀고 들어서는 님이를 발견하고 마당 평상에 앉아 있던 큰 사촌이 인사치레를 했다.

"욕은 무신예. 귀경마 하다 왔지예."

"그래도 거기 그렇나 어데. 암만 캐도 손이 가지를. 퍼뜩 씻고 올라온너라. 밥 묵자. 으이요. 여 상 내오그라."

"야아."

집 안의 입식 부엌에서 올케가 대답했다.

님이는 마당 창고 옆 수돗가에서 얼굴과 목, 손발을 씻었다.

"암만 캐도 내가 이래 가마이 있으가 될 일이 아인 거 같애가 카는 말인데, 권실(權室)아, 니 혼차 그 일로 다 하겠나?"

"오라버님도 참, 권실이는 누가 권실인데?"

"그라마 암만 손아래 아우라 카지마는 다 늙은 아지매한테 이름을 부리나?"

"이름 부리이소. 좋은 이름 나뚜고 패꽝시리 권실이는 무신?"

"한분 권실이마 죽을 때꺼짐 권실이지 머꼬."

"본인이 싫다 카는데 자꾸 서우시네. 권실인 동 매실인 동 부리고 싶우마 저으게 맘산에 올라가여 혼차 실컷 부리고 오시이소."

"오이야. 그거는 그렇고 읍내 약방 집은 인자 용 망했다 카데."

"약방 집은 또 먼 약방 집인교. 약방이 있이야 약방 집도 있제."

"그 집 아들네들이······."

"저으게, 오라버님요. 그런 이바구는 낸중에 하고예. 이 일이 급합니더. 있는 집을 뿌수고 새 집을 절라 카마 인부가 몇 사람은 있어야 될 거 겉심더."

"안 그렇겠나."

"품삯은 넘들 주는 만침 줄 작정입니더. 오라버님이 사람들 쪼매 모다주이소."

"암만. 그래야제. 그나저나 집 짓는 기 그기 보통 일이 아인데."

"흙에다 짚을 섞어가 옛날식으로 방 한 칸, 정지 한 칸, 마루 한 칸 있는 초가 한 채 지을 끼이 머 큰일도 아이지예."

"와 전실 딸이 인자는 소양없다꼬 나가 살라 카더나? 소문에는 서울서 살 만하다 카디이."

"오라버님도 참말로. 그래 실쩍 뱉은 말이 또 소문이 되가 퍼질 꺼 아입니꺼. 발 없는 말이 천 리를 간답니더. 천 리 밖에 우리 딸이 그 소문을 들으마 속이 얼매나 편찮을 거로 와 무단시리 그런 말씸을 하실꼬. 우리 딸이 이 소매를 붙잡고 안 놓는 거로 내가 서아가 왔심더. 달밭골에서 늙어 죽고 접어여 대이고 서았지예. 내 고집은 오라버님도 잘 알잖능교. 소문을 낼라 카마 똑바리 알고 내이소."

"오이야, 오이야. 니 고집이사 내가 잘 알지를. 알고말고. 종갓집 대천 할매 소심줄 옹고집도 몬 꺾은, 님이 고집인 거로. 하기사 님이 니야 그 딸 없어도 치과의사 하는 조카도 있제, 먼 걱정이 있겠노. 시집도 안 가고 얼라도 없다 카이 그 조카야 님이 니밖에 싱길 사람이 없으이."

"참 오라버님도 소 죽은 구신겉이 찔기네. 달밭골에서 죽고 접어 왔다 카이 와 말귀를 몬 알아듣십니꺼."

"오이야. 내 그 이바구는 다시 안 하꾸마. 우리 아덜이 하나겉이 다 옳은 직업이 없으이 내가 불버(부러워) 카는 말 아이가, 이 사람아."

님이의 기세에 늙은 오라비는 쉬 수그러들었다. 평상으로 올케가 저녁 밥상을 내왔다. 님이는 밥상을 받아 사촌 오라비 앞으로 놓고 수저통에서 수저 세 벌을 찾아 상에 올렸다. 우엉잎 찐 것과 풋고추, 강된장, 열무김치, 미역냉국에 자반고등어가 놓인 밥상이 맛깔스러웠다.

"아이고 인자 입맛이 돈데이. 서울서는 천지에 땡기는 기 없디이."

님이는 진심에서 그 말을 했다. 일 좀 했다고 아까부터 배가 출출했었다.

"채린 기 너무 없어가……. 미안시러버 우야꼬."

올케가 자반 접시를 님이 앞으로 옮겨주며 미안을 바쳤다.

"아입니더. 내사 저 우붕 이파리에 싸 물랍니더."

님이는 자반 접시를 다시 오라비와 올케 앞으로 돌렸다.

"묵자."

오라비가 수저를 들었다.

"인자 여름방학 돼가주고 손자 손녀들 몰리오마 이 집도 바글바글하겠네예."

우엉잎을 손바닥에 놓고 밥 한 숟갈을 얹어서는 그 위에 강된장 반 숟가락을 보태어 싸며 님이가 말했다.

"은지예. 살깨미 타고 모기 뜯긴다꼬 요새 아덜은 촌에 즈그 새끼딜 안 보내던데예."

"그거마 그런 기 아이고 요새 얼라들은 방학 때도 학원 댕기고 어데 댕기고 캐쌓니라꼬 이런 데 올 시간이 없다 카이."

내외의 대답이었다.

님이는 달밭골에 집을 다 지을 때까지 사촌네에 얹혀 있어야 했으므로 할 수 있는 한 폐를 끼치지 않으려고 했다. 그러나 주인 보 텔 나그네 없다고, 아무래도 객이 있으면 밥상 하나에도 신경이 쓰 일 터였다. 그렇다고 사촌 오라버니 자존심이 있지 하숙비랍시고 돈 봉투를 들이밀 수도 없는 일이어서 님이 깐에는 이 집 손주들이 올 때 용돈이나 두둑하게 줄 작정이었는데 그것도 안 되게 생겼다. 이 제는 읍내서 오일장 설 때마다 버스 타고 나가서 장이라도 봐 오는 수밖에 없는 것 같았다.

저녁을 얻어먹고 님이가 설거지를 하려고 하니 올케는 한사코 허락하지 않았다.

사촌 내외는 님이를 위해 모깃불을 피워주고는 텔레비전을 보 기 위해 집 안으로 들어갔다. 님이는 팔베개를 하고 평상에 누웠다. 고즈넉이 누워 달을 보고 싶었다. 물 위에, 달 위에 몸을 띄웠던 그 옛날의 여름밤처럼 극단의 가벼움을 겪어보고 싶었다. 그러나 차분 히 달과 눈을 맞추기도 전에 안에서 사촌 오라비의 목소리가 님이를 찾았다.

"여 쪼매 들어와보그래이. 서울서 전화 왔다."

"야아."

님이가 현관문을 열고 들어가자 사촌이 현관에까지 나와 서 있다가 무선 수화기를 건네주었다. 텔레비전에서는 9시 뉴스 전에 하는 일일연속극이 방영되고 있었다. 님이가 수화기를 귀에 갖다 대자 올케가 리모컨으로 볼륨을 낮춰주었다.

　　"여보세요?"

　　"이모?"

　　"응. 내다."

　　"오늘 달밭골 집에 갔다 오셨겠네요?"

　　"응."

　　"고생 좀 하셨죠? 거기 사람 살았던 게 언제 적 일인데."

　　"내 걱정은 말거라."

　　"이모. 신기하죠? 곰곰 생각해보니까 나 벌써 4년째 여기 붙박혀 살고 있어요. 근데도 어디로든 훌쩍 떠나고픈 맘이 안 드는 거예요."

　　"인자 철들었다마는."

　　"이모. 나 8월에 여름휴가 받으면 이모가 만든 새집에 놀러 갈까?"

　　"그래라. 그때 되마 집이야 다 젔을 끼이."

　　"알았어요. 그럼 또 전화할게요."

　　"전화는 자꾸 머 할라꼬. 달밭골에 집 다 지으마 내가 전화하께."

　　"알았어요. 더운데 몸조심하세요."

"오이야. 니도 밥 잘 챙기 묵거라. 그래. 끊는다이."

님이는 수화기의 귀퉁이에 붙어 있는 버튼을 눌렀다. 지켜보고 있던 사촌이 수화기를 받아 거실 텔레비전 수상기 옆 전화기 몸체에 놓았다.

"와, 한분 니러온다 카더나."

"예. 여름휴가 받으마 온다 카네예."

"잘됐다. 내하고는 오촌 되는데도 천지에 왕래를 안 하이 길가서 만내마 얼굴도 몬 알아볼 끼라, 인자는. 그아 오마 내하고 아덜 어매하고 이빨이나 봐돌라 캐야 되겠다. 시시때때로 잇몸이 들뜨고 이가 쑤시쌓으이 사람이 살 수가 있이야제."

"놀러 오는 아를 기어이 일 시키물라 카시네, 오라버님은."

"야는 보래이. 오촌 아재가 남이가 어데."

님이가 밖으로 나가려고 슬리퍼에 막 발을 꿰는 순간, 전화벨이 또 울렸다. 전화기 근처에 있는 사람은 올케였지만, 연속극 재미에 빠져 일부러 못 들은 척하고 있는 올케 대신 이번에도 사촌이 소파에서 일어났다. 전화 건 사람과 몇 마디를 주고받던 사촌은 수화기를 님이에게 건넸다.

"머연 전화가 자꾸 와쌓노?"

"서울 있는 느거 딸 같다마는."

"찬미 어맨강? 여보세요?"

"어머니, 저예요."

"오이야. 그래. 내다."

"시골에서 불편하시지는 않구요?"

"불편은 무신. 촌년이 촌이 젤 핀치. 찬양이, 찬미는 잘 있고?"

"예."

"아덜 방학하마 니도 함 놀러 오거라. 윤아도 여름휴가 맡으마 온다 캤다."

"예. 그렇게 할게요. 어머니, 그런데요."

"와?"

"제가 오늘 아침에 텔레비전을 보다가요."

"응."

"꼭 윤아 오빠 같은 사람을 봤어요."

"머라꼬?"

"약국 나갈 준비하다가 본 거라서 첨부터는 못 봤어요. 잃어버린 가족을 찾아주는 프로예요. 화장하고 옷 갈아입고 하다가 얼핏 봤는데 글쎄 지금 집에 오기 전에 살았던 아파트 있잖아요? 거기 상가에 우리 약국 있고, 비디오 가게 있고, 바로 그 옆에 채소 가게가 있었거든요. 그 채소 가게 주인이 나왔더라구요. 얼굴이 훨씬 늙고 못쓰게 되기는 했는데 그래도 그 사람이 틀림없었어요. 뭐라고 뭐라고 하는데 문득 윤아 오빠가 아닐까 하는 생각이 들었어요. 그 아파트 살 때는 윤아를 못 봤으니까 둘이 닮았는지 어떤지도 몰랐는데, 이제 윤아를 알고 그 사람을 보니까 얼굴도 어딘가 비슷하구요. 특히나 눈매가 똑같아요."

"둘이 중에 누꼬? 윤아를 닮았다 카마……."

"아닐 수도 있으니까 큰 기대는 하지 마시구요. 그래서 윤아한테 먼저 얘기를 못 한 거예요."

　"아이다. 윤아가 알어야제. 찬미 어매 니가 윤아하고 찬찬히 이바구를 함 해보거라. 그라고 나서 텔레비에 나왔다 카는 그 사람을 만내봐야 안 되겠나. 그 사람 만낼 때는 내가 윤아하고 같이 나가야 되는 기고."

　"예. 그럼 제가 윤아랑 이야기도 하고 방송국에도 연락을 하고 할게요."

　"그래, 찬미 어매야. 니가 쪼매 수고시럽더라도 그래해도고."

　"예. 어머니, 그럼 또 연락드릴게요."

　"오이야. 드가거래이."

　넘이는 수화기의 종료 버튼을 누르는 동시에 눈을 감았다.

　"와, 무신 일고?"

　궁금증을 참지 못한 사촌이 목을 쑥 빼고 넘이를 바라보았다. 이 순간 넘이는 간절히, 혼자 있고 싶었다.

　"암것도 아이라예. 찬미 어매하고 내하고 윤아 짝을 지아줄라꼬."

　넘이는 급히 슬리퍼를 신고 현관문을 밀었다.

　"여 앉어 텔레비나 쫌 보지 와."

　"지는 텔레비보다 달귀경이 좋네예."

　그사이에 밤은 더 깊어지고 달은 더 또렷해져 있었다.

　이 골이 없으면 저 산도 없을 것이다. 연이가 묻혀 있는 산. 연이가 그토록 넘고 싶어 했던 산. 젊은 님이는 그 산을 넘어 이 골을 떠났었지만, 늙은 님이는 그 산을 넘어 이 골로 돌아왔다. 이제 연이가 남긴 아이들이 돌아올 차례였다.

물의 말

　윤아는, 한때 예지네가 살았었고 아직도 민 선생네 다섯 식구가 살고 있으며 여전히 종이 내외가 채소 장사를 하는 그 아파트에 다녀온 뒤, 달밭골에서 휴가를 보내고 있다.

　그녀는 달밭골 님이 이모의 집에 온 지 사흘 만에야 그녀가 태어났던 집터, 지금은 헐리고 새로 지어진, 꿩주둥이 끝에 콩알처럼 붙은 슬레이트집에 가볼 염을 냈다. 얼마를 벼르던 일인지 윤아는 계산할 수 없었다. 오래, 아프게 벼르던 일이라는 것만은 확실했지만. 그러고도 아침을 느지거니 먹고 설거지며 방 청소며 바쁘지 않은 몇 가지 일들을 마무리 지은 다음에야 윤아는 한낮의 햇볕 속으로 나섰다.

　슬레이트집 늙수그레한 주인 내외는, 뒷마당 상수리나무 그늘 밑에서 각기 모로 누워 오수에 빠져 있었다. 슬레이트는 짚으로 엮은 이엉과 달라서 열을 받으면 금세 달구어지기 때문에 한여름 대낮에는 방 안에 앉아 있을 수가 없다. 장지문을 열면 마루가 있고 마루 밑에 댓돌이 있는 집. 헐고 새로 지었다지만, 윤아에게는 눈 설지 않은 구조다. 돈푼깨나 있는 집은 아니었던 모양으로 건자재며 마감재가 다 싸구려다.

댓돌은 흠칫, 놀라도록 뜨겁다. 윤아는 그 뜨거운 댓돌에다 잠시 엉덩이를 지진다. 하늘은 파랗고 구름은 희다. 햇발은 한 점의 주저도 없이 내리꽂히는 장침이다. 윤아는 눈을 감고 온 얼굴에 그 장침을 맞는다. 얼굴도 뜨겁고 엉덩이도 뜨거운데 별안간 터지는 것은 웃음이다. 이유 없는 웃음이다.

윤아는 살금살금 뒷마당 탱자 울타리에 난 개구멍 쪽을 향한다. 파리 앉는 곳을 손바닥으로 툭툭 쳐가면서 자는 노부부의 낮잠은 너무 다디달아 꿀방울이 또옥, 똑, 떨어질 것 같다.

개구멍을 빠져나오면 바로 숲길이다. 앞마당 대문을 나오면 펼쳐진 신작로는, 아까 그리로 와서도 그렇지만 본래가 재미없는 길이다. 걷다 보면 듬성듬성 복숭아나 사과 과수원 혹은 도라지밭이나 옥수수밭이 나오는 숲길이, 윤아는 좋다.

윤아의 걸음은 가볍다. 달수를 채워 아이를 낳은 기분이 이럴까. 벌 만큼 벌어 떨어지는 아람의 기분이 이럴까. 윤아는 자신의 속에서 무언가가 무르익어 저절로 떨어진 것만 같다.

계곡으로 가는 길 옆 우묵한 자리에 들어선 새집. 이제 얼마 있지 않아 저 집에서 늙은 여자와 젊은 여자, 늙지도 젊지도 않은 남자가 만날 것이다. 젊은 여자와 늙지도 젊지도 않은 남자는 늙은 여자

를 님이 이모라고 부르겠지. 이모야, 이모야, 이모야. 너무 불러 닳
아지도록 그 이모를 부르며 자랐던 한 시절이 있었지.

윤아는 달밭골 계곡에서 걸음을 멈춘다. 서울서 짐 싸 들고 내
려와 사흘 남짓, 윤아가 한 일이라고는 달밭골의 계곡에 발을 담그
고 나무와 풀벌레와 돌멩이와 친해진 것뿐이다. 윤아는 늘 앉던 너
럭바위 위에 앉는다. 평평하여 앉기 좋은 바위이다. 차고 맑은 물이
윤아의 벗은 발을 간질이며 소왈소왈 말을 건다.

물의 말.

윤아는 손바닥 가득 물을 떠 달아오른 얼굴에 뿌린다. 물이 눈
속에도 들어가고 입속에도 들어간다. 물방울 어린 눈으로 보는 천지
간(天地間)은, 온통 물빛이다.

낳고 낳고 또 낳고

딸들에게
그리고 아들들에게

나는 지금, 내가 종종 그 높은 위용을 너희들에게 설명해주곤
하던 그 맘산 아래 계곡에 와 있다. 맘산을 낳았으며 또한 나를 낳은
골짜기 말이다. 이 골짜기에서 나는 너희들을 그리워한다. 내 몸의
골짜기에서 나온 너희들을.

우리는 떨어져 있지만 동시에 이렇게 이어져 있는 존재들이다.
이 별에 생명이 시작된 그날부터 이어지고 또 이어져 생명이 다하는
그날까지 이어질 존재들.

그래서 어느 꽃 지는 봄밤의 길고도 생생한 꿈속에서 깨어났을
때 나는 기꺼이 죽은 내 할머니와 어머니와 너희들을 잇는 영매가
되기로 했지.

이 이야기 속에 나오는 사람들은 대개 맘산 이쪽저쪽에서 태어난 사람들이고 나를 알고 나를 만든 사람들이면서 내가 알고 내가 창조한 사람들이야. 이 이야기가 글자로 쒸어지는 동안 우리는 거의 매일 낮이나 밤이나 만났어. 이 이야기 속의 작은 이야기들은 그 사람들과 내가 현실 속에서 혹은 꿈속에서 나눈 것들이며 이 소설 속의 노래들은 나직이, 젖은 목소리로 그 사람들과 내가 함께 부른 거란다.

이제 세 밤만 자면 만나겠구나. 사랑한다. 나는 너희들을 낳지 않았지만 낳은 거나 마찬가지란다. 그것은 마치 내가 내 이야기 속의 인물들을 낳지 않았지만 낳은 거나 마찬가지인 것과 똑같은 이치이지. 나는 아마도 내가 죽을 때까지 낳고, 낳고, 낳고, 또 낳을 거야. 사랑하는 내 아이들아. 우리 만나거들랑 실컷 뺨 비비고 입 맞추자꾸나.

오른손으로는 이 편지를 쓰면서 왼손에는 능금을 들고 있는데, 어느새 입안에 새콤한 침이 가득 괴어 있구나. 너희들을 향한 그리움도 이처럼 내 온몸에 괴어 있단다.

맘산 밑 계곡에서,
엄마가

작가의 말

나는 어릴 때부터, '너 참 글 잘 쓴다'는 말을, '너 참 착하다'라거
나 '너 참 공부 잘한다'는 말보다 많이 들었다. 그래서 글쓰기에 관한
한 자존심을 넘어 자만심까지도 마음 한구석에 암팡지게 숨기고 있
었다. 고등학교 때는 유치한 소설을 써서 무슨 청소년 문학상이나 신
춘문예 같은 데에 보내기도 했다. 결과는 전부 낙방이었다. 댓 번 그
러고 나니 자만이 자괴로 바뀌고 소설 나부랭이에 정이 떨어졌다. 아
마도 그래서 국어 담당이었던 담임선생님이 국문과로 진학하는 게
어떠냐고 권했는데도 굳이 사회과학대학 신문학과를 택했을 것이
다. 글솜씨를 발휘하면서도 시인이나 소설가 같은 여느 글쟁이들처
럼 골방의 폐인이 되어 칙칙하게 살지 않아도 되는 직업으로 나는 기
자를 생각했던 것이다. 때마침 넬리 블라이의 전기를 읽게 되어 나의
장래 희망은 더욱 확고해졌다.
　신문학과에서의 4년은 열정과 이타주의와 사랑과 불안과 방황

이 공존했던, 총평을 하자면 '좋았던' 시간이었다. 무엇보다 이 좋았던 시간에 나는 언론인에 대한, 맹목에 가까웠던 나의 선망을 완전히 던져버릴 수 있었다.

졸업 후 생계와 소속감을 위해 취직을 했다가는 얼마 안 가 그만두는 일을 되풀이하다 나처럼 불안해 보이지 않는 한 남자를 만났다. 결혼 생활에의 두려움보다 막막한 장래에 대한 불안이 더 컸기에 결혼할 것을 강권하고 그 절차를 밟아나가는 분위기 속에 조금은 무모한 도박처럼 나는 나 자신을 방기했다. 방기된 육체는 곧바로 새 생명을 잉태했고 얼마 안 있어 나는 두 아이의 엄마가 되었다. 98년 4월에 문학사상으로 등단하고 그해 6월에 석사논문을 쓰면서 내가 절실하게 깨달은 것은, 선배 여성작가들과 나의 존재조건이 달라지지 않았다는 사실이었다. 여전히 육아와 가사에 치이고 여전히 가부장제 이데올로기의 강온(强溫) 양면적 여성 통제 전략에 놀아나면서 문학에의 지향도 여전히 놓아버리지 못하고 발버둥 치는 여성작가의 실존적 상황 속에서 나 또한 소리 나지 않는 비명을 지르며 돌아치고 있었다.

나에게는 나의 눈길과 관심을 절대적으로 필요로 하는, 어린 오뉘가 있다. 나는 모든 여자들이 일생 중 가장 바쁘다는 때를 살고 있다. 집안일을 하고 아이들 뒤치다꺼리를 하다 보면 하루는, 일주일은, 한 달은, 1년은 내가 미처 의식하지 못하는 사이에 내 손아귀에서 빠져나가버린다. 나는 나를 돌아볼 시간을 가지지 못한다. 나는 내가 일찍이 염려했던 것처럼 골방의 폐인은 되지 않았지만 고독과 적막이라는 창조의 시간을 잃어버린 모성 기계다. 영감(靈感)이 물결치는 나만의 고독한 새벽을 갈애(渴愛)하지만, 아이들과 함께 지쳐 쓰러지면 알람 시계 소리에나 겨우 눈뜨는 생활의 반복. 흥청거리는 세모(歲暮)나 되어야 내 목숨에 허여된 시간의 한 토막이 어느 사이에 사라져버린 빈손을 발견하면서 떨어지는 우울증의 나락.

나의 글쓰기는 잃어버린 나의 적막을 쟁취하기 위해 일상화라는 이름의 얼굴 없는 괴물과 온몸으로 싸우는 행위이다. 그 피투성이 싸움터에서 나는 날카로운 검으로 나를 찔러대다가는 갈가리 찢겨 쓰러진 나를 다시금 일으켜 세워 포옹하곤 한다.

작가로서의 나는, 겨우 싹이 튼 씨앗이다. 싹 텄다고 다 꽃 피우고 열매 맺지 않는다는 것을, 내가 왜 모르겠는가? 채마밭의 감자 한 알, 화단의 분꽃 한 송이를 존경하지 않을 수 없는 것이다. 나의 이야기를 읽는 독자들의 애정 어린 질정으로써 내가 꽃 피우고 열매 맺어 마침내 원형이정(元亨利貞)에 이르기를, 간절히 기원한다.

나는 다만 나일 뿐 아니라 나를 스쳐 간 수많은 인연들의 흔적이다. 오늘의 나를 만든 그 모든 인연들에 진심으로 감사드린다. 낳아주신 부모님, 가르쳐주신 선생님, 내가 낳았고 나와 함께 자라는 아이들, 그리고 나에게 사랑이나 친절, 도움을 주었거나 콤플렉스나 복수심, 응어리를 심어준 사람들 모두에게 감사의 마음을 전한다. 두 번째 장편으로 내가 한 사람의 작가임을 증명하게 해준 한겨레신문사와 심사위원 여러분께는, 더 나은 작품으로 보답할 것을 다짐한다.

개정판 작가의 말

　《물의 말》은 1999년과 2000년에 걸쳐 썼다. 어린애 둘을 키우며 박사과정까지 밟던 중이어서 엄청 피곤하고 힘들 때였는데, 어떻게든 시간을 여뤄내어 쓰고 또 썼다. 남이 억지로 시켰다면 못 썼으리라. 내가 쓰고 싶어서, 안 쓰고는 못 배기겠어서 썼더랬다. 애들을 어린이집에 보내고 아침 설거지를 하고 세탁기를 돌리는 틈틈이 물기도 마르지 않은 손으로 키보드를 두드리던 기억.

　놀랍고 감사하게도 이 작품으로 2001년 제6회 한겨레문학상을 수상했고 책이 나왔다. 작가라면 누군들 자기 책이 많이 팔리고 널리 사랑받기를 바라지 않겠나. 그런데 나는 좀 자신이 없었다. 독자 입장에선 몰입하기 쉽지 않은 소설이라 생각했다. 우선 경상도 사투리가 너무 심하게 날것으로 쓰였고, 대하소설도 아니면서 등장인물이 너무 많은 데다 인물들의 관계가 불필요하게 복잡하다. 작가가 통제하지 못한 탓에 인물들이 걸핏하면 중심 서사를 벗어나 샛길로 빠져나가는 건 또 어쩌고.

그러구러 20년 세월이 흐르고.

오십견으로 아파하는 쉰 살, 초로의 중년이 되어 개정판 교정을 보느라 어쩔 수 없이《물의 말》을 다시 읽었다.

그런데 이게 웬일? 쉬 몰입이 된다. 재미있다.

나는 20년 만에 내 소설《물의 말》을 남의 소설처럼 읽으며 더러 울었고 더러 심장을 떨었고 더러 킥킥거렸다. 어떤 인물의 목소리는 생생한 음성지원까지 되었다. 내 안에서 숨죽이고 있던 목소리들이 도란도란 수런수런 깨어났다. 나를 이 얄아빠진 일상에서 건져내어 더 풍요롭고 더 깊이 살게 하는 목소리들이…….

《물의 말》은 시쳇말로 내 취향을 저격했다. 독자 여러분께도 일독을 권한다.

2020년 코로나 팬데믹 3차 유행의 와중에,

가을도 봄 같은 춘천에서,

박정애 씀.

물의 말

© 박정애 2020

초판 1쇄 발행 2011년 7월 22일
초판 15쇄 발행 2019년 4월 22일
개정판 1쇄 발행 2020년 12월 4일

지은이 박정애
펴낸이 이상훈
편집인 김수영
본부장 정진항
문학팀 김준섭 김수아
마케팅 천용호 조재성 박신영 조은별 노유리
경영지원 정혜진 이송이

펴낸곳 한겨레출판(주) www.hanibook.co.kr
등록 2006년 1월 4일 제313-2006-00003호
주소 서울시 마포구 창전로 70 (신수동) 화수목빌딩 5층
전화 02-6383-1602~3
팩스 02-6383-1610
대표메일 munhak@hanibook.co.kr

ISBN 979-11-6040-422-7 03810